CW01627542

romane cu dragoste

Cele două vieți ale Lydiei Bird

JOSIE SILVER

Traducere din limba engleză de
Irina Ornea

NEMIRA

Ilustrație și layout copertă: Holly Ovenden
(www.hollyovenden.com)
Adaptare copertă: Oana BĂNDĂRĂU
Prepress: Alexandru CSUKOR
Redactor: Irina CERCHIA
Tehnoredactor: Magda BITAY
Lector: Cătălina MIHAI

Descrierea CIP a Bibliotecii Naționale a României
SILVER, JOSIE
Cele două vieți ale Lydiei Bird / Josie Silver ; trad. din lb. engleză: Irina Ornea. - București : Nemira Publishing House, 2021
ISBN 978-606-43-1014-9

I. Ornea, Irina (trad.)

821.111

Josie Silver
THE TWO LIVES OF LYDIA BIRD
Original English language edition first published by Penguin Books Ltd, London in 2020.

Tiparul executat de ARTPRINT SRL
Tel: 0723.13.05.02, e-mail: office@artprint.ro

ISBN 978-606-43-1014-9

Prolog

Cele mai multe momente definitorii ale vieții te iau pe neașteptate; uneori, trec pe lângă tine complet neobservate și îți dai seama mult mai târziu sau chiar niciodată. Ultima oară când puștiul tău era suficient de mic ca să-l duci în cârcă. O privire schimbată cu un străin, care îți devine prieten pe viață. Jobul de vară la care ai aplicat într-o doară și unde rămâi pentru următorii douăzeci de ani. Genul acesta de lucruri. Așa că, atunci când, pe 14 martie 2018, îmi sună telefonul la ora 18:47, habar n-am că unul dintre momentele definitorii ale vieții mele tocmai a trecut pe lângă mine; în schimb, înjur printre dinți pentru că mi s-a prins un bigudiu în păr și deja sunt în întârziere.

– Alo?

Nu mă pot abține; zâmbesc când dau telefonul pe difuzor și Freddie mă salută aproape răstindu-se, acoperind zgomotul străzii.

– Te aud, îi spun tare, strângând agrafele între dinți.

– Ascultă, Lyd, Jonah are probleme cu mașina, așa că o să trec să-l iau în drum spre tine. Nu e cine știe ce, cel mult zece minute.

Mă bucur că nu e aici să vadă cum îmi dau ochii peste cap. Oare prințesa Diana a avut replica aceea celebră, cum că în căsnicia ei sunt trei oameni? Înțeleg, pentru că și în căsnicia mea sunt trei oameni. Nu că am fi deja căsătoriți, cu toate că nici departe nu suntem. Freddie Hunter și cu mine suntem logodiți, iar eu sunt oficial *aproape* cea mai fericită fată din lume. O să revin la afirmația de mai devreme ca să vă explic de ce zic „aproape“ cea mai fericită; pentru că sunt eu, e Freddie și mai e și afurisitul de Jonah Jones.

Înțeleg, nu trece o zi fără să vorbesc cu sora mea, dar Elle nu e în permanență aici, pe canapeaua noastră, bându-ne ceaiul și cerșindu-mi atenția. Nu că prietenul cel mai bun al lui Freddie ar cere prea multe; e atât de relaxat, încât stă mai mereu lungit, și îl simpatizez destul de mult – doar că l-aș simpatiza și mai mult dacă nu l-aș vedea așa de des, știi? Cum ar fi în seara asta. Freddie l-a invitat pe Jonah la cină fără să se consulte mai întâi cu mine, cu toate că e ziua mea de naștere.

Abandonez lupta cu bigudiul, scuip agrafele și duc, în schimb, telefonul la ureche, iritată.

– Pe bune, Freddie, chiar trebuie? Avem rezervare la Alfredo la opt și știi că nu ne păstrează masa dacă întârziem.

Știu pentru că am pățit-o; masa de Crăciun cu firma s-a transformat într-un dezastru când microbuzul a ajuns cu zece minute mai târziu și am ajuns cu toții la McDonald's, gătiți la patru ace. Astăzi sărbătorim ziua mea și sunt destul de sigură că mama nu o să fie impresionată de un Big Mac pe post de *fettuccine* cu pui.

– Nu mai tropăi, Cenușăreasă mică, nu o să întârzii la bal, îți promit.

Ăsta e Freddie. Niciodată nu ia viața în serios, nici în rarele ocazii în care chiar ar fi drăguț să o facă. În lumea lui, timpul e elastic, poate să tragă de el oricât are nevoie – sau, în cazul de față, oricât are nevoie Jonah.

– OK, am suspinat resemnată. Numai fii cu ochii pe ceas, pentru numele lui Dumnezeu!

– S-a făcut, spune, dând deja drumul la radio în mașină. Ies de pe recepție.

Liniștea umple dormitorul și mă întreb: oare ar observa cineva dacă mi-aș tăia șuvița încâlcită în bigudiul care în clipa asta spânzură în părul meu?

Iată-l! Momentul definitoriu al vieții mele, trecând nonșalant pe lângă mine pe 14 martie 2018, la ora 18:47.

2018

TREAZĂ

Joi, 10 mai

Freddie Hunter, sau marea iubire a vieții mele, a murit în urmă cu cincizeci și șase de zile. Acum îl înjur că întârzie la petrecerea de ziua mea, în clipa următoare încerc să înțeleg ce spun cele două polițiste în uniformă din sufrageria mea, una dintre ele ținându-mă de mână în timp ce-mi vorbește. Mă holbez la verigheta ei, apoi la inelul meu de logodnă.

– Freddie nu are cum să fie mort, spun. Anul viitor ne căsătorim.

E probabil o chestie de autoconservare, faptul că mă străduiesc să-mi amintesc cu exactitate ce s-a întâmplat apoi. Îmi amintesc că am fost dusă la Urgențe în mașina poliției, cu girofarurile pornite, și sora mea m-a sprijinit când, în spital, mi s-au tăiat picioarele. Îmi amintesc că i-am întors spatele lui Jonah Jones când a apărut în sala de așteptare aproape fără nicio zgârietură, doar cu o mână bandajată și cu un pansament pe unul dintre ochi. Unde e dreptatea aici? Doi se urcă într-o mașină, numai unul se dă jos. Țin minte cum eram îmbrăcată: cu o bluză nouă, verde, pe care o cumpărasem special pentru această cină. Am dat-o unui magazin caritabil, nu vreau să-mi mai atingă niciodată trupul.

Din ziua aia îngrozitoare, mi-am stors creierul de nenumărate ori, încercând să-mi aduc aminte fiecare cuvânt din ultima mea conversație cu Freddie, și tot ce-mi amintesc e că l-am bombănit că ajunge în ultimul moment la restaurant. Și apoi vine restul gândurilor. Se grăbea ca să-mi facă mie pe plac? Accidentul a fost din vina mea? Doamne, îmi doresc să-i fi spus că-l iubesc. Dacă aș fi știut că era ultima oară când vorbeam cu el, i-aș fi spus-o, normal că i-aș fi spus-o. De când s-a întâmplat, mi-am dorit în câteva rânduri să mai fi trăit doar atât cât să mai purtăm o ultimă conversație – dar apoi nu sunt sigură că inima mea ar fi făcut față. Probabil e mai bine dacă, atunci când faci ceva capital pentru ultima oară, acel lucru trece pe lângă tine nebăgat în seamă. Ultima oară când mama m-a luat din poarta școlii, cuprinzându-mi liniștitor mâna mică într-a ei, ultima oară când tata și-a amintit de ziua mea de naștere. Ultima oară când am vorbit cu Freddie Hunter, în timp ce zorea să mă vadă în ziua în care împlineam douăzeci și opt de ani. Știi care au fost ultimele cuvinte pe care mi le-a spus? Ies de pe recepție. Era un obicei, făcea asta de ani de zile, cuvinte prostești care acum au ajuns printre cele mai semnificative expresii din viața mea.

Îmi spun că, totuși, era atât de tipic pentru Freddie să încheie cu o frază ca asta! Avea o poftă imensă de viață, o lejeritate combinată cu o înclinație competitivă ucigașă, distractivă, dar letală, dacă vreți. Nu am mai întâlnit pe cineva înzestrat cu un asemenea dar de a ști ce să spună. Are, *avea*, talentul de a-i face pe ceilalți să creadă că au câștigat, când, de fapt, el obținea exact ceea ce își dorise. Este, *era*, genul de om care îi făcea pe ceilalți să-i țină minte numele multă vreme după ce nu mai era prezent.

Iar acum, fir-ar, chiar că nu mai *e* prezent, mașina lui e făcută acordeon într-un stejar, iar eu mă simt de parcă cineva mi-ar fi făcut un nod în gâtlej. De parcă nu prea mai reușesc să trag suficient aer în plămâni, mi se taie răsuflarea și sunt mereu pe punctul de a intra în panică.

După ce a urlat mama ieri la el în living, doctorul mi-a dat în sfârșit ceva care să mă ajute să dorm, rezerve pentru o lună dintr-un medicament nou, pe care nu era deloc convins dacă să-l prescrie, pentru că lui i se pare că durerea are nevoie „să fie traversată în mod conștient, pentru a ieși la suprafață". Nu inventez căcaturile astea; chiar mi-a spus asta în urmă cu două săptămâni, înainte să plece și să mă lase cu mâna goală, ca să meargă acasă la soția și la copiii lui cât se poate de vii și de nevătămați.

Să locuiesc la un bloc de mama e, într-o oarecare măsură, atât o binecuvântare, cât și un blestem. Când face tocănița de pui a campionilor și ne aduce o tigaie aburindă, abia scoasă din cuptor, de pildă, sau când, într-o dimineață rece de noiembrie, se abate în drum spre muncă să-mi dea cu spray pentru dezghețarea parbrizului – cu aceste ocazii apropierea noastră e o binecuvântare. Alteori, cum ar fi atunci când zac în pat și văd dublu de la mahmureală, și ea își face apariția la mine în dormitor de parcă aș avea în continuare șaptesprezece ani, sau atunci când nu am mai făcut ordine de câteva zile, și ea strâmbă din nas de parcă aș fi vreun colecționar maniac de obiecte, care are nevoie de o „intervenție" televizată, cu aceste ocazii apropierea noastră e un blestem. La fel, când vreau să jelesc în liniște, cu draperiile din living încă trase la ora trei după-amiaza, în aceeași pijama pe care o purtam și ieri, și alaltăieri când a trecut pe la mine, pregătindu-mi un ceai pe care am uitat să-l beau și sendvișuri pe care le-am îndesat în fundul frigiderului când a urcat la etaj să facă curățenie în baie sau când a ieșit să scoată tomberoanele.

Înțeleg, bineînțeles. E grozav de protectoare față de mine, mai ales în aceste momente; practic, l-a făcut pe doctor să tremure de frică când a oscilat dacă să îmi prescrie somnifere. Întâmplător, nici eu nu sunt prea convinsă că vreau să mă îndop cu pastile, cu toate că Dumnezeu mi-e martor că uitarea e tentantă. Nu știu de ce-l bag pe Dumnezeu în asta; Freddie este, *a fost* și ar fi fost mereu un ateu strident, iar eu sunt cel mult nehotărâtă, așa că nu mă aștept ca Dumnezeu să fi avut prea multe de-a face cu faptul că am fost admisă într-un studiu clinic pentru persoane aflate la început de doliu. Doctorul mi-a recomandat să iau parte la acest tratament experimental, probabil din cauză că mama îi solicita Valium de concentrație maximă, iar pastilele astea noi sunt promovate ca fiind o alternativă holistică mai blândă. Sinceră să fiu, nici nu-mi pasă ce e în ele; sunt în mod oficial cel mai trist și mai obosit cobai din lume.

Freddie și cu mine avem un pat fenomenal, zău. Pare o nebunie, dar lanțul de hoteluri Savoy scosese atunci la licitație pe mai nimic paturile vechi, pentru a face loc unora noi și, măiculiță, patul ăsta e un vis de proporții epice! Oamenii au ridicat la început din sprâncene: vă cumpărați un pat *la mâna a doua*? De ce naiba ai face asta, a zis mama, îngrozită la culme, de parcă ne-am fi luat un pat pliant, aruncat la gunoi de un adăpost pentru săraci. E clar că toți acești sceptici n-au stat niciodată la Savoy. Nici eu n-am stat, ce-i drept, dar am văzut la TV ceva despre paturile lor făcute manual și am știut că trebuie să-mi iau și eu unul. E cel mai confortabil pat pe o rază de o sută de mile, un pat în care Freddie și cu mine am dat gata nenumărate mic dejunuri de duminică, am râs și am plâns și am făcut dragoste dureros de dulce.

Când, la câteva zile după accident, mama mi-a spus că mi-a schimbat așternuturile, a declanșat fără să vrea o cădere nervoasă bruscă și acută. Mă priveam parcă de la distanță, agățându-mă cu mâinile de ușa mașinii de spălat și hohotind, în vreme ce cearșafurile se rostogoleau printre clăbuci, această mașină care ducea acum orice fărâmă de piele sau de miros rămase de la Freddie în canalizare.

Mama se pierduse de tot, încercând să mă ridice de pe podea, chemând-o pe sora mea în ajutor. Am ajuns ghemuite pe gresia lucioasă din bucătărie, privind așternuturile cu ochii în lacrimi, pentru că e al naibii de nedrept că Freddie nu mai e aici să mai poată dormi în ele.

Nu m-am mai băgat în pat de când a murit Freddie. De fapt, nu cred că am dormit de-adevăratelea de atunci. Doar mai moțăi uneori: cu capul pe masă, alături de micul dejun nemâncat; pe canapea, ghemuită sub geaca de iarnă a lui Freddie, cum stau și acum; chiar și în picioare, sprijinită de frigider.

– Hai, Lyd, îmi spune acum sora mea, scuturându-mă ușor de umăr. Urc cu tine.

Mă uit la ceas dezorientată, pentru că am închis ochii după-amiază și acum e suficient de întuneric, încât cineva, bănuiesc că Elle, a aprins lumina. Îi stă în fire să fie așa de grijulie; eu întotdeauna am considerat-o o versiune mai bună a mea. Semănăm fizic, la înălțime și la conformație, dar nuanțele ei închise le umbresc pe ale mele: părul ei, ochii ei. E, de asemenea, mai bună decât mine, de multe ori e prea bună pentru binele ei. A petrecut aici cea mai mare parte a după-amiezii, iar azi-dimineață a venit la mine și sora mamei, mătușa June – cred că mama le-a făcut programul în ture, ca să se asigure că nu rămân niciodată de una singură mai mult de o oră sau două. Probabil că e prins pe o latură a frigiderului, chiar lângă lista de cumpărături pe care o completează toată săptămâna și lângă jurnalul culinar în care își ia notițe pentru cursurile de slăbit. Îi plac listele, așa e mama.

– Unde urci? zic, ridicându-mă cât de cât și măsurând paharul cu apă și flaconul de pastile din mâna lui Elle.

– În pat, spune, cu o intonație metalică în glas.

– Stau bine aici, bombăn; deși canapeaua noastră nu e chiar cea mai confortabilă pentru dormit. Nici măcar nu e ora de culcare. Putem să ne uităm la...

Îmi flutur mâna înspre televizorul din colț, încercând să-mi amintesc numele vreunui serial. Oftez, enervată că mintea mea obosită nu se adună.

– Știi tu, ăla cu barul, cu cheliosul și cu strigătele.

Zâmbește și-și dă ochii peste cap.

– Te referi la *EastEnders*.

– Ăla, da, zic distrasă, scanând încăperea în căutarea telecomenzii.

– S-o fi și terminat până acum. În plus, nu te-ai mai uitat la *EastEnders* de cel puțin cinci ani, zice fără să muște momeala.

Mă strâmb puțin.

– Ba da. E cu o femeie cu cercei mari și... și cu Barbara Windsor, zic, întărindu-mi spusele printr-o mișcare a bărbiei.

Elle clatină din cap.

– Sunt amândouă moarte, zice.

Bietele de ele, mă gândesc eu, și bietele lor familii.

Elle întinde mâna spre mine.

– E timpul să mergi la culcare, Lydia, îmi spune pe un ton blând, dar ferm, mai mult de infirmieră decât de soră.

Lacrimi fierbinți mă înțeapă în spatele retinelor.

– Nu cred că pot.

– Poți, îmi spune hotărâtă, cu mâna în continuare întinsă. Ce altceva ai de gând să faci? Să dormi pe canapea pentru tot restul vieții?

– Ar fi chiar atât de rău?

Elle se așază lângă mine și mă ia de mână, ținând pastilele în poală.

– Da, Lydia, chiar ar fi. Dacă, în locul tău, ar fi rămas Freddie singur aici, ți-ai fi dorit să doarmă ca lumea, nu-i așa?

Dau mâhnită din cap. Normal că mi-aș fi dorit.

– De fapt, l-ai bântui până ar face-o, îmi spune, trecându-și degetul mare peste pumnul meu, iar eu aproape mă înec cu ghemul de lacrimi pe care-l simt mereu în gât, din ziua în care a murit Freddie.

O privesc cum agită în palmă o tabletă roz-fosforescent, dintr-un recipient pe a cărui etichetă stă scris cu litere mari și negre numele meu. Lydia Bird, urmat de numele de nepronunțat al pastilelor. Oare doar de asta să fie nevoie ca să mă pun din nou pe picioare? Câteva săptămâni de somn bun, ca să fiu ca nouă și gata să o iau de la capăt?

Elle îmi înfruntă privirea, neclintită, și lacrimile încep să-mi curgă pe obraji când îmi dau seama cât sunt de zdrobită; sunt, emoțional și fizic, la pământ. Sau cel puțin așa sper, pentru că nu cred că aș supraviețui dacă aș ajunge mai jos de atât. Iau pastila cu degete tremurânde, o bag în gură și o înghit cu apă. În ușa dormitorului, mă întorc spre Elle.

– Trebuie să fac asta pe cont propriu, îi șoptesc.

Ea îmi dă la o parte șuvițele căzute pe ochi.

– Ești sigură?

Ochii ei închiși la culoare îmi studiază chipul.

– Pot să stau cu tine până adormi. Dacă vrei...

Îmi trag nasul, cu ochii în podea, plângând ca de obicei.

– Știu că ai putea, spun, prinzându-i mâna și ținându-i-o strâns. Cred însă că-i mai bine...

Nu prea reușesc să-mi găsesc cuvintele; nu știu dacă e din cauză că pastila începe să-și facă efectul sau pur și simplu pentru că nu există cuvintele potrivite.

Elle încuviințează din cap.

– Mă găsești jos, dacă ai nevoie de mine, bine? Nu plec nicăieri.

Degetele mi se încleștează pe clanță. Am ținut ușa asta închisă din ziua în care mama a schimbat așternuturile, fără să-mi doresc măcar să arunc în treacăt o privire la patul imaculat, în drum spre baie. Mi-am băgat în cap că aici e accesul interzis, ca la locul unei crime, străbătut de benzi galbene.

– E doar un pat, șoptesc, deschizând încetișor ușa.

Nu există benzi galbene care să blocheze intrarea, nu sunt monștri sub pat. Dar nu e nici Freddie Hunter, iar asta este sfâșietor în atât de multe feluri.

– Doar un pat, spune Elle, iar mâna ei mă mângâie pe spate. E un loc pentru odihnă.

Dar minte. Amândouă știm că e mult mai mult decât atât. Camera asta, dormitorul meu și al lui Freddie, a fost unul dintre multele motive pentru care am cumpărat casa. Încăpătoare, scăldată în lumină naturală datorită ferestrelor joase, care culisează pe verticală, și podelei de culoarea mierii, vărgate de o lumină intensă vara, în nopțile cu lună.

Cineva, Elle, fără îndoială, a fost deja înăuntru să aprindă veioza de lângă pat, o sferă de lumină blândă care mă întâmpină în tăcere, cu toate că soarele nu a apus încă. A aranjat și patul; arată mai degrabă a cameră de hotel decât a dormitor. Când închid ușa, mă izbește un miros copleșitor de așternuturi proaspăt spălate. Nici urmă de parfumul meu amestecat cu aftershave-ul lui Freddie, nicio cămașă șifonată, aruncată neglijent pe brațul fotoliului, nici pantofi aruncați din picioare, fără să apuce măcar să ajungă în fundul dulapului. E curat ca lacrima; mă simt ca un musafir în propria-mi viață.

– E doar un pat, șoptesc iar, așezându-mă pe marginea saltelei.

Închid ochii când mă întind, ghemuindu-mă sub pilotă, pe partea mea de pat.

Am cheltuit mai mult decât ar fi trebuit pe așternuturile potrivite pentru patul nostru Savoy; cearșafuri albe de bumbac, cu mai multe fire decât îmi închipuiam că e cu putință. Cum alunec în așternuturi, îmi dau seama că acestea sunt deja calde. Elle mi-a lăsat o sticlă cu apă caldă, scumpa mea soră, alungând fiorii pe care mi i-ar fi provocat cearșafurile proaspăt spălate. Patul meu, patul *nostru*, mă cuprinde ca un prieten vechi, pe care mă simt vinovată că l-am neglijat.

Stau întinsă pe jumătatea mea de saltea, cu trupul zdrobit și schingiuit de tristețe, cu brațele întinse, ca întotdeauna, să-l întâmpine pe el. Apoi dau la o parte sticla cu apă caldă, care a încălzit așternutul înainte de a mă muta acolo, apoi o strâng la piept cu ambele mâini. Îmi îngrop fața udă în perna lui și mă tânguiesc ca un animal rănit, un sunet pe cât de străin, pe atât de incontrolabil.

Și apoi, încet-încet, se stinge. Bătăile inimii încep să mi se liniștească, iar membrele îmi devin grele ca plumbul. Mi-e cald, sunt cuibărită acolo și, pentru prima oară în ultimele șaizeci și cinci de zile, nu mă simt pierdută fără Freddie. Nu mă simt pierdută pentru că, atunci când mă fură somnul, aproape simt cum greutatea lui apasă salteaua, corpul lui îmbrățișându-l pe al meu, respirația lui sacadată în ceafa mea. Scoate-mă din aceste ape întunecate și neexplorate, Freddie Hunter! Îl aduc mai aproape și îi respir aerul, după care cad într-un somn profund și liniștit.

ÎN SOMN

Vineri, 11 mai

Știți momentele acelea binecuvântate din zori, în diminețile de vară, în care soarele se ridică înaintea ta și tu te trezești pe jumătate și adormi la loc, bucurându-te de câteva ore în plus? Mă întorc și-l găsesc pe Freddie adormit alături, iar ușurarea e atât de profundă, încât tot ce pot face e să rămân perfect nemișcată și să încerc să-mi potrivesc ritmul respirației cu al lui. Nu e mult trecut de ora patru dimineața, prea devreme să mă trezesc, așa că închid ochii din nou; pace și alinare desăvârșite, cum nu cred să mai fi cunoscut vreodată. Patul încălzit de corpurile noastre încolăcite, fâșia aurie de lumină de dinainte de răsărit, în surdină, muzica ciripitului de păsărele. Doamne, sper să nu mă mai trezesc din acest vis!

TREAZĂ

Vineri, 11 mai

Știu dinainte să deschid ochii pentru a doua oară că el nu mai e acolo. Patul e mai rece, lumina de la ora șase dimineața, mai aspră, ciripitul, un scrijelit de cuie pe tablă. Freddie a fost aici, știu că a fost. Îmi îngrop capul în pernă și închid ochii, căutând întunericul din spatele pleoapelor pentru o nouă repriză de somn. Numai de-aș mai putea să dorm, poate l-aș găsi din nou…

Panica începe să mi se adune în stomac; cu cât încerc mai mult să mă relaxez, cu atât mai tare mi se încinge creierul, pregătindu-se pentru ziua care urmează, plină de gânduri negre și de emoții disperate cu care nu știu ce să fac. Iar apoi inima începe să-mi bată puternic, ca și cum niște clești de încărcare s-ar fi prins pe o baterie rablagită, pentru că îmi aduc aminte: acum am somnifere. Pilulele roz concepute special să mă răpună. Mă întind după recipientul pe care Elle l-a pus pe măsuța de lângă patul meu și o înhaț cu două mâini, ușurată, apoi deșurubez capacul și înghit o pastilă.

ÎN SOMN

Vineri, 11 mai 2018

– 'Neața, Lydia!

Atunci când alarma ne dă de știre că s-a făcut ora șapte, Freddie se întoarce și mă sărută pe frunte, lăsându-și greutatea brațului peste umerii mei.

– Rămânem în pat? Le dau eu de știre la tine la serviciu, dacă anunți tu la mine.

Spune ceva de genul ăsta în mai toate diminețile și, de fiecare dată, pentru câteva minute, cochetăm în glumă cu ideea.

– Prepari tu micul dejun și îl aduci în pat? mormăi, trecându-mi mâna peste căldura trupului lui, îngropându-mi fața în firele moi de păr de pe pieptul lui.

Ador corpul lui masiv; e o prezență fizică impunătoare, prin înălțime și prin lățimea umerilor. Oamenii de la agenția de publicitate unde lucrează îi subestimează uneori inteligența de afacerist, din cauza constituției stereotipice de rugbist, iar el e nespus de încântat să profite de treaba asta. E bătăios până-n măduva oaselor.

– Atâta vreme cât vrei să iei micul dejun la prânz, da.

Aud râsul său profund, în timp ce mă mângâie pe ceafă.

– Sună destul de bine, spun, închizând ochii și respirând cu nesaț.

Rămânem așa câteva minute splendide: îmbrățișați, pe jumătate adormiți, conștienți că în curând trebuie să ne ridicăm din pat. Dar zăbovim, pentru că astea sunt momentele care contează, cele care ne fac să fim Freddie și cu mine împotriva întregii lumi. Aceste momente sunt piatra de temelie pe care este clădită dragostea noastră, o mantie invizibilă pe care o purtăm pe umeri atunci când ieșim în lume și ne vedem de treburi. Freddie nu îi răspunde fetei remarcabile de pe peronul 4, care așteaptă trenul de ora 7:47, la privirea plină de interes, iar eu nu îi permit lui Leon, barmanul din cafeneaua de unde-mi mai iau uneori prânzul, să depășească limita dintre glumiță și flirt, în ciuda frumuseții lui de star de cinema și a faptului că uneori îmi scrie chestii revoltătoare în cana cu cafea.

Plâng. O clipă, nu știu de ce, apoi îmi aduc aminte și trag cu sete aer în plămâni, ca cineva de-abia ieșit la suprafață din ape adânci.

Freddie tresare; se ridică într-un cot și mă fixează cu privirea, îi citesc îngrijorarea pe chip atunci când mă apucă de umăr.

– Lydia, ce s-a întâmplat?

Vocea lui e stăruitoare, gata să-mi vină în ajutor, să aline orice durere care m-ar încerca.

Nu pot să respir, aerul îmi arde pieptul.

– Ai murit.

Rostesc cuvintele printre suspine, ochii mei îi cercetează chipul preaiubit, căutând semne vizibile ale accidentului. Nimic, niciun indiciu al traumatismului cranian catastrofal care i-a luat viața. Are ochii neobișnuit de albaștri, suficient de închiși la culoare ca să treacă drept căprui, asta, dacă nu ești destul de aproape încât să-i poți privi cu atenție. Uneori, pentru propunerile importante în interes de serviciu, poartă o pereche de ochelari cu rame negre, cu lentile de sticlă, iluzia unei slăbiciuni inexistente. Acum mă uit fix în ochii aceia și-mi plimb mâna prin părul blond, proaspăt crescut în barba lui.

Scoate un hohot blând și ușurarea i se așterne în privire.

– Prostuță mică ce ești, spune îmbrățișându-mă. Ai visat, atâta tot.

Oh, cât de tare mi-aș dori să fie adevărat! Clatin din cap, așa că el îmi ia mâna și o duce la inimă.

– Sunt bine, insistă. Nu simți cum îmi bate inima?

Așa e, bate. Apăs suficient de tare, încât o simt cum saltă sub palma mea și, cu toate astea, știu că, de fapt, nu-i așa. Nu are cum. Acum își pune mâna peste a mea, însă nu mai râde, pentru că își dă seama cât sunt de mâhnită. Nu înțelege, bineînțeles. Cum ar putea? Nu e real, dar, Dumnezeule, nici nu seamănă cu vreun alt vis de până acum. Sunt trează în somn. Îi simt căldura corpului. Simt mirosul de aftershave pe pielea lui. Simt gustul lacrimilor atunci când se apleacă și mă sărută blând. Nu mă pot opri din plâns; mă străduiesc să respir superficial cât îl țin în brațe, de parcă ar fi făcut din fum și s-ar risipi dacă aș respira prea adânc.

– E un coșmar, atâta tot, îmi șoptește, lăsându-mă să dau totul afară, pentru că nu are ce altceva să facă.

Dacă ar ști el că este opusul unui coșmar; coșmarurile au loc atunci când aștepți nerăbdătoare ca logodnicul să ajungă la petrecerea de ziua ta și familia s-a adunat deja în jurul mesei, într-un restaurant de la bulevard.

– Mi-e dor de tine, mi-e atât de dor de tine, spun printre sughițuri.

Nu reușesc să-mi stăpânesc tremurul mâinilor, iar el mă ia în brațe, de data asta foarte strâns, spunându-mi că mă iubește și că e bine, că amândoi suntem bine.

– O să întârziem la serviciu, spune încetișor, după câteva minute.

Rămân nemișcată, cu ochii închiși, străduindu-mă să rețin senzația îmbrățișării lui pentru când mă voi trezi.

– Hai să rămânem aici, șoptesc. Hai să rămânem aici pentru totdeauna, Freddie.

Mâna îi alunecă în părul meu și îmi trage capul pe spate ca să mă poată privi în ochi.

– Mi-ar plăcea să pot, spune zâmbind. Dar știi că nu am cum. În dimineața asta prezidez întâlnirea aia cu The PodGods, îmi spune, amintindu-mi de un lucru despre care nu am habar.

– The PodGods?

Ridică din sprâncene.

– Ăia cu capsulele de cafea? Nu mai știi? La prezentare, au apărut cu toții îmbrăcați în tricouri verzi, fosforescente, cu PodGods și cu șepci de baseball?

– Cum aș fi putut să-i uit? zic, deși n-am idee despre ce vorbește.

Se desprinde de mine și mă sărută pe obraz.

– Rămâi în pat în dimineața asta, spune privindu-mă îngrijorat. Tu nu-ți iei niciodată liber. Fă-o acum, OK? Îți aduc o ceașcă de ceai.

Nu îl contrazic. Nu am mai fost la serviciu de cincizeci și șase de zile.

Viața mea s-a împletit cu cea a lui Freddie Hunter din clipa în care m-a sărutat pentru prima oară, strecurându-se în ADN-ul meu într-o după-amiază de vară târzie. Era ceva între noi de la o vreme, ceva care se aduna ca aburul într-un motor – la cantina școlii, își punea scaunul mereu lângă al meu, ca să-mi poată fura înghețata, plus comentariile cu subînțeles aruncate dintr-un capăt în celălalt al clasei, ca niște mingi de tenis. A început să vină acasă cu Jonah și cu mine, cu toate că nu-i era în drum, inventând mai mereu câte o scuză de doi lei cum că trebuie să ia ceva pentru mama lui sau că merge în vizită la buni. Atunci când Jonah a făcut vărsat de vânt și a trebuit să stea acasă o săptămână sau două, nu am avut nicio șansă. Și acum simt niște fluturași nostalgici când îmi aduc aminte; Freddie mi-a dat un inel galben de plastic, cu o floare pe el, în genul celor care rămân de la pocnitori, și apoi m-a sărutat, lipindu-mă de gardul vecinilor mei.

– Buni n-o să-și facă griji pentru tine? l-am întrebat, la finalul celor mai palpitante cinci minute din viața mea.

– Puțin probabil. Locuiește în Bournemouth, a spus și apoi am început să râdem amândoi, pentru că Bournemouth se afla la cel puțin o sută șaizeci de kilometri distanță.

Și aia a fost, eram iubita lui Freddie Hunter, atunci și mereu. A doua zi dimineață, mi-a strecurat un baton de ciocolată în ghiozdan, alături de un bilețel în care îmi spunea că mă va conduce acasă. Altcineva ar fi putut să considere asta un act posesiv; inimioara mea sensibilă de adolescentă a văzut doar onestitate fermecătoare.

Acum îl privesc mișcându-se cu un scop, ducându-se la baie să dea drumul la duș, scoțând de pe umeraș o cămașă curată, albă.

– Nu vreau să cobesc, dar cred că ăștia au pus botul, spune, răspunzând scurt la un apel de la muncă, ținând telefonul cu bărbia, în timp ce înșfacă niște chiloți din dulap. Îi privesc mișcările zilnice, răspunzându-i cu un zâmbet neconvingător atunci când își dă ochii peste cap spre mine, fiindcă vrea ca celălalt să pună odată punct conversației.

Dispare în baie, eu mă ridic și trag înapoi pătura pe mine când aud jetul de apă care-i îmbăiază corpul.

Ce se petrece cu mine? șoptesc, coborându-mi picioarele pe podea, stând pe marginea patului ca un pacient aflat în spital după o operație pe cord deschis. Pentru că așa mă simt. Ca și cum cineva mi-ar fi deschis cutia toracică și mi-ar fi masat inima, punând-o din nou în funcțiune.

– Nu e real. Nu cred în magie, mormăi, mușcându-mi buza tremurândă până simt gustul metalic și aspru al sângelui.

Freddie apare din baie într-un nor de abur, băgându-și cămașa în pantaloni și încheindu-se la nasturi.

– Ar trebui să plec, spune, întinzându-se după telefonul mobil. Dacă pun ceainicul pe foc, faci tu ceaiul? Dacă o tulesc acum, prind trenul.

Am ales această casă, în orașul pe care l-am numit amândoi dintotdeauna casă, exact pentru acest scenariu: diminețile în care suntem în întârziere și în care Freddie s-ar simți recunoscător să aibă gara la colțul străzii. Jobul lui din centrul orașului Birmingham îi răpește mult timp, prin urmare, cu cât petrece mai puțin timp pe drum, cu atât mai bine. Naveta pe care o fac eu la primărie e mai scurtă: zece minute și sunt în parcare. Ador clădirea de patrimoniu în care lucrez, îmi amintește de ceva scos dintr-o carte cu povești. Se crede că ar fi cea mai veche construcție din oraș, ridicându-se încovoiată, aproape pe jumătate făcută din lemn, la capătul lui High Street. În mare parte, acest tip de arhitectură se regăsește de-a lungul întortocheatei High Street; micul nostru centru din Shropshire e vechi, nespus de mândru că a fost inclus în Domesday Book[1]. Ar fi multe de spus despre cum e să copilărești într-o comunitate atât de strâns legată, unde multe familii se află aici de generații întregi, din leagăn până în mormânt. E ușor să desconsideri importanța unui astfel de lucru, să te simți sufocat de faptul că toată lumea își bagă nasul în treburile celorlalți, dar există totodată bogăție și confort în asta, mai ales atunci când cineva are necazuri.

Cu toate că nu doar locul unde e situată casa ne-a făcut să o îndrăgim. Am fost să o vedem dis-de-dimineață, într-o zi de weekend, când soarele se afla la înălțimea potrivită pentru a pune în evidență podeaua de culoarea mierii și ferestrele joase. Terasa din mijloc și decorarea casei ne-au dat ceva de furcă, pentru că nu existau acolo niciun perete și nicio ușă în unghi drept. Face parte din farmecul locului, susțineam eu de fiecare dată când Freddie dădea cu capul de grinda joasă de la bucătărie. Îmi place să cred că aduce cu interiorul căbănuței lui Kate Winslet din *The Holiday*, numai lemnărie nefinisată și talmeș-balmeș intim. E un aspect pe care l-am cultivat cu grijă de prin târguri și talciocuri, înfrânat din când în când de înclinația lui Freddie pentru lucruri mai moderne. Era o bătălie pe care o pierdea mereu; ochiul meu de coțofană adoră lucrurile drăguțe și la *Pinterest* chiar mă pricep.

Acum vreo două zile, după ce mi-am impus să mă îmbrac și să dau o fugă la magazinul de băuturi alcoolice, ca să fac provizii de vin, mi-am dat seama că nu voiam să mă întorc acasă. Din dimineața în care ni s-au înmânat cheile, este pentru prima oară când simt asta și se mai desprinde o părticică din mine când realizez faptul că acasă nu mai

[1] *Domesday Book* este un registru care oferă documentație despre terenuri din cea mai mare parte a Angliei și anumite zone din Țara Galilor. Întocmit din ordinul regelui William I al Angliei, a fost finalizat în anul 1086 (n. tr.).

e acasă. Niciodată nu m-am gândit să vând casa, însă, în acel moment, m-am simțit deturnată și am pornit-o în direcția opusă, două ture în jurul locului de joacă pentru copii, înainte să mă îndur să merg acasă. Iar apoi, în mod curios, odată ajunsă înăuntru, nu am mai vrut să plec. Sunt o adunătură de contradicții, nu e de mirare că familia mea e în culmea îngrijorării.

A fost casa *noastră* și acum e a mea, deși nu mă încălzește prea mult faptul că am scăpat de credite la douăzeci și opt de ani, dat fiind că am rămas și fără Freddie. La vremea respectivă, amândoi am fost de părere că ne-a tras în piept consultantul nostru financiar cu asigurarea de viață; ideea că i s-ar putea întâmpla ceva unuia dintre noi înainte de a termina de plătit ratele la casă părea strigătoare la cer. Cât de fermecător de norocoși eram, simțindu-ne atât de în siguranță! Îmi adun gândurile, dându-mi seama că sunt din nou pe cale să izbucnesc în lacrimi. Freddie mă privește întrebător.

– Ești mai bine? mă întreabă, ținându-mă de bărbie și plimbându-și degetul mare pe maxilarul meu.

Dau aprobator din cap, mă răsucesc și-mi apăs buzele în palma lui, iar el mă sărută pe creștet.

– Așa te vreau, îmi șoptește. Te iubesc.

Oricât ar fi de înjositor, vreau să mă agăț de el, să-l implor să nu mă mai părăsească, însă nu o fac. Dacă asta e să fie ultima amintire cu noi doi, vreau să mi se întipărească în inimă cu tot ce are ea mai frumos. Așa că mă ridic, îl apuc de reverele sacoului și mă uit în ochii lui albaștri, frumoși și atât de familiari.

– Ești iubirea vieții mele, Freddie Hunter, spun, scoțând cu cleștele acele cuvinte răspicate și adevărate.

El se apleacă să mă sărute.

– Te iubesc mai mult decât pe Keira Knightley.

Râde încet și continuăm joaca.

– Așa de mult? Nu mai spune! zic, dându-mi ochii peste cap, pentru că, de obicei, începem de jos și mergem până în vârf – până la Keira, în cazul lui, și la Ryan Reynolds, într-al meu.

– Așa de mult, spune, trimițându-mi o bezea înainte de a ieși din dormitor.

Panica îmi clocotește în vintre, fierbinte și grețoasă, și îmi strâng degetele de la picioare pe dușumea, ca să-mi înfrânez impulsul de a alerga după el. Ascult pașii lui pe scări, zgomotul cu care se închide ușa de la intrare și alerg la fereastra din dormitor ca să-l privesc cum ajunge în pas alergător până la colț. Deschid fereastra prea târziu, străduindu-mă să nu țin cont de tot ce a fost în trecut, strigându-l pe nume cu toate că știu că nu mă va auzi. De ce l-am lăsat să plece? Dacă nu o să-l mai regăsesc niciodată? Îmi încleștez degetele pe pervaz, cu ochii ațintiți spre el. Aproape mă aștept să dispară, dar nu o face. El pur și simplu dispare după colț, îndreptându-se spre vreun client corporatist care vinde cafea, spre fata de pe peronul patru, spre toate acele locuri unde eu nu pot să fiu.

TREAZĂ

Sâmbătă, 12 mai

Mă trezesc cu fața udă și gura acoperită de ceva cu gust de sânge. Iau telefonul și, la o inspecție mai atentă, constat că mi-am mușcat rău partea din interior a buzei de jos; pot vedea crestăturile lăsate de dinții mei, iar buza mi s-a umflat de parcă mi-aș fi injectat botox. Nu e cea mai bună zi a mea – fără îndoială că Freddie ar fi găsit amuzantă asemănarea nefirească cu un pește-balon.

Freddie. Închid ochii, stoarsă de hiperrealismul visului sau ce o fi fost asta. Nu pot să-l asemăn decât cu senzația pe care o ai atunci când mergi într-un magazin de electronice și vezi ultimul răcnet de televizor, din cele care costă o mică avere. Culorile sunt mai aprinse, contururile mai precise, sunetele mai clare. Tehnicolorul acela strălucitor, ca și cum ai vedea un film într-un cinematograf Imax. Era prea real pentru a nu fi real. Freddie trăia și făcea duș, și întârzia la muncă, și făcea din nou glume cu Keira Knightley.

Îmi storc creierul, încercând să dezgrop orice amintire în care să fi menționat vreun client corporatist din domeniul cafelei înainte de a muri. Sunt convinsă că el există; e ca și cum Freddie ar fi trăit în spatele unui văl în ultimele cincizeci și șapte de zile, văzându-și de treburi fără nicio grijă pe lume.

Sunt din nou stăpânită de nevoia de a încerca să adorm, de a mă întoarce să-l găsesc, înapoi în lumea în care inima lui încă mai bate; însă în acea lume e deja plecat de acasă, la o întâlnire unde îi dă pe toți gata, etalându-și butonierele și zâmbetul. Pentru cineva care nici măcar nu voia să meargă la culcare cu o seară în urmă, mă trezesc acum absolut fără niciun chef de a mă ridica din pat ca să înfrunt o nouă zi. Am nevoie de cincisprezece minute bune pentru a mă convinge că este cu putință să părăsesc dormitorul. Nu că aș avea prea mult de ales. E sâmbătă, ceea ce înseamnă că în curând ajunge Elle.

– L-am visat azi-noapte, zic, încolăcindu-mi mâinile pe ceașca de cafea, căutând mai curând alinare decât căldură.

Elle mă privește din celălalt capăt al mesei din bucătărie, încuviințând ușor din cap.

– Și mie mi se mai întâmplă din când în când, spune, amestecând zahărul în cafea.

Dezamăgirea mă răscolește pe dinăuntru. Ce mi s-a întâmplat mie pare prea intim ca să fie ceva la ordinea zilei.

– Aș fi mai surprinsă dacă nu l-ai visa, sinceră să fiu.

– Nu, zău?

O săgetez cu privirea, dorindu-mi să-și ridice privirea spre mine și să ciulească urechile, pentru că treaba asta e foarte importantă.

– E prima oară când mi se întâmplă.

Elle ridică privirea spre ceasul din bucătărie.

– Ești gata de plecare?

Mergem să luăm micul dejun la mama; am început să facem asta în aproape toate sâmbetele, înainte să merg la Freddie la mormânt – e felul mamei de a pune ordine în weekendurile mele, cred. Elle nu comentează deloc în privința părului meu nepieptănat și al tricoului de ieri. E unul dintre tricourile lui Freddie. Și părul tot pentru el îl țin așa; se dădea în vânt după părul lung, așa că, de ani de zile, nu am făcut altceva decât să-mi mai tai vârfurile. Adică încă nu mă așez pe el sau ceva de felul ăsta, dar a devenit treptat una dintre trăsăturile mele definitorii. Lydia, prietena lui Freddie, fata cu părul lung și blond.

Ieri, probabil mi-aș fi tras pe mine geaca de blugi și mi-aș fi prins părul cu un elastic, așa încâlcit, și m-aș fi considerat gata de plecare. Dar nu e ieri. Dacă am învățat ceva din noaptea trecută, e faptul că sunt vie și oamenii vii ar trebui măcar să fie curați. Până și Freddie, care, tehnic vorbind, *nu* e viu, a făcut un duș.

– Îmi dai zece minute? am zis, aruncându-i lui Elle cel mai mărunt zâmbet. Cred că a sosit timpul să mă machiez.

De la înmormântare, nu m-am mai atins de trusa de machiaj.

Mă privește într-un fel ciudat; îmi dau seama că am luat-o prin surprindere.

– Bine, nu voiam să-ți spun, dar, în ultima vreme, arăți un pic ca dracu', spune, scăpând porumbelul.

Gluma ei îmi întoarce stomacul pe dos, pentru că noi două am fost mereu la fel de apropiate ca, știu și eu, două lucruri care sunt apropiate. Ca două boabe într-o păstaie? Nu cred că e chiar așa, pentru că nu prea semănăm. Nici apropiate ca două surori nu merge, pentru că sunt surori ca Julia de la muncă și sora ei mai mare, Susan, despre care neagă că ar proveni din același fond genetic, pentru că este o vacă de nedescris, și apoi mai sunt surori precum Alice și Ellen, gemenele cu care am fost colegă în școala generală, care purtau haine identice și își terminau una alteia propozițiile, dar și-ar fi săpat groapa una alteia ca să fie alese căpitan al echipei de *netball*. Elle și cu mine... suntem Monica și Rachel. Suntem Carrie și Miranda. Am fost întodeauna una pentru cealaltă cel mai gălăgios fan și prima opțiune când vine vorba de un umăr pe care să plângi, și de-abia acum întrezăresc cât de mult m-am îndepărtat de ea. Știu că nici măcar pentru o clipă nu mi-a luat-o în nume de rău sau nu m-a învinovățit, dar cu siguranță i-a fost greu; pe lângă Freddie, m-a pierdut și pe mine, într-un sens. Îmi fac o notiță mintală ca, într-o bună zi, când mă voi simți mai bine, să-i spun cum uneori, în zilele negre, a fost singura lumină pe care o vedeam.

– Revin într-o clipă, zic, dându-mi scaunul mai în spate, târșâind lemnul pe lemn.

– Îmi mai fac ceva de băut cât te aștept.

O las pe Elle în bucătărie, mângâiată de sunetul apei de la robinet și de zdrăngănitul sertarelor. A fost mereu un oaspete bine-venit, care ne-a vizitat des. Nici pe departe la fel de des ca Jonah Jones, să fie clar – el a petrecut aici, cu Freddie, aproape la fel de mult timp ca mine, de multe ori trântit pe canapea, uitându-se la un film de care nu auzise nimeni sau mâncând pizza direct din cutie, pentru că niciunul dintre ei nu era chiar un Jamie Oliver în bucătărie. Nu i-am pomenit nimic lui Freddie, dar, uneori, am avut senzația că lui Jonas nu-i convenea că trebuie să-l împartă cu mine pe cel mai bun prieten al lui. Cred că trei va fi mereu un număr fără soț.

– Astăzi nu vine David?

Deschizând ușa, mama se uită pe lângă noi; uneori cred că îl place mai mult pe soțul lui Elle, David, decât pe mine sau pe Elle. La fel făcea și cu Freddie, îi face plăcere să le dea atenție bărbaților în felul acela specific mamelor.

– Suntem doar noi azi, îmi pare rău, spune Elle, fără să-i pară rău.

Mama suspină teatral.

– Va trebui să mă mulțumesc cu voi. Cu toate că aveam de gând să-l rog să-mi schimbe rezistența de la föhn, a cedat din nou.

Privirea lui Elle o întâlnește prin spatele mamei pe a mea și știu exact la ce se gândește. David e groaznic la orice ține de meșterit. Este fără drept de apel treaba lui Elle atunci când vine vorba să se urce pe vreun raft sau să redecoreze vreo cameră sau să schimbe vreo rezistență, dar mama insistă să se agațe de ideea învechită potrivit căreia David, bărbatul familiei, se va ocupa de treburile bărbătești. Mama ar putea foarte bine să-și schimbe siguranța; ne-a crescut de una singură și nu a murit nimeni, a avut de-a face cu împământarea la viața ei. Dar ea pare să creadă că-i insuflă lui David un sentiment de încredere în sine dacă apelează la el pentru anumite treburi, iar el, la rândul lui, ne aruncă nouă priviri panicate, cu ochi rugători. El nu e în stare nici măcar să se suie pe o scară mobilă fără să-l treacă năduşelile; acum câteva săptămâni, a fost nevoie să îi distrag mamei atenția în bucătărie în timp ce el i-a ținut scara lui Elle ca să curețe streșinile. E un joc pe care-l jucăm cu toții; Freddie era omul bun la toate al familiei, iar în lipsa lui, David a fost promovat fără voie la rangul de meseriaș al familiei.

– Fac omletă cu ceapă și cu brânză, spune mama, în timp ce noi o urmăm prin hol. Testez o tigaie nouă. Rotește în fața noastră o tigaie roz, strălucitoare. I-am cumpărat una și Mătușii June, ea nu-și face niciodată un cadou singură.

– Iar ai stat pe teleshopping? o întreabă Elle, trântindu-și geanta lângă masa din bucătărie.

Mama ridică din umeri.

– S-a întâmplat să înceapă emisiunea. Știi că, de obicei, nu cumpăr de la TV, dar Kathrin Magyar a fost așa de impresionată de tigaia asta, iar tigăii mele tocmai îi căzuse mânerul, a fost ca un făcut.

Eu îmi mușc buza umflată, Elle își întoarce privirea; amândouă știm că dulăpioarele de bucătărie ale mamei sunt pline de achiziții inutile despre care megaprestigioasa prezentatoare TV Kathrin Magyar a făcut-o să creadă că îi vor revoluționa viața.

– Vrei să toc eu ceapa? o întreb.

Mama clatină din cap.

– E deja tocată. E în minirobotul de bucătărie.

Încuviințez din cap, observându-l pe blatul din bucătărie. Nu întreb dacă a fost cumpărat tot de la teleshopping, normal că da, alături de răzătoarea electrică pentru brânză pe care a folosit-o pentru cheddar.

În schimb, pregătesc cafeaua, slavă cerului, fără ajutorul vreunui dispozitiv de prisos.

– Ai încercat pastilele? mă întreabă mama, în timp ce sparge ouăle într-un bol.

Aprob din cap, răscolită de amintirea lui Freddie.

Mama scotocește prin vasul cu ustensile până găsește telul.

– Și?

– Și au funcționat, zic, ridicând din umeri. Am dormit profund.

– În pat?

Oftez, iar Elle îmi aruncă un zâmbet timid.

– Da, în pat.

Ușurarea îi îndreaptă mamei liniile de pe frunte, în vreme ce continuă să bată ouăle.

– Asta e bine. Deci, gata cu dormitul pe canapea, da? Nu îți face bine.

– Gata, promit.

Elle pune masa; trei rânduri de farfurii. Familia noastră se lărgise la cinci membri și acum s-a redus la patru, dar, în forma sa cea mai pură, a avut mereu trei membri: mama, Elle și cu mine. Noi nu prea îl cunoaștem pe tata. A plecat cu cinci zile înaintea primei mele zile de naștere, iar mama nu l-a iertat niciodată cu adevărat. Elle era încă în scutece, iar eu, doar o mână de om, dar tata a decis că viața alături de trei femei nu era pentru el, așa că s-a mutat în Cornwall, unde s-a apucat să facă surfing. Genul ăsta de om e tata. O dată la câțiva ani, ne trimite vești din locurile prin care umblă și chiar, o dată sau de două ori, a apărut neanunțat la ușa noastră, pe vremea când încă mergeam la școală. Nu e un om rău, doar nestatornic. E drăguț să știu că există, dar niciodată n-am avut cu adevărat nevoie de el în viața mea.

– Mă gândeam să-mi schimb masa din bucătărie, zice mama, punându-ne farfuriile în față și luând loc.

Elle și cu mine ne zgâim la ea.

– Nu poți, spun eu.

– În niciun caz, zice Elle.

Mama își ridică ochii în tavan; e clar că a prevăzut împotrivirea noastră.

– Fetelor, asta veche e pe ultima sută de metri.

Am stat la masa asta uzată și scorojită toată viața, fiecare la locul ei. A văzut micul nostru dejun de dinainte de școală, sendvișurile cu bacon și cu sfeclă, preferatele noastre în weekend, și certurile familiei. Mama este în general o persoană tipicară; casa ei nu s-a schimbat prea mult de-a lungul anilor, iar Elle și cu mine am ajuns să ne bazăm pe faptul că va rămâne, în linii mari, neschimbată. Dacă stau să mă gândesc, același lucru ar putea fi spus și despre mama; are același păr blond-cenușiu, tuns bob, de când o știu. Elle și cu mine am moștenit de la ea fața în formă de inimă și gropițele adânci, de parcă cineva și-ar înfige degetele în obrajii noștri atunci când râdem. Mama e barca noastră de salvare și casa asta e sanctuarul nostru.

– Pe masa asta ne-am făcut temele.

Elle pune o mână protectoare pe masă.

– Toate mesele de Crăciun din viața mea au avut loc la această masă, spun.

– Dar e toată mâzgălită.

– Da, aprobă Elle. Cu numele noastre scrise de când aveam eu cinci ani.

A scrijelit numele noastre adânc în suprafața mesei cu un pix, la scurtă vreme după ce a învățat toate literele. Legenda spune că era teribil de mândră și de-abia aștepta să-i arate mamei ce a făcut. Literele sunt și acum acolo, majuscule cu scris de copil sub suporturile pentru farfurii. Barbra. Elle. Lydia. O pasăre mică și pricăjită după fiecare.

– Vrei s-o iei la tine acasă? spune mama, uitându-se spre Elle, care are o casă strigător la cer de îngrijită, unde totul se îmbină sau se asortează și absolut nimic nu e uzat sau zgâriat.

– Locul ei e aici, spune ferm Elle.

Mama se uită la mine.

– Lydia?

– Știi că nu am spațiu. Dar, te rog, păstrează-o. Face parte din familie.

Mama oftează, dând înapoi.

Văd că își dă seama că așa este, cred că nici ea, la rândul ei, nu își dorește cu adevărat să scape de ea.

– Poate.

– Omleta e minunată, adaugă Elle.

Prin minte îmi trece următorul gând:

– Ți-a vândut cumva Kathrin Magyar o masă de bucătărie nouă?

Mama se întinde după ceașca de cafea și lovește ușor masa, ca pe un vechi prieten.

– O să anulez comanda.

Kathrin Magyar o fi ea bună, dar nu are nicio șansă în fața colectivului reunit al familiei Bird.

Privesc în jos, la mormântul lui Freddie. Un snop de trandafiri împachetați în celofan la baza pietrei funerare, țipători pe lângă mocirlosul aranjament de margarete și de flori de câmp adus de mine săptămâna trecută. Cu siguranță a mai trecut cineva de atunci. Un coleg sau poate Maggie, mama lui Freddie, cu toate că ea nu vine atât de des – i se pare prea dureros. A fost preaiubitul și singurul ei copil, într-atât încât s-a dus în ea o luptă ca să mă poată accepta în sfera ei afectivă. Nu era rea la suflet, mai degrabă i-a fost răpită plăcerea ascunsă de a-l avea pe Freddie doar pentru ea. Ne-am întâlnit de câteva ori de la moartea lui Freddie, dar nu sunt convinsă că avem vreuna ceva de câștigat din asta. Ea a suferit o altfel de pierdere, una în care nu mă regăsesc.

M-a surprins faptul că mie, uneia, nu mi se pare ceva sentimental; apreciez faptul că există un loc în care să mă duc și să vorbesc cu el. Ochii îmi scânteiază în direcția trandafirilor, pe măsură ce desfac florile proaspete luate în drum, de la florărie. Garoafe, frezii și niște frunze interesante, verzi-argintii. Niciodată ceva atât de bătător la ochi cum sunt trandafirii. Trandafirii sunt pentru Ziua Îndrăgostiților, romantism-la-ghici din partea unui iubit lipsit de imaginație. Dă-i un ursuleț de pluș și ai făcut treabă bună. Iubirea dintre mine și Freddie era dintr-o cu totul altă lume față de banalele felicitări de la magazinele de suveniruri și baloanele cu heliu în formă de inimă. Era mare și reală, iar acum mă simt o jumătate de om, ca și cum artistul ar fi întors creionul cu susul în jos și ar fi șters acea jumătate din mine aflată pe a doua pagină.

– Cine a fost în vizită, Freddie? spun, așezându-mă în fund, pe iarbă, cu geanta la picioare.

E foarte deprimant să ții în portbagaj o geantă cu obiecte pentru cimitir, nu-i așa? O sticlă de apă pe care o umplu de la robinet, foarfece cu care tai florile, șervețele umede, genul ăsta de lucruri.

Când am început să vin aici, obișnuiam să-mi pregătesc în minte discursul. Nu a funcționat. Așa că acum stau pur și simplu în liniște, închid ochii și-mi imaginez că sunt cu totul și cu totul în altă parte. Am evocat tot felul de locuri pentru noi. Acasă, pe canapea, cu picioarele în poala lui Freddie. Alături de el, într-un șezlong în Turcia, un pachet de vacanță nechibzuit, într-un hotel îngrozitor, căruia i-am supraviețuit mai ales datorită shoturilor nesfârșite de *raki*. Sau se făcea că stăm față în față în cafeneaua mică și aburită a Sheilei, aflată la colțul străzii noastre, unde obișnuiam să mergem pentru sendvișurile cu bacon, antimahmureală, după o noapte grea în oraș, ale mele, cu sfeclă, aduse de Sheila special pentru mine. Nu îmi ia mai mult de două secunde să mă hotărăsc unde mergem astăzi. Suntem la adăpostul patului nostru mare și cald, față în față, cu pătura trasă până peste umeri.

– Hei, tu, spun în vreme ce mi se închid ochii, zâmbind discret. Tot eu sunt.

Datorită celor petrecute azi-noapte, nu mă lupt să clarific imaginea chipului lui Freddie, așa cum mi se mai întâmplă uneori. Degetele lui se împletesc cu ale mele pe sub noi, calde și puternice și, în imaginația mea, îmi zâmbește și-mi spune:

– Te-ai și întors? Ești nerăbdătoare.

Răsuflu ușor.

– Nu pot să-ți spun cât de mult m-am bucurat să te revăd, aproape că șoptesc. Mi-a fost atât de dor de tine!

Întinde mâna și îmi mângâie obrazul cu dosul palmei.

– *Și mie mi-a fost dor de tine*, îmi zice și apoi nu mai spunem niciunul nimic câteva minute.

Eu nu fac decât să-l privesc și el mă privește la rândul lui, îndelungat, meditativ, un lucru de care nu am fi avut timp când era aici.

– *Și ce mai e nou în viața ta?* spune după un timp, înfășurându-și pe deget o șuviță din părul meu.

– Nu prea multe, zic, și nu este o bagatelizare, dat fiind că zilele astea nu prea ies din casă. Azi-dimineață am luat micul dejun cu mama și cu Elle. Omletă cu brânză și cu ceapă, pentru că mama voia să testeze noua ei tigaie cumpărată de la TV.

Fac o pauză, apoi continui.

– Mătușa June și Unchiu' Bob s-au apucat de tras cu arcul.

Lui Freddie mereu i s-au părut amuzante hobby-urile în continuă schimbare. Par să treacă prin ofertele de cursuri pentru adulți fără să țină cont de niciun talent înnăscut. Fără a-i judeca prea aspru însă, sunt pâinea lui Dumnezeu, și Tușa June a fost ca o stâncă pentru mama, de la moartea lui Freddie. Bănuiala mea e că ea a susținut-o pe mama, astfel încât ea să mă poată sprijini la rândul ei. O ador pe Mătușa June, seamănă nefiresc de mult cu mama. Împărtășesc același râs molipsitor, un sunet care garantat îi va face să râdă pe toți cei aflați în preajma lor.

– Dawn și Julia de la muncă au trecut pe la mine acum câteva seri și mi-au adus o scrisoare de condoleanțe și niște struguri. Struguri! De parcă aș fi bolnavă!

Recunosc disprețul din voce și mă simt prost.

– A fost drăguț din partea lor să treacă pe la mine, cu toate că, în acest moment, nu sunt cea mai plăcută companie.

Mă întrerup și apoi râd încet.

– Nici măcar nu-mi plac afurisiții de struguri!

Țin ochii închiși și caut alte noutăți pe care să i le împărtășesc.

– Elle și-a schimbat jobul, zic, amintindu-mi de marea veste a soră-mii. O să fie organizator de evenimente la hotelul ăla mare și pretențios din centru. O să aibă parte de mult tort gratis sau cel puțin așa crede ea.

Ce altceva aș putea să-i spun? Au apărut foarte puține schimbări în viața mea de zi cu zi. Ar aprecia probabil niște noutăți din sport, fotbal sau rugbi, dar sunt complet pierdută când vine vorba de asta.

– Doctorul mi-a dat niște pastile noi acum câteva zile, îi mărturisesc cu sfială, pentru că Freddie era complet împotriva medicamentelor. Ceva care să mă ajute să dorm. A insistat mama, știi cum o apucă pe ea.

Știu că nu e nicio rușine să ai nevoie de ajutor, dar vreau să fie mândru de felul cum fac față. În mintea mea, el mă întreabă dacă m-au ajutat pastilele, iar eu zâmbesc șovăitor.

– N-am crezut că mă vor ajuta. Până noaptea trecută n-am dormit deloc la noi în pat.

– *Și cum a fost?* mă întreabă.

– Nu mi-am dat seama că încă mai ești aici.

Trag aer în piept, iar inima începe să-mi bată din ce în ce mai tare.

– Mi-a fost așa de frică să merg la culcare, nu mi-am dat seama că mă așteptai.

Râd în doi peri.

– Astăzi mă simt altfel, Freddie, îi spun aproape în șoaptă, cu toate că nu e nimeni în jur să mă audă. În fiecare zi de la accident încoace m-am mișcat ca printr-o ceață gri sau ceva de tipul ăsta, dar astăzi pâlpâie o lumină. Ca și cum, nu știu…

Ridic din umeri și caut o cale de a-i explica.

– Ca și cum mi-ai trimite semnale cu lanterna de la mare depărtare și eu m-aș concentra din răsputeri să găsesc un tipar. Să te găsesc pe tine. Ce facem în clipa asta, acolo, unde ești tu?

Mă uit la ceas.

– Într-o sâmbătă la amiază. Fără îndoială că mergi cu Jonah la fotbal.

Doamne, sunt în stare să fiu pasiv-agresivă cu un răposat. Doar că, uneori, când mă gândesc la Jonah și la cicatricea care i se vindecă rapid deasupra sprâncenei, fierb la gândul că situația chiar a fost nedreaptă. Freddie ar fi trebuit să vină direct acasă de ziua mea, nu să se abată pe la Jonah. De cele mai multe ori, intervine latura mea rațională, spunându-mi că e mizerabil să arunc orice urmă de vină asupra lui Jonah, însă uneori, noaptea târziu, nu reușesc să-mi stăpânesc gândurile. L-am cam evitat de la înmormântare; nu i-am răspuns la mesaje, nici nu l-am sunat înapoi.

– *Nu mai fi atât de dură cu el*, îmi spune Freddie.

Oftez, pentru că lui îi vine ușor să spună asta.

– Știu, știu, doar că....

Deschid pachetul cu șervețele și mă opresc, pentru că până și rostirea cu voce tare a acelor cuvinte mi se pare prea mult.

– Doar că uneori mă întreb cum ar fi fost să-l fi lăsat și pe el măcar o dată să conducă...

Suspin în timp ce-mi termin propoziția în gând, ștergând piatra funerară un pic cam prea repede.

– *A fost prietenul meu cel mai bun*, îmi amintește Freddie. *Și cel mai vechi prieten al tău, mai ții minte?*

Îndes florile vechi într-un sac de gunoi, rupând tulpinile putrede și clătinând din cap.

– Normal că țin minte.

Îl cunosc pe Jonah de dinainte să-l fi cunoscut pe Freddie.

– Dar lucrurile se schimbă. Oamenii se schimbă.

– *Jonah nu s-a schimbat*, spune Freddie, iar eu nu îi zic că se înșală, cu toate că așa e.

O lumină s-a stins înăuntrul lui Jonah în ziua accidentului, una despre care nu sunt sigură că va găsi vreodată o cale de a o reaprinde. Oftez și privesc cerul, conștientă că îl împovărez și mai tare pe Jonah prin faptul că-l evit, iar asta mă face să mă simt nedemnă.

– O să încerc, bine? Data viitoare când ne vedem, o să mă străduiesc.

E o înțelegere pe care o fac știind că nu există prea multe șanse să mă întâlnesc întâmplător cu Jonah.

– Cred că ar cam trebui să plec, spun, adunându-mi lucrurile la loc în geantă.

Involuntar, mă uit la literele aurite cu care e scris numele lui Freddie. Freddie Hunter. Mama lui a vrut să scrie Frederick – un pic mai aveam și ne luam la ceartă pe bune. M-am ținut tare pe poziții; el ura să i se spună Frederick, în niciun caz n-aș fi lăsat ca numele ăsta să-i fie gravat pe mormânt.

Zăbovesc lângă piatra funerară, mai mult sau mai puțin gata de plecare. Asta e cea mai grea parte a venitului aici: plecarea. Încerc să nu mă gândesc prea mult la asta, la ce a rămas în mod concret din el sub pământ. Mi s-a întâmplat, în nopțile cele mai sumbre de după înmormântare, să mă gândesc serios să sar poarta cimitirului și să scormonesc prin pământ până ce degetele mele găsesc modesta urnă neagră care ține înăuntrul ei atât viața mea, cât și pe a lui. A fost o idee grozav de bună să nu-l îngrop pe Freddie; nu cred că aș fi putut să mă abțin să nu vin cu o lanternă și cu o lopată, să mă îngrop alături de el sub pământul negru.

Suspin în timp ce mă ridic, dezlipindu-mi sacoșa de plastic umedă de pe fundul blugilor, apoi îmi sărut vârfurile degetelor și le așez în liniște pe piatra funerară.

– Ne vedem mai târziu, sper, șoptesc, încrucișându-mi degetele la ambele mâini în timp ce mă îndepărtez și mă îndrept spre parcare.

Îmi pun genţile în portbagaj și trântesc ușa, surprinsă de vibrația telefonului din buzunarul de la spate al blugilor. Pe ecran, îmi apare numele lui Elle.

Ne vedem o oră la The Prince? Eu sunt deja aici, am emoții pentru noul job! Nici ție nu cred că ți-ar strica un pahar, așa-i?

Mă uit la mesajul ei uimită, neștiind cum să răspund. N-am mai pus piciorul în pubul acela din ziua înmormântării lui Freddie. Știe și ea asta, bineînțeles; am refuzat fiecare invitație din ultimele săptămâni. Și nu e vorba doar de pub, am respins orice propunere de a merge undeva. Apoi mă gândesc la cele petrecute azi-dimineață; Elle a luat probabil faptul că m-am pieptănat și mi-am dat cu puțin fard ca pe un semn al evoluției mele, de la durerea roșu-aprins la stadiul următor, care o fi ăla. Nu știu termenul: o fi, poate, durerea cenușie? Știu că psihologii au denumit în fel și chip etapele astea, dar eu le gândesc în termeni de culori. Roșu furios. Negru nesfârșit. Și acum, aici, teritoriu gri cât vezi cu ochii. Mă gândesc la propunerea lui Elle. Pot face față ieșirii în pub? Nu am alte planuri; sâmbăta mea e o foaie albă și știu cât de stresată e în legătură cu noul job. Mi-a dedicat atât de mult din timpul ei, după accident, poate că aș putea să-i ofer și eu puțin înapoi.

OK, mă arunc repede, înainte să-mi dau voie să spun nu. *Ne vedem în zece minute.*

Am impresia că toată lumea se holbează la mine când intru în pub, ca-ntr-o cârciumă din Vestul Sălbatic, unde toți se opresc brusc atunci când ușile se dau în lături și se uită chiorâș la străinul care a îndrăznit să intre în tagma lor. Probabil că fac din țânțar armăsar; de fapt, cu siguranță fac asta, dat fiind că înăuntru sunt mai puțin de douăzeci de oameni, iar jumătate dintre ei sunt pensionari care mângâie halbe de bere brună, slabă, și se uită la snooker pe micuțul ecran din colțul din spate.

The Prince of Wales este un pub în toată legea, desăvârșit prin covorul pompos, verde cu maro, și prin suporturile pentru paharele de bere din anii '70. Niciun meniu de mâncare la vedere; Ron, băiatul din bar, dacă ai noroc, dă o fugă după crochete de brânză și ceapă murată în zilele cu meciuri. Dar e localul nostru din capul străzii, deloc atrăgător pentru găștile de hipsteri și, din acest motiv, îndrăgit de clienți. Niciodată nu am avut emoții venind aici, astăzi însă am. Emoțiile îmi întorc stomacul pe dos și mă simt foarte singură în timp ce scanez încăperea căutând-o pe soră-mea.

O zăresc înainte ca ea să mă vadă. E cu David și cu alți câțiva oameni, lângă storcătorul de fructe, cu spatele la mine, cu un pahar de vin în mână, aplecată ca să-l asculte pe tipul de lângă ea. Înghit în sec când îi recunosc pe tovarășii de băută ai lui Freddie, oameni care ne-au fost colegi la școală, oameni care toată viața nu mi-au fost mai mult decât cunoștințe. David mă observă și ridică o mână, înghiontind-o pe Elle pentru a-i da de știre că am ajuns. Elle ajunge într-o clipă lângă mine și mâna îi alunecă într-a mea.

– Ce fată cuminte! spune.

Din partea altcuiva, ar fi putut suna cam ironic, dar nu și în cazul lui Elle, pentru că știu că înțelege cât îmi este de greu și mai știu și cât de mult îi lipsesc lucrurile pe care obișnuiam să le facem împreună.

– Hai să-ți luăm ceva de băut!

În drum spre bar, mă strânge de mână un gest subtil pe care-l apreciez. Mă uit fix înainte, fără să întorc capul spre grupul de lângă storcătorul de fructe, cu toate că știu că probabil toți se uită la mine. Sinceră să fiu, am evitat să merg în locuri unde sunt oameni care l-au cunoscut pe Freddie, pentru că nu m-aș simți în stare să răspund la întrebări despre cum fac față sau să-i aud vorbind despre șocul și durerea lor. Oi fi egoistă? Pur și simplu nu pot să adun arsenalul emoțional ca să-mi pese de ei.

Ron, proprietarul, îi zâmbește lui Elle și ia un pahar curat.

– Tot la fel?

Privirea îi alunecă spre mine și îi ia câteva secunde până își dă seama că sunt prietena lui Freddie. Un fel de panică îi străbate pe moment înfățișarea, apoi imediat își vine în fire.

Elle încuviințează din cap și se întoarce spre mine.

– Lydia?

Mă simt de parcă atunci am intrat întâia oară într-un pub, derutată și furioasă la culme, ca la șaptesprezece ani, prefăcându-mă că am vârsta la care am voie să beau. Cercetez prea rapid sticlele cu privirea și simt cum începe să-mi bubuie inima.

– Un pahar de vin? îmi sugerează Ron, întinzându-se iar după un pahar nou, atârnat de suportul de deasupra, și tot ce sunt în stare să fac este să aprob recunoscătoare din cap. Nu mă întreabă ce vreau, pur și simplu îmi strecoară în față un pahar mare cu ceva rece și alb, mă mângâie scurt pe mână și îi aruncă lui Elle o privire feroce atunci când vrea să plătească băuturile.

– Din partea casei, spune pe un ton aspru, aproape hârâit, apoi ia o cârpă și se apucă să lustruiască barul, făcând tot posibilul să pară că își vede de ale lui.

Mă uit la Elle și văd că e puțin deranjată de gestul lui. Sunt pe cale să izbucnesc în plâns, iar Ron e în pericol să se aleagă cu o gaură în tejgheaua barului, așa că îmi iau paharul cu un zâmbet timid și recunoscător și mă îndrept spre masa din colț. Elle se îndepărtează puțin de David și de grupul de lângă storcătorul de fructe, iar eu iau o înghițitură de vin și ridic privirea să văd cine mai e pe acolo. Aceiași inculpați. Decker și ai lui bând niște beri înainte de meci, prieteni mai vechi ai lui Freddie. Mai sunt acolo Duffy, contabilul scorțos, într-o cămașă bleu, prea formală pentru o zi de sâmbătă, și Raj, un tip cu care am fost colegi la școală, care a ajuns să aibă propria firmă de construcții, parcă. Mai sunt câțiva: Sculă – nu mă întrebați de ce i se spune așa, pentru că nici nu vreau să aflu – lovește ritmat butoanele storcătorului, mai e și Stu, cred, care își petrece cea mai mare parte din viață la sala de forță. Nu fac contact vizual cu niciunul dintre ei, lucru pentru care sunt convinsă că îmi sunt absolut recunoscători. Moartea este calea sigură de a ajunge un paria al societății.

– Băuturi moca, spune Elle, strecurându-se alături de mine, la masa mică și rotundă. Există un început pentru toate.

Nu se înșală. În clipa de față, totul e ca prima oară. Prima oară când am prăjit bacon fără Freddie, mâncându-l direct din tigaie, înainte să apuc să-l pun în sendviș. Prima dată când am dormit singură în patul nostru. Prima oară că ies în pub în calitate de iubita amărâtului ăluia care a murit. Nimic din ce-mi închipuiam sau speram că voi face pentru întâia oară în acest stadiu al vieții mele.

– Drăguț din partea lui Ron, mormăi, trăgându-mi mai aproape paharul deja pe jumătate gol.

Ar trebui s-o las mai moale.

Apoi se deschide ușa și intră Jonah Jones, îmbrăcat în negru din cap până-n picioare, ca de obicei, și cu părul vâlvoi, ca întotdeauna. Nu mă pot abține – mă răscolește să-l văd singur, e ca Woody fără Buzz. Se oprește să stea de vorbă cu tipii de lângă storcător, cu mâna pe umărul lui Decker, apoi se duce la bar. Se întoarce spre noi, lovind ritmic un suport pentru pahare de la marginea barului în timp ce Ron îi umple o halbă. Afișează un zâmbet discret, care-i dispare complet de pe față când, în cele din urmă, îmi constată prezența. Cel mai probabil simte și el un pumn în stomac când mă vede singură, apoi imediat îl cuprinde o stânjeneală din cauza felului în care au rămas lucrurile între noi. Ultima oară l-am văzut la înmormântare, unde amândoi de-abia ne țineam cumpătul. Azi arată mai bine; când îmi întâlnește privirea, degetele lui pleacă instinctiv în căutarea rănii vindecate de deasupra sprâncenei. Nu știu dacă ar trebui să mă ridic să-l salut, așa că rămân țintuită pe scaun din cauza nehotărârii. Cred că nici el nu știe ce să facă, ceea ce e o tâmpenie, pentru că ne cunoaștem de la doisprezece ani. Mai bine de o jumătate de viață și, cu toate astea, ne uităm pieziș unul la altul, ca niște lei precauți, nesiguri că mai aparțin aceleiași familii.

Jonah ia halba pe care i-o pune Ron în față și golește aproape o treime din ea, bombănind o mulțumire când Ron i-o umple la loc, fără să comenteze. Mă simt ușurată atunci când David intervine și întrerupe scena fără să-și dea seama, alăturându-i-se lui Jonah la bar, după care îl conduce de-a lungul barului ca să ni se alăture. Se prăbușește alături de soția lui, în vreme ce Jonah se apleacă să o sărute mai întâi pe Elle, apoi pe mine, lăsându-și mâna caldă pe umărul meu atunci când se înclină spre obrazul meu.

– Hei, tu, spune, luând loc pe scaunul liber de lângă mine.

Față de Freddie, Jonah avea un plus în materie de înălțime, dar e mai curând înalt și subțire, nu lat în umeri, o panteră, pe lângă leul de Freddie.

– A trecut ceva timp.

Aș putea spune cu exactitate câte zile au trecut de la înmormântare; în schimb, mă joc cu marginea desprinsă a mesei laminate, înrăutățind situația.

– Mda.

Mai dă pe gât o dușcă de bere și împinge halba pe masă.

– Cum te mai simți?

– Sunt bine, zic.

Cuvintele m-au părăsit. În mintea mea, Jonah este atât de legat de Freddie, încât nu știu cum să mă port în preajma lui acum. David îi arată lui Elle ceva pe telefon, cel mai probabil ca să ne lase mie și lui Jonah puțină intimitate.

– Am încercat să te sun.

Dau din cap stânjenită.

– Știu. Nu prea m-am simțit... Nu am fost în stare să...

– E în regulă, intervine el repede. Înțeleg.

Nu îi spun că nu are cum să înțeleagă, pentru că știu că se numără printre cei cărora le e cel mai dor de Freddie. Jonah nu are o familie adevărată. Cea mai serioasă relație a mamei lui a fost cu sticla, iar tatăl lui era soțul altcuiva. Nu a avut frați cu care să împartă povara, nu a avut parte de mângâieri acasă, la finalul unei zile de școală. Am auzit aceste frânturi la mâna a doua de la Freddie, și nu de la Jonah – când eram mici, inventa scuze neconvingătoare pentru absența mamei lui de la ședințele cu părinții, iar ca adult nu aducea niciodată vorba despre părinții lui. Freddie a fost omul cel mai apropiat pe care l-a cunoscut vreodată.

– Dar ești OK? mă întreabă.

Cuvinte nespuse se interpun între noi, în vreme ce degetele lui se asigură că cicatricea e ascunsă de părul ușor prea lung.

Ridic din umeri.

– OK. Nu mă destram în public, cel puțin, ceea ce, crede-mă, e o performanță.

Aud cum în voce îmi urcă subtil dojana „durerea-mea-e-mai-mare-decât-a-ta"; nu e corect și îmi dau seama. El lasă privirea în jos și își freacă mâiniile de-a lungul coapselor, fără astâmpăr, iar când ridică privirea întunecată și tulburată din nou spre mine, am senzația că se pregătește să spună ceva, așa că deschid eu gura mai întâi.

– Îmi pare rău, spun, jucându-mă cu piciorul paharului. Se pare că mi-am pierdut abilitatea de a face conversație. Ignoră-mă.

Jonah oftează și clatină din cap.

– Nu-ți face griji, îmi spune.

Ah, e groaznic, e ciudat. Jonah lovește ritmat, nervos, marginea suportului pentru pahare de pe masă. Are muzica în sânge, e pianist autodidact și cine știe cu câte alte instrumente muzicale mai cochetează. Fusese mereu specialitatea lui, când eram mici. Freddie nu a fost niciodată pasionat de muzică, cu excepția unei veri în care a hotărât că vrea să fie star rock. I-a trecut la fel de repede cum l-a apucat, însă, din când în când, mai dădea peste vechiul Fender în mansardă și, pentru câteva minute, se credea Brian May.

– Vă las, spune Jonah, brusc și categoric, atingându-mă în treacă pe umăr, în timp ce se ridică în picioare.

Sunt cât pe ce să să-l opresc, pentru că am impresia că ar trebui să-i întind un soi de ramură de măslin; cu nici două ore în urmă i-am spus lui Freddie că mă voi strădui. Deschid gura să spun ceva, orice, și apoi ridicăm cu toții privirea, distrași de faptul că Decker se apropie de masa noastră. Când eram mici, era unul dintre copiii cu probleme ai școlii, mic și pus pe harță, probabil o pacoste în cancelarie. Nu prea am mai vorbit cu el în ultimii ani și mi se pare straniu că își pune paharul pe masă în dreptul meu. Mă uit la el, observând petele îngemănate de rușine care-i colorează obrajii, în dezacord cu obișnuita lui atitudine de om plin de el. Apoi mă uit la băutura pe care mi-a așezat-o în față: ceva tărie, aș zice, votcă sau gin cu gheață. Nu e un amestec de băuturi, nu știu dacă e din cauză că are impresia că am nevoie de ceva tare sau pentru că nu-și poate închipui că cineva ar dilua în mod deliberat alcoolul.

Nu zice nimic și, pentru o clipă groaznică, pare că va izbucni în plâns.

– Mulțumesc, spun, în niciun caz șoptit.

El încuviințează printr-un singur gest energic și se întoarce agale la storcătorul de fructe, dezmorțindu-și umerii.

– Încă o băutură moca, spune Elle în glumă. Te mai luăm cu noi.

Schițez un zâmbet timid, în vreme ce Jonah profită de ocazie să ne părăsească și se îndreaptă spre bar.

Ridic paharul și-l miros.

– Votcă, cred.

Decker se uită în direcția noastră de la adăpostul storcătorului de fructe, așa că mă comport politicos și dau paharul pe gât. Doamne, e tare, mă înțeapă ochii.

Las paharul jos și mă uit la Elle.

– Mi-au amorțit dinții, îi spun.

Ea mai că râde, mai că pufăie.

– N-are cum să-ți strice.

– Încă nu-i amiază și eu beau votcă seacă, murmur.

În acel moment, la masa noastră își face apariția Sculă, subțire și deșirat.

Are loc o scenă foarte asemănătoare; o băutură pe care nu o cunosc, pentru mine, o mișcare a capului.

– Mulțumesc, ăăm, Sculă, zic, cu intonația unei mătușici manierate.

David își duce halba la gură și îl văd cum încearcă să-și ascundă rânjetul în ea. Sculă răsuflă ușurat și bate repede în retragere.

– Ce-i așa de amuzant? mormăi.

– A sunat ciudat când i-ai spun Sculă.

– Și cum altfel ar fi trebuit să-i zic?

– Pete? Mai toată lumea îi spune așa, acum.

Căcat.

– Freddie îi spunea mereu Sculă, sunt sigură, spun îmbujorată.

– Asta îi e porecla. Doar că... nu știu. E o treabă de băieți. Când era puști, nu se putea controla în prezența fetelor, avea mereu o...

David se întrerupe, încercând parcă să decidă cum s-o formuleze într-un mod delicat.

– Am prins ideea, intervin, și apoi fiecare își studiază băutura.

Elle scotocește în geantă, ca să-și facă de lucru, iar David e mult prea drăguț ca să râdă de jena mea.

– Nu pot să beau toate astea, zic, schimbând vorba.

Apoi mormăi în barbă când un alt prieten de-al lui Freddie îmi aduce una mică. Duffy, contabilul scorțos. Faptul că e atât de scorțos face cumva ca gestul lui să pară mai semnificativ.

– Îmi pare rău pentru pierderea suferită, îmi spune formal, de parcă ar fi venit din partea cuiva de la pompe funebre.

Aș înainta bucuroasă o petiție pentru excluderea acestei fraze, dar știu că e bine intenționat.

– Mulțumesc, ești amabil, îi spun.

Dispare, și-a îndeplinit datoria.

Înțeleg. Își aduc omagiile. Ăștia sunt băieții care aclamau la fotbal împreună cu Freddie și care au alcătuit neoficial o gardă de onoare în fața bisericii, la înmormântare. Băuturile astea sunt mai curând pentru Freddie Hunter decât pentru mine.

Aliniez băuturile, întrebându-mă cu disperare dacă e un plan chiar așa de îngrozitor să le torn una peste alta și să le dau pe gât deodată. Când ridic ochii, întâlnesc privirea lui Jonah, care mă fixează câteva secunde, nu-mi dau seama dacă amuzat sau compătimitor.

Slavă cerului, pare că parada băuturilor gratis s-a încheiat; probabil gașca de lângă storcător a înțeles că orice fată are niște limite sau poate că se tem că s-ar putea să devin prea emotivă și să-mi dau în petec.

– Să-ți aduc ceva cu care să le îndoi? se preface Elle exagerat de atentă. Doi litri de Cola cred că ajung.

– Va trebui să mă ajuți cu unul dintre paharele astea, o rog încet.

– Știi că nu amestec băuturile, spune râzând. Dacă fac asta, o iau razna.

David încuviințează din cap, dându-i dreptate, și citesc frica în ochii lui cenușii, mereu de partea lui Elle. Nici pe el nu mă pot baza să mă ajute, nu depășește niciodată pragul de trei beri. Nu cred că l-am văzut vreodată beat pulbere. Totuși, nu e un tip plicticos, are un simț al umorului puternic, mă face să râd cu lacrimi și o iubește la disperare pe soră-mea, ceea ce îl face un superstar în ochii mei.

Iau ginul și îmi spun că și-a câștigat renumele de salvator al mămicilor. Sau de ruinare a mămicilor? Pariez pe salvare, pentru că de asta am nevoie, salvare de suferința mea necontenită. Privirea îmi alunecă pe geam, unde văd un utilaj care mătură străzile și care se târăște încetișor pe lângă canale. Mi-aș dori să poată mătura colțurile întunecate ale minții mele, încăperile prăfuite din spate, căptușite cu amintiri din vacanțe, dimineți leneșe, petrecute în pat, și nopți târzii în care beam Calvados pe malul unui lac din Franța. Oare chiar l-aș șterge pe Freddie din amintire, dacă aș putea? În niciun caz, bineînțeles că nu. Doar că mi-e greu să-mi dau seama ce să fac cu toate chestiile astea din capul meu, acum, că el nu mai e aici. Poate că, în timp, amintirile acestea vor deveni prețioase și voi fi capabilă să mă bucur când le voi scoate una câte una și le voi întinde în jurul meu, ca pe un covor. Totuși, nu acum.

Vin, votcă și gin. Nu e o combinație grozavă într-un interval scurt.

– Cred că am nevoie să mă întind puțin, spun.

– Ești pilită, micuțo. Cred că e timpul să mergem acasă, spune David, ridicându-se în picioare. Te conducem.

Elle se asigură că nu o vede nimeni și dă pe gât coniacul, străbătută de un fior.

– Ce nu fac eu pentru tine? spune în barbă.

Apreciez gestul, pentru că ar fi fost nepoliticos să lăsăm băutură pe masă.

În timp ce ne îndreptăm spre ieșire, Ron ridică o mână în direcția mea, iar băieții din jurul storcătorului amuțesc și își înclină capetele când trec pe lângă ei, de parcă aș fi Regina Victoria, mereu în straie de doliu pentru Prințul Albert.

Clipim des când ne prelingem în soarele slab de început de vară, iar David mă prinde de cot, ținându-mă când aproape mă dezechilibrez la marginea unei borduri.

– Treabă grea, te-ai descurcat bine, Lyd, îmi spune.

– Mulțumesc, îi răspund puțin copleșită, stăpânindu-mi lacrimile.

Elle și cu mine mergem la braț până acasă, legănându-ne într-un tandem lin, iar David vine la un pas în spatele nostru, ca să se asigure că suntem în siguranță, fără îndoială.

– Treabă al naibii de grea, durerea, spun.

– Te epuizează, îmi dă dreptate Elle.

– Crezi că așa va fi mereu? o întreb.

Elle mă strânge de braț.

– Ești în viață, Lydia. Ești încă aici, respiri fără voia ta, privești apusurile de soare și răsăriturile de lună, chit că te întrebi cum de mai au tupeul să-și arate în fiecare zi fețele luminoase.

Mă sprijină când urcăm ultimele scări spre ușa de un turcoaz-pal de la intrare. Pe strada noastră, toate casele au culori diferite, o pată pastelată de culoare care aduce un plus minunățiilor ăstora de căbănuțe. Ușa era deja turcoaz când am cumpărat casa; un om superorganizat care locuiește ceva mai jos ne-a trimis tuturor o diagramă cromatică și fiecare a putut să-și aleagă nuanța.

– Trebuie să dorm, bolborosesc.

David se întinde să-mi ia cheile din mână și descuie ușa.

– Vrei să intrăm puțin? întreabă Elle.

Mă uit când la unul, când la celălalt, știind că nu trebuie să-i rog de două ori. Ar intra, s-ar asigura că adorm, că mă trezesc din nou, că mănânc și, oricât de tentant ar fi să-i las să aibă grijă de mine, scutur din cap. S-a schimbat ceva în mine astăzi, când am intrat singură în pub. Fie că m-am simțit încurajată de întâlnirea nocturnă cu Freddie, fie că am descoperit un izvoraș încă nesecat de curaj undeva înlăuntrul meu, nu știu. Ce știu este că oamenii care mă iubesc m-au ținut atât de strâns de mână, încât nu am fost încă nevoită să pășesc de una singură.

Însă, mai devreme sau mai târziu, va trebui. Nu există alt moment mai bun pentru a începe decât ziua de astăzi, acum și aici.

– Vedeți-vă de ale voastre, vă sun mai încolo, spun, trimițându-i la plimbare cu câte o îmbrățișare scurtă. Am nevoie de un pahar cu apă și de un loc unde să mă întind.

Văd că Elle deschide gura să mă contrazică, însă David îi pune mâna pe umăr și zice:

– OK. Pot să-ți sugerez să iei și o pastilă de dureri de cap?

Încuviințez din cap, salut și găsesc un zâmbet undeva, pe fundul sacului.

– Bună idee!

Câteva secunde, îi urmăresc cum se îndreaptă agale spre casă, David trecându-și brațul pe după umerii lui Elle. Reduc la tăcere acea parte din mine care vrea să le strige să vină înapoi, intru înăuntru și închid ușa în urma mea.

ÎN SOMN

Sâmbătă, 12 mai

– Lydia?

Știți genul ăla de somn în care te cufunzi după un episod de băut pe timpul zilei, genul de somn de pe fundul oceanului? Sunt la stânjeni buni adâncime când îl aud pe Freddie strigându-mă pe nume și îmi adun toată concentrarea ca să mă extrag de acolo, zbătându-mă cu furie să ajung la el înainte să dispară.

– Dumnezeule, Lyd, erai pe altă lume!

Cu o mână pe umărul meu, Freddie mă scutură ușor.

– Ai fost cu Elle la cumpărături?

Mă străduiesc să mă așez în capul oaselor pe colțul canapelei, masându-mi ceafa după cum m-am prăvălit aseară. Nu-mi dau seama ce oră e ori dacă am dormit cinci minute sau cinci ore. Capul îmi zvâcnește, la fel și inima, când dau cu ochii de Freddie.

– Mă privești ciudat.

Și tu ai face la fel, în locul meu, spun în sine mea și îmi dreg vocea.

– Poți să-mi aduci un pahar cu apă? spun cu glas dogit.

El se încruntă și mă privește mai îndeaproape, apoi râde.

– V-ați dat deja pe vin? Frățică, Lyd, e *hard-core* chiar și pentru tine!

– Uite! spune, întorcându-se cu două pastile și cu apa. Ia astea!

Le înghit pe rând.

– Zici că ai făcut figurație la *Lupta cu zombi*, spune zâmbind și îmi dă părul după ureche. Nu ai plâns, nu?

Fixez cu privirea ceasul. E de-abia trecut de ora două după-amiaza, nu am dormit prea mult. Mă întorc la momentul în care Elle și David m-au lăsat în prag; la încercarea ratată de a dormi pe canapea, în ciuda faptului că mă durea capul, că am apelat cu disperare la un somnifer roz și drăguț combinat cu alcool, care acum își face de cap.

Și apoi, treaba asta. Iarăși sunt perfect trează în somn și Freddie e aici, luându-mă peste picior pentru că am băut prea mult cu Elle. Nu prea are sens să-i spun că am băut și cu Jonah Jones și că amândoi am ajuns să ne bețivănim și să-l jelim, fiindcă n-o să mă creadă, de ce ar face-o? Chiar nu știu ce aș fi putut să fac în această lume. Poate că am ieșit la cumpărături cu Elle într-o dimineață răcoroasă și apoi am băut vreo două pahare de vin la prânz.

– Îmi pare rău că-ți spun asta, Lyd, dar s-ar putea să vrei să-ți cureți rimelul de pe obraji, o să vină Jonah să ne uităm la meci în vreo...

Se întrerupe să se uite la ceas.

– Acum zece minute. Ca de obicei, întârzie.

– Nu vrei să facem noi doi ceva împreună? Du-mă undeva. Oriunde. Doar tu și cu mine.

– Pe zi ce trece, ai tot mai mult din Ed Sheeran, zice, scoțându-și telefonul din buzunarul de la spate al blugilor, ca să-i dea mesaj lui Jonah, fără îndoială. Însă apoi îl bagă la loc, când auzim ușa din spate deschizându-se.

– La țanc!

Freddie rânjește când Jonah își face apariția în living, cu un bax de Budweiser la subsoară.

– Măcar spune-mi că a fost din cauza unei doamne.

Jonah îmi aruncă o privire și sunt convinsă că o să spună: *Da, eram cu Lydia.*

– Dai audiție pentru *The Living Dead*, Lyd?

Mă holbez la el, încercând să-mi dau seama dacă joacă un rol. Însă, dacă o face, nu-mi pot imagina multe replici mai crude decât asta. Adică, pe bune. *The Living Dead*?

– Retardule! mormăi, după care el bate puțin în retragere.

– Nesuferito! mi-o întoarce rânjind.

– De-abia s-a trezit, spune Freddie, luând berea. Are nevoie de vreo cinci minute să redevină persoana încântătoare dintotdeauna.

Îmi face cu ochiul, îndreptându-se râzând spre bucătărie.

Jonah se trântește la celălalt capăt al canapelei, cu brațele larg deschise pe spetează. Nu ar trebui să fie aici, e visul *meu*. Sunt destul de sigură că asta mă îndreptățește să nu-l împart pe Freddie cu nimeni. Mă joc cu ideea că dețin controlul și încerc să-l dau afară din living pe Jonah cu puterea minții, așteptându-mă într-un fel să sară în sus și să iasă cu spatele, ca și cum cineva ar derula înapoi un DVD. Totuși, nu o face. Trândăvește în continuare în stilul lui de moluscă, undeva, pe o plajă, cu o bere în mână și cu degetele de la picioare în nisip.

– Ce mai e nou în viața ta, Lyd?

Bun, deci așa stă treaba. Firește că ar fi OK să-și iasă din rol acum, că Freddie nu e de față.

– Știi cum e, șoptesc, făcându-i jocul, prin pub. Vin, gin, votcă și coniac…

Se holbează la mine contrariat.

– Azi-dimineață? Drace, Lyd, e ceva!

Îl privesc suspicioasă în tăcere și în ochii lui limpezi și căprui nu citesc nicio urmă că ar fi priceput ceva. În ei văd confuzie și apoi urme de stinghereală, pe măsură ce tăcerea se prelungește. Chiar rușine. Mă jenez un pic și mă retrag în capătul meu de canapea, conștientă că respirația mea miroase probabil a covor de birt și că arăt de parcă ar fi cazul să mă înjunghie cineva în inimă cu o armă de argint.

– Ignoră-mă, spun, trăgându-mi perna peste cap. Prefă-te că nu-s aici.

Nu-mi scapă ironia. Nu am cum să fiu aici.

– Să pun ibricul pe foc? S-ar putea să-ți prindă bine cafeaua.

Mă lupt cu pornirea irațională de a-i spune lui Jonah să se ducă dracului doar pentru că încearcă să fie săritor. Trăgându-mi perna de pe cap, mă ridic și mă spăl pe obraji, timp în care Freddie se întoarce și se trântește pe scaun.

Freddie. Vreau să mă așez la el în poală. Vreau să mă umplu cu mirosul lui, vreau ca brațele lui să mă cuprindă și ca buzele lui să mă sărute. Vreau ca Jonah Jones să se care, chiar în clipa în care acceptă berea pe care i-o întinde Freddie peste măsuța de cafea și conversația lor începe numaidecât să se lege. Mă las pe spate pe canapea pentru câteva minute, cu ochii închiși, mimând dezinteresul, în timp ce-l privesc pe Freddie printre gene. Apoi fac ochii cât cepele când deschide Jonah gura.

– Îmi iau motocicletă.

Sunt surprinsă, consternată. Freddie zicea mereu că-și ia motor, grăbit să ajungă mereu tot mai repede și mai departe, dar Jonah nu mi s-a părut niciodată genul. De la accidentul lui Freddie, ideea ca cineva să se pună în pericol de bunăvoie în trafic mă umple de groază. Pentru mine a fost o mare realizare să mă urc din nou la volan.

– Câteodată visez la altceva decât un Saab, spune în virtutea conversației, ca de la bărbat la bărbat.

Jonah conduce un Saab decapotabil și vechi, negru, un cuirasat pe roți căptușit cu piele, pe care nu e clar de ce îl adoră.

– Mi-a cam trecut vremea, asta s-ar putea să-mi dea un luciu nou.

– Să nu faci asta! izbucnesc prea tare, prea panicată.

Amândoi se uită la mine, uimiți de ieșirea mea neașteptată.

– A fost un impuls de moment, a lipit cineva o poză pe tabla din cancelarie, spune el, mutându-și încet privirea de la mine la Freddie, luând decizia să nu comenteze pe marginea celor spuse de mine. Probabil crede că am luat-o razna. O poză cu nimeni altul decât Gherăitorul Grimes.

Freddie izbucnește în hohote de râs.

– Cumperi o motocicletă de la Gherăitorul Grimes?

Gherăitorul Grimes ne-a predat tuturor matematica. Și-a câștigat porecla din felul în care apuca de ceafă copiii, de gulerul cămășii, ca să-i dea afară din clasă; cel mai adesea pe Freddie. E ciudat să-l auzi pe Jonah vorbind despre profesorii care ne-au terorizat în copilărie ca despre colegii lui.

– N-o să-ți vină să crezi, i se aprind ochii lui Jonah. Classic Norton Manx. De-abia dacă a scos-o din garaj după ce a cumpărat-o nouă.

Din câte-l mai țin eu minte, Gherăitorul Grimes nu era genul de om care să gonească pe șosele cu pleata în vânt.

– Mereu a condus hârbul ăla de Volvo alb, își amintește Freddie.

Jonah încuviințează din cap.

– Încă îl mai conduce, frate.

– Nu cred!

Jonah dă iar din cap.

– Dus în service de două ori pe an și îngrijit. Făcut să reziste, la fel ca nevastă-sa.

Sunt uimită că Gherăitorul mai e în viață, bașca să mai facem și glume de anii '70 despre mult încercata doamnă Grimes! Era probabil sărit bine de vârsta pensionării de pe vremea când ne preda nouă. E un șoc pentru mine să aud că încă mai predă, mai mult, încă mai conduce.

Freddie deschide televizorul la „încălzirea“ de dinaintea meciului, comentatorii în haine care mai de care mai lungi iau interviuri cui se nimerește să le pice în gheare. Mă trec deodată căldurile și simt că s-ar putea să mi se facă rău; mahmureala și o discuție cu iubitul tău decedat pot avea acest efect. Clătinându-mă, mormăi ceva despre toaletă și o iau la goană pe scări.

Zece minute mai târziu, mă apuc de chiuvetă și mă adun de pe jos, ușurată că mi-am răcorit stomacul în WC. Îmi clătesc gura și mă holbez la reflexia din oglinda de pe dulăpior. Doamne, arăt îngrozitor! Urme proaspete de lacrimi de la vomitat îmi brăzdează dârele de rimel scurs pe obraji. Și atunci observ că am la gât medalionul smălțuit cu o mierlă albastră, pe care mi l-a dat mama la optsprezece ani. Nu mi l-am pus azi-dimineață. N-are cum.

L-am pierdut acum cinci ani.

– E mai bine? mă întreabă Freddie, ridicând privirea spre mine când cobor scările.

Încuviințez din cap și schițez un zâmbet tern.

– Cred că am nevoie să mănânc ceva.

– Bagă la ghiozdan, spune Freddie, cu atenția deja distrasă de meci.

– Pizza?

Jonah îmi face un semn cu capul spre cutia deschisă de pe măsuța de cafea.

Când văd brânza întărită, mi se întoarce iar stomacul pe dos.

– Cred că rămân la pâine prăjită, spun, cu buricele degetelor încleștate pe mierla cuibărită între clavicule.

Ce mă bucur să o revăd! Am pierdut-o în club, nici nu mi-am dat seama că nu o mai am, până în ziua următoare. Pentru altcineva nu ar fi avut cine știe ce valoare, însă bineînțeles că nimeni nu a lăsat-o la bar. Mintea mea încearcă să deslușească cum se face că încă o mai am la gât.

Așezată la masa din bucătărie, îmi las capul pe brațele încrucișate și nu fac decât să ascult; comentariile însuflețite ale lui Freddie, pe Jonah râzând în timp ce-i spune să o lase mai moale ca să nu facă infarct, clinchetul sticlelor de bere proaspăt deschise și împinse pe măsuța de cafea pe care Freddie o adora și care mie nu mi-a plăcut niciodată prea mult; viața pe care obișnuiam să o iau de bună, mergând mai departe în ciuda faptului că Freddie a murit în urmă cu cincizeci și opt de zile.

E prea mult de dus pentru creierul meu mahmur. Nu vreau nici pâine prăjită, nici apă, nici să mă trezesc și să constat că el nu e acolo, așa că mă întorc în living și mă așez pe jos, lângă scaunul lui Freddie, sprijinindu-mi capul pe genunchii lui. El mă mângâie absent pe păr și face o glumă despre cum nu rezist la băutură, prea absorbit de meci ca să observe dâra umedă lăsată de lacrimile mele pe blugii lui. Îmi ascund fața în păr și închid ochii, prea obosită, incapabilă să fac altceva decât să mă lipesc cu totul de corpul lui cald. Nu cred că meciul poate să mai dureze prea mult, încerc să mă uit la ceas, dar mi se încețoșează privirea. Du-te acasă, Jonah Jones, gândesc. Du-te acasă, ca să mă întind alături de Freddie pe canapea și să-l întreb cum i-a mers azi; am nevoie să-i simt în ureche zumzetul din piept atunci când îmi vorbește. Își înfășoară pe deget o șuviță din părul meu, iar eu mă lupt, chiar mă lupt să nu adorm, dar în zadar. Pleoapele îmi sunt de plumb. Nu reușesc să le deschid, cu toate că sunt disperată să rămân trează, pentru că deja mi-e dor de el.

TREAZĂ

Sâmbătă, 12 mai

E oribil. Tocmai m-am trezit singură în living și în loc de bere am găsit pe masă apă, nu tu pizza rece, nu tu Freddie. *De-aia.* De-aia nu merg la culcare. Pentru că e prea crud, prea chinuitor să mă trezesc și să-mi amintesc din nou că e mort. Prețul pe care-l plătesc ca să-l visez e mult prea mare, ar fi prea mult de dus pentru oricine. Fără nicio logică, mi se învârt în cap fragmentele memorate la școală din cel mai cunoscut poem al lui Tennyson, în vreme ce stau întinsă pe canapea, încercând să fac un efort de voință și să mă ridic. „E mai bine să fi iubit și să fi suferit o pierdere decât să nu fi iubit niciodată" – versul ăsta, pe care-l știe toată lumea. Ei bine, Tennyson, prietene, pun pariu că soția ta nu s-a legat de un copac, lăsându-te singur-singurel în blugii tăi Jack Jones, așa-i? Pentru că, dacă ar fi făcut-o, poate că te-ai fi gândit de două ori la cum ar fi fost să nu fi iubit niciodată. Oftez, simțindu-mă nedreaptă, pentru că țin minte și că Tennyson a scris poemul în timp ce jelea moartea celui mai bun prieten al său, așa că poate și el a trecut într-un fel prin chinuri. Mă întreb dacă a plâns la fel de mult ca mine. Câteodată e purificator plânsul ăsta, dar alteori e cel mai solitar lucru din lume, să știu că nimeni nu o să-mi ofere o îmbrățișare de consolare. Acum nu mă împotrivesc lacrimilor care încep să-mi curgă pe obraji, vărsate pentru bietul Tennyson și pentru biata de mine.

ÎN SOMN

Sâmbătă, 12 mai

– Te simți ceva mai bine?

Nu aveam de gând să mai iau pastile. Am tras de mine până la ora opt, când am cedat, m-am suit devreme în pat și am înghițit una.

Și acum m-am trezit pe canapea cu capul în poala lui Freddie. Îmi mângâie absent părul în timp ce se uită la un serial polițist la televizor. Evident că somnul mi-a luat durerea de cap. Mă întorc pe spate.

– Așa cred, zic, apucându-l de mână.

– Ai pierdut jumătate de episod, îmi spune. Vrei să-l pun de la început?

Mă uit la ecran, însă habar n-am ce serial e și clatin din cap.

– Ai sforăit ca o fiară, Lyd, spune, râzând în barbă.

Are gluma asta mereu, el îmi spune că sforăi tare, iar eu neg de fiecare dată. Eu nu cred că sforăi, o spune așa, ca să mă întărâte.

– Și Keira Knightley sforăie, zic eu.

El ridică din sprâncene.

– Nooo! Probabil pufăie ușor, ca un…

– Camionagiu? propun eu.

– Pisoiaș? zice el.

– Pisoiașii nu pufăie. Te mușcă de degetele de la picioare când dormi.

Freddie contemplă puțin ideea.

– Nu m-ar deranja să mă muște Keira Knightley de degetele de la picioare.

– Are probabil niște dinți superascuțiți și o să te doară.

– Hmm, se încruntă el. Știi că nu prea rezist la durere.

Așa e. Dintr-un bărbat competitiv în toată firea, Freddie devine un mucos când îl doare ceva.

– Poate că ar fi mai bine să mă mulțumesc cu tine, zice. Keira pare o mare bătaie de cap.

Îi ridic mâna și îmi lipesc palma de a lui, observând ce mic este conturul palmei mele prin comparație.

– Chiar dacă sforăi ca un porc?

Își împletește degetele cu ale mele.

– Chiar dacă sforăi ca o întreagă crescătorie de porci.

Îi duc mâna la gură și-l sărut pe degete.

– Nu e foarte romantic, să știi.

Pune pauză la serial și se uită la mine, cu ochii lui albaștri, amuzați.

– Și dacă ți-aș spune că ești un porcușor foarte drăguț?

Mă strâmb, gândindu-mă puțin, apoi clatin din cap.

– Tot nu e romantic.

Încuviințează ușor din cap.

– OK, spune. Fără porcușori?

– Mult mai bine, zic cu sufletul la gură, încercând să nu zâmbesc în timp ce mă ridic ca să mă așez la el în poală, cu picioarele întinse pe canapea.

Freddie mă apucă de sub bărbie și mă privește adânc în ochi.

– Dacă tu ești purcel, atunci și eu sunt purcel.

Eu izbucnesc în râs. E clar că i-am pus de prea multe ori filmul *Jurnalul*, dacă a ajuns să-mi dea replica asta.

– Nici n-ai idee ce mult te iubesc, Freddie Hunter, spun și apoi îi arăt printr-un sărut cât de mult, făcându-mi mie următoarea promisiune: locul acesta, oriunde și orice ar fi el, e frumos și, indiferent cât va dura, o să profit de fiecare clipă.

TREAZĂ

Duminică, 20 mai

Sună la ușă. Privirea mi se îndreaptă spre ceas și sunt nervoasă că am fost întreruptă din statul degeaba. Da, e miezul zilei și eu sunt încă în pijamale, dar, na, e duminică. În plus, chiar am făcut duș. Sincer, aș vrea să rămân întinsă aici ca o statuie, până mă înghite canapeaua. Chiar se poate întâmpla asta. Am văzut eu la TV, la o emisiune matinală, substanțele chimice din canapea te mănâncă de viu dacă stai întins prea mult. Mă las pradă unei reverii nu tocmai neplăcute, în care canapeaua se deschide ca o imensă plantă carnivoră căptușită și mă înghite toată, dar nu pot să asist la întreaga scenă, pentru că Elle se uită la mine prin fereastră și, din felul în care scotocește prin geantă, îmi dau seama că își caută cheile ca să intre peste mine în casă. Eu, una, nu le-am dat nici mamei, nici lui Elle cheia de la casă. Într-una din zilele friguroase de după accident, probabil că una dintre ele și-a însușit cheia de rezervă și apoi evident că au făcut copii pentru toată lumea, astfel încât să poată da buzna peste mine o grămadă de oameni, să-mi întrerupă jelania când au ei chef.

Mă ridic în șezut și încerc să-mi schimb expresia feței cu una mai puțin posacă, în clipa în care Elle își pune bagajele în hol și-mi strigă un „bună".

– Sunt aici, zic, forțându-mă să par veselă, deși nu se simte asta în vocea mea.

– N-ai auzit când am sunat la ușă?

În timp ce-și scoate ghetele, Elle bagă capul pe ușă. Țin să precizez că nu am pretenția ca oamenii să se descalțe când intră în casă. E un obicei pe care ni l-a impus mama încă de când eram mici și a cumpărat un covor crem în casă.

– Am bătut de două ori.

– Moțăiam, zic, dându-mi un mic brânci de „adună-te" în timp ce mă ridic în picioare. M-ai prins.

Lui Elle îi pică fața.

– N-ai dormit bine azi-noapte?

– Așa și așa.

Răspunsul corect ar fi de-abia dacă am dormit. Nu vreau să iau pastilele ca să dorm noaptea, pentru că mi se pare că n-are rost să-mi vizitez cealaltă viață când toată lumea de acolo doarme. Am făcut asta acum două nopți și, nu zic nu, a fost absolut adorabil să-l privesc pe Freddie în somn, dar, una peste alta, tânjesc după compania lui și cuvintele lui și dragostea lui din starea de veghe. Am devenit un animal nocturn, trează alături de Freddie când ar trebui să dorm și încercând să dorm când ar trebui să fiu trează. Totuși, nu-i povestesc nimic din toate astea lui Elle; dacă i-aș spune că am găsit o portiță către un univers în care Freddie nu e mort, o să creadă că m-am apucat să beau suc Kool-Aid. Sau votcă. Din nou. Mă urmează în bucătărie, luând din hol o sacoșă de pânză.

– Am adus niște gustări care s-ar putea să-ți facă cu ochiul, spune, înșirând clătitele gata făcute și lămâile pe masă.

Când eram noi mici, Ziua Clătitelor era întotdeauna o mare sărbătoare, iar Elle, fiind bucătarul familiei, se dădea mereu mare cu cât e de pricepută la aruncatul clătitelor, ca o adevărată profesionistă. Ale mele aterizau de obicei pe podea, în vreme ce ale ei erau perfect rotunde și garnisite cu zahăr și cu lămâie.

– Mi-ai adus lămâie pentru gin?

Tentativa mea ratată de a face o glumă nu-și atinge ținta; Elle ia mica strecurătoare și o pune deasupra clătitelor. Nu că aș fi eu mare băutoare de gin, dar ea e prăpăstioasă și sunt convinsă că își închipuie scene atroce cu mine bând singură în bucătărie în miez de noapte. Urmează pieptul de pui, două felii într-o caserolă. Nu o întreb pentru cine ar trebui să fie a doua bucată. Nu e vina ei că lumea ambalează produsele pentru cupluri, iar eu sunt Lydia-cea-Singuratică.

– Tort, spune. Cu cafea și cu nucă, preferatul tău.

O zice de parcă ar avea impresia c-am uitat. Mă uit la ambalajul șmecher de hârtie cerată și dau recunoscătoare din cap.

– Așa e.

Scoate din sacoșă laptele și sucul, apoi pâinea, ouăle și șunca.

– Nu trebuie să faci asta, știi, nu? spun, deschizând frigiderul să ascund toate chestiile.

Rămășițele din frigider mă contrazic; cele mai multe nu au fost cumpărate de mine. Supa mamei în caserolă, strugurii de la colegii mei de serviciu, brânza și untul pe care tot Elle le-a pus acolo la începutul săptămânii. Singurele lucruri pe care mi le-am procurat singură sunt vinul și o cutie de Philadelphia.

– Știu că nu trebuie, dar îmi face plăcere, spune, întinzându-mi untul. Cafea?

Dau recunoscătoare din cap.

– Aveam planuri pentru astăzi? întreb, când dau cu ochii de muntele de bagaje din hol.

Sper că nu i-am promis că facem ceva și am uitat. Se uită ciudat la mine o clipă, păstrând tăcerea, apoi clatină din cap:

– Am fost în oraș înainte să vin aici. N-am crezut că ți-ar surâde ideea.

– Data viitoare, spun cu lejeritate.

Ea zâmbește discret, probabil pentru că (lăsând la o parte drumul la The Prince de weekendul trecut) este prima oară în săptămânile astea din urmă când dau un semn cât de mic că aş avea chef să fac şi altceva în afară de a mă târî prin casă ca Nicole Kidman în *Ceilalţi*.

– Ţi-ai luat ceva drăguţ? o întreb. În afară de tort cu cafea şi cu nuci?

Iau tortul şi-l miros, ca să-i arăt cât de mult apreciez gestul.

– Doar nişte chestii pentru muncă.

Ridică nepăsătoare din umeri, cu toate că mama mi-a spus că e încântată la culme de noul ei job de la hotel.

– Pot să văd şi eu?

Sincer, privirea pe care mi-o aruncă mă face să mă simt cea mai de căcat soră din lume. E un amestec de speranţă şi de neîncredere, privire de mâţă circumspectă, de parcă s-ar putea să mă răzgândesc şi să arunc cât colo castronul cu lapte dacă se entuziasmează prea tare. Ruşinată, scot sunete de aprobare când îmi arată hainele şi adevărul e că simt o urmă veritabilă de invidie la vederele noilor ei pantofi; nu atât pentru pantofi, cât pentru ce reprezintă. Pantofi noi, job nou, un nou început. Sper să nu-şi găsească şi vreo nouă prietenă de suflet pe undeva.

– Ai emoţii? o întreb, privind-o cum împătureşte hârtia la loc peste pantofi, înainte de a închide cutia. Cu siguranţă că, dintre noi două, ea ar fi Monica.

– Groaznic. Mă tem că voi fi copilul cel nou pe care nu-l place nimeni la şcoală.

Eu râd blând.

– Nu cred să existe cineva pe lumea asta care să te cunoască şi să nu te placă.

Ea mă priveşte întrebătoare.

– Sunt aşa de banală?

– Nu banală. În mod clar, nu eşti banală. Doar bună şi amuzantă.

Îmi încreţesc nasul.

– Şi îţi place puţin să faci pe şefa uneori.

Îmi depărtez degetul mare de arătător cam la doi centimetri jumătate.

– Cam atât.

Ea mă priveşte de sus:

– Asta, doar pentru că uneori ai nevoie de cineva care să-ți dea ordine.

– Mă bucur că ești tu aceea.

– Ar putea fi mai rău. Ar putea fi mama, îmi atrage atenția și aprobăm amândouă din cap, pentru că știm că așa e.

– Va trebui să dai ordine și la muncă?

– O să am cam zece oameni în subordine.

– Ah! zic pe un ton înțelept. Atunci n-o să fii copilul cel nou. O să fii profa cea nouă. O să încerce toți să te impresioneze, o să-ți aducă mere și alte minuni.

– Așa crezi? Dacă fac așa, ți le aduc ție și te oblig să le mănânci. Ai mai multă nevoie de vitamine decât mine.

– Iarăși faci pe șefa.

– Mă antrenez pentru luni.

– Te descurci bine.

Pentru o clipă, ne bem cafeaua în tăcere.

– Tort? întreb.

– Mă bag dacă te bagi și tu, îmi spune, o replică care ne amintește de atâtea episoade din viață.

Cum, când eram mici, mergeam în diminețile de iarnă la săniuș pe dealul din spatele casei și ne dădeam cu fundul pe tăvile de ceai ale mamei: mă bag dacă te bagi și tu. Când, în liceu, ne-am făcut găuri în urechi la salonul ăla dubios: mă bag dacă te bagi și tu. Încă o băutură la ultima comandă, cu toate că amândouă băuserăm suficient: mă bag dacă te bagi și tu. Să continui să respiri cu toate că te doare sufletul: mă bag dacă te bagi și tu.

Iau tortul și-i desfac ambalajul elegant.

– S-a făcut, zic.

Tortul se transformă într-o vizionare de film ad-hoc atunci când Elle deschide televizorul și dă peste *Dirty Dancing* și petrecem două ore nu tocmai neplăcute uitându-ne la Patrick Swayze cel cu ochi pătrunzători mișcându-și șoldurile de reptilă în fața lui Baby Houseman. Îmi storc creierii să-mi aduc aminte când am dansat ultima oară, dar nu reușesc.

E ca și cum viața mea ar fi fost tăiată în două: înainte și după accident. Câteodată mă lupt să scot la lumină detaliile vieții mele de dinainte și atunci mă simt gâtuită de panică la gândul că aș putea să uit cum eram noi, să-l uit pe Freddie Hunter. Știu că îmi voi aminti mereu esențele tari: fața lui, primul nostru sărut, cererea în căsătorie, dar la celelalte lucruri mă refer. Mirosul gâtului lui în toiul nopții, îndârjirea care i se citea în privire când a salvat o broscuță din mijlocul străzii și a pedalat tocmai până în parc, cu ea înfășurată în tricou, felul în care își putea da pe spate degetul mic de la mâna stângă mult mai mult decât ar fi fost normal. Fix aceste amintiri mi-e frică să nu le pierd, mărunțișurile, evenimentele care au contribuit la formarea lui „noi“. Ultima oară când am dansat, de pildă. Apoi îmi aduc aminte, iar nodul din gât se retrage treptat. Ultima oară am dansat în ajunul revelionului, atât la The Prince, cât și pe străzile ninse, în drum spre casă, cu Freddie ridicându-mă în ciuda faptului că mergea pe trei cărări. M-am poticnit pe același drum săptămâna trecută, când Elle s-a asigurat că nu pic în vreun canal.

OK, duminică după-amiază, am încheiat socotelile aici. Elle s-a dus acasă la soțul ei, iar eu am întâlnire cu cineva.

ÎN SOMN

Luni, 2 mai

Am nevoie de câteva secunde să mă recalibrez și să-mi dau seama că suntem la Sheila, o cafenea micuță și dosită, aflată la doi pași de casă, iar chelnerița tocmai ne-a pus în față două mici dejunuri englezești complete, deși e trecut de ora douăsprezece. E comanda noastră obișnuită aici; lui Freddie îi place mai mult decât mie și întotdeauna înfulecă și jumătate din porția mea. Mă consolează familiaritatea revenirii la vechea noastră rutină.

– Cea mai bună chestie la o sărbătoare națională!

Freddie împunge cu furculița un cârnat din farfuria mea și-l mută într-a lui.

– Un mic dejun în plus.

E genul de cafenea cu scaune de plastic și cu blaturi scorojite. Ceai tare și dulce și cafea solubilă în cești desperecheate. Vopseaua de pe firma de afară e ștearsă și cojită, însă, în ciuda tuturor inconvenientelor, mâncarea e consistentă și întâmpinarea pe care ne-o face Sheila (al cărei soț a pictat firma în urmă cu patruzeci de ani) e călduroasă. Soțul ei a murit în urmă cu vreo doi ani, a căzut în timp ce afuma costița în bucătăria cafenelei; întocmai cum și-ar fi dorit, zice lumea. La înmormântarea lui, biserica a fost neîncăpătoare. Țin minte că stăteam înghesuită între Freddie și un vecin care locuiește la câteva case distanță de noi, care se lăsa pe mine cu toată greutatea și suspina, spunând că nu a mai cunoscut pe nimeni care să aibă așa un talent la pregătit sângeretele. Chiar nu fabulez. Întâlnesc privirea Sheilei când își face apariția din bucătărie, prin perdeaua cu zorzoane, și îmi aruncă un zâmbet. Lui Freddie îi face cu ochiul, iar el îi răspunde ridicând degetul mare.

– Baconul ăsta e mai bun decât al mamei, rânjește el, dând-o gata pe Sheila. Dar să nu mă spui.

Are stilul ăsta de a-i face pe oameni să se simtă deosebiți. De-a lungul anilor l-am văzut de nenumărate ori făcând asta, să pună reflectorul asupra cuiva.

– Mă duc să iau ketchupul, zic, simțind că e de datoria mea să vorbesc cu Sheila.

Cinci pași și sunt la tejghea, nu apuc să-mi formulez gândurile în cuvinte.

– E totul în regulă, iubire? mă întreabă, aruncând o privire la farfuria mea abia atinsă.

Sheila e o femeie teribil de mândră de ce gătește, în ciuda aspectului nepretențios al cafenelei. Dau aprobator din cap, mușcându-mi buza.

– Îți mai pun ceai? își dă cu presupusul, încurcată.

Clatin din cap și mă simt stupid.

– Voiam doar niște ketchup.

Fac o pauză și apoi îi dau înainte.

– Și să-ți spun că îmi pare foarte rău de Stan.

Am luat-o pe nepregătite; întâlnesc o sclipire familiară în privirea ei. Recunosc intensitatea aceea pasageră, gura de aer în plus înainte să spună ceva, așa cum fac și eu de multe ori atunci când cineva pomenește din senin numele lui Freddie. Încă nu a spus nimic, așa că umplu tăcerea.

– Doar să știi... că nu l-am uitat. Atâta voiam să-ți spun.

Sunt propriile mele temeri rostite cu glas tare: nu cumva lumea să-l uite pe Freddie Hunter. Eu nu îl voi uita, bineînțeles, dar la biroul lui de la serviciu acum stă altcineva, iar în echipa cu care juca luni seara fotbal în cinci, altcineva îi poartă numărul pe tricou. E perfect firesc ca lumea să meargă înainte, dar uneori vreau doar să aud că oamenii îl țin minte, așa că îi spun lucrul acesta Sheilei și apoi simt imediat că am întrecut măsura.

– Când ești tânăr, crezi că ai tot timpul din lume, îmi spune. Și apoi, te trezești deodată bătrân și singur și te întrebi cum s-au dus anii așa de repede.

Arată cu capul înspre Freddie și ridică din umeri.

– Întoarce fânul cât soarele e pe cer. Atâta am să-ți spun.

E o expresie atâta de stereotipică și, totuși, eu nu o mai consider așa, pentru că rezumă într-un fel al naibii de precis lumea mea, în care cineva mi-a luat strălucirea soarelui. Încuviințez printr-o mișcare ușoară din cap și iau ketchupul pe care mi-l întinde Sheila, apoi mă întorc la Freddie.

– Ai chef să mergem la fân în după-amiaza asta? spun pe un ton blând, mângâindu-l pe umăr înainte să mă așez.

– Să mergem la fân? întreabă contrariat. E un eufemism al fetelor pentru sex? În cazul ăsta, da.

Ridic din umeri, punând la întâmplare pe masă ketchupul de care nu aveam, de fapt, nevoie. Din fericire pentru el, nu o să afle niciodată ce am vrut să spun.

– Trebuie să-ți spun ceva. Promite-mi că nu te superi.

– Nu pot să promit, zic. Nu fără să știu despre ce e vorba.

Freddie își unge o felie de pâine cu unt și clatină din cap.

– Ăă, promite-mi mai întâi.

Tipic Freddie.

– Fie, dau înapoi. Promit că nu mă supăr.

E dintr-odată numai un zâmbet.

– Am făcut rezervare pentru luna de miere.

Îmi tresaltă inima de bucurie și apoi mi se strânge, pentru că e foarte posibil să nu mă mai pot întoarce aici anul viitor pe vremea asta; toate astea ar putea înceta mâine. Chiar o simt cum zvâcnește, cum face tumbe cu încetinitorul în spatele sternului.

– Da?

Pare foarte încântat de sine. Dă pe-afară de nerăbdare.

– Vrei să fie surpriză?

Clatin din cap, nu am curajul să vorbesc. Sper că ia scânteierea din ochii mei drept lacrimi de bucurie.

– Unde mergem?

Tace, ca și cum s-ar gândi serios să nu-mi spună, însă până la urmă nu își mai poate înghiți cuvintele:

– New York!

Ah, normal. Eu mereu mi-am dorit să merg la New York. Nu am ratat niciun episod din *Prietenii tăi*, vreau să fiu prietenă la cataramă cu Carrie Bradshaw și tânjesc să mă plimb desculță prin Central Park. Nici măcar nu-i reproșez că e prea scump, pentru că, în mintea mea, suntem deja pe vaporașul care ne duce pe Staten Island. E întruchiparea ridicol de perfectă a noastră.

– Nici că puteai să alegi mai bine, spun, întinzându-mă peste masă să-i întâlnesc mâna. Nu-mi spune mai multe. Lasă-mă să visez o vreme cu ochii deschiși.

El își trece degetul mare peste degetele mele.

– O să-ți placă la nebunie, Lyd!

Nu am niciun dubiu. Simt că mă podidește plânsul, așa că schimb subiectul.

– Deci ce facem în după-amiaza asta?

– Adică nu era un eufemism pentru sex?

Face o mutră de cățeluș plouat, apoi râde.

– Mergem la film, mai știi? spune, amintindu-mi un plan despre care nu aveam habar. O să te mozolesc în ultimul rând.

– Să mă mozolești? întreb râzând. Nimeni nu mai folosește cuvântul ăsta.

Se întinde și își înfige furculița în gălbenușul din farfuria mea.

– Eu îl folosesc. Grăbește-te, filmul începe la unu și jumătate.

– Așadar, mergem la film, zic, conectându-mă din nou cu el, supărată că am permis ca lucrurile petrecute în lumea cealaltă să îmi strice dispoziția în lumea asta. Mă scutur bine și apăs butonul de resetare mintală. E luni și e zi liberă, sunt cu Freddie și ne simțim bine. Mai mult decât bine, suntem ca înainte, noi doi și restul lumii. Nici măcar nu mă supăr pe el pentru treaba cu gălbenușul, deși mereu face asta doar ca să mă calce pe nervi. O să mergem la film și o să ne mozolim în ultimul rând, ca niște puști de liceu. O să întoarcem fânul cât soarele e pe cer.

TREAZĂ

Duminică, 26 mai

Stau pe podeaua din bucătărie, cu spatele lac de sudoare sprijinit de bufet și ținând strâns, în mâna care îmi tremură, cutia cu pastile. Acum câteva minute le-am împrăștiat din greșeală pe blat și apoi m-am aruncat pe jos ca o dependentă, apucându-le înainte să se rostogolească sub mobilă. În urma efortului, m-am ales cu o așchie dureroasă în degetul arătător, însă tot ce a contat în acele secunde de panică a fost ca până și ultima dintre pastile să ajungă în siguranță înapoi la locul ei.

L-am vizitat zilnic pe Freddie în ultimele șase zile și sunt frântă, de parcă aș alerga la maraton în somn. Ținând cutiuța cu pastile cu o mână tremurătoare, îmi dau seama fără tragere de inimă că nu pot continua astfel. Nu e vorba doar de efortul fizic; există și un preț psihic exorbitant. Orele de trezie au devenit ore de așteptare, pline de nerăbdare și de anticipare, cuprinse de frica persistentă că s-ar putea să nu funcționeze și data viitoare, că s-ar putea să nu mai trăiesc niciodată acea intensitate. Mi-e imposibil să explic cum mă simt acolo. Acum vreo doi ani, am fost cu Elle la National Gallery și am văzut un peisaj făcut de un australian al cărui nume îmi scapă. Nu se numără printre cele mai cunoscute lucrări, nici printre cele mai impresionante, însă ceva legat de limpezimea culorilor și de intensitatea luminozității mi-a reținut atenția mai mult decât orice alt exponat. Lumea mea din somn e acolo, printre urmele lăsate de pensulă și pigmenții din acel tablou; vie și îndrăzneață și captivantă. Care creează dependență.

Îmi țin capul în palme, amărâtă că incidentul de adineaori, cu pastilele, m-a forțat să recunosc adevărul care mustea de câteva zile, gata să iasă la suprafață: chiar mă pun în pericol.

Fiecare zi de la moartea lui Freddie a fost un nou munte de urcat și, cu toate că n-am fost niciodată prea atletică, am găsit cumva forța de a îmi pune bocancii în fiecare dimineață și de a începe din nou ascensiunea singuratică. În ultimele zile nu m-am obosit să-mi mai leg șireturile, pentru că nu părea să îmi pese prea mult că îmi fac talpile ferfeniță. Nu m-am uitat pe unde calc și nici nu am privit mai încolo de următoarea cotitură a drumului, pentru că toate potecile mă conduc la siguranța culmii pe care mă așteaptă Freddie.

Însă, ca orice alt lucru, și acesta are un inevitabil cost de sacrificiu. Trebuie să se ajungă la o învoială, iar conștientizarea faptului că prețul ar putea fi sănătatea mea mintală mi se strecoară în oase ca un duș rece.

Încep să detest să fiu trează și să detest pe toată lumea din viața mea din starea de veghe. M-am răstit la mama ieri, la telefon, și tot ieri Elle mi-a zis că arăt ca naiba, când a trecut pe la mine să îmi dea vești legate de noul ei job. Am fost la limita cu mitocănia, pentru că nu mă puteam gândi decât la pastila roz care mă aștepta pe blatul din bucătărie. A plecat după câteva minute stingheritoare, cu umerii aduși în față, iar eu am privit-o cum pleacă, simțindu-mă ca o vacă, fără să fiu însă dispusă să o strig din urmă, deoarece chemarea de sirenă a pastilei era prea puternică, prea convingătoare pentru a putea fi ignorată. Și aici apare adevărata problemă; văd unde duce drumul pe care-l urmez și e presărat cu sentimentele lor călcate în picioare, pe măsură ce mă îndepărtez tot mai tare de ele, preferând celălalt tărâm, preferându-l pe Freddie.

Așez cutia cu pastile pe podea, lângă mine și, după ce mă holbez la ea câteva secunde incerte, mă întind și o mut la un braț distanță.

Aş putea rezista cu o pastilă la două zile? Poate chiar una la trei zile? O dată pe săptămână? Mă încrunt, amintindu-mi că duminică am luat două, lăsându-mă în brațele lui Freddie ca un copil lacom. Şi asta mă îngrijorează cel mai tare, că nu voi avea tăria să rezist prăbuşirii în cealaltă viață a mea, încât o să ajung să fiu mai mult acolo decât aici, mult prea afundată ca să mai pot ajunge înapoi, acasă, în siguranță.

TREAZĂ

Marți, 29 mai

– Mă gândesc să mă întorc în curând la serviciu.

Mama încearcă în zadar să-și ascundă surprinderea. Ne aflăm în salonul ei micuț și imaculat, desculțe ca întotdeauna, din respect pentru covorul crem, care nu e doar în living, pentru că mama adoră o târguială bună, ci se întinde pe tot etajul. Având în vedere că suntem în salon, trebuie să ținem cont de regulile stricte care stabilesc ce fel de salon se poate ține aici. Vinul roșu este absolut exclus, la fel și orice fel de mâncare, dacă nu e albă. Așadar, este permis vinul alb, la fel și piureul și budinca de orez. Nici măcar nu glumesc. În adolescență, Elle și cu mine am băgat în noi nenumărate astfel de conserve, iar covorul, cu toate că are mai bine de cincisprezece ani, arată aproape ca nou. Canapeaua acoperă singura pată care nu va ieși niciodată: în dimineața zilei de Crăciun, o Elle adolescentă se întorcea acasă după ce petrecuse mai puțin de o oră la prietenul ei de pe atunci, care locuia la câteva case mai jos, trotilată cu gin cu coacăze-negre. Chiar impresionant; asta, până să vomite pe covorul mamei și să-și piardă cunoștința la masa de Crăciun, cu fața în farfurie.

– Serios? întreabă mama.

Îmi dau seama că își alege cuvintele. Mi-o închipui evitând „era naibii timpul“ și oprindu-se să ia în calcul „slavă Cerului“, până să se mulțumească cu replica pe care o rostește cu voce tare:

– Ești sigură că ești pregătită, scumpa mea?

Ridic din umeri și clatin nehotărâtă din cap, în încercarea de a spune da.

– Nu mai rezist prea mult singură acasă fără să o iau razna, mami. Și, de când cu pastilele, dorm mai bine.

Nu îi spun că am nevoie de o activitate, am nevoie de ceva tangibil la care să mă concentrez în lumea reală. Slujba mea de director de evenimente la primărie nu e mare filosofie, e în principal muncă de birou, dar lucrez cu un grup fain de oameni și salariul e decent. Au fost drăguți și mi-au permis să îmi iau liber până acum, sub formă de concediu medical, însă asta nu poate continua la nesfârșit.

Mama se așază alături de mine pe canapea, lăsându-și mâna pe genunchiul meu.

– Poți oricând veni să stai aici o vreme, dacă te ajută...?

Simt cum începe să-mi tremure buza de jos, pentru că știm amândouă că i-ar displăcea profund, dar mă iubește îndeajuns încât să-mi propună asta. Nu e prima oară când îmi face oferta, a făcut asta cel puțin o dată pe săptămână, de când a murit Freddie. Și mie mi-ar diplăcea profund. Mie îmi place să mănânc curry în living, dintr-o farfurie aflată în echilibru pe genunchi, și să mai scap pe jos mâncare când nu mă vede nimeni.

– Știu, zic, acoperindu-i mâna cu a mea și strângându-i-o ușor. Dar nu e cazul, știi prea bine. Trebuie să traversez durerea în mod conștient și nu cred că asta se traduce prin a mă muta înapoi la mama.

Mama pufnește o clipă; fraza asta devine rapid parte din arsenalul de bășcălie al familiei.

– Atunci lasă-mă să-ți dau mâncare la pachet, măcar o zi, două.

Mă aștept să aibă în continuare caserola roz cu care mă trimitea la școală.

– OK, zic, mi-ar prinde bine, mami.

Cu toate că am senzația că ei i-ar prinde mai bine decât mie.

Ea aprobă energic din cap.

– O să iau biscuiții ăia mentolați care-ți plăceau ție, cei cu ambalajul verde, strălucitor.

Îmi înghit nodul din gât, simțindu-mă din nou ca la cincisprezece ani, când dormeam singură în camera pe care o împărțeam cu Elle.

– Prima zi de luni din iunie, ce zici? propune ea, iar eu stau și mă gândesc dacă sunt în stare.

Suntem în ultima săptămână din mai; îmi dă un răgaz de numai câteva zile ca să mă adun. Bănuiesc că e nerăbdătoare să mă prindă cât sunt pe val, nu care cumva următorul val să mă dărâme și să mă facă să mă răzgândesc și, pentru că nu pot să promit că lucrurile nu se vor petrece așa, dau ușor din cap cum că da.

– Bun, rămâne prima zi de luni din iunie.

– Ce fată bună!

Mă bate ușor pe genunchi și se ridică.

– Mă duc repede până în bucătărie, ca să trec biscuiții ăia pe lista de cumpărături.

O privesc cum iese din cameră, întrebându-mă dacă știe că se numără printre persoanele care veghează la sănătatea mea mintală. Listele astea ale mamei îl disperau pe Freddie, care obișnuia să pună pe ele tot felul de lucruri, când mama nu era atentă: furtunuri sau case de păpuși sau aparate pentru tuns părul din nas. Amintirea asta mă face întâi să zâmbesc, apoi să jinduiesc, pentru că am decis fără tragere de inimă să-mi limitez vizitele la una pe weekend. E un exces care nu poate fi menținut pe termen lung, la fel ca mâncatul zahărului cu lingurița. Problema cu dependența e că, la un moment dat, va trebui să renunți la lucrul ăla care a pus stăpânire pe tine, altfel, te predai complet în fața lui. Nu vreau să se întâmple din cele enumerate mai sus. Vreau să îmi trăiesc ambele vieți și, ca să pot face asta, am nevoie de un punct stabil de sprijin în lumea reală. E timpul să-mi leg șireturile la bocanci.

TREAZĂ

Sâmbătă, 2 iunie

Nu cred să fie o surpriză pentru cineva faptul că cimitirul mi se pare un loc liniștitor, mai că-l aud pe Freddie făcând o glumă îngrozitor de penibilă despre locuitorii de aici care nu părăsesc incinta. Stau în acest loc de ceva timp, că mi-a înțepenit fundul și, cum mă uit la piatra funerară a lui Freddie, observ niște pete albe pe granitul gri; e clar că porumbeii de aici nu au niciun pic de respect pentru morți. Scotocesc în sacoșă după șervețelele umede, ca să constat că lipsesc și oftez iritată. Nu pot lăsa lucrurile așa.

– Revin într-o secundă, spun, ridicând florile ofilite pe care le-am strâns, împreună cu restul gunoiului, ca să le arunc la coșul din parcare. Șervețelele trebuie să fie în portbagaj.

Câteva minute mai târziu, îmi dau seama că am avut dreptate. Cu privirea ridicată, pornesc agale prin soare, alegând drumul mai ocolit, căci, în perioada asta, tot cimitirul e înflorit și mi-ar prinde bine câteva minute în care să-mi trag sufletul. E cam singurul loc în care mă simt cu adevărat calmă. Acum apreciez asta mai mult decât oricând, șansa de a ieși din abracadabranta mea existență dublă.

Când mă apropii din nou de mormântul lui Freddie, îmi dau seama că cineva mi-a luat locul proaspăt eliberat din fața pietrei funerare. Jonah Jones, vorbind cu genunchii strânși la piept. În vreme ce mai fac câțiva pași și încerc să mă hotărăsc ce să spun, el își drege glasul, pregătindu-se parcă să țină un discurs în fața clasei, la școala noastră, unde predă engleza.

– O să încerc, dar nu promit nimic, spune încet.

Mă opresc, întrebându-mă ce i-a spus lui Freddie că va încerca să facă, neconvinsă dacă să-l întrerup sau nu, pentru că are ochii închiși. Poate că face același lucru pe care îl fac și eu, își imaginează că sunt împreună în altă parte. Poate în pub, poate se pregătesc să se uite la meci, cu picioarele pe măsuța pentru cafea din livingul nostru.

– Deja s-a făcut iar sâmbătă, spune Jonah. A fost o săptămână stresantă la muncă. Avem inspecții, lipsă de personal, aceleași căcaturi. Săptămâna trecută a trebuit să iau o oră de sport și știm amândoi cât sunt de varză. Te-ai fi pișat pe tine de râs.

În ceea ce privește sportul, Freddie și Jonah aveau abordări diametral opuse; dacă se ivea șansa de a câștiga ceva, Freddie se arunca grămadă, cu brațele întinse după trofeu. Jonah, pe de altă parte, nu dă doi bani, pe el nu-l macină ambiția aia arzătoare. Sportul îl pasionează din fotoliu, când dă vreo două beri pe gât și huiduie, în loc să pună mâna să facă mișcare. Erau diferiți în multe privințe. Freddie era genul care făcea, Jonah, mai degrabă genul visător, un iubitor al cerului înstelat. Când împlinea Freddie cincisprezece ani, câțiva dintre noi ne-am pus corturile la el în curte, în încercarea de a zări o cometă sau poate că o fi fost o ploaie de stele. În orice caz, Freddie a sforăit pe durata întregului eveniment, în vreme ce Jonah și cu mine am stat ghemuiți sub pături cu ochii zgâiți la ceruri, sperând la un spectacol astral.

– Ar fi mers o bere alături de cafeaua de aseară, spune Jonah. Nu e grav, doar copiii ăștia care mă termină și regulile de predare care mă seacă. Ca să nu-ți mai zic că Harold mi-a făcut capul mare că nu am purtat cravată la ședința de ieri.

Râde, cu ochii în continuare închiși.

– Poți să crezi așa ceva? Am terminat școala aia de douăzeci de ani și bătrânul Harold, tot cu gura pe mine.

Se întrerupe, ascultând parcă răspunsul lui Freddie.

– Ah, și miercuri am câștigat la darts. Pe Duffy l-au apucat toți dracii. A pierdut pariul. A trebuit să dea un rând la toată lumea și știi cât e el de zgârcit. Și-au luat toți câte un whisky numai ca să-l calce pe ăsta pe nervi.

Nu pot să nu zâmbesc puțin. E ciudat, dar într-un fel reconfortant, să-l aud pe Jonas relatând farse de la The Prince; știu că aș fi auzit aceleași povești la prima mână dacă Freddie ar fi fost încă aici.

Jonah tace, jucându-se absent cu ațele din genunchi ale blugilor lui gri spălăcit, încruntându-se, căutându-și cuvintele, presupun. Apoi deschide ochii și oftează, aplecându-se în tăcere să atingă cu palma pentru câteva clipe numele lui Freddie inscripționat în granitul rece.

– Pe data viitoare, amice.

E cel mai bun substitut când vine vorba de a-i pune lui Freddie o mână pe umăr. Știu, pentru că mi s-a întâmplat să-mi înfășor brațele în jurul nenorocirii ăleia cu muchii ascuțite și să-mi lipesc obrazul de cuvintele aurite. În orice caz, nu de prea multe ori, că doar suntem britanici și avem de păstrat o anumită etichetă când mergem la cimitir, nu ne putem permite o cădere nervoasă în toată legea la fiecare vizită.

Așa cum a făcut Jonah mai devreme, îmi dreg și eu glasul. El se uită înspre mine și clipește de două ori surprins.

– Lydia! spune și se încruntă. De cât timp ești aici?

Urăsc ideea ca cineva să mă audă vorbind cu Freddie, așa că mint.

– De vreo două secunde. Pot să revin mai încolo, dacă mai ai nevoie de timp.

Se ridică în picioare, scuturându-se de firele de iarbă rămase pe blugi.

– Nu, e OK, eu am terminat.

Nu l-am mai văzut pe Jonah și nici n-am mai vorbit cu el de două săptămâni, din după-amiaza aceea din pub, și știu că trebuie să îndrept lucrurile. Jonah era mâna dreaptă a lui Freddie, însă, de fapt, a fost prieten cu mine dinainte ca Freddie să-mi intre în vizor. Sarcasmul lui taciturn se potrivea cu al meu când aveam doisprezece ani și eram obligați să lucrăm în echipă la vreun proiect la chimie; cred că profesoara trăgea speranțe deșarte ca ceva din logica lui Jonah să se prindă și de mine. Am renunțat amândoi rapid la ideea că există șanse ca eu să învăț tabelul periodic, însă ne-am obișnuit să luăm masa de prânz împreună, cu spatele rezemat de trunchiul stejarului din curte, ca să urmărim cine vine și cine pleacă, focul de paie al idilelor, câte o revărsare ocazională de temperament adolescentin printre copiii mai mari. Prietenia noastră s-a legat într-un moment în care aveam nevoie de ea, când majoritatea fetelor de la mine din clasă hotărâseră că nu eram suficient de cool ca să mă primească în gașca lor. Recunoscătoare, mama îmi punea din când în când în pachet un biscuit cu mentă în plus, pentru Jonah. El încerca mereu să-l refuze, din politețe, dar știu că-i plăceau și că erau bine-veniți după sendvișul cu brânză uscată pe margini, pe care mama lui i-l dădea în fiecare zi. Totuși, nu e genul de poveste în care un băiat drăguț întâlnește o fată; între noi s-a legat o prietenie autentică, de felul „oh, ești ca mine" mai degrabă decât „oh, îmi faci stomacul să se învârtă ca o mașină de spălat". Și apoi Freddie s-a mutat la noi la școală, devenind colegul de bancă al lui Jonah pentru că numele lor urmau unul după altul în catalog și, în vreo două săptămâni, prânzul în jurul stejarului nu mai era în doi, ci în trei. Freddie Hunter a dat buzna în viața mea și m-a luat pe sus în caruselul lui de culoare, de râsete și de gălăgie. Și, odată cu apariția lui, mi-a crescut popularitatea și nu am mai avut nevoie de atât de multe conversații în pauza de masă. Ceea ce, de fapt, era un lucru bun, pentru că trei e oricum un număr ciudățel, cu atât mai mult când doi dintre cei trei încep o poveste de amor. Freddie probabil că se simțea uneori prins la mijloc; amândoi căutam să-i captăm atenția și ne purtam pică unul altuia atunci când nu o obțineam. Și acum am rămas din nou doi și nu știu cum ar trebui să funcționeze lucrurile. O să țin mereu la Jonah, face parte de mult prea mulți ani din lumea mea ca să nu îl îndrăgesc. Dar accidentul se află între noi, e elefantul mereu prezent în încăpere.

– Păi, hai că te las, atunci.

Își scoate cheile de la mașină din buzunarul blugilor.

– Ne mai vedem.

Îl privesc cum face un semn din cap înspre piatra de mormânt a lui Freddie și se îndepărtează agale pe aleea mărginită de morminte. Însă, tocmai când să mă așez, face stânga-mprejur și se întoarce.

– Mâine de dimineață avem o chestie la școală, zice. Știi, ai putea să vii și tu, dacă vrei.

Mă uit la el uluită:

– Chestie?

El ridică din umeri.

– Știi tu, un fel de workshop.

– Nu îi faci cine știe ce reclamă, spun aproape zâmbind, pentru că nu știu cum altfel să reacționez.

– E un workshop despre suferință, bine?

Cuvintele lui sună pripit, pline de dispreț, ca și cum faptul că îi ies pe gură l-ar enerva la culme.

– *Mindfulness*, genul ăsta de treburi.

– Un workshop despre suferință?

Spun asta pe același ton pe care l-aș folosi dacă mi-ar cere să fac *bungee jumping* sau parașutism. În mod normal, Jonah nu e genul care să se concentreze pe chakrele interioare sau ce s-o fi făcând la workshop-urile de *mindfulness*. M-aș fi așteptat la așa ceva de la Elle; la Jonah mă surprinde.

– Se ține în sala mare.

Nici dacă s-ar fi străduit, nu ar fi putut să pară mai stingherit.

– Dee, venită recent pe postul de suplinitor, e profesoară de yoga și de *mindfulness* și s-a oferit să țină un seminar, iar lumea a părut destul de interesată.

Mi-o închipui pe Dee, cu părul strălucitor și ondulat, afișând mereu un zâmbet care frizează pioșenia. Îmi dau seama că sunt răutăcioasă în mod gratuit și mă întreb dacă așa voi fi de acum înainte, amară cum e cafeaua prea prăjită.

– Nu sunt sigură că e genul meu.

Îmi îmblânzesc refuzul cu un zâmbet spăsit.

– Nici eu nu sunt sigur că ar fi genul meu, spune, punându-și ochelarii de soare. Era, așa, o idee.

Eu aprob din cap, el aprobă din cap și, după o clipă de tăcere incomodă, dă din nou să plece, dar se oprește și se întoarce pentru a doua oară.

– Doar că am impresia că te-ar putea ajuta.

– La ce anume? întreb rar, cu toate că bănuiesc la ce se referă.

Mi-aș fi dorit să-și fi văzut de drum, în loc să se întoarcă pentru a doua oară, fiindcă presimt că discuția se abate pe un teren periculos.

Se uită în sus, căutându-și cuvintele.

– La asta, spune, aruncându-și brațul în direcția pietrei funerare a lui Freddie. Te-ar ajuta să faci față la toate astea.

– Fac față în felul meu, mulțumesc, spun.

Să stau într-o cameră plină cu necunoscuți și să vorbesc despre Freddie, mai ales cu Jonah de față, e ultimul lucru pe care mi-l doresc. Jonah dă aprobator din cap și înghite în sec.

– Ți-am spus eu, bombăne, uitându-se mai curând la mormântul lui Freddie decât la mine. Ți-am spus eu că o să zică nu.

Ah, stai o clipă.

– I-ai zis lui Freddie c-o să spun nu?

Pe obraji îi apar pete mici, rozalii.

– M-am înșelat?

Nu e genul de om care să ridice vocea; în mod normal, în orice conflict, el e mediatorul.

– I-am spus că o să merg pentru că sunt de părere că o să-mi prindă bine și i-am zis că o să te invit și pe tine. Dar i-am spus și că o să mă refuzi.

– Bine, păi n-ai decât să te duci, zic, ridicând mâinile în aer. Ți-ai făcut datoria și acum poți să pleci fără să te simți vinovat.

Regret cele spuse în momentul în care îmi ies pe gură.

– Fără să mă simt vinovat, spune el. Mulțumesc, Lydia. Îți foarte mulțumesc.

– La ce te așteptai când ai făcut front comun cu prietenul meu mort împotriva mea? zic.

– Nu am făcut front comun împotriva ta, spune mai cumpătat decât mine. Doar că m-am gândit că s-ar putea să-ți fie de folos, dar înțeleg. Ești ocupată sau speriată sau nu te interesează sau mai știu eu ce.

Pufnesc și clatin din cap, îndreptându-mi privirea înspre șirul de pietre funerare gri.

– Speriată? îngaim.

El mă privește și ridică din umeri fără nicio urmă de regret.

– Mă înșel, spune-mi?

Pufnesc iar și plusez și cu un pufăit lung. Știu că încearcă să mă ademenească și nu mă pot abține să nu mușc momeala.

– Speriată? Crezi că mă sperie un workshop amărât de curtea școlii? Lasă-mă să-ți spun cum e să fii speriat, Jonah Jones. Ești speriat când vezi lumini albastre pe geamul din sufragerie; când, în loc să te măriți cu omul pe care-l iubești, trebuie să-l îngropi. Ești speriat când ești în supermarket și te gândești să înghiți fiecare nenorocită de pastilă de pe raftul cu medicamente pentru că tocmai ți-ai amintit cearta aia idioată avută la raionul paralel, o ceartă legată de *biscuiți*, de biscuiți, da, și ți se taie răsuflarea. Ți se taie răsuflarea la propriu, uite aici!

Mă lovesc cu două degete în dreptul inimii, suficient de tare încât să-mi las vânătaie.

– Speriat ești atunci când afli cât de nesfârșit de lungă pare viața fără persoana alături de care plănuiai să o trăiești și vezi și cât de șocant, de neașteptat de scurtă poate fi. E ca trucul ăla cu fața de masă și cu ceșcuțele de cafea, doar că, în cazul nostru, e vorba de vieți umane distruse, nu de cești nenorocite și…

Mă opresc și răsuflu, pentru că mi-am pierdut șirul gândurilor și plâng de ciudă și pentru că Jonah e palid și pare îngrozit.

– Lyd... spune, punându-mi o mână pe umăr.

Eu mă scutur.

– Nu.

– Îmi pare rău, OK?

– Nu. Nu, nu e OK. Nimic din toate astea, și dau din brațe înspre cimitir, nu va fi vreodată OK.

– Știu. Nu am vrut să te necăjesc.

Nu știu de unde a venit tot acest torent de furie. E ca și cum Jonah ar fi mutat un bolovan și ar fi provocat o avalanșă, care acum se revarsă din mine ca lava dintr-un vulcan.

– Ah, sigur, nu ai vrut să mă necăjești, șuier și până și mie îmi sună odios. Mă iei la mișto apelând la un om mort. Ce se întâmplă, Jonah? Ai nevoie să te ia cineva de mânuță și să îi spună profei suplinitoare că îți place de ea? Prietenului meu îi place de prietena ta?

Pare derutat și pe bună dreptate.

– Scrie-o pur și simplu pe tablă, fir-ar! Sau invit-o în oraș. Alege-ți oricare variantă, dar să nu-mi ceri să vin să te țin de mână. Nu sunt un substitut pentru partenerul tău de agățat. Eu nu sunt Freddie.

Ne fixăm pentru o clipă cu privirea, apoi eu fac stânga-mprejur și mă car furioasă.

Nu pot să-i spun lui Jonah ce se petrece într-adevăr cu mine; cum corpul meu e o epavă și capul mi-e varză de la acest du-te-vino al unei vieți cu și fără Freddie. Am stat trează toată noaptea trecută, încercând să găsesc o cale rațională de a explica pe înțelesul cuiva ce mi se întâmplă, dar e imposibil. Cum să mă aștept ca cineva să înțeleagă că uneori, când dorm, sunt alături de Freddie? Nu delirez și nu pretind că Freddie e încă viu în viața mea de zi cu zi. Dar există... Există acest loc în care noi doi încă suntem împreună și pare că sunt prinsă într-o luptă continuă cu al său cântec de sirenă. Ce o să se întâmple când rămân fără pastile? Alung gândul. Nu sunt în stare să îl iau în calcul.

TREAZĂ

Duminică, 3 iunie

Nu știu ce caut aici. Niciodată nu m-am dat în vânt după școală; este pentru prima oară când pun piciorul aici de când mi-am luat foaia matricolă cu 10 pe linie. Sau, de fapt, știu ce caut: sunt aici pentru că m-am simțit ca o nenorocită când i-am întors ieri spatele lui Jonah și am ajuns să-i scriu un SMS în care-i ceream timid scuze, spunându-i că, până la urmă, s-ar putea să-mi prindă bine niște *mindfulness*. Mi-a răspuns că am de ales între *mindfulness* sau managementul furiei, pentru că există pericolul de a mă transforma în Hulk și o să plesnească blugii pe mine, iar eu i-am răspuns că, în acest caz, ar fi bine să ajung la curs, dat fiind că verdele nu se potrivește cu părul meu. Așadar, iată-mă târșâindu-mi picioarele pe asfaltul din parcare ca la paisprezece ani, când veneam cu temele nefăcute. Am întârziat și am făcut-o intenționat. Jonah a zis că durează între zece și douăsprezece, iar acum e deja ora unsprezece. Am de gând să mă strecor cu lejeritate înăuntru, spre sfârșitul întâlnirii, și să mă pitesc în spate, iar apoi să-i trântesc lui Jonah o minciunică nevinovată, cum că am participat la aproape toată discuția, ca să putem lăsa în urmă necazul de ieri. Poate că nu ne mai vedem zilnic, dar nu vreau să rămână cu senzația că suntem certați;

pare îngrozitor de neloial față de Jonah să mă întorc împotriva celui mai bun prieten al lui.

În momentul în care deschid ușa de la intrare, mirosul încărcat de nostalgie, un amestec de detergent, de praf de cretă și de aer stătut mă poartă imediat în trecut, la careul de dimineață. Aproape simt că mă dor genunchii de la statul turcește pe podea, în vreme ce directorul ne ține o predică despre comportamentul adecvat. Stau între Freddie, care își lărgește cravata, și Jonah, care își face de lucru cu butoanele de la ceas. În sală nu sunt nici pe departe suficienți oameni încât venirea mea să poată trece neobservată; mai mult de douăzeci nu sunt și stau așezați la mese, cu ceai și cu tort în față, nu aliniați riguros pe podea. Cei mai mulți ridică privirea atunci când intru, iar eu mă opresc, nehotărâtă, până când Jonah se ridică și vine spre mine.

– Am crezut că ai decis să dai bir cu fugiții până la urmă, șoptește. E OK dacă nu vrei să rămâi, n-ar fi trebuit să insist ieri.

– E în regulă.

Mă uit temătoare la adunare. Mai multe femei decât bărbați, o mână de oameni de vârsta mea și restul mai în vârstă. Mă săgetează un gând oribil: dacă sunt aici Mătușa June și Unchiul Bob, ei adoră workshop-urile. Arunc o privire iscoditoare în jur și răsuflu ușurată când nu dau de ei.

– Cum a fost până acum?

Jonah dă din cap.

– Da, merge. Sunt oameni de treabă. Sincer, Lyd, nu trebuie să rămâi, poate că, totuși, nu e genul tău...

Își trosnește gâtul, nu l-am mai văzut făcând asta de ani de zile. Obișnuia să își trosnească gâtul când avea emoții, când dădea examen în sala asta, de exemplu.

– De fapt, stai să-mi iau telefonul și vin cu tine.

Mă uit la el derutată.

– Tu mi-ai zis să vin aici, spun.

Jonah deschide gura să spună ceva, însă este întrerupt de o femeie care se apropie de noi, cu mâna întinsă.

– Salut, îmi spune. Eu sunt Dee. Tu trebuie să fii Lydia.

Aha. Deci nu m-am înșelat prea tare în privința lui Dee. E brunetă și ceva mai scundă decât mine, cu o coadă de cal care i se leagănă când îmi strânge mâna. Nu e teribil de zveltă, mai degrabă aș zice că are forme de yoga, pot să înțeleg de ce Jonah ar putea-o găsi atrăgătoare. Ochii ei căprui și înțelegători îmi întâlnesc privirea și îmi dau sema că deja îmi știe povestea lacrimogenă. Îmi cuprinde palma cu ambele mâini, puțin cam călduros.

– Bine ai venit!

– Bună, zic ceva cam rece și fără să mișc buza de sus, desprinzându-mă din strânsoare.

Nu știu ce m-a apucat. Pur și simplu nu suport ideea ca un străin să știe totul despre mine.

– Ai ratat ședința de *mindfulness*, mă tem. Dar ai ajuns la timp pentru tort, care după părerea mea e cea mai bună parte a întâlnirii.

Îmi țin în frâu gândurile obraznice despre cum nu cred că tortul mă poate ajuta prea mult.

– Poate că Jonah ar putea să mă pună la curent cu *mindfulness*-ul?

– Sau putem face cândva o ședință unu la unu, dacă crezi că te ajută, se oferă Dee și, cu toate că știu că e doar drăguță, pe mine tot mă irită.

Oare emit semnale inaudibile de SOS? Sunt aici și am impresia că nu mă pierd cu firea, deși toți împroașcă în mine cu ajutor până mă strivesc. Îmi dau seama că sunt o persoană destul de reținută; prefer să mă ascund sub o poleială strălucitoare și apoi să mă fac bucăți când nu mă vede nimeni.

– O să mă gândesc la asta, spun, fără să-mi iau vreun angajament. Mulțumesc, oricum.

Preț de câteva secunde, privirea lui Dee o întâlnește pe a lui Jonah, suficient cât să spună „prietena ta e al naibii de dificilă, așa-i?“ Sau poate mă înșel și e mult mai *new age* și mai filosofică decât atât, venind cu un „e clar că prietena ta are felul ei de a merge pe drumul vindecării". Sau poate, cine știe, n-a fost decât o privire nedisimulată de „ai chef să bem ceva mai încolo?", iar eu îi încurc. Îmi doresc să nu fi venit, dar acum e prea târziu, pentru că mâna lui Dee e pe cotul meu și mă strunește în direcția grupului cu care stătea Jonah mai devreme.

Își mută scaunele ca să-mi facă loc lângă Jonah, străduindu-se cu toții să nu se holbeze, nerăbdători să mă facă să mă simt bine-venită. Femeia din fața mea îmi toarnă ceai.

– Camilla, îmi spune când așază ceașca în fața mea.

Din fericire, nu e fițoasă, îmi aruncă un zâmbet plat și înclină prietenește capul.

– Ea este Lydia, spune Jonah posomorât.

Ei încuviințează din cap.

– Eu sunt Maud, spune aproape răstit femeia mai vârstă, aflată de partea cealaltă a lui Jonah, aplecându-se în față și meșterind la aparatul auditiv.

Dacă ar fi să-i dau o vârstă, aș zice peste nouăzeci.

– Soțul meu Peter a căzut de pe acoperiș când încerca să repare antena TV, în urmă cu douăzeci de ani.

– OK, spun luată prin surprindere. Îmi pare rău!

Judecând după expresiile reținute ale celor aflați la masă, aș zice că nu e prima oară când aud de ghinionul lui Peter.

– Să nu-ți pară, mie nu mi-a părut. Se dădea în bărci cu femeia de la măcelărie de zece ani buni.

Uau! În niciun caz nu m-aș fi așteptat la asta.

– Tort?

Mă întorc spre doamna de lângă mine, recunoscătoare pentru intervenție.

– E cu mere și curmale. L-am făcut azi-dimineață.

Îmi întinde farfuria.

– Eu sunt Nell.

– Mulțumesc, spun, întinzându-mă după farfuria de carton.

Nu îmi dau seama dacă îi mulțumesc pentru tort sau pentru că m-a salvat de sub presiunea de a veni cu o replică potrivită. Mă liniștește prezența ei tăcută. Are statura și vârsta mamei, iar inelul de pe degetul ei îmi spune că e măritată. Sau, cel puțin, a fost.

– Îmi cer scuze pentru Maud, șușotește și îmi pune o felie de tort pe farfurie. Îți închipui că replicile ei au fost neprețuite în timpul ședinței de *mindfulness* de mai devreme.

Îmi suprinde privirea. Umorul ei mă relaxează.

– Există cărți, spune Camilla și se îmbujorează toată, nevenindu-i ușor să ia cuvântul. Asta mi s-a părut deosebit de utilă.

Atinge coperta unei cărți pe tema suferinței dintre cele răspândite pe masă.

– Cel puțin în prima perioadă.

– Nu îmi vine prea ușor să citesc, în ultima vreme, spun. Mereu am apreciat cărțile, mai ales pe cele de ficțiune, dar mintea mea nu mai pare capabilă să urmărească o poveste.

Nu știu ce mi-a venit să particip la discuție, dar iată că am făcut-o.

– O să revină la normal. O vreme nu am putut citi altceva, dar, ușor-ușor, nu mai e atât de greu.

Își trece degetele peste colierul de perle de la gât.

– Chiar nu mai e.

Mă întind recunoscătoare după cartea pe care mi-a recomandat-o.

– Tu citești, Jonah? întreabă Nell.

– Da, spune el. Sunt profesor de limba engleză, riscurile meseriei.

Înghite în sec.

– În schimb, la capitolul muzică nu stau foarte bine.

Mă ia prin surprindere. Muzica e specialitatea lui Jonah: să o interpreteze, să o asculte, să o compună.

– Eu n-am mai putut să mă uit la televizor după ce a murit Peter, zbiară Maud. Tembelul a rupt antena.

Nu știu ce-mi vine mai tare să fac: să râd sau să o strâng de gât.

– E de înțeles, spune Camilla, uitându-se la Jonah. Probabil că încă o asociezi cu accidentul.

În mintea mea nu se produce conexiunea. Nu știu câte au aflat cei de la masă despre Freddie înainte să ajung eu, așa că iau o bucățică de tort și las conversația să curgă pe lângă mine.

– Mda, spune Jonah, frecându-se la ochi. Nu mai pot să ascult radio.

– Lasă să mai treacă ceva timp.

Probabil că Nell a observat că îi tremură mâinile, pentru că îi întinde și lui o felie de tort.

– De ce asociezi accidentul cu muzica? întreb, cu ochii țintă la Jonah.

– Amicul lui schimba posturile de radio în mașină, se bagă Maud, vorbind prea tare. Nu se uita pe unde mergea.

Aud asta pentru prima oară. Mă lupt să-mi adun cuvintele ca să-l întreb pe Jonah dacă e adevărat.

– Dar, la anchetă...

Las cuvintele să se stingă, dându-mi seama că sunt multe lucrurile pe care nu le știu.

La masă se lasă o tăcere stingheritoare, iar Jonah ridică privirea să studieze vopseaua scorojită de pe tavan.

– N-am crezut c-o să vii, îmi spune. Ai întârziat, n-am crezut c-o să vii.

Apoi se întoarce și mă privește în ochi, coboară vocea și mi se adresează numai mie:

– Se prostea și el, încerca să găsească o melodie de fredonat, Lyd. Știi cum era el, suferea acut de sindromul de vineri seară.

Mă încrunt la auzul expresiei, cu toate că știu ce vrea să spună. Sindrom acut de vineri seară, pe de-o parte, sentimentul că s-a terminat școala, pe de alta, că e timpul pentru petrecere. Cred că e posibil ca Freddie să fi fost cel care a inventat expresia; în orice caz, trăia în acord cu ea. Dacă era vineri seară, atunci berea curgea și muzica bubuia. Accidentul a avut loc într-o seară de vineri.

– Dar la interogatoriu ai spus că nu a făcut nimic greșit. Am stat acolo și te-am auzit spunând că nu a făcut nimic greșit.

Aud cum îmi scapă vocea și atinge tonalități înalte.

– Nu am vrut... spune atât de încet, încât fac eforturi să înțeleg. Nu am vrut să conchidă că a murit din cauză că a condus imprudent.

– Nu e la fel de imprudent ca atunci când cazi de pe acoperiș, pufnește Maud, întinzându-se să ia ceaiul.

O țintuiesc cu privirea, gata să-mi ies din fire, însă nu o fac. Nu ea e motivul pentru care îmi bubuie mie inima. Jonah și cu mine ne uităm fix unul la celălalt. Mă întreb ce alte lucruri nu mi-a spus.

– Tu m-ai chemat azi aici, spun, scărpinându-mă în frunte. M-ai chemat aici și apoi mi-ai aruncat... bomba asta, știind exact ce efect o să aibă asupra mea.

El începe să clatine din cap înainte să termin de vorbit.

– Nu ai venit, Lydia. Te-am așteptat și nu ai venit și toată lumea vorbea despre oamenii dragi pe care i-a pierdut și nu știu cum se face că am început și eu să vorbesc. M-am simțit în siguranță, probabil.

Mă holbez la el, la cuvintele care-i ies pe gură.

– Nu ai pomenit de radio nici măcar o dată în timpul anchetei...

Clatin din cap, pentru că, de la accident încoace, am întors pe toate părțile scurta mărturie a lui Jonah, încercând să recompun ultimele momente din viața lui Freddie. A fost înregistrată oficial drept moarte accidentală, un moment din ăla tembel în care pur și simplu nu aveai ce să faci. Se pomenea de condiții meteorologice, de polei, fusese un ger cumplit și e posibil să fi fost gheață pe drum. Am ascultat raportul și mintea mea s-a mulțumit cu ceva foarte banal, așa cum e vremea, iar acum, scena pe care am construit-o în mintea mea mi se năruie în fața ochilor.

– Ai mințit, îi spun. I-ai mințit pe toți oamenii de acolo, Jonah.

Mă întorc spre Nell.

– Nu le-a spus despre radio. Nu le-a spus.

– Oamenii fac uneori lucruri stranii cu cele mai bune intenții, spune ea. Poate că, dacă Jonah ți-ar spune mai multe...

Se uită șovăitoare la Jonah, care înghite în sec.

– Nu am mințit, chiar nu am mințit. E foarte posibil să fi fost polei pe șosea și cu siguranță plouase.

Se uită la mine.

– Știi că așa a fost, Lydia.

– Dar n-ai pomenit deloc de radio...

Toată lumea de la masă tace, inclusiv Maud. Lângă mine, Nell oftează și îmi acoperă mâna pentru o clipă, strângându-mi degetele. Nu îmi dau seama dacă o face din compasiune sau ca să mă calmez. Jonah scoate un sunet gutural, de frustrare, și strânge pumnul.

– De ce aș fi făcut-o? În ce fel ar fi schimbat lucrurile? În noaptea aia, nu am fost decât eu și Freddie acolo, nimeni altcineva nu a mai fost rănit. Futu-i, nu aveam de gând să le permit să spună despre Freddie că el a cauzat accidentul, că a fost neatent chiar și o fracțiune de secundă.

Se uită de jur împrejurul mesei și clatină din cap.

– Scuze, suspină. Că am înjurat.

Are o sclipire nefirească în ochi atunci când se întoarce spre mine și îmi dau seama că e pe ultima sută.

– Nu am vrut să văd asta în ziar, să se scrie că a murit într-un mod stupid și oamenii să folosească povestea lui ca învățătură de minte ca să fie mai atenți.

Se petrece ceva înăuntrul meu. Am impresia că mi se încinge tot corpul.

– Dar ai fi putut să-mi spui mie, spun încet. Ar fi *trebuit* să îmi spui mie.

– Ar fi trebuit? zice pe un ton ușor ridicat, iar Camilla tresare când îi simte durerea. De ce? Ca să fii și mai anxioasă decât ești deja, ca să-l înjuri că e așa de cretin, ca să îți imaginezi scena în care el merge cu câțiva kilometri peste viteza legală și butonează să găsească melodia potrivită pentru o seară de vineri?

Şi apoi văd precis scena. Piciorul lui Freddie pe acceleraţie, ochii pe aparatul de radio.

– Mergea prea repede ca să ajungă la petrecerea de ziua mea, asta vrei să zici? Nici că trecuse de viteza legală n-ai zis.

Jonah se uită pe geam înspre porţile de la intrare. Atâţia ani am trecut toţi trei prin porţile alea, lipsiţi de griji şi convinşi că viaţa nu se termină niciodată. Ne şi aud, ne aud ecoul paşilor şi râsetele.

– Nimic din toate astea nu contează cu adevărat, spune el. Nu schimbă faptul că nu mai e.

– Ba contează, spun, întărâtată de faptul că Jonah îmi ignoră sentimentele. Pentru mine contează. M-ai lăsat să cred că a murit din cauza vremii şi, cumva, motivul ăsta banal şi anost avea un oarecare nenorocit de sens.

Caut în jurul meu, încercând să ţin pasul, să-mi înţeleg şi să-mi exprim sentimentele.

– Şi tu vii acum şi-mi spui că s-ar fi aflat încă aici dacă ar fi fost mai atent şi că depăşise limita de viteză? izbucnesc enervată. Să nu îndrăzneşti să îmi spui că nu contează, Jonah Jones. Ar fi trebuit să vină direct acasă. Nimic din toate astea nu s-ar fi întâmplat dacă venea direct acasă.

– Crezi că eu nu ştiu asta? şopteşte. Crezi că nu e primul lucru la care mă gândesc în fiecare nenorocită de zi?

Ne privim fix. Jonah îşi muşcă buza care începe să-i tremure.

– Nu am vrut să afli niciodată toate astea, îmi spune sumbru, atrăgându-mi privirea către cicatricea de pe frunte pe care şi-o atinge. Ai întârziat... nu am crezut c-o să vii.

– Îmi doresc să nu fi venit.

– Şi eu, spune, cu mâinile strânse în pumni deasupra mesei.

De jur împrejurul mesei se lasă tăcerea. Cred că e timpul să plec.

– Fiul meu a murit acum un an.

Maud se uită în tavan.

– Nu mai vorbise cu mine de treizeci şi şase de ani. Aşa era el, totul sau nimic.

Nu răspund, însă cuvintele ei ajung cumva la mine. Treizeci și șase de ani. Trăiau amândoi, și totuși au lăsat ca ceva trivial să îi îndepărteze suficient de mult încât să nu-și mai vorbească niciodată.

– Este îngrozitor de trist, Maud.

Camilla o mângâie pe Maud pe braț.

Maud strânge din buze, rămasă fără replică. Nu cred că motivul pentru care a venit azi aici era să vorbească despre soțul ei infidel. Nu știu dacă ce a spus legat de fiul ei era ca să mă ajute pe mine, dar a reușit, într-un fel, pentru că știu că, dacă acum mă ridic și plec, s-ar putea să nu-l mai văd treizeci și șase de ani pe Jonah Jones sau niciodată.

Rămânem alături, nemișcați, în tăcere.

– Ar fi trebuit să-ți spun mai devreme, zice în cele din urmă, cu privirea în pământ.

– Da, spun. Dar înțeleg de ce nu ai făcut-o.

Întâlnesc peste masă privirea înlăcrimată a Camillei, iar ea dă aprobator din cap, încurajare pe care o apreciez. Fac un efort teribil să îmi pun mâna peste a lui, iar el face un efort teribil să nu se desfacă în bucăți.

– Ar merge niște unt la tortul ăsta, spune Maud. Mai e unt?

Nell împinge pachetul de unt spre ea.

– Ia-l, la mine acasă nu se mănâncă.

Îmi duc mâna la ochi, mă dezmorțesc și mă ridic în picioare.

– Ar trebui să plec, spun, uitându-mă de jur împrejurul mesei. Mă bucur că v-am cunoscut.

Jonah ridică ochii la mine.

– Ne vedem curând?

– Da, spun, deși probabil nu va fi așa.

Nu pot să spun că mă bucur că am venit, pentru că nu e întocmai adevărat, însă a fost cathartic pentru amândoi faptul că am fost atât de dureros de sinceri. Îmi păstrez cumpătul până la mașină și apoi mă prăbușesc în scaun, cu capul în mâini. Probabil n-ar trebui să conduc, dar vreau să ajung acasă. Vreau să fiu cu Freddie.

ÎN SOMN

3 iunie

Suntem în parcarea spitalului. Freddie o duce pe Elle în brațe. Ea mai are un singur pantof, iar eu merg grăbită pe lângă ei, ținându-l în mână pe celălalt.

– Cred că e ruptă, spune Elle, strâmbându-se de durere când încearcă să miște glezna.

Eu și Freddie am tras o sperietură groaznică în urmă cu o jumătate de oră, când s-a rostogolit din capul scărilor la noi în apartament. E ciudat să dau de ea în lumea asta abstractă. Mă obișnuisem să fim doar eu și Freddie, dar se pare că și viețile celorlalți merg înainte aici. Și astăzi, în lumea asta, Freddie e exact așa cum vreau să îl țin minte. Deține controlul și este cât se poate de viu.

– Probabil, spune el. Bine ai făcut că m-ai pus să te car în brațe.

– Seamănă puțin cu scena aia din *Ofițer și gentleman*, zic, încercând să nu râd.

Freddie pare încântat de idee.

– Numai că eu arăt mai bine ca Richard Gere.

– În mod clar, îți stă bine în uniformă, zic.

– Se vând în magazinul ăla pornache din centru, zice el. Pot să-mi iau una, dacă vrei.

– Ăăăm, alo? bombăne Elle. Avem o pacientă cu oase fracturate aici. Puteți amâna discuția asta pe mai încolo?

– Poate că nu e ruptă, zic, încercând să-mi păstrez optimismul.

– Doamne, sper! Nu mă pot duce la serviciu în cârje.

Chiar și în cârje, Elle tot ar fi cea mai eficientă femeie din încăpere.

E ceva care-i face pe oameni să se dea în lături când văd o persoană cărată în brațe la Urgențe, așa că ajungem în biroul de consultații mai repede decât în alte condiții.

– Bine că erai acasă, îi spun lui Freddie, suindu-mă pe marginea patului.

Doctorul nu crede să fie vorba de oase rupte, însă o trimite la radiografie într-un cărucior, ca să verifice.

– Nu cred că o consulta nimeni atât de repede, dacă venea șchiopătând.

– Farmecul lui Freddie Hunter nu dă greș niciodată.

Rânjește, la care eu îmi dau ochii peste cap.

– Mai încolo, vrei să te duc în dormitor în brațe? mă întreabă.

– Doar dacă-ți iei uniforma aia.

Își aruncă ochii la cuierul de pe ușă.

– Aș putea să fur halatul doctorului. Te mulțumești cu asta?

Încep să râd înfundat.

– Știi ceva? Ar merge, spun fix în clipa în care doctorul împinge căruciorul lui Elle înăuntru.

– Nu e nimic rupt, spune degajat. S-a învinețit rău, ar fi bine să nu îl pună în pământ vreo două zile.

Elle se luptă să se familiarizeze cu cârjele de care îi face rost asistenta, așa că Freddie o ia din nou pe sus și străbate culoarul de la Urgențe în sens invers. Când se deschid ușile spitalului, eu încep să fredonez melodia lui Joe Cocker, cu iubirea care ne poartă pe culmile care ni se cuvin, iar Elle îmi trage un șut în braț cu piciorul bun.

– Ai fost grozav azi cu Elle, îi spun odată ajunși acasă.

– Oi fi fost, n-oi fi fost, spune făcând mișto, apoi clatină din cap. Slavă Domnului că și-a bușit doar glezna. La cum s-a prăvălit pe scări, ar fi putut să fie mult mai rău.

Mă cutremur, pentru că știu că are dreptate. Am alergat cu inima cât un purice să văd ce a pățit, pentru că sunt foarte conștientă cât de repede se poate transforma o zi obișnuită într-un coșmar.

– Nu mi-am rupt niciodată nimic, spune Freddie. Îți vine să crezi?

O, iubirea mea, îmi spun.

– Nici eu. Ah, stai așa, mint. Mi-am rupt ceva, mi-am rupt un deget de ziua lui Elle, când eram mici. Mama l-a chemat pe Nicky de vizavi, deși era un terorist, și mi-a prins mâna în ușa de la intrare.

Freddie tresare.

– Intenționat?

Eu ridic din umeri.

– Probabil.

Ridic mâna dreaptă și îmi ating arătătorul.

– Chiar aici.

Freddie se apropie și sărută locul indicat.

– Cum îl cheamă? Ți-l găsesc imediat și vede el răzbunare.

Marșez.

– Ce o să-i faci?

– Cred că ar fi corect să mă iau de degetele lui. Să i le retez unul câte unul? Sau să i le fac pilaf cu ciocanul, ca Thor?

Masivitatea lui Freddie e definitorie pentru identitatea lui, trăiește cu impresia că e protectorul meu, chit că am sau nu nevoie de asta. E destul de demodat, la faza asta. Îi place să mânuiască șurubelnița atunci când se strică ceva și e foarte posesiv cu mașina de tuns iarba, deși nu avem decât o grădiniță micuță în spatele casei. Pe mine nu mă deranjează prea tare, știu că i se trage din copilărie, când și-a pierdut tatăl la o vârstă fragedă. Nu a avut încotro, a fost nevoit să preia niște frâie prea mari pentru el, fiindcă mama lui era o femeie obișnuită să primească lucrurile de-a gata. Freddie a adunat bucuros familia Bird la adăpostul umbrelei lui. Nu cred ca mama să fi schimbat vreun bec în ultimii zece ani.

– Ești supereroul meu, îi spun râzând.

– Credeam că am lămurit treaba asta ceva mai devreme.

Se trântește pe scaun.

– Am făcut suficient cât să merit o cafea?

– Și biscuiți, zic eu.

– Și sex? cercetează el terenul, ca întotdeauna.

Mă uit la el.

– Numai dacă ai șutit halatul doctorului.

TREAZĂ

Luni, 4 iunie

Sunt în mașină, în parcarea de la muncă, cu vechea caserolă de plastic roz-aprins pe scaunul din stânga. Am găsit-o de dimineață pe prag, cu un bilețel lipit pe capac, care îmi ura „baftă". Aproape deslușesc gustul biscuitului cu mentă pe care mama trebuie să-l fi vânat prin vreo trei supermarketuri, iar de sub ambalajul unui sendviș misterios, scoate capul o cutie de suc de coacăze. Nu mi-a mai pregătit pachețelul de mai bine de zece ani, dar a reluat pe nesimțite acest obicei, de parcă aș avea din nou paisprezece ani. Mi se pare reconfortant. Strecor cutia hidoasă în geantă și încerc să-mi fac curaj să intru pe ușa primăriei pentru prima oară după mai bine de optzeci de zile. Știu că mă întorc, firește, și sunt convinsă că se vor da peste cap să mă facă să mă simt cât mai în largul meu, însă, cu toate astea, nu mă felicit încă, trag aer în piept, ies din mașină și acum e-acum.

„Fă-i praf, șefa", mormăi, ridicând bărbia și îndreptându-mi umerii, mai să-mi lipesc omoplații. „Fă-i praf, șefa." Invoc un personaj beton dintr-un serial american, cineva mai tupeist și mai cu capul pe umeri decât mine. Meghan din *Suits*, poate. Până acum, codul vestimentar relaxat de la muncă, blugi și tricou, mi s-a părut un plus, dar, în acest moment, tare mi-ar plăcea să mă ascund în spatele unui costum impunător, completat de tocuri cui și de părul prins în coc.

Mă holbez la încuietoarea automată și apăs butoanele argintii fără tragere de inimă. Bineînțeles că nu funcționează, codul se schimbă o dată la câteva săptămâni, pentru că așa e procedura, nu pentru că ar avea vreun sens ca cineva să se obosească să dea o spargere. Ce să ia? Cărțile citite și răscitite din biblioteca găzduită de primărie la parter? Suntem probabil printre ultimele librării care încă mai folosesc sistemul cu permise pe care se aplică ștampile. Delia, bibliotecara noastră octogenară, nu s-ar descurca într-un sistem mai avansat tehnologic. Nici biroul nostru de la etaj nu e mult mai bine dotat când vine vorba de tehnologie: câteva calculatoare vechi și un fotocopiator, cam asta-i tot. Unii ar putea spune că e fermecător, alții s-ar putea să considere că trăim în epoca de piatră. Ambele descrieri sunt corecte. Când lucrezi aici, simți nostalgia plăcută a vremurilor apuse, dar poți să devii al dracului de frustrat atunci când nimic nu se înlocuiește până când nu se destramă la propriu.

Nenorocita asta de încuietoare automată, cu butoane rigide, pe care trebuie să apeși ca ieșit din minți. Eu nu îmi ies din minți, însă dau repede înapoi și mă gândesc să o zbughesc înapoi în mașină. Atunci simt o mână grea pe umăr. Mă trezesc trasă într-o îmbrățișare din lateral, lipită de o latură a lui Phil, șeful meu.

– Lydia, slavă Domnului că te-ai întors, îmi spune strângându-mă în brațe, în timp ce se întinde și atacă plin de entuziasm încuietoarea. Locul ăsta s-a dus de râpă în lipsa ta.

Era exact ce aveam nevoie să aud. Fără fast și ceremonii, fără cuvinte bine alese și interviuri de revenire. Phil e genul de șef iubit de toată lumea, plin de bonomie și de charismă, un om care comunică firesc cu ceilalți, într-atât încât s-a oferit ca un tăvălug să o țină de mână pe Dawn când naște, dacă se întâmpla cumva ca soțul ei să fie plecat în delegație când îi vinea sorocul. Din fericire, nu a fost nevoită să apeleze la serviciile lui, dar noi ne-am distrat puțin imaginându-ni-l intrând acolo în halat, la spartul târgului. Sincer, nu am dubii că ar fi făcut-o, dacă ar fi fost cazul.

– Uite pe cine am găsit încercând să dea o spargere pe ușa din dos, spune, conducându-mă în biroul de la etaj.

E o tâmpenie să am emoții și, totuși, am. Lucrez aici de cinci ani, oamenii de aici mă știu. Și eu îi știu pe ei. Dar îl cunoșteau și pe Freddie și se uită toți la mine cu ochii mari și îmi dau seama că își spun în sinea lor: „Căcat, ce Dumnezeului să îi spun, o s-o apuce plânsul dacă rostesc numele lui, o să se simtă ofensată dacă nu o fac, cred că mai bine ar fi să par foarte ocupat, să zâmbesc și să văd ce se mai întâmplă după o ceașcă de ceai."

– Îți pun o ceașcă? întreabă Dawn tocmai la țanc.

Eu dau recunoscătoare din cap, iar ea o zbughește spre bucătărie. Biroul meu de lângă geam pare să fi devenit depozit general de deșeuri, cu teancuri înalte de broșuri și de cutii pe el, iar scaunul meu... ia-l de unde nu-i. Nu-mi dau seama cum ar trebui să mă simt: ușurată că nu mi-a înhățat nimeni locul privilegiat de la geam sau necăjită că nu s-au gândit să îl facă primitor înainte de venirea mea. Ryan, în vârstă de douăzeci și doi de ani și principal candidat la *Big Brother*, cu pletele lui negre-albăstrui și cu bronzul de solar, ridică privirea și îmi face cu ochiul, cu telefonul înfipt în ureche. Cred că m-a trădat expresia de pe față, pentru că îmi urmărește privirea și sare ca ars, închizând apelul în așteptare.

– Lydia, spune teatral, tot numai un zâmbet, traversând mica încăpere ca să mă cuprindă într-o îmbrățișare.

Nu îmi scapă faptul că cei doi colegi de sex masculin par mai bine echipați emoțional să facă față întoarcerii mele decât omoloagele lor. Dawn a dispărut în secunda doi, iar în spatele încăperii o văd pe Julia cum ridică o mână cu o manichiură perfectă, fără să se scoale de pe scaun. Fie, pare să fie într-o ședință telefonică, dar, chiar și așa, nu pare să dea pe afară de căldură. Nu prea e corect. Julia și cu mine suntem colege de ani buni și ea nu e în stare să vină la mine, e ca un sloi de gheață, cu toate că știu că e pâinea lui Dumnezeu. Preferă să nu afle nimeni asta și se folosește de fabulosul ei păr împletit și de unghiile lungi și sângerii ca să-i îngrozească pe oameni, să le dea impresia că e genul de maestră dură. E de departe cea mai mare din grupul nostru, cu o vârstă incertă, undeva între cincizeci și cinci și șaizeci, și am senzația că va rămâne în acest interval până se găsește cineva să-l conteste. Și n-o să facă nimeni asta.

– Îmi pare rău pentru biroul tău, îmi spune Ryan, luându-mă de mână și conducându-mă într-acolo. Hai să facem ordine!

Pentru el, ordine înseamnă să le ia pe toate pe sus și să le trântească pe dulapul cel mai apropiat, dar nu contează, apreciez gestul. Își rotește privirea prin încăpere căutând un scaun și, negăsind niciunul, îl împinge pe al lui și face o ușoară plecăciune, dându-mi de înțeles că ar trebui să îl iau pe al lui.

– Tronul dumneavoastră, domniță.

Nu mă opun. Nu pot, pentru că acel simplu gest de gentilețe mi se oprește ca un nod în gât. Ryan observă și, spre meritul lui, nu intră în panică. Mă bate ușor pe umăr, îmi găsește un șervețel și dă înțelegător din cap.

– Știu, Lyd, sunt răpitor. Am eu efectul ăsta asupra femeilor.

Pe jumătate râd, pe jumătate horcăi și întâlnesc privirea ușurată a lui Dawn, care se îndreaptă spre mine cu ceaiul promis. E, fără îndoială, încântată că zâmbesc și, sinceră să fiu, și eu sunt. Simt cum mă reacomodez ușor-ușor, în vreme ce degetele mi se plimbă peste bine cunoscutele denivelări ale vechiului meu birou din lemn de nuc. Mi-am găsit locul.

– Fără zahăr, cu prea mult lapte, spune Dawn, cum face ea mereu.

Subtil, dar prind mesajul. Înseamnă: „Îmi amintesc, aici ești printre prieteni, o să avem grijă de tine."

Vine și Julia și îmi pune pe birou o mică vază cu sângele-voinicului roz și mov.

– Mă năucea mirosul, spune pufnind, apoi mă măsoară cu ochii ei machiați perfect, constatând fără îndoială că am slăbit și propunându-și să aducă niște tort mâine, mințind că era la ofertă.

Îi privesc pe fiecare în parte și înghit în sec.

– Vă mulțumesc, spun. Mă bucur că m-am întors.

– Nu știam dacă să... știi, dacă să spunem ceva în legătură cu... spune Ryan, cu ochii lui negri, superbi, aruncându-mi o privire consternată.

Din nou, îl admir că e purtătorul de cuvânt autointitulat pentru un grup de oameni care au de două ori vârsta lui, chiar dacă se poticnește la ultimul hop.

– Freddie, spun, străduindu-mă să-i pronunț numele clar și fără să lăcrimez, făcând asta ca să-l scutesc pe Ryan. Poți să-i spui numele, e OK.

Dau toți aprobator din cap, stând la pândă, așteptând continuarea.

– Vă sunt recunoscătoare pentru scaun, pentru ceai și pentru flori, spun. Însă cel mai tare mă bucură compania voastră. Nu mai rezistam să stau singură în casă, îmi ies din minți de plictiseală.

– Să-mi spui dacă ai nevoie de ceva, spune Dawn pripit, încercând să-și stăpânească tremurul buzei de jos.

Se caută de șervețele în buzunarul cardiganului lălâu. Înoată în toate hainele; de luni de zile ține regim, pregătindu-se pentru nuntă, și nu are bani să-și înlocuiască garderoba. Și-a lăsat și părul șaten să crească și acum îi cade pe spate în valuri; astăzi are un aer de pui de bogdaproste.

Julia îi aruncă o privire fulgerătoare, scoțându-și ochelarii cu rame de baga de pe nas și lăsându-i să atârne prinși de lănțișorul din aur roz, pe care-l poartă la gât.

– Am făcut o listă de lucruri de care să te apuci, când ești pregătită.

Ryan îi întinde un șervețel lui Dawn, iar ea se șterge la ochi, culegându-mi din geantă caserola cu mâncare.

– O să pun asta în frigider.

– Ce culoare hidoasă! mormăie Julia.

– Biscuițelul parfumat, spune Ryan, chiorându-se prin ambalajul roz, de plastic.

Se îndepărtează, iar eu las să-mi scape un șuierat de ușurare, bucuroasă că am sărit hopul reîntoarcerii la serviciu. Urmează munca propriu-zisă.

Noi patru, plus Phil, ne ocupăm de treburile organizatorice ale primăriei. Ryan e înzestrat cu darul vorbirii, așa că se ocupă de revista locală, ceea ce înseamnă, în mare, vânzarea spațiului publicitar și ochirea unor fotografii cu potențial de premiere sau a localnicilor cu hobby-uri neobișnuite. E o treabă cu dus-întors, nu și-a revenit niciodată complet după ce a fost să asiste la un curs de pictură unde profesorul lui de fizică ieșit la pensie poza nud.

Julia se ocupă de afaceri, gestionând finanțele și strângând cu ușa întreprinderile locale ca să contribuie la întreținerea clădirii noastre și la fondurile primăriei. Așadar, Dawn și cu mine ne situăm sub umbrela încăpătoare a titulaturii de „director de evenimente", ceea ce înseamnă că planificăm tot ce se întâmplă în primăria noastră de renume, de la sărbătorile de vară la târgurile de Crăciun, la seri dansante și la petreceri. L-am auzit pe Phil numindu-ne „programatorii comunității", dar cred că e mult spus, dacă ținem seama de salariu. Noi programăm clubul Darby & Jones din după-amiezile de luni și întâlnirile „Mama și copilul" de vineri dimineață și tot ce se poate pe lângă astea. E genul de job pe care ți-l iei pe termen scurt și unde rămâi pentru totdeauna, pentru că viața se strecoară prin fisuri și se cimentează în jurul lui. Colegii îți devin prieteni, clădirea îți devine o a doua casă, scaunul ia forma fundului tău. Pe hârtie suntem un grup eterogen, însă, cumva, împreună suntem mai mult decât suma părților, iar primăria a devenit miezul înfloritor al comunității – un mic miracol, dat fiind bugetul redus. Când mă apuc de treburile de pe lista dată de Julia, îmi dau seama că ea a preluat o parte din munca mea, iar Dawn a muncit cinci zile în loc de trei, cu toate că Tyler e încă preșcolar și nu prea are cu cine să îl lase. Au reușit cumva să se descurce și nimeni nu mi-a suflat nicio vorbă despre volumul mai mare de muncă. Acum înțeleg de ce nu mi-au pregătit biroul, pur și simplu nu au avut timp. Au fost prinși până peste urechi, păstrându-mi postul până mă întorc și ținându-mă pe linia de plutire de la distanță, fără ca eu să-mi dau seama.

Durerea e o creatură ciudată. E a mea și nimeni nu poate să treacă prin ea în locul meu, însă a existat o întreagă distribuție, formată din actori care m-au susținut din umbră. Îmi pun și colegii pe lista celor cărora va trebui să le mulțumesc cum se cuvine la un moment dat. Mama și Elle sunt scrise cu majuscule în capul listei, bineînțeles, apoi toți vecinii care au trecut pe la mine, la o ceașcă de ceai, și acum Julia, Dawn, Ryan și Phil. O caserolă de la familia care locuiește la trei case mai încolo, o scrisoare în care bătrânelul de vizavi, căruia i-a murit soția la scurt timp după ce ne-am mutat noi, în care mă întreba: „Cum te descurci, fetiță?“ Până și Jonah, care m-a târât la nenorocitul de workshop despre suferință.

– Eu am vorbit serios când am zis de biscuitul ăla, spune Ryan, întinzându-mi caserola roz, când mutăm tabăra în sala de mese. În jurul mesei sunt așezate cinci scaune diferite. După ce ne așezăm cu toții, Philip ridică ceașca cu ceai.

– Ce bine că nu mai avem niciun scaun liber, spune, și toți îl aprobă și ridică la rândul lor ceștile.

Mi se adună lacrimi fierbinți în ochi și, ca să nu se observe, deschid caserola și îi pasez lui Ryan biscuitul.

– Să nu-i spui mamei că ți l-am dat, spun, vârând paiul în cutia cu suc. Gustul mă poartă înapoi la școală, când luam prânzul cu Freddie și cu Jonah, însă astăzi aleg să zâmbesc, în loc să las lacrimile să mi se rostogolească pe obraji. Dacă eu sunt protagonista, atunci să continue spectacolul!

TREAZĂ

Sâmbătă, 23 iunie

– M-am întors deja de trei săptămâni la muncă, spun, stând turcește pe iarba arsă de soarele din cimitir.

Se anunță o vară neobișnuit de caldă. Circulă zvonuri că se va interzice folosirea furtunurilor dacă nu se schimbă rapid vremea.

– Într-un fel, zici că nici n-am lipsit. Ryan e săptămânal tot la a patra întâlnire, iar Julia, tot cu biciul pe noi.

Freddie și Julia aveau o relație de iubire și de ură. Convivialitatea lui gălăgioasă o scotea din sărite, iar atitudinea ei neînduplecată, de genul „hai odată, asta trebuia să fie gata ieri" îl călca pe nervi, probabil pentru că se regăsea în ea. Totuși, trecând peste toate astea, exista afecțiune de ambele părți, ea era mămoasă cu el, iar el o fermeca. Freddie spunea mereu că era genul de femeie care își dorea ca bărbatul să poarte zgardă și să ia inițiativa în dormitor, ceea ce, trebuie să recunosc, nu mi-e greu să-mi imaginez.

– Și mama a încetat în sfârșit să îmi pregătească pachețelul, spun chicotind. Bun, așa! Aș fi ajuns dependentă de sucul de coacăze.

Astăzi am adus sângele-voinicului roz și mov din grădina lui Elle și miroase foarte puternic.

– Phil mi-a propus să fiu supervizorul direct al lui Ryan, spun, împingând o floare în vază. Cred că încearcă să mă facă să mă simt indispensabilă.

Am emoții, dar încă mai încerc să o invoc pe Meghan Markle. S-ar putea să fie nevoie să fac o investiție și să-mi iau o geacă din aia cu umeri.

– Săptămâna trecută m-am tuns.

Îmi scot bentița și scutur din cap, lăsându-mi părul să-mi cadă pe umeri.

– Mi-am tăiat numai vârfurile, de fapt. Nimeni n-a observat.

Nici nu mă așteptam să observe cineva, l-am scurtat un pic, la fel ca întotdeauna. Dacă aș alege altă tunsoare, probabil aș trece printr-o criză identitară.

– Nu l-am mai văzut deloc pe Jonah în ultima vreme, spun, pentru că mă simt datoare să-i dau vești despre cel mai bun prieten al lui.

Am profitat de câteva săptămâni în care să întorc pe toate părțile mărturia lui Jonah din cadrul discuției despre suferință și mi-e ciudă să admit că pot să înțeleg de ce a făcut-o. Nimeni nu a mai fost rănit sau implicat în accident, iar singurul lucru care ar fi putut fi mânjit pentru totdeauna de o relatare precisă ar fi fost amintirea lui Freddie. Loial până la capăt, Jonah nu a vrut ca prietenul său să părăsească viața în mod dezonorant.

– I-am lăsat un mesaj vocal pe telefon săptămâna trecută, dar nu mi-a răspuns.

Sinceră să fiu, nu sunt foarte surprinsă. Mesajul de la mine era scurt, aproape abrupt; pur și simplu nu am fost în stare să-mi adun cuvintele potrivite. Cred că mi-am cerut scuze că nu am luat legătura cu el mai devreme și aproape sigur am spus ceva ambiguu despre cum înțeleg de ce a făcut ce a făcut. Probabil a sunat pios, de parcă ar fi avut nevoie de iertarea mea sau ceva de genul ăsta. Nu intenționam asta, dar nu am avut puterea să șterg mesajul și să înregistrez altul.

– Mă supără foarte tare neglijența, Freddie, șoptesc.

A fost nevoie de o recalibrare mintală uriașă ca să mă împac cu ideea că propria lui nepăsare a fost unul dintre factorii care i-au adus moartea. Oricum ai lua-o, în viață tot nu mai e, însă era ceva aproape reconfortant în a putea da vina pe vreme.

– Nu am mai spus nimănui, zic. Nici mamei, nici lui Elle.

Ce rost ar avea? Eu, una, nu m-am simțit mai bine aflând adevărul, așa că de ce să le încarc și pe ele? Asta nu le-ar face decât să se îngrijoreze și mai tare pentru mine și detest ideea că Freddie ar putea scădea în ochii lor, chiar și cu o sutime de procent. Așa că am sigilat informația și am aruncat-o în vâltoarea minții mele, un mesaj într-o sticluță care sper să nu eșueze niciodată la mal pentru a fi deschisă de altcineva.

– Ar cam trebui să plec, spun, vărsând apa rămasă în sticlă peste pământul uscat din jurul pietrei funerare. Merg cu Elle în oraș în după-amiaza asta.

Se lasă tăcerea și mă întreb ce om fi făcând noi acum, în cealaltă viață a mea. Nu țin pasul cu o mulțime de lucruri de acolo, iar în vizitele mele săptămânale, o parte din timp mi-o petrec încercând să mă pun subtil la curent cu ce am ratat. Pun mâna pe piatra de granit și închid ochii, invocând chipul lui Freddie, mirosul lui, zâmbetul lui. Îmi imaginez brațele lui cuprinzându-mă, sărutarea lui caldă pe ceafă.

– Pe curând, dragostea mea!

E așa de cald aici! De fapt, cred că de-acum putem cădea cu toții de acord că trăim într-o țară caldă. Practic, suntem un fel de Spania, doar că bem mai mult ceai și luăm cina mai devreme. Nu vor mai fi cojoace de iarnă și nici lamentări continue legate de vreme, pentru că acum avem soare cât cuprinde și îmbrăcăminte sumară.

– Cum ți se pare?

Elle îmi arată o bustieră fără bretele, de un roz turbat. E plină de cireșe sclipitoare, făcute din paiete roșii, care reflectă lumina.

– Merge, zic. Dacă ai optsprezece ani și ești în Ibiza.

– Nici, nici, spune, strecurând bustiera la loc pe rastel. Crezi că arăt bătrână?

– Ai treizeci și unu de ani, Elle, nu optzeci și unu, spun, clătinând din cap. În plus, ai genul ăla de față care nu îmbătrânește niciodată.

Ea se privește în cea mai apropiată oglindă.

– Așa crezi? Când pic pe tura de dimineață, mă simt de parcă aș avea o sută de ani.

Noul ei job de la hotel îi impune un program ciudat; toată vara asta lungă și fierbinte au făcut livrări pe bandă rulantă pentru nunți. În ultimele săptămâni, nu ne-am mai văzut atât de des și mi-a fost dor să vină peste mine în casă și să-mi umple frigiderul cu lucruri pe care probabil voi uita să le mănânc. Înțeleg, firește. La început, toată lumea era pe poziții, supraveghind-o pe Lydia douăzeci și patru de ore pe zi, șapte zile pe săptămână, însă, în mod inevitabil, încercarea de a petici golul lăsat de Freddie în viața mea a creat goluri în țesătura propriilor lor vieți. Elle și David nu sunt căsătoriți de mult timp și bănuiesc că David s-a plâns că îi e greu să își vadă soția atât de rar, Elle fiind prinsă între vizitele la mine și cerințele jobului ei. Gândul că aș fi o povară mă apasă greu.

– Trebuie să-ți iei bustiera, spun, luând-o de pe raft.

Elle mă privește derutată.

– De ce?

– De fapt, ți-o cumpăr eu.

– Nu face pe nebuna, spune râzând.

– Nu fac, insist eu. Vorbesc serios, Elle. Eu ți-o cumpăr și diseară o să te îmbraci cu ea și cu blugii *skinny*, o să-ți pui tocurile alea cât casa și lui David i se vor scurge ochii după tine.

– I-auzi… spune neîncrezătoare.

– Da, așa vei face.

Ne așezăm la coadă.

– Vino cu noi în oraș diseară, spune, luându-mă de braț.

Îmi șterg lacrimile și îmi doresc să fi existat aer condiționat în magazin.

– OK, îi trântesc. Lasă-mă totuși să mă duc să văd dacă or mai avea vreo bustieră. Una cu pietre de moară, eventual.

– Să nu mai spui așa ceva niciodată, sare să mă contrazică, încruntată. Pentru noi nu vei fi niciodată o piatră de moară.

Vorbește serios. Iar David face parte din familia noastră de atâta vreme, încât știu că ar spune fix același lucru, însă nu poți nega faptul că uneori doi e numărul magic. Nimeni nu știe asta mai bine decât mine.

ÎN SOMN

Sâmbătă, 25 august

– O să mă înnebunești diseară în rochia asta.

Freddie îmi strecoară o mână pe coapsă în timp ce trag mașina în parcarea restaurantului. Am fost de câteva ori în locul ăsta, în ultimii ani, e un fel de hibrid între restaurant șic și bar, cu lumină discretă și cu scaune ușor incomode.

– Ai cumpărat-o special pentru ziua mea? mă întreabă, luându-mă de mână în drum spre intrare.

Cu câteva zile în urmă, Freddie ar fi împlinit douăzeci și nouă de ani. În viața mea trează, am marcat evenimentul printr-o vizită la mormântul lui după ce am ieșit de la muncă; în viața din somn, îl marchez ducându-l la restaurantul lui preferat și, bineînțeles, cumpărându-mi o rochie albastră nouă.

– Normal, spun bucuroasă.

Am nevoie de câteva minute să mă orientez, să citesc semnele și scenariul din cealaltă viață. Freddie poartă tricoul pe care i l-am cumpărat în timpul vacanței de anul trecut. Când intrăm în restaurant, mirosul aftershave-ului lui se amestecă cu parfumul meu.

– Hunter, o masă de patru persoane, spune, zâmbindu-i fetei din spatele pupitrului de întâmpinare.

Ea verifică rezervările și aprobă din cap, urmărindu-l pe Freddie cu privirea ceva mai mult decât ar fi fost cazul. Nu îmi fac griji; se întâmplă chiar des asta. Sunt obișnuită cu acea privire piezișă de genul „Ce noroc pe vaca asta!“. Cuvintele lui Freddie capătă sens în timp ce o urmăm pe fată printre mesele pline. „O masă de patru persoane“, așa spusese. Nu am mult timp la dispoziție să mă întreb cine ni se mai alătură. Când ne apropiem de masa din colț, Jonah se ridică râzând și îmbrățișându-l pe Freddie de la mulți ani, bătându-l pe spate. O clipă rămân în urma lor și de abia când se desprind din îmbrățișare văd cine este a patra persoană. Dee. Profesoara de yoga.

Îmi întâlnește privirea și îmi zâmbește, apoi se furișează prin spatele băieților și mă trage de mână, ca să mă așez lângă ea. În seara asta arată altfel față de data trecută când am întâlnit-o în viața mea trează. Părul despletit îi cade pe umeri, iar rochița neagră, fără mâneci, îi pune în evidență brațele tonifiate. Toată yoga aia a dat roade.

– Știu că e ziua lui Freddie, dar ce ai zice să stai lângă mine? Știi cum sunt ăștia doi când se întâlnesc.

Da, îmi spun, știu, pentru că, spre deosebire de tine, eu îi cunosc de mai bine de jumătate de viață. Nu e prea drăguț din partea mea și sper că nu mi se citesc pe față gândurile răutăcioase. Mă așez pe scaunul de lângă ea. M-a prins cu garda jos, nu știu cât de bine ne cunoaștem aici. Suntem prietene? Mă îndoiesc că facem petreceri în pijamale și ne împletim părul una alteia, dar pare-se că ne cunoaștem destul de bine, dacă am invitat-o la ziua de naștere a logodnicului meu. La masa pătrată și înghesuită, Freddie se așază lângă mine, strângându-mă de mână.

– Hei, Dee, cum merge treaba?

El îi zâmbește rezervat. Ea râde drăgălaș.

– Ei, știi cum e. Multe chestii holistice și sentimentale pentru care voi mă luați la mișto.

– Eu n-aș îndrăzni să te iau la mișto, spune, făcând pe nevinovatul.

Ea îmi aruncă o privire binevoitoare.

– Spune-i tu, Lydia, că yoga poate fi la fel de solicitantă ca fotbalul și ca rugbiul.

Freddie ridică brațele și rânjește.

– Hai, lasă-mă! Nici nu se compară niște sexagenari care fac *stretching* o jumătate de oră cu nouăzeci de minute de adrenalină pură în teren. Zi tu că n-am dreptate, Joe?!

Freddie e singurul om din lume care îi spune lui Jonah – Joe. În ceea ce-l privește, Jonah se uită când la Dee, când la Freddie, care trag speranțe ca relația pe care o au cu el să-l câștige de partea lor.

– Am reputația mult prea pătată ca să fiu un bun arbitru.

Râde bine intenționat și ia o gură de bere.

– Se pare că sunt la cheremul tău, Lyd.

E ceva schimbat la Jonah în seara asta și îmi ia câteva clipe să-mi dau seama ce anume. A trecut atâta vreme de când nu i-am mai văzut chipul nebrăzdat de cicatricea de deasupra sprâncenei și nemânjit de umbre sub ochii negri și profunzi. Arată cumva mai viu; are culoare în obrajii pe care m-am obișnuit să i-i văd sfrijiți. Dar nu e asta. Pare... știu și eu, mai relaxat? Și apoi îmi pică fisa: Jonah Jones seamănă din nou cu el însuși. Și-a recăpătat atitudinea degajată, de om care stă cu picioarele bine înfipte în pământ, și de-abia văzându-l aici îmi dau seama cât de dor îmi e de el în viața reală. Mă gândesc la toate astea în vreme ce ei se holbează la mine, așteptând un răspuns. De-abia dacă îmi mai amintesc întrebarea.

– Care-i verdictul? spune Freddie, lovindu-mă ușor cu degetul mare peste mână. Yoga sau fotbal?

Dee se uită la felul în care mă atinge pe mână și clatină din cap.

– Încerci să-i influențezi decizia. Joci murdar, Freddie Hunter.

– Ba nu! se dă el mare, făcând pe supăratul. Pur și simplu mi-e greu să-mi iau mâinile de pe ea.

Mă hotărăsc să mă destind și să particip la petrecere.

– Păi, mai întâi o să pledez pentru yoga și o să susțin că presupune mult mai mult decât niște întinderi delicate, însă, pentru că e ziua ta, aleg fotbalul.

– Nici nu mă îndoiam, spune Jonah, înclinând capul, în timp ce o Dee surâzătoare îmi dă un ghiont în biceps.

– Ce s-a întâmplat cu solidaritatea feminină? mă întreabă.

– În orice altă zi!

Zâmbesc și mă întind după sticla de vin comandată de ei mai devreme.

– Și, cum merge relația voastră supersecretă?

Freddie o privește pe Dee în timp ce îmi înfulecă desertul. Aș mai fi mâncat din el, dar îl las să-și facă damblaua, că e ziua lui. Îmbujorată, ridică privirea la Jonah și pot să jur că îl văd roșind.

– Cred că s-au cam prins, spune ea. E destul de greu să ții prea mult un secret într-o școală. E un cuib de bârfe.

– Oamenilor le place să vorbească aiurea, spune Jonah, ridicând din umeri. Chiar nu văd de ce le pasă lor.

Dee învârte vinul în pahar și îl privește pe sub gene.

– Mie îmi cam place să ne furișăm, domnule Jones.

Lăsând jos lingura, Freddie își freacă palmele, plin de curiozitate.

– Alo, nu cumva ați făcut prostii în spatele magaziei pentru biciclete?

Jonah își dă ochii peste cap și pare că ar prefera să schimbe subiectul. Nu același lucru se poate spune despre Dee.

– Nu...

Se uită complice la mine, apoi la Jonah.

– Adică, nu *chiar*.

– Să nu-mi spui că în debara! continuă Freddie, încântat să-l facă pe Jonah să se perpelească.

– Clișeu, spune Dee.

Apoi, peste o clipă, revine:

– În laboratorul de chimie!

În vocea ei se ghicește entuziasmul, odată dezlegată limba de la vin.

– Dee! o atenționează Jonah amuzat.

Se uită la mine și își ia o expresie de „scuze pentru asta". Nu știu de ce; nu are de ce să-mi ceară mie scuze. Deși pot să înțeleg. În dinamica relației noastre, mereu făceam front comun atunci când Freddie o lua pe arătură, așa cum s-a întâmplat acum, ajutat fără voie de Dee.

– Adică n-am făcut-o sau ceva de genul ăsta, doar ne-am pipăit puțin, spune Dee. Adică, încă aveam pe mine...

– Așa, și la voi cum decurg pregătirile pentru nuntă? spune Jonah.

Îmi aruncă o privire rugătoare, ca să-i fac hatârul și să mușc momeala.

– Da, totul merge bine, spun bucuroasă că am spicuit câteva informații dintr-o discuție cu mama și cu Elle, ultima oară când ne-am întâlnit. Am rezervat localul, iar verighetele sunt puse sub cheie în seiful mamei.

Nu mă întrebați de ce are seif. E o chestie din aia ascunsă în spatele unei cărți false – luată de pe canalul de shopping, bineînțeles. Partea nasoală e că mama nici măcar nu avea bibliotecă în casă, a trebuit să-și cumpere, plus un set de enciclopedii care să mascheze seiful.

– Și rochia? zice Dee, cu ochii scânteindu-i.

Mă întind după paharul cu vin, trăgând de timp. Răspunsul sincer e că nu am nici cea mai vagă idee despre rochia mea de nuntă. Știu că am găsit rochia cu R mare și că mama a insistat să o plătească. E comandată și va ajunge în magazin peste niște luni, altă treabă care s-a petrecut aici în lipsa mea. Mi-ar fi plăcut să fi fost de față; mi le imaginez pe mama în lacrimi și pe Elle cât pe ce să o urmeze. Pun pariu că a fost și Mătușa June. Mama și sora ei sunt varianta mai în vârstă a mea și a lui Elle. Mătușa ar fi stat alături de mama, întinzându-i șervețele din cea mai frumoasă geantă a ei.

Dau din cap, zâmbind ușor.

– E surpriză.

– Mă bucur să-l văd pe Jonah cu o fată ca Dee, spune Freddie în dormitor, în timp ce se descheie la cămașă.

– Mmm...

Mă cocoț în pat și îmi scot cu grijă cerceii.

– Poftim?

Se întrerupe, luptându-se cu nasturii.

– Am crezut că-ți place de ea...?

– Îmi place, îmi place, zic, puțin prea tare ca să sune convingător.

– Nu pare... insistă el.

Mă cunoaște prea bine, ceea ce poate fi atât bine, cât și rău, în funcție de circumstanțe.

– Ți-a spus ceva când ați fost la baie? Ți-a dat poate niște detalii tehnice despre cum și-au tras-o ca chiorii în laboratorul de chimie? Dacă e pe-așa, scuipă tot.

– Nu, normal că nu, spun râzând, bucuroasă că nu a nimerit-o deloc. Nu, le stă bine împreună.

Freddie își aruncă cămașa pe scaun și mă împinge mai încolo în pat, apăsându-mă cu pieptul lui cald și primitor.

– Nu la fel de bine ca nouă, șoptesc, iar el ridică capul și mă sărută pe gură, pasional și în același timp delicat.

Combinația asta mă termină de fiecare dată.

– Te iubesc mai mult decât pe Naomi Campbell, zice, iar eu încep să râd, pentru că Naomi Campbell l-ar face sul și ar șterge cu el pe jos.

– Cred că ai ales-o pe Naomi pentru că-ți amintește de Julia, zic.

– Julia e mult mai înfricoșătoare, mă contrazice, pipăind micul nasture de la spatele rochiei mele.

– Te iubesc mai mult decât pe Dan Walker, spun, punând la bătaie un prezentator de știri de la BBC.

– Ăsta-i nou, zice Freddie gânditor.

– A fost la TV ieri-dimineață, cu niște cățeluși, spun, mângâindu-l pe umeri. Cu asta m-a cucerit.

– Bine. Eu te iubesc mai mult...

Mi-a desfăcut nasturele și acum îmi trage fermoarul de la spate.

– Decât pe Carol, fata de la meteo.

– Nu poți să alegi și tu tot pe cineva de la știrile de dimineață, se cheamă că mă copiezi.

El râde și ridică din umeri.

– E vina ta, nu mai pot să gândesc limpede. Hai să trecem direct la Keira și Ryan, ca să poți să scapi de rochia asta, spune, uitând complet de Dee și de Jonah. Îmi placi în rochia asta, dar mi-ai plăcea mult mai mult fără rochie.

Îl ajut să mi-o scoată peste cap, bucuroasă că suntem dezbrăcați și că pielea lui o atinge pe a mea. Dragostea noastră e prea mare să se ascundă într-o debara sau într-un depozit de biciclete sau într-un laborator de chimie. Puteți să îmi spuneți că sunt convențională, dar nu mi-aș dori să fiu nicăieri altundeva decât în patul meu Savoy alături de Freddie Hunter.

TREAZĂ

Duminică, 17 septembrie

– Ești sigură că vrei să faci asta?

E duminică, aproape ora nouă dimineața și Jonah și cu mine stăm în fața unui adăpost pentru pisici, așteptând să se deschidă.

– Ție nu prea ți se pare o idee bună.

Phil și Susan au adoptat o pisică de la acest adăpost în urmă cu vreo două luni și Phil e neobosit în postările amuzante și în fotografiile cu pisicuța lor drăgălașă cu ochi albaștri, într-atât încât e convins că viața mea s-ar îmbunătăți pe toate planurile dacă ar beneficia de o prietenă de natură felină. L-am momit pe Jonah să vină cu mine să mă ajute să aleg pisica potrivită, iar pretextul a fost tocmai faptul de a face ceva împreună. Nu prea ne-am mai văzut de la workshop-ul despre suferință. Ne-am mai scris mesaje din când în când; până la urmă, mi-a răspuns la mesajul ăla, tocmai când eram pe punctul de a mă simți ofensată, iar apoi mi-a mai scris în urmă cu o lună, când a fost cu elevii într-un parc de distracții. Nu e un mare fan al trenulețelor; mi-a trimis o poză cu el în primul vagon, cu textul: „Freddie s-ar pișa pe el de râs dacă m-ar vedea acum, m-au silit copiii s-o fac.“ Avea dreptate. Freddie mergea mereu pe principiul „cu cât mai lung traseul, cu atât mai bine“, atunci când venea vorba de *roller coaster*, și i se părea dementțial să-l convingă pe Jonah să se suie alături de el în trenuleț. Am mai schimbat câteva mesaje în ziua aia, dar apoi nimic, până când am dat nas în nas ieri, în pauza mea de prânz. I-am cam trântit pe nepusă masă invitația de a mă însoți azi la centru și nu a putut găsi un motiv să mă refuze, așa că iată-ne aici, în fața ușii, pe care tocmai ne-o deschide cineva.

– Ai idee ce cauți? mă întreabă cât completez formularul de adopție.

Îmi vine în minte pisica lui Phil.

– Ceva drăgălaș? Care să stea la mine în brațe când mă uit la televizor.

– Fată sau băiat?

– Fată, cred. Nu prea știu de ce. Mă atrage ideea de a mai avea o fată în preajmă.

Începem vizita urmând-o pe o fată cu părul verde, care nu pare să aibă mai mult de optsprezece ani. În primul țarc e o hârjoneală între pisoiași alb cu negru și mama lor cu un aer obosit. Trec repede mai departe; nu am nici timpul, nici energia necesare pentru un pui. Jonah se oprește să-i privească, pufnind în râs când unul dintre ei se năpustește la plasă și îl ciupește de deget.

Urmează un cuplu de pisici negre. Bilețelul lipit în dreptul lor îi informează pe potențialii stăpâni că acești doi frați nu trebuie separați. Nici ăștia nu sunt de mine, așa că merg mai departe.

– Nici ăștia doi? spune Jonah, aruncându-le o privire. Îmi pare rău, băieți!

– Nu mă descurc cu doi, spun, privind în interiorul cuștii alăturate. Plăcuța mă informează că acolo e Betty cea bălțată, în vârstă de doi ani.

– Bună, frumușico, murmur, strecurându-mi degetele prin ochiurile plasei. Ce faci tu?

Betty vine și se freacă de plasă, un ghem de blană cu ochi verzi. Sunt fermecată și la fel e și Jonah, care vine lângă mine.

– O, se pricepe, spune. E foarte convingătoare.

– Funcționează, spun, râzând când Betty îmi împunge mâna cu capul. Întrunește toate condițiile. Freddie nu și-ar fi luat niciodată o pisică.

Chiar nu era un iubitor de pisici. Făcea parte dintre aceia convinși că oamenii se împart în două categorii, fie ești iubitor de câini, fie de pisici, în vreme ce eu sunt mai imparțială. În condiții normale, și eu aș alege probabil să-mi iau un câine, însă în momentul de față mi se pare o responsabilitate mult prea mare. O pisică, însă... Mă atrage relativa lor independență și, în același timp, îmi dă ocazia să am grijă de cineva, să simt că mai bate o inimă în casă. Faptul că m-am întors la muncă e grozav, pentru că mă ține ocupată, am zilele pline, însă face ca tăcerea de acasă să fie mai pregnantă. Încerc să nu apelez prea mult la Elle, că și așa face ore suplimentare la hotel și oricum petrece foarte puțin timp cu David.

– Betty are un aer de câștigătoare, spune Jonah. Cu toate că s-ar putea să fie nevoie să alungi cotoii cu nuiaua.

– Aș putea face asta, aș putea să fiu protectoarea lui Betty.

Cât pe ce să batem palma, când îmi cade privirea pe ultimul țarc, unde un cotoi jigărit, lățit pe podea mă privește fix în ochi. E alb cu un petic negru în jurul ochiului, de unde probabil i se trage și numele scris pe tăbliță. Turpin, în vârstă de aproximativ doisprezece ani, nepotrivit pentru un cămin în care sunt copii sau alte animale (nici măcar pești), ar fi de preferat stăpână, nu stăpân.

Aproape fără voia mea, mă las pe vine ca să-l privesc mai cu atenție, iar bătrânul lungan mă fixează cu o privire de Eeyore posomorât: „N-ai ce vedea aici, fată“, îmi zice. „Am văzut prea multe, am auzit prea multe la viața mea.“ „Lasă-mă în durerea mea, fato!“ Apoi își ascunde fața sub lăbuță și mă trimite la plimbare.

– Pe ăsta îl vreau.

Jonah se apleacă și el.

– Așa zici?

E un om prea bun ca să facă remarci răutăcioase, dar în întrebarea lui transpare clar îndoiala.

– Doișpe ani, spune, în timp ce Turpin ridică capul să-l privească. E destul de în vârstă în ani pisicești. S-ar putea să te coste ceva veterinarul.

Apreciez abordarea lui pragmatică și probabil că nu zice rău ce zice. Turpin e cam moșuleț.

– Șeful meu m-ar omorî dacă m-ar auzi, spune fata cu părul verde, uitându-se în spate, să se asigure că nu o aude nimeni. Dar Turpin e la noi de un an sau mai bine, e cam antisocial. Betty e o alegere mai sigură.

Jonah se uită la mine, apoi ne uităm amândoi la Turpin, care la rândul lui se holbează la noi cu niște ochi căprui și tulburi. Strâmb din nas, gata să las rațiunea să prevaleze, însă apoi moșulică scoate un mârâit, ca un fel de oftat, în genul „știam eu".

– Și eu sunt destul de antisocială zilele astea, spun. Mi se potrivește.

Jonah duce mâna la gură să-și ascundă un zâmbet. Și el ar fi făcut la fel, mai rar găsești un băiat așa de sensibil.

Fata cu părul verde ridică din umeri, ca pentru a spune: „N-ai decât." Și deschide zăvorul de la ușa lui Turpin. Cred că privirea aia deznădăjduită m-a convins. Am recunoscut-o. M-am regăsit în ea. Spunea „inima mea împietrită n-are nimic să-ți ofere" și voiam să-i răspund sigur, înțeleg, amice, însă cineva drag mi-a spus că, în mod sâcâitor, soarele va continua să răsară, așa că noi doi am putea foarte bine să-l privim împreună cum face treaba asta enervantă. Iar acum e aici, la mine în living, și mă fixează cu privirea, iar eu încep să mă întreb dacă nu cumva am avut o clipă de rătăcire atunci când n-am ales pisicuța drăgălașă care mă plăcea, pentru că Turpin nu pare să mă simpatizeze prea tare.

– Papa? spun, pentru că întotdeauna am fost conștientă că, invariabil, în cazul lui Freddie, iubirea trecea prin stomac. Adăpostul de animale mi-a oferit ceva provizii din mâncarea lui obișnuită ca să ne acomodăm și, de-abia după ce actele au fost semnate și Turpin a devenit în mod oficial motanul meu, și-au întărit recomandarea, spunându-mi de ce nu e grozav în compania altor animale.

– Scrie în fișa lui că odată a sfâșiat un porcușor-de-Guineea, a zis un angajat.

– Și s-a repezit fulgerător la șeful nostru, când l-au adus la centru, a spus altcineva. Cu toate că de atunci și până acum am înțeles că preferă compania femeilor.

Expresia de pe chipul ei sugerează că ar fi bine să-l țin departe de bărbați cu orice preț, însă față de Jonah mi s-a părut destul de indecis. Nu mi-a dat mari bătăi de cap în drum spre casă, în mașină a stat întins în cușca pe care o țineam pe genunchi, în timp ce Jonah încerca să ia curbele cât mai lin. Mi-a prins bine să petrecem niște timp împreună (cu Jonah, vreau să spun), va mai dura ceva până să se vindece rănile adânci din prietenia noastră. L-am rugat să vină cu mine la nunta lui Dawn, care e în câteva săptămâni. Nu vreau să o dezamăgesc, dar nici nu mă simt în stare să vin singură, iar Jonah îi știe aproape pe toți colegii mei, pentru că școala folosește deseori spațiul primăriei pentru evenimente. A fost de acord, încă un bandaj pe rană.

Turpin nu mă urmează în bucătărie când îi umplu castronul, iar când mă întorc să văd dacă îl pot ademeni agitând cutia cu bobițe, descopăr că și-a mutat tabăra pe scaunul lui Freddie, unde s-a așezat cu fața la perete. Efectiv mi-a întors spatele ăla blănos. Pare o înjurătură pisicească.

– Poate c-ar trebui să-ți alegi alt scaun, îi spun, conștientă că Freddie ar turba să vadă o pisică tolănită pe scaunul lui preferat.

Nimic. Nicio reacție. Doar un funduleț obraznic.

– Turpin.

Încerc să văd ce se întâmplă dacă îl strig pe nume pe un ton autoritar, dar el mă ignoră complet.

– Turpin, pis-pis, chicotesc eu ca un personaj de Disney.

Tot nimic. Îi pun mâna pe spate și face ceva: nu-mi dau seama dacă toarce sau mârâie. Aș vrea să aleg prima variantă, dar mă cam tem că a fost a doua. Oftez și încerc să nu mă las cuprinsă de gândul că am făcut o greșeală. Suntem de-abia la început.

ÎN SOMN

Duminică, 30 septembrie

Doamne, Dumnezeule, ce căutăm la o sală de sport? Este unul dintre aspectele asupra cărora Freddie și cu mine nu ne potriveam deloc; lui îi plăcea la nebunie, în schimb eu mai degrabă mi-aș scoate ochii decât să alerg pe bandă. Pur și simplu, nu era genul de activitate comună; el mergea la sală la el la muncă, iar eu nu mergeam nicăieri la sală și am senzația că abordarea diferită a activității fizice ni s-a potrivit mănușă. Ce om în toate mințile face așa ceva duminică după-amiaza?

– OK? mă întreabă Freddie, ținându-mi o mână pe scobitura spatelui.

Poate că aș putea să propun să facem altceva.

– Ăăăm...

Freddie râde.

– Nu poți să mai dai înapoi acum, când suntem deja aici, Lyd, n-ai decât să alergi pe bandă, ca de obicei, dacă vrei. Mai că începi să te pricepi.

Mă iau toți nervii când îmi vorbește pe tonul ăla, ca să nu mai spun că îmi dau seama că nu e prima dată când venim aici. Oare merg la sală ca să mă pregătesc de nuntă? Sau chiar îmi face plăcere în lumea asta? Îmi vine greu să cred. Înghit în sec și privesc în jur, încercând să găsesc o altă mașinărie neprimejdioasă, în afara bandei de alergare, dar nu am curajul să încerc altceva. Fie! O să mă sui pe banda de alergare și o să mă antrenez ca și cum mi-ar plăcea la nebunie. Răsuflu ușurată când reușesc să o setez la un pas de jogging liniștit, fără să-mi iau ochii de la Freddie, aflat cu spatele în celălalt capăt al sălii, în vreme ce eu îmi găsesc ritmul.

– Cum merge azi, Lydia?

Un tip care nu poate să aibă mai mult de douăzeci de ani apare lângă mine. Mă bucur că poartă un ecuson pe care scrie: „Martin, antrenor de fitness."

– Mda, bine, zic. Bag și eu niște kilometri.

Ce îndrug? Bag și eu niște kilometri? Cred că își înăbușă un pufăit când se uită la kilometrajul indicat de aparat. O să-mi ia ceva timp să bag niște kilometri.

– Mai întâi mă încălzesc, bombăn, înroșindu-mă toată.

– Sigur, zice. Așa e cel mai bine.

Se îndepărtează și, după câteva gânduri negative, găsesc un fel de consolare bizară în faptul că și aici lucrurile pot fi imperfecte. Viața mea alături de Freddie nu era numai lapte și miere, așa că de ce ar trebui ca totul să fie roz aici? Un lucru e cert: dacă locul ăsta ar fi o născocire a minții mele, atunci nu ne-am petrece după-amiaza de duminică la sală. Strâng din dinți și dau aparatul pe o viteză mai mare, bocănind de frustrare și de nedumerire până ajung la ceva nemaiîntâlnit, transpirația cauzată de efort.

Când plecăm de la sală se petrece ceva ciudat. Cheile de la mașină erau la mine în buzunar și, când dau cu spatele în parcare, Freddie își răsucește capul pe tetieră și se uită la mine.

– Ce am făcut greșit, Lyd?

– Cum adică?

– Erai bine mersi în drum spre sală și apoi, odată ajunși acolo, te-ai purtat de parcă ar fi fost ultimul loc din lume în care ai fi vrut să te afli. Iar acum, asta.

Gesticulează înspre volan.

– Ce?

Pufnește.

– Tu. Te încăpățânezi să conduci.

Întorc privirea spre el și, văzându-l în culmea derutei, îmi dau seama că pentru el, în acea după-amiază, se derulează un episod de Jekyll și Hyde. La următoarele vizite aici, ia aminte: acordă-ți o clipă în care să descifrezi mai cu atenție situația înainte de a te arunca cu capul înainte.

– Îmi pare rău, îi spun. Dacă am fost un pic nesuferită la sală, zic. Nu am făcut-o intenționat, știi că nu sunt cea mai mare fană a sălilor de sport.

Tresar în sinea mea, dacă aici oi fi vreo mare sportivă, însă Freddie nu are nicio reacție. Sincer, m-aș fi mirat să aibă vreo reacție.

– Și mie îmi pare rău. Știi că nu sunt cel mai bun pasager.

Se întinde și îmi pornește semnalizarea, iar eu îmi rețin pornirea de a-l plesni peste mână.

Ajunși acasă, pun de ceai și simplul fapt de a scoate din nou două cești în loc de una singură îmi taie răsuflarea. Încep să realizez că aceste momente au costul lor; voi plăti pentru asta următoarea oară când o să fac o singură ceașcă de cafea.

– E gata baia, ciufuțenie, spune Freddie, luându-mă în brațe din spate.

Mă las cu toată greutatea pe el, zâmbind.

– E gata ceaiul, maniac mic ce ești.

– Eu doar știu ce îmi place, glumește el, apoi își îngroapă nasul în ceafa mea. Și îmi placi tu.

– Norocul meu, spun, și vorbesc serios.

– Să știi că da.

Pentru asta, se trezește cu un cot în coaste.

– Să mă chemi dacă vrei să te spăl pe spate, îmi spune. S-ar putea să fie nevoie să strigi tare, că deschid la meci.

Mă întorc cu fața la el, făcându-i jocul.

– Vrei să spui că rugbiul e mai tentant decât mine?

Se strâmbă, cumpănind răspunsul.

– Iubita mea, joacă Bath.

– Țeapă, spun, fluturându-i în față prosopul.

Mă prinde de mână și mă rotește spre el.

– Îți dai seama că glumesc, nu-i așa?

– Păi, ai face bine să glumești, spun, și el mă sărută râzând.

Râd și eu la început, însă apoi, sărutul nostru alunecă dinspre prosteală înspre o treabă serioasă, dinspre călduț spre fierbinte, dinspre îmi pare rău spre te doresc.

– Baia... șoptesc atunci când degetele lui îmi pipăie talia blugilor.

– Oricum trebuie să te dezbraci, spune, deschizându-mi nasturele. Am lăsat să curgă apă fierbinte, poate că vrei s-o mai lași să se răcească niște minute.

– Nu zău? zic, mototolindu-i tricoul în mână, ca să-l pot trage mai aproape.

Mă descheie la fermoar și îmi iese din minte orice gând legat de baie.

În timp ce lenevesc în cadă, mă gândesc la după-amiaza petrecută cu Freddie. Încep să realizez că, în timpul relativ scurt care a trecut de la accident, am început să mă schimb fundamental. A fost nevoie să-mi scot ochelarii de cal ca să pot supraviețui și fata de acum vede lumea, orice lume, un pic altfel decât fata care eram înainte. Viața asta mi-e cunoscută în proporție de nouăzeci și nouă la sută (doar calc pe propriile-mi urme, până la urmă) și, totuși, simt că mă strâng pantofii. E o nimica toată și e totul, e o mică rană la călcâi, însă am văzut de curând la TV o emisiune cu o femeie care nu a dat importanță unei bătături din călcâi și s-a ales cu o cangrenă care era cât pe ce să o răpună. Mi-e îngrozitor de greu să stau aici cu Freddie și să fiu conștientă în același timp de viața mea fără el, așa că iau o decizie. Când sunt aici, îmi propun să nu mă mai gândesc la cealaltă viață a mea. Nu o să mai pierd timp prețios certându-mă cu Freddie pentru lucruri care pe fata din lumea asta nu ar deranja-o.

TREAZĂ

Sâmbătă, 20 octombrie

Stau la masa din bucătărie, cu o cafea alături. L-am găsit pe Turpin aici când am coborât; și-a înfulecat mâncarea și a zbughit-o. Nu-l poate acuza nimeni că ar fi lipicios, dar nu pot să zic că-l invidiez. Aș fi putut să o aleg pe Betty, însă privirea lui Turpin, de totul sau nimic, mi-a atins o coardă sensibilă.

Așa cum mi se întâmplă adesea, mă simt mahmură, e efectul pastilelor și al timpului petrecut cu Freddie în lumea invizibilă de alături. Oare ce oi fi făcând acolo în clipa asta? Probabil că ceva foarte asemănător cu ce fac aici, lenevesc, încă în pijama.

E uimitor, aproape de speriat, cât de repede s-a adaptat creierul meu la traiul între lumi. În primele săptămâni mi-era greu să separ cele două cronologii, însă, ca în majoritatea situațiilor, repetiția e mama învățăturii. Mă perind deja de cinci luni sau mai bine și, cu fiecare vizită pasageră, mi-e tot mai ușor să raționalizez și să compartimentez cele două lumi.

Locul acela nu e întocmai o copie fidelă a vieții mele de aici, din care face însă parte și Freddie; e o versiune complet diferită a vieții mele. Știu însă că, dacă încă ar mai fi aici cu mine, el ar fi cel care m-ar însoți în seara asta la nunta lui Dawn, nu Jonah. L-am mai văzut pe

Jonah de vreo două ori de la marea misiune felină. Am dezvoltat un soi de rutină de predare a ștafetei la mormântul lui Freddie: sâmbăta, el se duce dimineața devreme, eu vin mai târziu și ne intersectăm câteva minute, în care vorbim nimicuri și de toate. De fapt, nu facem decât să ne oblojim prietenia sau cel puțin asta încercăm, pentru că ținem unul la celălalt. Avem atâtea amintiri în comun. Atâtea amintiri cu Freddie. Toți trei am vizitat în adolescență Tapiseria de Bayeux, într-o excursie cu școala în Normandia, care, în mare parte, a presupus tururi ghidate lungi, alcool ilicit și alegeri adolescentine nechibzuite. Din fericire, cea mai mare parte a excursiei a fost exilată în negura adolescenței, singura mea amintire persistentă fiind chiar vizita la Tapiserie. La vremea aceea mi s-a părut nesfârșit de lungă, cu nenumărați eroi și răufăcători, cuceriri sângeroase și bătălii pierdute, plină de regi, de regine, de cavaleri și de soldați căzuți pe câmpul de luptă. Tapiseria vieții mele pare așternută în mod similar; mama și Elle sunt eroii, tata și Freddie, soldații căzuți.

– Pregătită?

Taxiul tocmai ne-a lăsat în fața localului unde are loc nunta, iar eu tremur de emoție mai zgomotos decât tremură brățările pe care mi le-a dat Elle, spunând că se potrivesc cu rochia mea verde, luată cu câteva săptămâni în urmă, când am fost împreună la cumpărături.

– Sincer, nu prea, spun. Dar pentru Dawn e ziua cea mare și i-am promis că voi fi prezentă.

Jonah încuviințează din cap, fără să mă privească direct.

– E drăguță rochia.

Îi simt stinghereala din voce. Știu însă că încearcă să mă încurajeze, așa că mă străduiesc să schițez un zâmbet.

– Îți mulțumesc pentru efortul depus, spun, dându-mi seama că și-a pus o cămașă închisă la culoare și a avut o tentativă de a-și aranja freza. El se simte cel mai bine în niște blugi jerpeliți și un tricou, așa că pentru mine e un șoc să-l văd atât de dichisit. Aprobă printr-un gest, apoi îmi pune mâna pe spate și deschide ușa.

– Hai că putem!

– Ce frumoasă ești! îi spun lui Dawn, având grijă să nu îi las urme de ruj pe obraz când o sărut.

Ochii îi alunecă spre Jonah, apoi îmi strânge mâinile într-ale ei.

– Îți mulțumesc că ai venit. Știu că nu ți-a fost ușor.

Asta, pentru că amândouă am început să facem planuri de nuntă în aceeași perioadă, răsfoind entuziasmate reviste pentru viitoare mirese în pauzele de masă. Afișez un zâmbet ferm și o strâng la rândul meu de mâna.

– Nu aș fi ratat-o pentru nimic în lume, spun, și chiar vorbesc serios.

Dawn nu a avut o viață ușoară; mama ei a murit când era mică, iar ceilalți membri ai familiei nu au fost în stare să vină din Plymouth. Mama ei vitregă îi face viața grea, criticând-o mereu pentru cum se comportă ca mamă.

– Toată lumea e acolo, în spate, spune, arătându-mi printr-un gest al capului gașca de la muncă.

Arată ușor schimbați, în haine de gală și cu jumătatea alături. Ryan mă reperează primul și trage două scaune de la masa alăturată. Chiar că e cel mai de treabă băiat, nu prea îl pot considera bărbat în toată firea, încă mai locuiește cu părinții și petrece cam la fel de mult timp jucându-se pe calculator cât petrece cu mulțimea de fete cu care pare să iasă în oraș.

– Ia uite-o! se ambalează Phil, cu papionul lui roșu la gât, ridicându-se să-mi lipească un pupic pe obraz. Jonah! spune, strângându-i mâna cu entuziasm.

S-au întâlnit în câteva rânduri, când școala a folosit spațiul primăriei și bineînțeles că știu despre relația dintre Jonah și Freddie. Așa se întâmplă în orășelele izolate și amorțite: majoritatea oamenilor se cunosc, măcar după față, dacă nu și după nume. Freddie ar fi preferat să ne mutăm într-un apartament scăldat de luminile unui oraș mare, de felul celor în care locuiesc colegii lui mai cosmopoliți, dar ne-am luat casă aici pentru că eu voiam să fiu la o aruncătură de băț de mama și de Elle.

Julia e îmbrăcată regește, în alb și negru, și ne zâmbește când ajungem în dreptul lor, iar Bruce, soțul ei înfiorător de timid, îmi aruncă o privire pe furiș.

– Ceva de băut? îmi șoptește Jonah, iar eu aprob recunoscătoare din cap.

După bunul lui obicei, se oferă să dea un rând pentru toată lumea de la masă, iar Ryan sare să-l ajute cu băuturile la bar. Un pic cam târziu, se întoarce spre mine și îmi face cunoștință cu partenera lui.

– Lydia, Olivia! spune zâmbind. Olivia, Lydia!

Nu sunt sigură, dar mi s-a părut că am sesizat o scurtă ezitare înainte de a-i rosti numele, ca și cum ar fi verificat în gând că a reținut corect. Iau loc alături de revoltător de atrăgătoarea Olivia și îi complimentez unghiile imaculate și extrem de lungi, *bleu-ciel*, ca să fie în ton cu rochia mini.

– Îl cunoști de mult pe Ryan? fac eu conversație.

– Nu chiar, spune, trăgând cu paiul din cocktail. Ne-am cunoscut la o petrecere cu spumă.

Nu prea știu cum să reacționez. Nu am fost niciodată la o petrecere cu spumă, nici măcar nu știam că există altundeva în afară de Baleare.

– Tare, zic în cele din urmă și ea mă aprobă, învârtindu-și zgomotos cuburile de gheață în pahar.

– Tu unde l-ai cunoscut pe al tău? mă întreabă, cu ochii la Jonah.

Rămân o clipă blocată.

– Pe Jonah?

Încerc să mă hotărăsc cum să formulez ce relație e între mine și Jonah, dar ea deschide gura prima.

– Ce cur mișto are! spune râzând. Scuze!

Eu clatin din cap.

– Nu suntem împreună. E doar un amic.

Olivia mă privește neîncrezătoare.

– Da, sigur.

– Vorbesc serios. El are o iubită și eu…

Mă încrunt, pentru că nu vreau să ating subiectul. Jonah se vede de ceva vreme cu Dee, sunt discreți, dar, na. Din fericire, Olivia își pierde interesul.

– Cum zici tu.

Nu știu dacă mă crede sau nu. Nu insist, pentru că ar înrăutăți situația și nu e ca și cum ar trebui să mă justific în fața cuiva. Probabil că nici eu nu îi citesc bine reacțiile; deprinderile mele sociale au avut mult de suferit, victime colaterale ale timpului îndelungat petrecut de una singură. Mă salvează soția lui Phil, Susan, care a auzit schimbul de replici, fiind așezată de partea cealaltă a Oliviei.

– Nu-i așa că Dawn arată minunat? spune, aplecându-se spre noi.

Încerc să-i transmit un mulțumesc telepatic. Susan trece pe la birou cel puțin o dată pe săptămână, de cele mai multe ori aducându-ne prăjituri făcute de ea sau aducându-i lui Phil ceva de mâncare și diverse alte lucruri. O iubim cu toții, eu acum mai mult ca niciodată. Schimbarea bruscă a subiectului menține conversația în aceeași notă până se întorc Jonah și Ryan de la bar, făcând echilibristică cu niște tăvi pline cu pahare. Insist să mă ridic și să-i cedez lui Ryan locul de lângă Olivia, nedorindu-mi să despart porumbeii. El încearcă să se opună și privirile ni se întâlnesc o clipă, în care amândoi ne dăm seama de un lucru: niciunul dintre noi nu ține morțiș să stea lângă partenera lui. Cred că zilele Oliviei sunt numărate și, dat fiind faptul că mai devreme i se scurgeau ochii după Jonah și nu după Ryan, nu cred că va suferi prea tare niciunul dintre ei. În orice caz, e însoțitoarea lui Ryan, așa că el să stea lângă ea.

– OK? spune încet Jonah, luându-mi pulsul în timp ce ne așezăm. Brațul lui se sprijină ușor pe spătarul scaunului meu, iar eu îi sunt recunoscătoare că se află aici. E genul de personalitate cameleonică, care se poate integra în orice grup, e o companie plăcută și e sincer interesat de ce au alții de spus. Probabil că asta îl și face un bun profesor. El chiar îi ascultă pe ceilalți când vorbesc, fără să caute încontinuu o modalitate de a întoarce discuția înspre persoana lui.

– Așa cred.

Iau o gură de sauvignon rece.

– Cum ți se pare Olivia? mă întreabă.

Îl privesc surprinsă.

– De ce?

El râde ușor în halba de bere.

– Ryan tocmai mi-a spus că a încercat să-i dea papucii de două ori săptămâna asta și că ea nu se lasă. E paralizat de frica ei.

– Și pe bună dreptate, zic, uitându-mă la ei.

Unghiile ei îl zgârie ușor pe ceafă, marcându-și teritoriul. Îmi dau seama că râd când Ryan ne surprinde privirile și mimează „ajutor" peste umărul Oliviei. Jonah înalță paharul și eu ridic neputincioasă din umeri. E o lecție pe care va trebui să o învețe singur.

Formația începe un cântec rock-and-roll, iar Bruce se activează ca la comandă. Dintr-o singură mișcare, de unde trăgea tăcut ca o halbă de bere, se transformă în Buddy Holly, târând-o pe Julia după el fără drept de apel. Îi privim cu toții uimiți cum iau în stăpânire ringul de dans. Bruce preia fără doar și poate controlul, azvârlind-o pe Julia printre picioarele lui depărtate, cu o siguranță de argint-viu pe care nu a mai afișat-o cu altă ocazie. Au trecut atâtea mese de Crăciun și petreceri la serviciu la care el nu a adresat nimănui mai mult de zece cuvinte, ceea ce nu explică nici pe departe de ce acum noi stăm cu gurile căscate în timp ce ei plutesc pe ringul de dans, întrecându-și orice potențiali adversari în cursa pentru coroana de rege și de regină ai rock-and-rollului. Oamenii chiar se dau în lături ca să le facă loc și, uitându-mă la ei, realizez dintr-o dată că nu știam această latură a Juliei. E absolut încântată. Mi s-a întâmplat să mă întreb cum se sudează relația lor, însă, privindu-i acum, mi-e clar că există ceva special în legătura lor, ceva la care noi nu avem acces în mod obișnuit. E o femeie complet diferită când e cu el – sau, poate, cu soțul ei e ea însăși, într-un fel în care nu mai e cu nimeni altcineva.

Am băut ceva cam mult. Cu toții am făcut asta. În localul ăsta, porțiile sunt imense și se pare că poți scoate băiatul din petrecerea cu spumă, dar nu poți scoate petrecerea cu spumă din băiat – Ryan ne-a convins pe toți să dăm pe gât shoturi de Jager, mai întâi pe Julia și pe Bruce, apoi suspectez că și pe Phil și pe Susan. Eu nu am fost niciodată mare fană și nici Jonah nu se omoară după așa ceva, dar, dacă Ryan tot a apărut la masă cu o tavă cu opt shoturi și Olivia ne-a provocat din priviri, le-am dat cu toții peste cap, urându-ne „noroc" cu ochii în lacrimi.

Adevărul e că m-am simțit mult mai bine decât m-aș fi așteptat în seara asta, într-atât încât aproape că mă simt vinovată. Doamne, ce am râs! Și Jonah, la fel. Amândoi euforici de la alcool, puși pe șotii de anturaj, duși de val de muzică. Aș vrea să mă agăț de lejeritatea dispoziției aceleia ca de o vâslă într-un ocean întunecat, un memento al fetei lipsite de griji și nestingherite de dinainte de accident. E oare teribil de neloial să spun că am impresia că mi-am luat liber în noaptea asta de la propria viață? Nu cred; de fapt, cred că probabil e necesar să găsești o supapă din când în când, altfel, riști să răbufnești.

– Dansează cu mine! spune Ryan, prinzându-mă de mână.

DJ-ul a pus „Come on Eileen", făcând tot posibilul să mențină viu clișeul îngrozitor al nunților. Eu clatin din cap, râzând.

– Nicio șansă, zic, ținându-mă strâns de scaun cu ambele mâini. S-ar putea să mă răstorn.

Ryan nu se lasă și o convinge până la urmă pe Susan, iar Jonah se uită la mine, zâmbind.

– Îți place la nebunie să dansezi, spune. Ar trebui să dansezi.

Are dreptate. Chiar îmi place să dansez. Întotdeauna mi-a plăcut. Atât Elle, cât și eu o moștenim pe mama, care e mereu prima pe ringul de dans. Ridic din umeri, rezervată, și rămânem amândoi privindu-i pe Ryan și pe Susan cum se prostesc, fluturându-și brațele prin aer. Stăm unul lângă altul, cu fața la ringul de dans, el, cu brațul lăsat pe spătarul scaunului meu.

– Zici c-am fi un juriu de la TV, spune el.

Evaluez mulțimea de pe ring.

– Pe cine desemnezi câștigător?

DJ-ul dă volumul mai încet și îi invită pe ring pe Dawn și pe soțul ei, lăsând muzica mai ușor până începe cântecul lor de nuntă. La fel ca alte milioane de cupluri de pe glob anul acesta, l-au ales pe Ed Sheeran să le deschidă drumul spre bucuria conjugală și, după primele acorduri, DJ-ul invită pe toată lumea să se alăture fericitului cuplu. Nu trece mult și Jonah și cu mine rămânem singurii care mai stau pe scaun; până și Ryan cu Olivia s-au alăturat. Probabil că va regreta de dimineață, dar, deocamdată, se pare că a decis să o dea încolo de prudență, pentru că ea i-a băgat limba pe gât suficient de adânc pentru a afla dacă și-a scos sau nu amigdalele.

Phill mă ciufulește când trece pe lângă mine tras de Susan spre ringul de dans, un simplu gest patern, mai expresiv decât cuvintele. Îi privesc pentru o clipă cu afecțiune și simt cum mi se pune un nod în gât.

Jonah se uită la mine și sunt convinsă că vede că în mine se duce o luptă. Nu știu ce e mai rău: ideea de a dansa sau faptul că suntem singurii oameni din încăpere care nu dansează.

– Haide, îmi spune în cele din urmă, sprijinindu-mă.

Mă ridică cu ușurință, își împletește degetele cu ale mele și îmi pune cealaltă mână pe spate.

– E doar un dans, îmi șoptește cu o umbră de zâmbet.

Nu ne vorbim în timp ce ne mișcăm lent printre ceilalți dansatori. Îi văd pe Dawn și pe mândrul ei proaspăt soț, orbi la tot ce se întâmplă în jurul lor, în timp ce fiul lor doarme la brâul tatălui lui. Trebuie să mă uit în altă parte, e prea mult.

– Hei, îmi spune Jonah când mă scutură un val de plâns, apropiindu-și gura de urechea mea și lipindu-mă de el. Știu, Lyd, știu.

Încerc să nu plâng, dar nu mă descurc prea bine. E al naibii de nedrept.

– Dumnezeule, Jonah! suspin, lipindu-mi fața de cămașa lui.

E atât de diferit fizic de Freddie, mai înalt și mai suplu. E de departe cu un cap mai înalt decât mine pe tocuri, iar mirosul discret al parfumului lui condimentat, cu nuanțe de ambră, mă liniștește.

– Mi-e dor de Freddie și mi-e dor să dansez, și mi-e dor de dragoste.

Nu îmi răspunde, pentru că nu prea există cuvinte potrivite. Nici nu ne mai prefacem că dansăm. Stăm locului și ne ținem unul de celălalt, în timp ce toată lumea se mișcă în jurul nostru. Îmi șoptește vorbe ininteligibile și mă mângâie pe păr, iar eu încerc să-i ofer la rândul meu consolare, pentru că îmi amintesc cum arată în cealaltă viață a mea. Plin de bucurie, neîmpovărat de vină, fără cearcăne vineții. Aici, în lumea reală, are obrajii supți și inima împietrită, la fel ca mine, și e tot atât de pierdut și de dornic de sprijin. Îl țin strâns în brațe și sper să ne putem ajuta reciproc să găsim drumul spre casă.

ÎN SOMN

Sâmbătă, 17 noiembrie

– Și acesta este șopronul, spune Victoria, deschizând ușile enorme de lemn cu o plecăciune.

Victoria este organizator de nunți în spațiul unde am ales să facem nunta, într-un han de la țară, cu șopron reamenajat. Acum ne aflăm chiar în pragul acestui șopron. Raze de lumină timide, de iarnă, intră pe ferestrele înalte, iluminând micile fire de praf care plutesc în aer. Inima mea romantică percepe sclipici.

– E pregătit pentru nunta de mâine, spune Victoria, referindu-se la voluminoasele ghirlande roșii și aurii din jurul vechilor grinzi decolorate. Cu tematică de iarnă, evident. Luna viitoare se vor ține lanț nunțile decorate ca de Crăciun, însă cel mai bine e să faci nuntă aici vara. Atunci e plin de aranjamente cu flori de câmp și de sute de lampioane albe, un adevărat vis al unei nopți de vară.

– Îmi place de mor, spun cu răsuflarea tăiată.

Cu siguranță am mai fost aici în viața asta, presupun că ne-am uitat la diferite spații înainte de a alege locul perfect pentru nunta noastră. Mă felicit în tăcere; nu îmi pot imagina un loc care să ne reprezinte mai bine.

– Sincer, nici nu putea fi mai potrivit.

Freddie mă strânge pe după umeri.

– Și cununia se va ține tot aici?

– Da și nu.

Victoria se îndreaptă spre ușa din capătul șopronului.

– Cununia va avea loc aici.

Mica încăpere alăturată e făcută din cărămizi gri-deschis, care par făcute manual în vremuri pretehnologice. A fost restaurată cu grijă, astfel încât să-și păstreze farmecul dărăpănat; mă duce imediat cu gândul la capela unde s-au cununat Emily și Ross din *Prietenii tăi*. Candelabre din fier forjat atârnă de grinzile de deasupra ușii. Acum nu sunt aprinse, dar pot vedea deja cu ochii minții cât de spectaculos va arăta, cum va pluti în aer mireasma de caprifoi și cum Freddie mă va aștepta chiar acolo, în față.

– Îți place în continuare? mă întreabă Freddie, strângându-mă de mână.

La nebunie, îmi spun în sinea mea. Mă întorc spre Victoria.

– Ar fi OK să rămânem câteva minute singuri aici?

Victoria ridică brațele în lateral, cu palmele în sus. Știe foarte bine că sunt uluită.

– E deosebită, nu-i așa? Stați cât aveți chef. Revin când terminați.

După ce se închide ușa în urma ei, Freddie și cu mine ne îndreptăm alene spre altar.

– Data viitoare când o să pășești pe aici, vei fi îmbrăcată în rochie de mireasă, îmi spune.

– Iar tu vei fi acolo, la costum, zic. O să ai emoții?

Începe să râdă.

– Ăăă, nu! Doar dacă nu cumva dai bir cu fugiții și mă lași aici de unul singur...?

– Promit să nu fac asta, spun și vorbesc mai serios decât își închipuie el, pentru că știu prea bine cum e să rămâi singur.

– Tu o să ai emoții? mă întreabă.

Dau din cap că da.

– O să am emoții dintr-o mie de motive. Oare îmi stă bine rochia? Oare Elle o să se apuce să o învețe pe Victoria cum să-și facă meseria? Oare Jonah o să uite să aducă verighetele?

Am ajuns în dreptul altarului, acel loc unde s-au oprit nenumărate cupluri să își jure iubire veșnică.

– Jonah nu va uita verighetele, nu-l voi lăsa eu, spune Freddie. Iar Elle o să se relaxeze dacă bea vreo două pahare de șampanie de dimineață. O să se bucure că nu e la datorie.

Normal că are dreptate, sunt niște griji minuscule, dacă gândești în perspectivă. Îi stă în fire să nu se lase tulburat de mărunțișuri. A insistat de la bun început să se ocupe de luna de miere, în vreme ce restul urma să îmi revină mie. Și nu m-a deranjat niciodată treaba asta în sine, însă ar fi fost drăguț dacă ar fi mimat un cât de mic interes pentru mărturii sau pentru decorațiunile de la mese. Dawn și cu mine obișnuiam să ne trimitem linkuri cu chestii găsite on-line, în publicații despre nunți și în altele asemenea. Planificarea unei nunți e ceva atât de plăcut de mistuitor; e un act plin de bucurie și de speranță, o delicioasă stare de suspensie. Îmi doresc să fi putut experimenta asta aici; sunt atâtea detalii legate de nunta noastră pe care nu le cunosc. E ciudat că mă gândesc acum la nunta lui Dawn, amintindu-mi intensitatea ultimului dans cu Jonah, acum, când mă aflu aici cu Freddie.

Freddie mă trage la pieptul lui.

– O să fii cea mai frumoasă fată din lume în rochia asta de mireasă. Te-aș lua de nevastă aici și acum, în blugi, Lydia Bird. Doar că nu am pantalonii norocoși pe mine.

– Ești prost, îi spun râzând, mai ales că nu are pantaloni norocoși.

– Prostul tău.

– Chiar așa, zic, ridicându-mă pe vârfuri să-l sărut.

Am nasul rece, în rest, toate celelalte părți ale corpului meu sunt calde. Mâinile lui Freddie îmi alunecă pe spate, prinzându-mă de marginea blugilor și ridicându-mă în aer.

– Cred că așa ar trebui să mă săruți în ziua cu pricina, îmi spune.

– Nu ar fi prea comod în rochie, zic, înconjurându-i mijlocul cu picioarele.

El mă ține bine și mă privește în ochi, râzând.

– Ar trebui să-ți fie rușine că mă faci să merg la biserică.

Îl îmbrățișez tare, tare strâns. Îmi răspunde la îmbrățișare și, o clipă prețioasă, sunt sută la sută fericită.

TREAZĂ

Marți, 25 decembrie

– Gin tonic, spune Elle, întinzându-mi paharul. Cu mult gin.

Atinge marginea paharului ei de al meu, mai degrabă într-un gest de solidaritate decât pentru a marca ceva. Toate știam că avea să fie greu azi; săptămâna trecută, timp de vreo două zile, nici nu am avut de gând să vin astăzi la mama. Freddie și cu mine n-am avut niciodată disputa aia ciudată în legătură cu unde mergem în ziua de Crăciun, pentru că mama lui a petrecut sărbătorile în Spania, în ultimul deceniu. Ceea ce nu face decât să înrăutățească lucrurile. Am avut o ușoară cădere psihică, sinceră să fiu. Crăciunul e atât de evident, nu-i așa? La radio, în magazine, pe buzele tuturor. Partea cea mai nasoală e că mie îmi place Crăciunul, mereu pic în plasa filmelor de Crăciun, a fastului, a întocmirii listelor care se schimbă necontenit, liste de cadouri și de invitații la masă.

Poate din cauză că Freddie era un copil mare, se deda cu totul sezonului de iarnă, târând pe toată lumea după el. De dimineață, Jonah mi-a trimis o poză din adolescența lor, de când Freddie cumpărase pentru amândoi căciuli de Moș Crăciun ridicole, cu luminițe care clipeau intermitent. Erau doi copii care se aveau ca frații. L-am sunat imediat, m-am gândit că îmi prinde bine să-i aud vocea și să ne împărtășim unul altuia cât de dor ne e azi de Freddie. Am vărsat primele lacrimi pe ziua de azi când mi-a spus cât de dor îi e de mine; mereu obișnuia să vină la noi în diminețile de Crăciun, la niște sendvișuri cu bacon. Anul acesta, Jonah petrece Crăciunul în Țara Galilor, la rudele lui Dee. Suspectez că e și o formă de evadare, însă nu pot să-l condamn. I-am trimis la rândul meu o fotografie cu bicicleta pe care mi-a luat-o Freddie acum vreo doi ani de Crăciun, pentru că îi povestisem că în copilărie mă dădeam mereu la vale cu bicicleta lui Elle. A ascuns-o în fața curții și i-a pus o fundă roșie enormă. M-am simțit ca la opt ani. M-am și purtat ca la opt ani, încântată să-i fac proba dintr-un capăt în altul al străzii, alături de alți doi posesori de biciclete radioși, amândoi sub zece ani. Sunt destul de sigură că am chiuit cel mai tare dintre toți.

Nimic din toată bucuria aceea firească, astăzi; suntem cu toții tăcuți și nervoși, zâmbim pentru că așa se face, nu pentru că ne vine. Mă simt prost că acum Crăciunul a devenit sumbru pentru toată familia. E ca și cum ar fi aterizat pe acoperiș un corb gigantic și ar fi acoperit ferestrele cu aripile sale, diminuând lumina care scaldă în mod obișnuit copacul și pătând ziua cu melancolie. Deși, ce să spun, măcar suntem numai noi. Mătușa June a făcut tot posibilul să ne convingă să mergem la ei, să mai diversificăm, ceea ce a fost adorabil din partea ei, însă, în cele din urmă, am decis să rămânem locului. Mersul în altă parte nu ar fi atenuat impactul absenței lui Freddie, iar aici, cel puțin, pot să bocesc în friptura de curcan, dacă am chef. Chit că îmi pare puțin rău de Mătușa June, știu că i-ar fi plăcut să ne strângem toți la ea, măcar cât să mai tăiem din înverșunarea verișoarei Lucy.

– Mama ta a intrat în panică, a uitat să pună cartofii la prăjit, spune David, ieșind din bucătărie îmbrăcat în obișnuitul lui pulover de Crăciun. El și Freddie se întreceau în pulovere, care deveneau mai stridente de la an la an. Acum o săptămână sau două, Elle mi-a spus că David nu avea de gând să-și pună pulover și a trebuit să intru imediat on-line să remediez situația. Am ales unul cu un cap enorm de ren, cu ochelari de soare și cu coarne cu beculețe; cred că pe ăsta l-ar fi ales Freddie dacă era aici. I l-am dăruit acum lui David, care nu și-a ascuns prea bine emoțiile atunci când l-a pus pe el. Căutătura lui serioasă face notă discordantă cu rânjetul turbat al renului Rudolph; oftez și zâmbesc în același timp la această constatare.

Zici că cineva a aruncat o piatră în mijlocul unui iaz: o undă și încă o undă și tot așa, cercuri concentrice, unde de durere care ies la suprafață. Freddie era piatra, eu sunt cercul cel mai mic din jurul lui, apoi mama lui, Jonah și apoi toți cei care au ținut la el, familia mea și familia lui, Deckers și gașca din pub, colegii și prietenii. Toate acele unde, toți acei oameni care poate se gândesc astăzi la el.

În fine. O să încerc să las la o parte gândurile și să mă concentrez pe ce am de făcut: să navighez prin masa de Crăciun alături de familie. Apoi pot să merg la mine acasă și să petrec Crăciunul cel adevărat cu Freddie.

– Nu avem cartofi prăjiți? mă încrunt.

Mama își laudă insuportabil de tare cartofii și adevărul este că are și de ce.

– Nu sună bine.

În bucătărie o găsesc pe mama cu capul în frigider și cu fundul în aer.

– Ce mi-a fost dat să aud legat de cartofii prăjiți?

Se îndreaptă și se întoarce spre mine, cu o bentiță cu antene și cu beculețe roșii pe cap și cu lacrimi șiroindu-i pe obraji.

– Nu te uita la mine, Lydia, sunt o bătrânică tembelă care plânge peste niște mazăre congelată. E de la nenorocita de menopauză, am memoria unui peștișor auriu. Ba, mai rău, a unui pește guppy. Am vrut să iasă totul perfect și uite c-am uitat de nenorociții de cartofi prăjiți și acum s-a dus totul dracului. Am crezut că poate mai am vreo pungă cu cartofi congelați, din ăia oribili, pe undeva, dar nici măcar porcării din alea blestemate nu mai am.

Simt că, fără voia mea, încep să zâmbesc.

– Să sunăm la urgențe? spun, lăsându-mi mâinile pe umerii ei. Să declarăm că ne confruntăm cu un dezastru al cartofilor?

Ea își trage nasul.

– Nu mai râde, nu e amuzant.

– Bine. Aș putea să pun niște chipsuri într-un castron, pe post de cartofi prăjiți? N-o să-și dea nimeni seama de diferență, după ce se înmoaie în sos.

Ea își dă ochii peste cap, iar eu rup niște hârtie dintr-un sul și i-o întind.

– Nu contează, mami, spun, de data asta serios. Sincer, chiar nu contează.

Ea nu pare convinsă, dar mă aprobă mișcând capul.

– Dar fără chipsuri. Nu e o petrecere studențească.

– Fără chipsuri. Și fără germeni?

E o glumă a noastră, pentru că mereu ne ascunde niște germeni prin farfurie, mie și lui Elle, știind că nu îi putem suferi. Râde cu jumătate de gură.

– Ajută-mă să încep să pun lucruri pe masă.

Străbat livingul cu friptura de curcan și o pun pe masă la loc de cinste, cercetând cu privirea superba masă festivă a mamei. E întotdeauna la fel: flori proaspete, cea mai bună veselă a ei și un aranjament de Crăciun făcut de mine și de Elle când eram în școala generală. Nu e cine știe ce: o ramură groasă, tăiată cu flexul și acoperită cu niște tufe zdrențuite de zăpadă artificială, cu un măcăleandru ros de vreme fixat în vârf pe niște piciorușe fusiforme de sârmă. Mama l-a gătit cu vâsc proaspăt și cu o lumânare babană, cum face mereu. A făcut din rahat bici, cum s-ar zice. Mi se pare înduioșător de nostalgic. S-au schimbat atâtea în viața mea, însă unele lucruri vor rămâne mereu la fel.

După o jumătate de oră, cu masa pusă și cu noi în jurul ei, ne lovim de următorul impediment: cine să taie curcanul. Mama ia cuțitul în mână, stăpânită de nesiguranță. Asta fusese mereu sarcina lui Freddie.

– Dă-mi voie, spune David, dregându-și vocea și ridicându-se în picioare.

Arată la fel de emoționat ca înaintea discursului ținut la nunta lui. Îl iubim pe David, dar e cel mai puțin practic și, totodată, cunoscut pentru neîndemânarea lui. Mamei i se măresc puțin ochii, de parcă nu s-ar îndura să-i paseze instrumentele de tăiat, temându-se să nu-i alunece din mână și să ajungă astfel cineva la urgențe.

– S-a antrenat uitându-se la filmulețe pe YouTube, spune Elle cu glas scăzut.

Mama se uită la mine și eu încuviințez din cap, pentru că mi se pare foarte înduioșătoare ideea că David a studiat pe YouTube cum se taie curcanul. Îl privim cum se străduiește să nu-l facă harcea-parcea, cum îl înțeapă cu o furculiță înainte să-l abordeze, mușcându-și concentrat buza de jos. Nu e un dezastru absolut, i-aș da un 3 pentru tehnică și un 10 pentru efort, note care țin seama de așchiile de oase de la mine din farfurie.

– Îmi dai cartofii prăjiți?

Elle îi aruncă mamei o privire amuzată. Îmi dau seama cât de mult se străduiește să mențină atmosfera veselă. Mama nu stă pe gânduri și îi întinde germenii. Când mama îi pune castronul în față, Elle își bagă două degete în gură și se face că se îneacă.

– O să-ți prindă bine, spune mama. Capeți și tu niște culoare în obraji, ești trasă la față.

În mod destul de ciudat, comentariul e de ajuns ca obrajii lui Elle să prindă niște culoare. Presupun că astăzi suntem cu toții mai sensibili. Iau sticla de vin și îi torn întâi mamei, apoi lui Elle. Însă David o dă de gol.

– N-ai spus, ăăm, că nu bei azi, Elle? spune, el iar ea îi trimite priviri fulgerătoare înapoi.

El se face vinețiu ca varza roșie a mamei, dându-se în spectacol cu niște felii de curcan din ce în ce mai inegale, vrând să se dea mare, în speranța că vorbele lui vor trece neobservate.

– Știi, ții regimul ăla...

Întâlnesc privirea panicată a lui Elle; ea nu a ținut regim nici măcar o zi în viața ei și înțeleg pe loc. Mama își dă și ea seama, lasă tacâmurile jos și își duce mâna care-i tremură la baza gâtului.

– Elle, spune, răsuflând greu, asta înseamnă că...?

Se întrerupe.

– Ești...?

– Îmi pare rău, spune David, luând-o pe Elle de mână. Mi-a scăpat.

Pare răvășit. Pe moment rămânem tăcuți, uitându-ne unii la alții. Elle rupe tăcerea.

– Nu voiam să vă spunem azi. Și noi am aflat abia acum câteva zile.

– Draga mea! rostește mama, răsuflând greu.

Apoi, pentru a doua oară pe ziua de azi, plânge. Încep și eu să plâng, începe și Elle. Ne strângem mai aproape în jurul mesei: Elle, în stânga mea, mama, în dreapta, David, față în față cu mine, și ne apucăm strâns de mâini. Rămânem așa o vreme, pe jumătate bocind, pe jumătate zâmbind, nevrând să dăm drumul strânsorii.

– Păi, atunci cred c-aș face bine să beau cât pentru doi, spun râzând încet și punându-mi paharul de vin plin ochi.

Elle încuviințează din cap, cercetându-mi chipul cu o privire îngrijorată, încercând să-și dea seama dacă mă prefac. Mă prefac și nu mă prefac.

Nu mă prefac, pentru că sunt încântată din vârful căciulii mele prostești de Crăciun și până în tălpile pantofilor; Elle își dorea să fie mamă de când eram doar niște fetițe care împingeau cărucioarele de păpuși în curtea din spatele casei. Chiar și pe atunci era mult mai mămoasă decât mine; păpușile ei erau mereu imaculate, pieptănate, în timp ce alor mele le lipsea vreo mână sau erau murdare de pix pe față. Înțeleg de ce nu voia să ne spună azi, însă mă bucur că am aflat. Nu vreau ca ea și David să fie nevoiți să țină secrete astfel de vești cruciale ca să nu mă tulbure pe mine.

Dar mă și prefac, pentru că e un șoc și, într-un fel atât de straniu, o afirmare a vieții: un copil. O viață nouă-nouță, o reamintire tăioasă a faptului că Freddie și cu mine nu vom cunoaște niciodată bucuria de a avea un copil împreună. Ridic paharul.

– Pentru voi doi, spun, ștergându-mi lacrimile, pentru că e unul dintre cele mai de preț momente din viața lor.

– Trei, adaugă mama, pe un ton ascuțit, ușor isteric.

Ciocnim și eu o strâng încă o dată pe Elle de mână. Vești bune.

ÎN SOMN

Marți, 25 decembrie

– Mama ta e oficial regina meselor de Crăciun. Nu mai am nevoie să mănânc până anul viitor.

Freddie geme alături de mine pe canapea.

– Cred că știm amândoi că pe la ora opt o să salivezi după un sendviș cu curcan, zic.

Presupun că, la fel ca în fiecare an, ne vom fi întors acasă înarmați cu destule provizii din care să facem sendvișuri, supă, mâncare de curry și burgeri cu curcan până pe la mijlocul lui februarie. Încerc să-mi scot complet din minte gândurile despre masa de Crăciun pe care tocmai m-am chinuit să o înghit.

– Nu-mi vine să cred că Elle face bebe, spune Freddie.

Așadar se întâmplă și în lumea asta.

– Știu, oftez eu.

– Ceea ce înseamnă că vom avea o domnișoară de onoare însărcinată.

Mimează o burtă enormă de gravidă. Aduce mai degrabă cu Mr. Greedy decât cu o femeie însărcinată, dar eu tot zâmbesc.

– Așa e.

De fapt, îmi surâde ideea ca Elle să fie însărcinată și radioasă în fotografiile noastre de nuntă. O nuntă și un bebe. Parcă ar fi dat cineva tonul schimbării. Unele lucruri nu se schimbă, din fericire; de Crăciun, ne vom strânge mereu la mama la masă. La anul, ne vom înghesui ca să facem loc unui scaun de bebeluș la masă. Bineînțeles că-mi dau seama că el sau ea nu va ajunge să stea pe scaun până atunci. Fantazez și eu într-un mod profund și important, așa cum orice viitoare mătușică ușor pilită are dreptul să o facă.

– Crezi că noi vom avea copii într-o bună zi? întreb, căzută pe gânduri de la atâta șampanie, punându-mi picioarele la Freddie în poală.

E un gând atât de insuportabil de controversat...

El aprinde televizorul, schimbând canalele.

– *Doctor Who*?

Nu răspund. Evită să-mi răspundă la întrebare? Nu prea cred, am vorbit de multe ori despre copii la modul generic, se înțelege de la sine că vom ajunge acolo într-o bună zi. Nu-i așa? Sau trag eu concluzii pripite? Îmi spun că m-am scrântit. Se instalează paranoia postfriptură de curcan. Nesuspectând nemulțumirea din sufletul meu, Freddie se apleacă să ia cutia cu bomboane de pe măsuța de cafea.

– Credeam că ești plin, zic.

– Nu sunt niciodată prea plin pentru un drops cu lapte.

Ăsta e unul dintre milioanele de motive care ne fac compatibili: el mănâncă dropsurile, eu mănânc bomboanele cu miezul moale. Nu cred că aș putea trăi alături de cineva cu care ar trebui să mă cert pentru bomboanele cu cremă de portocale, aș petrece perioada sărbătorilor mocnind de furie. Clatin din cap când îmi întinde cutia.

– Haide, mă ademenește el. Știi că nu reziști la crema de căpșune.

– Poate mai încolo, zic, și el îmi scutură sub nas cutia deschisă.

– Hei, Lydia! spune, maimuțărindu-se. Sunt aici! Mănâncă-mă! Știi bine că asta îți dorești!

– Ai imitat îngrozitor de prost crema de căpșune, spun, amuzându-mă fără să vreau.

– Era crema de portocale și i-ai rănit sentimentele, spune Freddie solemn.

Eu îmi dau ochii peste cap.

– Fie! Dă-o-ncoace!

El zgâlțâie din nou cutia, ca să mă servesc singură și, când mă uit înăuntru, înțeleg în cele din urmă de ce insistase.

– Freddie, oftez, culegând cadoul dintre dulciurile strălucitoare ca niște nestemate. Ce-i asta?

El ridică din umeri.

– Cred că ți-a lăsat-o Moșu'.

Am căzut de acord să nu cheltuim prea mult pe cadourile de anul acesta; cheltuielile de nuntă se adună într-o veselie, mai avem și ratele la mașină și la casă... Deocamdată pare să nu se mai termine niciodată. Cu toate astea, cred că i-au plăcut butonii pe care i i-am luat dintr-un magazin vintage de pe High Street. Îi place să fie cel mai bine îmbrăcat bărbat la orice întâlnire, spune mereu că asta îi conferă un avantaj chiar înainte ca cineva să ia cuvântul. Îi place să ajungă primul – e un pont pe care l-a preluat dintr-un documentar cu Barack Obama. Nu ascunde faptul că e ambițios, însă, spre deosebire de mulți colegi de-ai lui, nu e lipsit de scrupule, lucru care îl face și mai amenințător. Cadoul e ambalat frumos într-o hârtie de împachetat cu reprezentări miniaturale ale turnului Eiffel și legat cu panglică bleumarin.

– Păi, deschide-l, spune, privindu-mă fix, disperat să mă vadă ajungând la conținutul ambalajului.

– Tu l-ai împachetat?

– Normal, spune rânjind, pentru că amândoi știm că, de fapt, a vrăjit pe altcineva să facă asta.

Pe cineva de la muncă, probabil, la cum îl știu pe Freddie.

– N-o să te mint, am emoții. Nu trebuia, spun, desfăcând funda.

– Ba trebuia.

– Dar eu nu mai am alt cadou pentru tine.

– Poți să te revanșezi altfel, spune rânjind, dar îmi dau seama că nu mai poate de nerăbdare să-mi vadă reacția când deschid cadoul.

Mă număr printre aceia cărora le place să deschidă cadourile încet, dezlipind scotch-ul și netezind încrețiturile hârtiei, fără să trag cu ochiul pentru a încerca să ghicesc ce-i înăuntru. Freddie e fix pe dos; are un presentiment, zice că e o carte sau un tricou sau ciocolată, apoi rupe ambalajul ca un copil de cinci ani. Îl scot din minți. În clipa asta îl scot din minți, dar îmi place prea mult partea asta ca să mă grăbesc.

– Vrei să încerci să ghicești ce e? spune, dornic să ne mișcăm mai repede.

Cutia lunguiață e subțire și ușoară, ca de dimensiunea unei tablete de ciocolată.

– Un aparat foto? Un serviciu de tacâmuri? Sper că nu e un serviciu de tacâmuri.

– Mai încearcă.

Dezlipesc scotch-ul cu grijă.

– Un cățeluș?

Înlăturând ambalajul, dau peste o cutie simplă, cenușie și ezit, mișcându-mi degetele extrem de încet ca să desfac capacul. Îl tachinez, cu toate că, de fapt, sunt disperată să arunc o privire înăuntru.

– Deschide odată drăcia aia! spune aproape răstit, aplecându-se în față, de parcă n-ar ști deja ce e în cutie.

Așa că o deschid și îl privesc nedumerită.

– Freddie! șoptesc.

Mi s-a tăiat răsuflarea.

– Nu ne permitem să mergem la Paris.

El ridică din umeri.

– Mi-am vândut chitara.

– N-ai făcut așa ceva!

Cuvintele îmi ies automat din gură; relația lui cu Fenderul e mai veche decât relația noastră.

– Când am cântat ultima oară la chitară? Stătea degeaba în mansardă.

– Dar o iubeai, zic, încă în stare de șoc.

– Pe tine te iubesc mai mult.

Și iată-l cum mă pune din nou sub lumina reflectoarelor. Mi se strânge inima când mă gândesc că n-o să mai cânte niciodată la Fenderul lui, însă îmi și crește la loc când mă gândesc că și-ar vinde chitara ca să-mi facă mie o surpriză. Probabil că am adus vorba despre Paris de un milion de ori, dar nu m-aș fi așteptat la asta. Mă uit în ochii lui și tot ce văd acolo e iubire scânteietoare.

– Chiar m-ai surprins, Freddie.

– Eu doar îmi fac datoria.

Mă prinde de mână și îmi sărută vârfurile degetelor.

Îmi întorc mâna și îi prind bărbia în căușul palmei.

– Datoria, zici?

El mă sărută în palmă.

– Să te fac fericită.

– N-ai nevoie de călătorii extravagante, pentru asta.

– Sunt un băiat destul de extravagant, doar mă știi.

Rânjește, apoi se întoarce către mine cu o mină serioasă.

– Am vrut să-ți dăruiesc ceva special, atâta tot.

– Păi, ai reușit. Tu mereu mă faci să mă simt al naibii de specială, Freddie.

– Bine.

Mă atinge cu degetul pe nas.

– Acum pot să mă uit la *Doctor Who*?

Ne uităm împreună, apoi ne uităm la filmul care urmează la TV, cu o farfurie cu sendvișuri cu curcan stând în echilibru pe canapea, între noi.

– Tu ai făcut ceapa asta murată? întreabă, mai să-i dea lacrimile de la acreală.

– Da, mint.

De fapt, Susan le-a făcut; Phil a adus la muncă o cutie plină cu borcane de murături și ne-a implorat să îl scăpăm de ele.

– Cu acid sulfuric?

– Ce urât! murmur, încercând să nu mă strâmb când iau o gură. Sunt foarte, foarte vii.

– Bravo mie că nu te iau de nevastă pentru talentul la gătit.

– Sau pentru cel la călcat.

La noi în casă se calcă foarte rar haine și, în rarele ocazii în care se întâmplă, se ocupă de asta mai ales Freddie.

– Sunt un bărbat fără prejudecăți, zice.

– Și ai talente nebănuite.

– Doamne, ce norocoasă ești! spune, așezând pe masă farfuria goală.

Mint în chip de răspuns, cu capul la el în poală.

– Da.

Zâmbesc și închid ochii.

– Da, așa e.

Ațipesc, cad în acel extaz pe care-l atingi doar la finalul unor zile speciale, alături de oameni speciali. Freddie se joacă absent cu părul meu, încolăcindu-și pe degete șuvițe lungi, ca în jocul ăla cu elastice.

– Așa, ca fapt divers, Lyd, răspunsul e da, îmi șoptește. Într-o bună zi, vom avea copii. Mulți. O armată de copii, unii vor fi deștepți ca tine, unii vor fi cu gura mare ca mine și va trebui să le luăm neîncetat apărarea când fac prostii la școală.

Aproape îi văd, aproape că le aud pașii pe scări pentru câteva secunde neprețuite. Dumnezeule, Freddie Hunter, îmi spun mai mult adormită decât trează. Inima mea bate pentru tine.

TREAZĂ

Luni, 31 decembrie

Chiar și în cei mai fericiți ani, ajunul Anului Nou are ceva teribil, nu-i așa? Toată cordialitatea aia forțată, îmbrățișările și bătăile cu palma pe spate, urmate în mod inevitabil de lacrimi provocate de alcool. Am rezistat la toate propunerile de a ieși din casă în seara asta – decizia mea de a face tot posibilul să uit că este ajunul Anului Nou e de neclintit. N-o să mă uit cum Jools Holland cântă înflăcărat la pian „Auld Lang Song" împreună cu prietenii lui celebri și nu o să ascult cum bate Big Ben-ul miezul nopții, întâmpinat de focuri de artificii și de echipe de filmare, iar Freddie nu va fi prima persoană pe care o sărut la intrarea în noul an. Ai mei sunt foarte necăjiți, fiindcă am insistat să rămân singură la miezul nopții, până într-acolo încât am fost de acord să petrec împreună cu ei miezul zilei, și iată de ce îmi târăsc acum picioarele înspre ușa roșie și veselă a mamei. Nici măcar nu vreau să recunosc că e Anul Nou, pentru că, cu toate că acest an a fost un test de rezistență, începând de mâine va trebui să spun că Freddie a murit *anul trecut.* Asta îl îndepărtează de mine într-un fel cu totul și cu totul inacceptabil și mă umple de furie și de lacrimi. De la Crăciunul petrecut cu el mă simt tot mai abătută. Viața mea reală nu se poate împlini.

– Iubita mea, spune mama, deschizându-mi ușa înainte să apuc să bat. Mă bucur c-ai venit.

Pe dalele de afară s-a format chiciură, însă în holul casei e plăcut.

– Ai grijă la covor, îmi spune mama, uitându-se la ghetele mele de iarnă într-un fel care știu că înseamnă „scoate-le în clipa asta, înainte să mai faci un pas cât de mic în casa asta".

Într-un fel, îmi place faptul că încă mai simte nevoia să-mi amintească asta, deși e ceva atât de înrădăcinat în mine, ca zilele săptămânii. E unul dintre acele lucruri pe care pot conta. Zâmbește la vederea șosetelor mele cu un măcăleandru de Crăciun, în vreme ce eu îmi aliniez frumos ghetele lângă ale ei, pe un suport jos de lemn, destinat precis acestui scop. Mi-am pus aceste șosete de dimineață special pentru ea; ea pune preț pe mărunțișuri de genul ăsta, caută la mine semne că fac mai mult decât să trec pur și simplu prin viață. Normal că nu fac decât să trec pur și simplu prin viață, dar, de dragul ei, mă prefac, în speranța că la un moment dat lucrurile vor veni de la sine. Totuși, ce se întâmplă dacă nu vor veni niciodată de la sine? Te tot prefaci la nesfârșit, până devii o persoană complet falsă?

Când intru, îi găsesc pe Elle și pe David așezați deja la masă.

– Ți-am făcut o ciocolată caldă, spune Elle, indicându-mi printr-un gest al capului ceașca înaltă în formă de om de zăpadă. E plină ochi cu frișcă, cu bezele și cu ciocolată rasă, genul de chestie pentru care ai plăti cu vârf și-ndesat într-o cafenea din centru.

– Aha, deci așa va fi de-acum înainte, că nu mai poți să bei? încerc să glumesc.

Elle se strâmbă.

– Nu-mi aduce aminte. Aș omorî pe cineva pentru un gin tonic.

– E frig afară, zic, frecându-mi palmele. E bine-venită ciocolata.

– Poți să-i pui niște brandy, dacă vrei, îmi spune împăciuitoare.

Iau o gură. E dulce și fierbinte, numai bună. În plus, mă cunosc suficient de bine încât să știu că o să beau vreo două pahare de vin înainte de culcare. Dacă încep să beau de pe acum, s-ar putea să nu mă mai opresc până la anul și să ajung o epavă epuizată și plânsă, care se bălăngăne pe gresia din baie.

– Mama a făcut de mâncare? spun, profitând de faptul că nu mă urmează în bucătărie și încercând să estimez cât o să dureze vizita. Nu sunt nesuferită; doar că vreau să stau singură acasă astăzi.

Elle clatină din cap.

– Doar niște sendvișuri, cred.

E de bine.

– Ești sigură că nu vii cu noi diseară? întreabă David, strângând în mâini ceașca lui. Avem un bilet în plus, în caz că te răzgândești.

– Nici noi nu avem de gând să stăm până târziu, intervine Elle. După aia, poți să rămâi la noi.

Amândoi mă privesc circumspecți, sperând că s-ar putea să mă răzgândesc și să merg cu ei la The Prince. În ultimii ani am făcut revelionul acolo și a fost mereu la fel. Plin ochi, toți îmbrăcați mult prea elegant pentru o crâșmă de cartier, o ceață de chipuri cunoscute și băuturi dubioase care ți se pun în mână, un curent de nerăbdare de-abia stăpânit, care îi străbate pe toți în apropiere de miezul nopții, într-o mare de dopuri de șampanie și de pocnitori. Nu-mi vine în minte un loc pe care să-mi doresc mai tare să-l evit în seara asta.

– Cred că anul ăsta o să ratez, spun, mimând părerea de rău.

Ei nu insistă; mă aștept să-și dea seama că nu o să mă răzgândesc.

Ne întoarcem privirile spre ușă când auzim pașii mamei pe scări, iar ea își face apariția ținând în brațe o cutie de carton cu dungi albe și albastre. Elle îi aruncă un zâmbet complice, de unde îmi dau imediat seama că și-a adus și ea contribuția la ce-o fi în cutia aia.

– Ce-i asta? zâmbesc eu pentru a-mi masca stinghereala. O pereche nouă de pantofi?

În vreme ce mama se așază, schimbă între ele o privire neliniștită, fiecare dorindu-și în mod clar ca cealaltă să deschidă gura. Mama pune o mână pe capac și înghite în sec.

– Pentru că e ajunul Anului Nou, voiam să-ți spunem că nici noi nu o să-l uităm niciodată pe Freddie, spune, și aud deja cum o înăbușă lacrimile. Am ales câteva dintre fotografiile noastre preferate și tot felul de alte mărunțișuri care ne aduc aminte de el și le-am pus în cutia asta, pe care vrem să o păstrezi.

Oh, mă uit în adâncurile ciocolatei calde băute pe jumătate și îmi propun să nu plâng.

– Nu trebuie să te uiți acum dacă nu vrei, se grăbește Elle să adauge. Doar că nu puteam lăsa să treacă ziua asta fără să o marcăm împreună cu tine.

Când m-am trezit de dimineață, nu-mi doream decât ca ziua asta să treacă nemarcată. Acum nici nu mai știu cum să mă simt.

– Aș vrea să mă uit, spun.

Mama încuviințează din cap și ridică capacul. Imediat văd lucruri pe care le recunosc; poze și suveniruri din vacanțe, care au costat o nimica toată, dar au devenit neprețuite prin absență. Mama ia o fotografie și o pune pe masă, trecându-și degetele peste un colțișor îndoit.

– Cred că asta e prima fotografie pe care o am cu voi doi. Aveați probabil vreo cincisprezece ani.

– Paisprezece, spun încetișor. Eu aveam paisprezece.

Ea încuviințează din cap, cu ochii la poză.

– La început m-am temut că e prea flăcău, spune mama, cu un râs puțin nervos. Genul care cel mai probabil îți va frânge inima.

Nu îmi amintesc când a fost făcută fotografia, îmi amintesc însă foarte clar prima vară însorită petrecută împreună. Trăiam fiecare zi pe muchie de cuțit, îmbătată de cocktailul năucitor al primei iubiri. Când mă uit în ochii fetei din fotografie, mama o împinge mai încolo, iar eu mă întreb în treacăt dacă n-ar fi fost mai bine ca mama să fi avut dreptate în legătură cu Freddie, să-mi fi frânt inima în acea vară și nu cincisprezece ani mai târziu. Nu îmi doresc asta. Nu pot să-mi imaginez viața mea fără el. Ar fi fost cu siguranță mai rece și mai plicticoasă. Mai săracă... Mai săracă în de toate. Pur și simplu, mai săracă.

– Uită-te la freza lui Jonah, spune Elle râzând și îi sunt recunoscătoare că încearcă să destindă atmosfera. Anii nouăzeci nu l-au avantajat deloc.

– Pe atunci, permanentul era la modă, îi ia David apărarea, trecându-și mâna peste chelie. Nu prea reușesc să mi-l amintesc pe David cu păr în cap; oricum e blond, așa că trecerea de la tunsoarea periuță la chelie nu a fost atât de drastică.

– Nu e permanent, spun, lansând un chicot. E părul lui natural.

– Drace! bombăne David în ceașcă.

În poză, Freddie are brațul petrecut peste umerii mei, iar Jonah se uită în altă parte, distras de ceva necaptat de cameră. Mă uit lung la poză, copleșită de amintiri vagi din timpul școlii. Jonah cu buclele lui mari și negre, claia mea de păr blond și Freddie rânjind în mijloc, charismatic și în centrul atenției încă de la cincisprezece ani.

– Mai ții minte când mi-a dăruit ăsta?

Mama îmi întinde un evantai fragil. E roșu ca sângele, cu o lucrătură complicată din hârtie și din os.

– L-a ales special pentru tine, spun, amintindu-mi cum râdea în sinea lui în timp ce scotocea printre evantaiele multicolore de la o tarabă din Creta.

– Pentru bufeurile tale, spun, în același timp în care mama zice „pentru bufeurile mele".

Mama clatină din cap și își șterge o lacrimă rătăcită.

– Ce obrăznicătură!

Mai e o poză din acea vacanță, cu Freddie într-un șort verde țipător și o șapcă de baseball și cu mine arsă pe umeri, într-o rochie de plajă bleu, pe care încă o mai am pe undeva prin mansardă, pentru că îmi amintește de prima noastră excursie în străinătate.

Elle trage spre ea cutia cu dungi albe și albastre.

– Asta e de la mine, spune, scoțând o felicitare de la mulți ani.

Mi-o amintesc foarte bine, e de când a împlinit treizeci de ani, de anul ăsta, din februarie. Mi-a luat o veșnicie să găsesc felicitarea potrivită pentru o soră și, deschizând-o acum, mă cutremur când citesc aiurelile pe care i le-am scris după o noapte petrecută în pub. Însă nu mesajul meu a făcut ca felicitarea să merite să ajungă în cutie, ci urarea scrisă de Freddie cu markerul.

„La mulți ani, Elle tras prin inel, sora mea de împrumut preferată! Nu arăți deloc trecută de patruzeci!"

– Soră de împrumut, șoptește, pe urmă oftează prelung și tremurător. Îmi pare rău!

– Să nu-ți pară, spun, închizând felicitarea.

Elle și cu mine am fost mereu încântate să ne avem doar una pe alta, însă, de-a lungul anilor, Freddie i-a devenit ca un frate, cam așa cum e David pentru mine. Acum David se întinde după cutie și scoate de acolo o fotografie cu el și cu Freddie, amândoi purtând niște pulovere cu adevărat hidoase cu motive de Crăciun.

– E anul în care am ieșit învingător fără drept de apel, spune, fără să-și poată stăpâni o undă de mândrie. Nu pot să-l contrazic: poartă un pulover tricotat care-i ajunge până sub genunchi, sângeriu, cu dungi verzi și galbene țipătoare, plin de decorații de lână în relief în toate culorile curcubeului, care înfățișează sănii, Moși Crăciun, cutii de cadou și reni. E sută la sută hidos, atât în materie de stil, cât și de croială; David și l-a făcut la comandă, mergând până la niște embleme brodate cu numele fiecăruia dintre noi. Puloverul a devenit repede un fel de legendă de Crăciun în familia noastră. Apoi David scotocește prin cutie și scoate emblema croșetată cu numele lui Freddie.

– Am descusut-o azi-dimineață de pe pulover, spune, mușcându-și buza. Am vrut să fie în cutie.

O strâng între degete și simt cum un hohot iminent și involuntar îmi urcă pe trahee și nu sunt în stare să mă stăpânesc.

– Oh, draga mea, spune mama, venind să mă îmbrățișeze prin spatele scaunului.

Apoi se apleacă și mă sărută pe obraz.

– Nu am vrut să te întristăm.

– Știu, spun printre sughițuri.

– Am greșit făcând asta?

– Nu, spun, pentru că, chit că așa e, au făcut-o cu cele mai bune intenții. Da, poate. Oh, nici nu mai știu!

Plâng pentru că nu pot să nu plâng și nimeni nu mai spune nimic. Elle mă ia de mână și lacrimi tăcute i se preling pe obraji. E genul de om care se pricepe la îndreptat lucruri; știu că moare de ciudă că nu poate să îndrepte lucrurile pentru mine. David așază obiectele la loc în cutie și îi pune capacul.

– Poate într-o altă zi, spune.

Aprob din cap, dar nu răspund pentru că nu pot să mă gândesc decât că uneori nu avem privilegiul ăsta și mă macină o furie interioară care cu niciun chip nu se va stinge de la sine. Zilele astea, e mereu cu mine, în mai mică sau mai mare măsură. În momentul ăsta mă mistuie, așa că, cu prima ocazie, îmi cer scuze și plec de la masă.

E ora unsprezece noaptea și am băut aproape o sticlă întreagă de vin și m-am uitat la TV la un film așa și așa, reușind să evit cu succes toate emisiunile live de revelion, zornăitoare și date pe bandă rulantă. Până și Turpin s-a hotărât să petreacă seara asta cu mine, cu toate că, de câteva luni de când l-am luat, pot să număr pe degete nopțile pe care le-a petrecut sub același acoperiș cu mine. Câteodată, când mă întorc de la serviciu, vine să-i dau de mâncare, însă, după câte se pare, a pus ochii pe Agnes, vecina care stă la câteva case mai jos. Știu sigur că îl hrănește, am văzut-o cumpărând mâncare de pisici de la magazinul de la colț și ea nu are pisici. L-am văzut pe el dormind la ea pe pervaz, pe interior. Nu mă simt jignită, Turpin nu mi-a făcut nicio promisiune când l-am luat de la adăpost, ba chiar m-a prevenit. Dar, în seara asta, pare să știe că am nevoie de un prieten. Chiar și de unul jigărit și indiferent.

Una peste alta, sunt destul de mândră de cum m-am comportat astăzi. M-am trezit de dimineață cu un nod grețos de spaimă în stomac, dar închei ziua într-o dispoziție relaxată și contemplativă. În seara asta nu iau pastila roz. În ultimele două săptămâni am tot dezbătut acest aspect în sinea mea și, oricât de tare mi-aș dori, nu cred că sunt capabilă din punct de vedere emoțional, e un risc prea mare pentru inima mea fragilă și sunt conștientă că, de voie, de nevoie, trebuie să am grijă de sănătatea mea mintală. În plus, revelionul are semnificația pe care i-o dai: trecerea memorabilă din vechiul an într-unul nou sau o zi ca oricare alta. Îmi strâng mai bine halatul pe mine, aprind lumina și mă îndrept spre scări. E o zi ca oricare alta.

Nu am stat în pat de mai mult de zece minute și cineva îmi bate la ușă. Nu mi-am luat somniferul, dar vinul m-a relaxat suficient de tare încât să mă întreb pentru o clipă dacă nu cumva am trecut oricum dintr-o lume în alta. Apind lampa și camera arată exact ca atunci când am închis ochii. Camera nu are nimic din dezordinea specifică lui Freddie, e tot spre miezul nopții și e absolut clar că cineva bate în ușa de la intrare. Simt cum mi se încolăcește panica în vintre. Elle? S-a întâmplat ceva cu copilul? Mama? Tresar și alerg îngrozită la ușă, strigând oricui s-ar afla acolo să aștepte, că vin. *Să nu fie copilul. Să nu fie soră-mea.* De-abia dacă-mi dau seama că rostesc cuvintele cu glas tare. *Să nu fie mama.* Nu mai pot să pierd pe altcineva. Dau la o parte zăvorul cu degete șovăitoare și deschid larg ușa.

– Jonah?

Jonah Jones se sprijină de tocul ușii, strângând în brațe o sticlă de Jack Daniels pe jumătate goală – sau poate că ar fi mai corect să spun că tocul ușii îl sprijină pe el.

– Ce s-a întâmplat? I s-a întâmplat ceva lui Elle? bolborosesc holbându-mă la el și apucându-mă de reverele halatului de casă.

Jonah pare încurcat, parcă îl doare efortul de a-mi desluși cuvintele. Apoi înțelege și expresia i se schimbă într-un de dezgust față de propria persoană.

– Căcat, Lyd! spune frecându-se cu mâinile la ochi. Nu, nu s-a întâmplat nimic. Elle și David sunt bine, toată lumea e bine, adineaori i-am văzut în pub. Doamne, îmi pare rău! Ce cretin descreierat, să-ți bat așa la ușă, mai ales în noaptea asta!

Ia o mină demoralizată, stând în pragul ușii și, acum, că nu-mi mai bubuie inima, reușesc să vorbesc fără să gâfâi.

– Ce cauți aici, Jonah?

El se întoarce cu spatele și privește cerul.

– Cine dracu' mai știe, spune și văd cum i se prelinge o lacrimă pe obraz.

– Intră, spun, însă el clatină din cap și rămâne țintuit locului.

– Nu pot, zice, cu fața boțită într-o expresie a suferinței. În seara asta e prea mult din Freddie acolo, pentru mine. Din cauza lui am venit aici, iar acum sunt un laș pișăcios și nu vreau să intru înăuntru pentru că Freddie e peste tot.

Gesticulează cu sticla înspre ușă.

– Jonah, ai fost de nu știu câte ori pe aici în lunile de după accident.

Îi vorbesc pe un ton domol și ferm, pentru că îmi dau seama cât e de tulburat.

– E OK. Intră, lasă-mă să-ți fac o cafea.

– Dar e revelionul!

Schițează dintr-un colț al gurii cel mai trist zâmbet posibil.

– Nu poți să bei cafea de revelion, Lydia, ar însemna să încalci toate regulile.

Vorbește un pic împleticit, ca și cum ar fi băut suficient cât să-și dezlege limba, fără a fi însă destul de beat încât să nu mai știe ce spune.

– Nu pot să stau în casa asta, pe canapeaua lui, cu prietena lui. Nu în seara asta. Treaba asta nu e pentru mine.

Poate că eu am optat să privesc ajunul Anului Nou ca pe o zi oarecare, însă e clar că Jonah nu și-a permis să fie așa de blând cu sine însuși. Mă fixează cu privirea și, în cele din urmă, îmi spune ce avea de zis.

– Îmi... îmi pare atât de rău pentru ce am făcut... șoptește sfârșit. Trebuia să fiu eu în locul lui.

Își acoperă fața cu degetele răsfirate și se prelinge în josul zidului, până ajunge să stea întins pe spate.

– Mi-aș fi dorit să fi fost eu în locul lui.

Oftez adânc. E clar că nu va intra în casă, așa că fixez ușa și mă așez lângă el pe treptele reci. Dintr-o casă foarte luminată de peste drum se aud zgomote.

– Nu spune asta.

Îi iau o mână înghețată în palme.

– Să nu mai spui niciodată asta.

– Tu asta crezi! izbucnește.

Mă holbez la el, ca trăsnită.

– Jonah, nu e adevărat, sincer nu-i adevărat. Nu există zi în care să nu-mi doresc ca Freddie să fie în continuare aici, dar jur pe tot ce am mai sfânt că nici măcar o dată nu mi-am dorit să fi fost tu în locul lui.

Nu mint. Mi-am dorit de sute de ori ca Freddie să nu se fi abătut din drum să-l ia pe Jonah, însă nu e același lucru. Ia o dușcă, apoi își trece un deget tremurător peste cicatricea de deasupra sprâncenei.

– Atâta tot. Eu m-am ales cu asta, iar inima lui al naibii de frumoasă a încetat să mai bată.

Iau sticla pe care mi-o întinde și iau o dușcă serioasă, simțind cum îmi alunecă pe gât arsura. Căldura e bine-venită; e o noapte foarte geroasă. Nu știu ce aș putea spune ca să-l fac pe Jonah să se simtă mai puțin mizerabil. Apoi îmi dau seama.

– Mama și Elle mi-au dăruit azi o cutie cu amintiri. Cu lucruri care le aduc aminte de Freddie.

– De parcă am putea vreunul să-l uităm.

Jonah își sprijină coatele pe genunchii depărtați.

– Era acolo o fotografie de la școală. Cu tine, cu mine și cu Freddie. Aveam vreo paisprezece ani. Arătăm ca niște copilași.

El se uită în pământ și râde încetișor.

– Paisprezece ani. Drace! Acum predau unor copii de vârsta asta.

– Ne-am făcut mari cu toții.

– Mai puțin Freddie. Și acum nu o să mai aibă ocazia să îmbătrânească, spune Jonah. Nu pot să mi-l imaginez moșneag.

Clatin din cap.

– Nici eu.

Mai beau puțin Jack Daniels. E tare drăcia asta, simt cum se amestecă cu vinul pe care-l am deja la bord, cum îmi dezleagă limba și îmi estompează granițele fragile.

– Tu arăți în continuare la fel, îi spun. Doar că aveai o freză rebelă pe atunci.

Se întoarce spre mine și eu gesticulez cu mâinile în jurul capului. El pufnește în barbă.

– Păi da. Nu aveam niciodată bani să mă duc să mă tund și încă nu se inventaseră bandanele.

Eu nu am fost niciodată conștientă de situația precară a lui Jonah în copilărie, mereu mi-a ascuns asta. Însă pe atunci ascundea o mulțime de lucruri; de-abia în ultimii ani am aflat de la Freddie că Jonah nu a avut o copilărie de poveste.

– Tu ai fost cel mai bun prieten al lui.

Vreau să pot să-i spun lucruri care să-l facă să se simtă mai bine.

– L-ai scos din multe belele când erați mici.

Jonah își sprijină capul de perete.

– Doamne, ce pacoste era! spune. Singura dată când m-am luat la bătaie, la școală, a fost din vina lui.

Acum m-a făcut curioasă, nu-mi amintesc ca Jonah să se fi bătut vreodată.

– Cu cine te-ai bătut?

Ia o pauză de gândire, lovindu-și ușor capul de cărămizi.

– Naah, nu mai știu. Un puști cu care Freddie ar fi făcut bine să-și dea seama că nu trebuie să se pună, în fine.

– Nu știa niciodată când e cazul să se oprească, intervin eu, asta era firea lui.

– Neînfricat.

– Ceea ce nu e mereu un lucru bun, spun, temperându-i lui Jonah venerarea indusă de Jack Daniels, chit că nesemnificativ.

– E mai bine decât să fii laș, spune sumbru, privind din nou în adâncurile sticlei.

– Cum merge cu Dee? îl întreb, mai mult ca să schimb subiectul decât din curiozitate.

Își rotește capul pe zid ca să mă privească:

– Cu suișuri și coborâșuri.

– E un eufemism?

Ia uite la mine, fac o glumă, oricât de proastă.

– Foarte amuzant, spune, fără să râdă. Sincer să fiu, nu cred că duce nicăieri. Pur și simplu nu e așa de moartă după mine.

Îi iau sticla și mai beau o gură.

Cumva îmi vine greu să cred.

– Crede că sunt confuz.

– Ce?!

Mă enervez instantaneu în locul lui.

– La începutul anului ți-ai pierdut cel mai bun prieten. Ce fel de om nu pricepe asta?

El rămâne tăcut.

– Nu își face griji numai din cauza lui Freddie, spune, în cele din urmă. Ci și din cauza ta.

– A mea?

De-abia dacă am mai văzut-o pe Dee o dată sau de două ori în trecere, de când cu incidentul de la școală. Mă fixează cu privirea și, pentru o clipă, am impresia că și-ar fi dorit să nu fi deschis subiectul. Apoi oftează și ridică din umeri.

– Pur și simplu nu pricepe, spune, încercând să-mi explice. Că tu și cu mine am fost prieteni înainte ca tu și Fred să vă cuplați. Prieteni în sensul platronic, vreau să zic.

– Plantonic, spun și încep să râd în hohote când nici eu nu reușesc să pronunț corect.

Doamne, sunt seminervoasă, semimăgulită. Dintr-odată, deasupra noastră încep să explodeze artificii.

– Probabil că s-a făcut miezul nopții, răsuflă Jonah, ridicându-se în picioare nesigur și trăgându-mă și pe mine după el.

Rămânem umăr la umăr la mine în prag și privim cum cerul nopții e cuprins de viață, de culoare și de lumină, iar acordurile tulburătoare din „Auld Lang Song" răsună prin ferestrele deschise ale casei de petrecăreți de peste drum.

Să uităm de vechile cunoștințe. Ascult versurile binecunoscute, cu lacrimi curgându-mi șiroaie. *Și să nu mai apelăm la amintirea lor.* Freddie nu-mi iese niciodată din minte, îmi spun, simțind că încep să mă nărui. Fix ăsta e motivul pentru care nu am vrut să ies în seara asta. Nu voiam să aud cântecul ăsta. Nu voiam să am aceste sentimente. Iar acum le simt și e exact la fel de sfâșietor cum știam că va fi. Jonah și cu mine ne sprijinim unul de celălalt, amândoi în lacrimi, păstrând tăcerea până se termină acest cântec trist și urările de „la mulți ani" răsună în 2019.

– Nu pot s-o spun, Lyd, zice Jonah abătut.

Aud tremurul din glasul lui și mi se rupe sufletul pentru întâia oară în noul an. Îmi mușc buza care-mi tremură. Nici eu nu reușesc să mă adun și să rostesc acele cuvinte pline de speranță.

– Mă duc să fac cafea, spun. Intri?

– Nu trebuia să vin.

Își duce mâinile la ochi și scutură din cap.

– Nu ne face bine niciunuia, Lyd.

Mă simt străfulgerată. Prietenia noastră e o bărcuță de lemn care a fost aruncată de colo până colo de valuri uriașe, de la accident încoace, izbită iar și iar de furie, de durere și de frustrarea neostenită. Uneori ne-am urcat pe val, ținându-ne strâns de mână și rugându-ne pentru viețile noastre, alteori am fost trași în adâncuri și ne-am întrebat dacă nu cumva singura șansa de supraviețuire ar fi să îl aruncăm pe celălalt peste bord pentru a ușura barca. Se pare că, în seara asta, Jonah a luat până la urmă o hotărâre: barca nu va ajunge în siguranță la mal cu amândoi la bordul ei.

– Scuze, spune, dându-și seama, bănuiesc, că nu mi-e ușor să aud asta.

– Probabil ai dreptate, spun oftând și îmi strâng halatul mai bine pe corpul înghețat.

Peste drum, oamenii se revarsă în stradă, într-un șuvoi de luminițe, de cântece și de râsete dogite, iar motanul profită de ocazie să o zbughească înspre casa lui preferată din vecini.

– Trebuie să plec de-aici, șoptește Jonah, privind în gol.

Pare să se simtă rău, ca și cum i-ar veni să vomite. Apoi pleacă în pas de jogging, apoi în pas alergător, mărind cât de repede poate distanța dintre noi și durerea noastră.

Mă întorc în întunecimile casei, în holul meu tăcut și singuratic și mă așez pe ultima treaptă a scărilor care duc la etaj, cu capul sprijinit de perete. S-au împlinit nouă luni de când a murit Freddie. În nouă luni aș fi putut aduce pe lume o ființă nouă. Dar nu am făcut-o; în schimb, am pierdut ființa care-mi era cel mai dragă pe lume, iar acum, în mod inevitabil, am reușit să-mi pierd și unul dintre cei mai vechi prieteni.

2019

TREAZĂ

Joi, 3 ianuarie

M-am închis în casă și mi-am mințit familia că am grețuri nasoale și că sunt deranjată la stomac, ca să nu vină să mă viziteze. În mod normal, asta nu i-ar ține la distanță, dar Elle e precaută din cauza copilului, iar mama și Mătușa June au plecat să petreacă obișnuitul weekend de început de an la spa, pentru a intra în forță în noul an. Au încercat să mă ademenească și pe mine, de aici virusul fictiv pe care n-aș vrea să-l împart ca pe turta dulce de Crăciun, dar cu ceva întârziere.

Mi-a fost extrem de dor de Freddie în ultimele zile. De câte ori îl văd e magic, însă mi-a fost tare dor de el aici, în lungile ore de trezie. Mă uit la ceas. Sunt trează de vreo două ore și nu e decât opt și jumătate, nici nu s-a luminat bine. În curând mă voi forța să iau niște măsuri minimale de îngrijire personală: să fac un duș, să-mi încălzesc niște supă și să mă uit la TV la rămășițele sărbătorilor. De la Anul Nou încoace mi-am tot plâns de milă, incapabilă sau nedorind să mă ridic din pat. Sunt destul de împăcată cu mine, încât să îmi dau seama că aveam probabil nevoie să mă prăbușesc, o reacție inevitabilă la emoțiile puternice de la revelion, însă nu mai pot să o duc așa. Trebuie să revin la muncă și la viață luni, așa că va trebui să mă spăl, să mănânc, poate chiar să pun o mașină de spălat și să dau cu aspiratorul. Tocmai am încercat să o sun pe Elle. Nu mi-a răspuns, în ultimele două zile a început să aibă grețuri de dimineață, așa că probabil doarme.

Mă așez pe un colț de canapea, cu genunchii la piept, sătulă de toate. N-aș îndrăzni să-l sun pe Jonah, nu după felul în care ne-am despărțit de revelion. Avea dreptate, știu: nu ne mai face bine niciunuia prezența celuilalt. Sincer, nu știu dacă lucrul ăsta se va schimba vreodată; gândul ăsta mă face să-mi sprijin îngrijorată bărbia pe genunchi. Nu există cale de ieșire. Mă simt nespus de singură. Privirea mi se oprește pe cutia cu pastile de deasupra șemineului și decizia mea de a-mi petrece ziua făcând lucruri productive se evaporă, pentru că pot merge într-o lume în care nu mă voi mai simți atât de singură.

ÎN SOMN

Joi, 3 ianuarie

Ăsta nu e patul nostru. Ăsta nu e dormitorul nostru. Rămân perfect nemișcată în penumbra luminii de dimineață, trecându-mi privirea peste trandafirii ornamentali de ipsos din tavan și peste întreaga lungime a draperiilor care acoperă ferestrele. Freddie e tolănit printre perne alături de mine, cu un braț aruncat peste ochi, așa cum se întâmplă mai mereu când doarme. Îl studiez o vreme în semiobscuritatea din cameră: doarme dus, cu gura ușor întredeschisă, și ochii i se mișcă sub pleoape, probabil că visează.

Unde suntem? N-am mai fost niciodată în camera asta elegantă. E mult prea mare ca să fie camera de oaspeți a vreunui cunoscut; ca să nu mai spun că nu are nici mobilă de la Ikea. Sunt sigură să suntem într-un hotel.

Când mă dau jos din pat ca să trag cu ochiul pe după draperii, degetele de la picioare mi se afundă în covor. Apoi mă strecor toată, așa cum sunt, în pijama, pe după draperie, ca să văd mai bine, și icnesc încet, copleșită. Ninge cu fulgi mari de poveste și suntem fără doar și poate la Paris. Firește! Doamne, e o priveliște de carte poștală! Răsuflarea mea aburește geamul rece prin care văd cum se face coadă în fața unei micuțe brutării și, fără să stau pe gânduri, îmi iau niște haine pe mine ca să ies să mă alătur și eu furnicarului de oameni. E clar că am venit aici pregătită de iarnă; am bocancii și paltonul lângă ușă și, înainte de a mă strecura tiptil afară din cameră, îmi înfășor în jurul gâtului fularul lui Freddie. Când îmi îngrop fața în lâna moale, mirosul lui mă năucește și rămân o clipă pe coridor, trăgându-l în piept. Mirosul lui a dispărut din aproape toate lucrurile din lumea reală, însă acest fular e impregnat cu gelul lui de duș și cu aftershave-ul lui, ca și cum Freddie ar fi chiar lângă mine. Sunt răvășită; trebuie să-mi târăsc picioarele înspre ieșire, pentru că ele vor să mă poarte înapoi în camera de hotel, înapoi la el. O să îl găsesc tot acolo când mă întorc, îmi spun. Deja știu cum funcționează lucrurile. Voi mai fi aici până adorm iar și, dacă tot suntem în Paris, am de gând să mă bucur de fiecare clipă.

E un hotel de tip boutique, amenajat în două clădiri înalte, renovate. Cobor scara în spirală și ajung la recepție, unde îi întorc zâmbetul recepționerei care, e clar, știe că sunt cazată aici. Ajunsă afară, rămân câteva clipe pe scările de piatră și mă las învăluită de peisaj. Nu pare să ningă de mult. Nu s-a depus decât de un centimetru, doi, suficient cât să scalde totul în magie. Suntem cazați pe o străduță laterală și, cum stau acolo, pe trepte, mă simt copleșită de o stare amețitoare și înălțătoare de euforie. Sunt în Paris cu Freddie Hunter și afară ninge. Trec strada zâmbind și simt cum mi se așază fulgi de zăpadă pe față în vreme ce stau la coada din fața brutăriei. Miroase delicios și e o aromă specific franțuzească, o combinație mortală de croisanți proaspeți și de cafea fierbinte, care acasă nu-ți iese nicicum, oricât de șmecheră ar fi cafetiera ta. Mă strecor în micul magazin, bucurându-mă de forfota și de gălăgia celor care comandă unii peste alții, încotoșmănați cu toții în paltoane presărate cu zăpadă. De-abia când ajung destul de în față îmi dau seama că va trebui să încerc să comand în franceză; de la examenul oral din școală, mai mult de *oui* și *non* nu cred să fi spus în franceză. Nici la examen nu m-am descurcat prea bine. Mă simt gâtuită de emoții când femeia din spatele tejghelei se uită în sfârșit la mine, cu niște ochi negri și întrebători.

– *Deux cafés et deux croissants, s'il vous plaît,* spun (sau cel puțin am impresia că spun), într-o franceză rigidă, deprinsă la școală. Slavă cerului că aveam obrajii deja îmbujorați de la ger, pentru că sunt convinsă că am roșit. Norocul meu că e obișnuită ca oamenii să masacreze cu stângăcie frumoasa ei limbă maternă. Strecoară doi croasanți într-o pungă de hârtie bleu, fără să mai apeleze la franceza mea de baltă. Mă cuprinde un val de panică atunci când femeia îmi cere să-i plătesc, însă, scotocind în buzunarele paltonului, găsesc niște bancnote în euro. Îi mulțumesc în tăcere variantei mele din cealaltă lume pentru că e mai organizată decât de obicei, lipindu-mă de tocul ușii pentru a mă putea strecura afară, pe lângă coada tot mai mare. Înapoi pe stradă, văd o fată care își ia avânt și patinează râzând pe dalele acoperite de zăpadă, iar tipul cu care e o prinde și o năucește cu un sărut prelung. Nu se abțin deloc, iar în mine se duce o luptă între foarte britanicul „get a room“ și tentația de a mă topi de emoție, pentru că e ceva atât de al naibii de franțuzesc! Și apoi privesc în sus, înspre fereastra camerei de hotel unde mă așteaptă un bărbat care îmi va suci mințile în Paris și rânjesc ca apucata, virând pe lângă cei doi încă îmbrățișați și intrând în grabă în hotel.

– Ești femeia visurilor mele, spune Freddie, lăsând telefonul pe noptieră când intru în cameră.

E tot în pat, dar e treaz de-a binelea și sprijinit de perne.

– Din cauză că am adus cafea?

Aprobă printr-un gest.

– Și croisanți. Aseară, când ai zis că o să-mi aduci micul dejun, am crezut că glumești.

Doamne! Și eu care credeam că am trecut strada într-un impuls de moment, când, de fapt, făcusem deja planul ăsta cu douăsprezece ore mai înainte. Ce previzibil! E un gând cam deprimant. Îi întind punga de hârtie.

– Alege-ți!

Se uită în pungă.

– Ambele?

Îi arunc o privire care s-ar traduce prin „nici gând“ și îi întind cafeaua, atingându-l pe obraz cu mâna mea înghețată.

– Uite ce ger e afară!

El se cutremură.

– Vii înapoi în pat?

E tentant. Doamne, cât e de tentant. Dar... suntem în Paris.

– Sunt deja îmbrăcată, spun, descotorosindu-mă de haina umedă. Hai să ieșim afară și să vizităm Parisul!

Freddie îmi întinde punga de hârtie, iar eu mă cocoț pe marginea patului, cu cafeaua în mână.

– Ești supărată că ai pierdut când am dat cu banul? mă întreabă.

Habar n-am despre ce vorbește, așa că rup o bucățică de croasant și încep să o mestec încet.

– Îți dau voie să-ți încalci promisiunea dacă ești chitită să o vezi pe Mona Lisa, zice.

Las capul într-o parte, încercând să par captivată și amuzată, ca să continuie să îmi explice mai departe. Doamne, croasantul ăsta e divin!

– Doar mă știi, spune. Nu sunt genul care merge la muzeu.

Da, îl știu, și, da, nu e un fan al muzeelor. Nu prea se dă el deloc în vânt după istorie și, deși mi-ar face mare plăcere să hoinărim de mânuță prin Luvru și să admirăm exponatele, știu că asta pe el nu l-ar mișca la fel ca pe mine. Și e OK; nu e un om ignorant, e pur și simplu un tip care știe ce-i place și ce nu. Mă întreb, totuși, care era opțiunea lui.

– E bună cafeaua, murmur, pentru că așa e: fierbinte și amară ca tutunul.

El încuviințează din cap.

– E aproape la fel de bună ca aia de la PodGods, spune.

– Câtă loialitate din partea ta! spun eu râzând.

– Ești sigură că nu te deranjează să hoinărim prin zăpadă? mă întreabă.

Clipesc de câteva ori, căzută pe gânduri, apoi îmi pică fisa. Știu ce vom face. Freddie și cu mine am mai făcut asta la Londra; îi place să le dea încolo de ghiduri turistice și să se plimbe cum îi vine, să descopere propria lui versiune a capitalei, a Parisului, a oricărui oraș. La Londra am găsit un părculeț dosit și ne-am întins pe spate la soare și am luat prânzul într-un pub lăturalnic, unde nu se mai schimbase o țiglă de pe vremea când mai era încă Regina Victoria pe tron și mi-a cumpărat o brățară cu agate argintii și albastre, pentru că avea exact nuanțele ochilor mei. Am descoperit Londra noastră proprie și personală, iar astăzi suntem pe cale de a descoperi Parisul nostru propriu și personal.

– Dă-mi două secunde de gândire, zic, lăsând paharul de cafea pe noptieră, alături de telefonul lui. Dacă mă deranjează să mă învârt prin cel mai romantic oraș din lume prin zăpadă, alături de tine?

Ridic pătura și mă strecor la el în brațe, iar el se întinde să își lase cafeaua rămasă lângă a mea.

– Promiți că-mi iei ciocolată caldă?

– Îți promit orice, dacă te dezbraci, spune rânjind.

Îmi îngrop fața în pieptul lui ca să nu mă apuc să-l pun să-mi promită că va rămâne în viață. Mă sărută pe creștet și rămânem o vreme așa; căldura lui mă cuprinde și pe mine.

– Nu-mi mai simt degetele de la picioare.

Freddie și cu mine stăm pe o bancă de pe cheiurile Senei. Am avut cea mai fabuloasă dimineață bătând de nebuni străduțe șerpuite și grădini publice, însoțiți în permanență de fulgi de nea. Turnul Eiffel e o umbră care se prefigurează printr-un văl de ceață, însă chiar și cele câteva frânturi ale conturului său emblematic sunt îndeajuns pentru a mă face nemaipomenit de fericită. Suntem în Paris. Eu am mai fost o dată, într-o excursie de câteva zile cu școala, și îmi amintesc mai ales cum am fost mânați prin oraș, apoi am vizitat Notre-Dame, unde am stat ca sardinele. În mod cert nu mi-am imaginat niciodată că mă voi întoarce și voi bate același oraș prin ninsoare, alături de Freddie

Hunter; pe atunci nici măcar nu era iubitul meu. E un gând straniu; de-abia dacă-mi amintesc o perioadă din viața mea în care numele noastre să nu fi fost înlănțuite în mod inexplicabil.

– Ți-e foame? mă întreabă, iar eu râd, pentru că știu că e disperat să răspund da, pentru că el e în stare să mănânce cât pentru o haită de lupi.

Dau din cap că da, iar el mă trage, ridicându-mă în picioarele mele înghețate.

– Putem găsi un loc cald?

El îmi trage căciula mai jos, ca să-mi acopere urechile.

– Da.

Începe să-i vibreze telefonul din buzunarul gecii, dar îl ignoră.

– Trebuie să răspunzi? îl întreb, pentru că de dimineață l-au tot sunat de la muncă.

– Nu. Oricine ar fi, poate să mă pupe. Sunt în Paris cu fata mea preferată.

Zâmbesc pentru că e adorabil, dar mă și înfior. Poate că e de la fulgii de zăpadă care mi se așază pe pielea expusă de pe ceafă sau poate pentru că Freddie pe care-l cunosc eu nu ar fi rezistat să nu-și verifice telefonul, în caz că e o urgență. Cu toate că lucrurile din viața asta par exact la fel, există o diferență foarte subtilă. E tulburător.

Fiecare stradă pe care o întâlnim pare să aibă un monument impresionant, așezat nonșalant în capăt, care ne invită să ne apropiem și să-i recunoaștem grandoarea. E un oraș construit pentru a fi admirat și niciodată nu a fost mai evident decât astăzi, când furtuna de zăpadă decolorează peisajul în tonuri cenușii și dramatice. Parcă am fi protagoniști în propriul film alb-negru. Parizienii trec pe lângă noi cufundați în gânduri sau cu privirile în pământ, grăbindu-se să ajungă unde au de mers; iarna, orașul le aparține, înainte să vină căldura și să fie asaltat de hoardele de turiști. Astăzi este al lor și, în mod miraculos, este și al nostru.

– Uau! spun, încetinind în dreptul unei clădiri colosale, înconjurate de coloane falnice de piatră.

Harta mă informează că e biserica La Madeleine.

– Zici că e romană, nu-i așa?

Îmi odihnesc palma pe una dintre acele coloane monumentale și o iau în sus, pe treptele late, atrasă în mod irezistibil de atâta amploare și măreție. Freddie mi se alătură și pășim pe podeaua de marmură ținându-ne de mână, uluiți de dimensiunea și frumusețea locului ăstuia. Mi se taie respirația; candelabre decadente scaldă într-o strălucire caldă frescele extravagante care decorează cupola și peste tot tronează un sentiment de pace și de venerație, o oază în agitația orașului. Freddie și cu mine nu suntem oameni religioși, însă, cu toate astea, mă emoționează istoria locului și atmosfera meditativă. Ajungem în dreptul unui suport cu lumânări albe, lunguiețe, pe care vizitatorii le aprind în amintirea persoanelor dragi pe care le-au pierdut și, când mă uit la Freddie, văd că se caută de mărunțiș prin buzunare. Nu găsesc nimic de spus când el depune niște monede în cutia pentru donații și ia două lumânări. Rareori vorbește despre tatăl pe care l-a pierdut în copilărie; era prea mic pentru a rămâne cu multe amintiri prețioase, dar, cu toate astea, i-a simțit foarte tare lipsa. E unul din lucrurile care mă sâcâia cel mai tare la el: că nu vorbea cu mine despre asta.

Dar, na, așa fusese educat. Mama lui e foarte prezentă în clipa de față. Uneori mă gândesc că e vorba de egoism, dar probabil că e mai degrabă un soi de produs al mediului în care a crescut la rândul ei. A fost o frumusețe la vremea ei, adorată și răsfățată de părinții ei, și apoi de tatăl lui Freddie. Și apoi, de Freddie.

Nu prea știu de ce îmi întinde și mie o lumânare, poate pentru bunicii mei sau din politețe. Îl văd oftând când alege locul pentru gestul lui de comemorare printre celelalte lumânări. Unele se înalță, altele au ars până aproape că nu a mai rămas nimic din ele. Apoi se întoarce și aprinde fitilul lumânării mele și nu o să uit niciodată privirea pe care mi-o aruncă: mă privește ca și cum ar ști. Mă privește în ochi și rămânem o vreme așa, fixându-ne unul pe celălalt. Asta e tot. Aici sunt toate zilele de mâine, toate zilele iubirii noastre concentrate într-o singură luminiță care se va stinge mult prea devreme. Îmi tremură mâna când încerc să mă hotărăsc unde să așez lumânarea. Nu vreau să o las din mână. Până la urmă, o pun lângă a lui Freddie.

– E timpul să mergem, îmi spune, cu un braț pe după umeri.

Când ne apropiem de ieșire, mai arunc peste umăr o ultimă privire lungă la lumânări. Două cenotafe înalte și albe. Unul pentru un tată foarte regretat, celălalt, pentru fiul său mult iubit.

– Aici?

Ne oprim în fața unei cafenele micuțe, aflate pe colț, cu o prelată în dungi auriu și smarald, plecată sub greutatea zăpezii. Înăuntru e plin, dar mesele de afară sunt adăpostite de frig, așa că dau din cap și mă fac comodă pe un scaun de lângă încălzitor. Freddie își comandă midii pané, însă mie mi-e clar că vreau o ciocolată caldă și un foitaj cu scorțișoară. Da, știu, croasanți la micul dejun și foitaje la prânz, dar suntem în Paris, până la urmă. Stăm puțin să ne dezmorțim, sorbind felul în care se derulează orașul prin fața noastră. Traficul se târăște greu din cauza condițiilor meteo nefavorabile, iar oamenii care trec prin dreptul nostru sunt ghemuiți în paltoane și în fulare care să-i apere de viscol.

Îmi întorc privirea de la acest spectacol și mă uit la Freddie, care zâmbește mulțumit atunci când chelnerul îi așază farfuria în față. I se aprind ochii când vede mâncarea, când simte mirosul intens de vin și de usturoi. Cât mi-aș dori să putem dăinui într-un glob de sticlă cu zăpadă, fix așa cum suntem acum, doi îndrăgosiți miniaturali, luând mereu prânzul sub copertina vărgată a unei cafenele din Paris. E unul dintre acele momente în care timpul stă în loc, genul acela de moment perfect de care nu ai parte decât de câteva ori în viață, pe care nimeni nu știe să-l aprecieze mai bine decât mine, așa că acum apăs butonul de pauză. Pun pauză și consemnez totul în minte, până la cel mai mic detaliu. Modelul scaunelor cu ochiuri, nuanța de albastru a fularului lui Freddie, micuțul motiv floral, din ceramică, de pe tacâmurile grele, de argint, crusta arămie de zahăr de pe foitajul meu. Și apoi, ca pentru a-mi aminti că perfecțiunea nu există, telefonul îmi țârâie pe masă, iar pe ecran îmi apare următorul mesaj de la David:

Îmi pare rău că te deranjez în concediu, Lydia, dar știu că ai vrea să afli imediat. Elle a pierdut sarcina. E OK, în fine, cât de bine poate să fie, acum doarme. Sună-mă când poți. X

TREAZĂ

Joi, 3 ianuarie

Mă așez în fund pe canapea, cu inima bătându-mi nesănătos de repede și cu răsuflarea întretăiată, de parcă aș fi alergat să prind ultimul tren. Iau telefonul și-l verific repede, dar nu am nici apeluri ratate, nici mesaje noi. Îmi iau inima-n dinți, mă uit pe Facebook și văd bulina verde de on-line în dreptul numelui lui Elle, așa că-i trimit un mesaj scurt, cât se poate de vag, ca să verific dacă e bine. Îmi răspunde aproape instantaneu; știe că e încă prea devreme, dar n-aș avea chef să merg cu ea weekendul viitor să cumpărăm un cărucior?

Ușurare. Mă scurg din nou în perne. Până acum vizitele din timpul somnului mi-au fost consolare, linie de plutire, echilibru psihic și sanctuar. Dar asta... Elle. Cumva nu mi-am imaginat că și acolo se pot întâmpla lucruri rele, într-adevăr rele.

ÎN SOMN

Duminică, 6 ianuarie

– Cum se mai simte? îl întreb pe David, în timp ce-i fac o cafea, pentru că arată dărâmat.

Elle face un duș, așa că profit de ocazie să aflu cum se simte de fapt, înainte să apuce ea să-mi spună că e bine. David stă așezat la masa din bucătărie și se freacă la ochi.

– Nu foarte rău, în general. Era necăjită de dimineață, dar a mâncat, totuși, niște supă adusă de mama ta.

Știu că am hotărât să nu mai iau așa de des pastilele alea, dar nu puteam să nu fiu alături de sora mea când trece prin ce trece. Venind încoace, am schimbat câteva vorbe cu mama, e foarte îngrijorată pentru amândoi. Bucuria de pe chipurile lor de Crăciun și acum, asta. E atât de crud!

– Și tu? spun, încolăcindu-mi brațele pe după umerii lui David.

– Aș fi vrut să-i spunem Jack, după tata. Dacă era băiat.

Își sprijină capul pe brațul meu și, spre deznădejdea mea, începe să plângă. Rămânem astfel vreo două minute, apoi se întinde după o cârpă de bucătărie și se șterge la ochi.

– Scuze, spune. Nu mă așteptam la asta.

Îi strâng de braț.

– Nu ai de ce să simți că trebuie să fii tu mereu cel puternic, spun, pentru că știu că, pentru Elle, nu s-a pierdut cu firea până acum.

Ne întoarcem când auzim pașii surorii mele pe scări. E îmbrăcată cu o pijama bleumarin de bumbac, iar părul ud și dat după urechi îi încadrează fața palidă. Arată cam de paisprezece ani.

– Bună, îmi spune zâmbind. Nu trebuia să vii, ți-am spus să nu-ți faci griji. A fost mama pe aici, iar de dimineață a fost și mama lui David.

– Știu.

Aș cam vrea să o îmbrățișez, dar trece de la una la alta, ba aranjează ceștile, ba schimbă rola de hârtie de bucătărie de pe suport, ba golește mașina de spălat vase. Nu insist, pentru că am fost în locul ei: dureros de fragilă, nedorindu-mi să fiu atinsă ca să nu mă pierd cu firea.

– Nu stau foarte mult.

– De ce nu mergeți voi două să vă uitați un pic la televizor? zice David. Vă fac un ceai.

Se uită la mine, aruncându-mi o privire încurajatoare. Eu aprob din cap.

– Sună bine.

Elle mă urmează la ei în living. Când a amenajat livingul, trecea printr-o fază marină, așa că totul e în dungi crem și albastru spălăcit, cu tonuri discrete de portocaliu. Are gusturi asemănătoare cu mama când vine vorba de decorațiuni, iar eu sunt în mod clar oaia boemă a familiei. Mă așez pe un colț de canapea, iar ea rămâne o clipă în mijlocul încăperii, cu talpa ridicată în spatele gleznei, ezitând. Deschid brațele și atunci fața i se schimonosește dintr-odată și vine să se cuibărească alături de mine pe canapea, plângând în hohote. Simt că mă înțeapă lacrimi fierbinți în spatele pleoapelor și o țin strâns în brațe, dorindu-mi să nu se mai simtă atât de fragilă, zguduită de hohote și de suspine, pentru că lumea ei s-a năruit din temelii. Nimic din ce i-aș putea spune n-ar ajuta-o în clipa asta, așa că nu caut să-mi găsesc cuvintele. Îmi țin strâns în brațe sora minunată în timp ce plânge, atât.

TREAZĂ

Joi, 17 ianuarie

– Cu siguranță că nu mai merge nimeni la *speed dating*...? zic.

Pe masa unde luăm prânzul e o adevărată etalare a caserolelor; eu încă o mai folosesc pe cea roz, pentru că o găsesc reconfortantă, în ciuda faptului că Julia a mers până într-acolo, încât mi-a cumpărat de Crăciun una nouă, transparentă, ca să nu mai fie nevoită să o vadă în fața ochilor pe asta roz. E o ușurare să fiu din nou la muncă, departe de confuzia și de tristețea din cealaltă lume. Mă doare să o văd pe Elle atât de zdrobită, și mă surprind întrebând-o mai des de sănătate, în lumea asta, ca să mă asigur că ea și copilul sunt bine.

– Da, dar nu e orice fel de *speed dating* învechit, rânjește el, dezlipind și lingând capacul de la iaurt.

– Nu-mi spune! zice Dawn. *Speed dating* în pielea goală?

Pufnim cu toții în râs, iar eu sper din tot sufletul că Dawn se înșală. Ryan își dă ochii peste cap.

– De parcă n-aș face ravagii doar dezvelindu-mi armele astea în public, spune el.

Își pupă bicepșii și rânjește, făcându-ne să suspinăm.

– Hai odată! zic. Ce-i așa de special la întâlnirile astea?

– Au loc în liniște.

Dawn se încruntă, deschizând un pachet de Oreo. Acum, că a trecut nunta, își permite să mănânce iar biscuiți.

– Păi și cum îți dai seama dacă îți place sau nu de ele?

– Eu mai întâi m-am îndrăgostit de vocea lui Bruce, apoi de fața lui, spune Julia.

Nu râdem, pentru că e vorba de Julia, și nici nu comentăm, pentru că e vorba de Julia.

– Dar, dacă nu vă vorbiți, nu trebuie să vă atingeți sau ceva? întreb, făcându-mi griji pentru el.

– Când eram eu tânăr, aste se numea orgie, spune Phil, despachetând un sendviș enorm.

Prânzul lui arată întotdeauna cel mai bine.

Ryan face o mutră care sugerează că ne-am ieșit complet din mână cu toții.

– Haideți, fraților! Drept cine mă luați? Pur și simplu ne uităm unul la altul pentru câteva minute, apoi ne mutăm la altă masă și ne uităm la altcineva.

Dawn nu pare încântată de idee.

– Păi, și nu poți să-i întrebi nimic, nimic?

– Ai voie să gesticulezi cu mâinile.

– Pentru că asta nu se poate interpreta greșit, spune sarcastic Julia.

Phil se face că dă pe gât o halbă de bere.

– Eu m-aș descurca de minune.

– Sper să nu-și miște nimeni șoldurile à la Elvis, spune Dawn râzând.

Ne cufundăm o vreme în tăcere, mestecând și gândindu-ne la treaba asta. Sunt probabil cea mai puțin entuziasmată de prânzul meu. Încercând să fac economie, mi-am făcut un sendviș cu ton și se pare că am pus prea multă maioneză, pentru că sandvișul ăsta este indiscutabil foarte, foarte fleșcăit.

– Și unde se întâmplă treaba asta? întreabă Phil.

Îi aruncăm niște priviri piezișe, pentru că toți o adorăm pe Susan.

– La dracu' cu crăci! spune Ryan. Și e rândul meu să conduc, așa că nici măcar nu pot să beau.

– Nu pare cel mai distractiv lucru din lume, zic. Nu tu vorbit, nu tu băut...

Ryan oftează, iar eu îl bat ușor pe umărul căzut.

– Pare genul de eveniment pe care l-am putea organiza aici, la noi, în primărie, spune Phil, și atunci îmi dau seama ușurată că interesul lui era profesional, și nu personal.

Și mai realizez că se uită la mine, așteptând părerea mea, pentru că eu mă ocup de programul evenimentelor. Nu prea a plouat cu idei în ultima vreme, așa că mă gândesc serios la asta și nu-i spun că mai degrabă aș organiza o conferință despre ciuperca piciorului decât să-mi petrec timpul gândindu-mă la întâlniri romantice.

– Poate, spun, fără să-mi iau vreun angajament. Mă voi interesa.

– Ai putea să vii cu noi, dacă vrei, ca să-ți faci o idee despre cum se petrec lucrurile, spune Ryan, rânjind înainte să apuce să termine propoziția, pentru că își dă probabil seama că a fost cam nelalocul ei propunerea lui de a mă duce la un eveniment de *dating*.

Dawn întoarce privirea, Phil pare stingherit, iar Julia oftează și face cu mâna dreaptă gestul care înseamnă „labagiu" în toate culturile. Nu îi stă deloc în fire și e atât de deplasat, încât pufnim cu toții în râs.

Ryan împinge ușor spre mine bănuțul de brânză Babybel pe care mama lui nu uită niciodată să i-l pună la pachet. Îl bat ușor pe mână și împing bănuțul înapoi spre el, schițând un zâmbet. O să se descurce în seara asta. Comunicarea nonverbală o să fie floare la ureche pentru el.

TREAZĂ

Miercuri, 13 martie

Mâine e ziua mea.

Mâine se împlinește un an de când a murit Freddie.

În ultimele zile am fost din ce în ce mai agitată; într-un fel, nu e ceva ieșit din comun, pentru că în fiecare zi mi-e dor de el, dar am început să mă uit în mod obsesiv la ceas și să încerc să-mi aduc aminte ce făceam anul trecut pe vremea asta sau câte ore mai aveam la dispoziție până să mi se schimbe complet viața. Doamne, mi se rupe sufletul pentru fata de dinainte și pentru toate prin câte avea să treacă! Ce n-aș da să mă pot întoarce în timp și să insist ca Freddie să vină direct acasă, fără să mai treacă pe la Jonah.

Mama și Elle vor să mă scoată în oraș mâine seară, dar eu chiar nu sunt în stare. Nu vreau să marchez în niciun fel ziua asta sau, cel puțin, nu vreau să-mi serbez ziua. Sunt perfect conștientă că ziua mea e distrusă pentru totdeauna și nu va fi niciodată demnă de a fi sărbătorită. Freddie nu și-ar ierta-o dacă ar ști, el mereu a făcut mare tam-tam din asta – odată chiar i-a trimis mamei o felicitare în care îi mulțumea că m-a născut, tontălăul! Mama mi-a adus aminte zilele trecute de asta, când vorbeam despre ce să facem de ziua mea; cred că încerca să mă facă să mă simt datoare să ies din casă de dragul lui Freddie, un strop de șantaj emoțional bine intenționat, menit să mă împiedice să-mi plâng de milă. E OK, i-am promis că nu o să-mi plâng de milă.

Și vorbesc serios. Mă duc la serviciu, cel puțin de dimineață. Mi-am luat liber o jumătate de zi, ca să merg să petrec niște timp la cimitir în timpul după-amiezii. O să mă duc să stau de vorbă cu Freddie și apoi o să vin acasă și o să mă culc devreme. Nu am mai luat pastila roz din ianuarie. Mi-am spus că o fac ca să-mi dozez proviziile, dar, sinceră să fiu, e mai degrabă din cauză că, în lumea aia, Elle a pierdut sarcina. Sarcina ei e o parte foarte vădită a vieții mele din lumea reală; încă are grețuri îngrozitoare de dimineață, iar numele pentru copil a devenit principalul subiect de conversație. Elle se mândrește deja în mod ostentativ cu o mică umflătură perfect conturată. Peste câteva luni, va apărea aici un omuleț complet nou, care în cealaltă lume a mea nu există; ceasul pare să ticăie sau poate că e o bombă cu ceas.

TREAZĂ

Joi, 14 martie

E ciudat să faci picnic într-un cimitir? Bănuiesc că e, dar e ziua mea și fac ce am eu chef. Oricum, nu e chiar un picnic; doar o pătură scoasă din portbagaj pe care să stau, că e rece pământul, și un termos cu cafea. Am și o felie de tort; chiar înainte să plec de la serviciu, s-au strâns toți în jurul biroului meu și mi-au cântat, puțin cam fals, împingând spre mine cu priviri spășite și pline de speranță un balon cu heliu. Mi-au dat flori și o sticlă de ceva spumant. Apreciez gestul lor. Am lăsat-o în parcare, o petrecere pe scaunul din stânga al mașinii mele, petrecere care aici, printre pietrele tăcute de granit și florile frumos ordonate, ar fi fost nelalocul ei. Florile le-am luat cu mine ca să i le las lui Freddie; aveam de gând să cumpăr un buchet de la o florărie din zonă, dar așa le voi face pe astea cadou la rândul meu. Sună ciudat dacă spun că am senzația că împărtășesc cu el o părticică din ziua mea? Cu toate că am învățat să nu îmi mai analizez în profunzime propriile acțiuni și gânduri, uneori e bine să faci ceea ce te ajută să treci peste încă o zi.

– Bună, Freddie, spun, cuprinzându-mi genunchii cu brațele. Tot eu sunt.

Închid ochii și, în liniștea care se lasă, îmi permit să mi-l imaginez așezându-se alături de mine pe pătură. Simt greutatea brațului său pe umeri și zâmbesc atunci când își îngroapă capul în ceafa mea și îmi urează la mulți ani. E o după-amiază răcoroasă și senină; aproape că simt căldura corpului său lipit de mine.

– Ce am fi făcut în seara asta, ce zici? îl întreb.

Îmi răspunde că e secret și lacrimile încep să mi se rostogolească ușor pe obraji la auzul râsului său tăcut, înconjurat de nemișcare.

– Doamne, ce dor mi-a fost de tine!

E o edulcorare sfruntată.

– În cea mai mare parte a timpului sunt OK. Mă țin tare, Freddie, chiar mă țin. Dar astăzi...

Mă întrerup, negăsind cuvinte suficient de puternice.

– E al naibii de greu, știi?

Îmi acopăr fața cu mâinile și, în capul meu, el îmi spune că simte același lucru, că în fiecare zi îi e greu fără mine.

– Hei, tu!

Tresar când simt o mână pe umăr. Un om în carne și oase. Ridic capul și dau cu ochii de Jonah. Se trântește alături de mine într-o rână și mă privește cu ochii lui negri și blânzi.

– Ai chef de puțină companie?

Nu l-am mai văzut pe Jonah de la revelion, de când mi-a întors spatele și a plecat. M-am apucat să-i scriu o dată sau de două ori și am șters cuvintele înainte de a i le trimite. Se pare că nici întâmplător nu ne mai întâlnim, locul acesta fiind excepția.

– OK, spun, în timp ce mă șterg la ochi și-i fac loc lângă mine pe pătură.

O vreme rămâne tăcut, cu privirea ațintită la numele aurit al lui Freddie.

– Un an, spune în cele din urmă.

– Mda, zic înghițind în sec. Un an întreg fără el.

– Ce ai mai făcut? mă întreabă.

În tonul lui scăzut și nesigur citesc și urmarea: în săptămânile lungi și reci de la Anul Nou încoace. Dau din cap.

– Bine, în general. Am fost ocupată la serviciu, iar sarcina îi dă mari bătăi de cap lui Elle, așa că am stat destul de mult cu ea.

Nu mint. Lui Elle îi este destul de greu și, de cele mai multe ori, trec să stau cu ea după muncă, până ajunge David acasă. Știu că Jonah nu se referea la asta, dar asta e tot ce pot să îi ofer; itinerarele vieții mele.

– Și tu? îl întreb. Tu ce-ai mai făcut?

El ridică indiferent din umeri.

– Mda, știi tu. Școală... ca de obicei.

Iau o gură de cafea.

– Dee?

Jonah smulge firele de iarbă din pământul întărit, unul câte unul. Îi privesc mișcările bruște, mici smucituri calculate în timp ce se gândește ce răspuns să-mi dea.

– Ne vedem din când în când, spune. O luăm încetișor, vedem ce se întâmplă. Îmi place râsul ei.

Ne citim unul pe celălalt printre rânduri. Nu vrea să-mi spună că relația lui cu Dee merge bine, pentru că știe că viața mea e într-un cu totul alt punct.

Jonah îmi copiază poziția, aducându-și genunchii la piept. E îmbrăcat în negru, probabil pentru că asta e ținuta lui obișnuită, mai degrabă decât o alegere sobră și conștientă. Pe cap poartă o căciulă bleumarin, tricotată, pe care și-o scoate și o îndeasă în buzunarul hainei.

– Îmi pare rău, Lyd, îmi spune mâhnit, uitându-se cu obstinație drept înainte. Pentru ce s-a întâmplat de revelion. Nici nu știu ce am îndrugat. Nu am vrut.

Îi studiez profilul familiar. Astăzi e alb ca varul și, deși pomeții săi proeminenți i-au dat mereu o alură sfrijită, astăzi, această trăsătură mi se pare și mai accentuată. Are părul la fel de rebel ca întotdeauna, genele, o arcuire întunecată pe obraz când privește lung mormântul lui Freddie și oftează. Nu cred că l-am mai văzut niciodată atât de răvășit.

– Am încercat să-ți scriu. Chiar de vreo două ori, dar nu am găsit cuvintele potrivite, așa că le-am șters, spun.

– La fel și eu.

Dă din cap și face o pauză înainte de a elabora.

– Am încercat, pentru că sincer îmi pare rău. Că ți-am bătut la ușă ca un puțoi descreierat și că nu am intrat înăuntru când m-ai invitat și că te-am lăsat să plângi singură de Anul Nou. Uite! Îmi pare rău pentru tot, Lyd. Pentru toate astea.

– Ai vorbit serios când ai spus că prezența mea îngreunează lucrurile?

Se ciupește de baza nasului.

– Doamne, nu! Prezența ta îmi amintește de el.

Jonah se uită la piatra funerară a lui Freddie.

– Și uneori mi-e greu, dar e și reconfortant, știi ce zic? Asta, noi. E reconfortant.

Îi întind termosul. Înainte să ia o gură de cafea, își încălzește mâinile și apoi râde forțat.

– Anul viitor o să plec din oraș, ca să mă asigur că nu te mai trezești cu mine la ușă. Undeva, departe. Să stau întins pe o plajă și să uit complet că e ajunul Anului Nou.

– OK, spun, aruncându-i un zâmbet trist când se întoarce să mă privească. S-a făcut.

Umerii încordați și rigizi i se relaxează de ușurare. Ajunul Anului Nou ne-a afectat pe amândoi mai mult decât aș fi crezut.

Jonah mă însoțește în parcare și ține pătura ca să descui mașina. Are Saabul parcat alături.

– Doamne, e ziua ta, sigur că da! spune rușinat când vede balonul poleit cu roșu care țopăie prin mașină în jurul tortului și al cadourilor. Nu m-am gândit.

– Nu prea am chef să sărbătoresc, sinceră să fiu, spun distrasă de faptul că termosul îmi alunecă din mână când deschid ușa.

Mă aplec să-l prind înainte să apuce să se rostogolească sub mașină și, în toată agitația, balonul de heliu are o tentativă de evadare. Ne întindem amândoi după firul metalic, dar nu avem nicio șansă în fața intemperiilor.

– Căcat! zic supărată pe mine.

Nu că mi-aș fi dorit balonul, dar nu e în regulă ca asta să se întâmple tocmai aici. Rămânem și îl privim tăcuți cum își croiește drum spre înălțimi, o pată de culoare roșu-aprins pe un fundal gri, iar apoi, dintr-odată, mi se pare foarte potrivit. Nu sunt genul de persoană care să creadă în eliberarea simbolică a baloanelor, dar se pare că sunt genul de persoană care crede în eliberarea accidentală a baloanelor. Îl privim până dispare, pierdut în negura apăsătoare. Rămânem tăcuți câteva clipe și, când mă întorc spre Jonah, văd că mă fixează cu privirea.

– O să țin la tine mereu, Lydia, îmi spune. Hai să nu pierdem prietenia asta dintre noi. Deja am pierdut prea multe în viață.

Dau aprobator din cap, gata să izbucnesc din nou în lacrimi, pentru că asta ar fi trebuit să aibă loc de Anul Nou. O conversație tămăduitoare între doi prieteni vechi, nu chestia aia devastatoare care ne-a rănit pe amândoi.

– Și eu o să țin mereu la tine, Jonah Jones, spun și mă ridic pe vârfuri și îmi lipesc buzele de obrazul lui rece. El rămâne cu mâna pe portieră după ce mă urc în mașină.

– La mulți ani! spune blând, așteptând să-mi pun centura înainte de a închide ușa. Să conduci cu grijă.

Dau din cap și îmi duc mâna la ochi, căutând pe cer o ultimă licărire fugitivă a balonului în timp ce ies din parcare. Nu e de zărit.

La jumătatea drumului spre casă, opresc la o trecere de pietoni și, uitându-mă mai bine la femeia care înaintează greu prin fața capotei mele, îmi dau seama că e Maud, de la workshop-ul despre suferință. Merge cu umerii căzuți și trage după ea un cărucior din ăla de cumpărături. Îmi arunc privirea la tortul de ciocolată de pe scaunul din stânga și nu știu ce mă apucă, dar deschid geamul și o strig tocmai când ajunge pe trotuar.

– Bună, Maud! spun tare, trăgând mașina pe stânga. Îmi pare bine să te revăd!

Se apleacă să mă privească.

– Nu te-am văzut în viața mea, se rățoiește la mine.

– Ba da, zic. Ne-am cunoscut la workshop-ul despre suferință, mai știi, de la școală, acum ceva vreme?

Își mișcă de câteva ori gura dintr-o parte în alta și scormonește prin memorie.

– O nouă găselniță idioată!

– Hmm! Nu a fost nici după-amiaza mea preferată, sinceră să fiu.

Se holbează la mine, fără nicio intenție de a face conversație.

– În fine, zic, simțindu-mă puțin ridicol. Astăzi e ziua mea și...

– Ești atât de disperată să-ți faci prieteni, încât sâcâi străinii pe stradă? îmi zice. Nu ai ales pe cine trebuie, urăsc zilele de naștere.

– Ei bine, ce păcat! Pentru că mi-am amintit că-ți place tortul și mă întrebam dacă îl vrei pe ăsta.

Îi arăt cu capul tortul de ciocolată de pe scaunul de lângă mine. Se uită pe după mine la tort și își strânge buzele.

– Nu mă dau în vânt după ciocolată, pufnește.

– A, OK, zic. Nu-i nimic.

– Îndrăznesc să spun că e posibil să îi fac față, zice ea, deschizând deja capacul căruciorului. Dacă am ceva de băut alături.

Pune ochii pe sticla cu spumant de lângă tort și nu pot să nu râd de tupeul ei. Îi întind tortul și vinul și aștept până le pune bine.

– Aș putea veni să te ajut să-l mănânci? mă ofer, încercând să fiu drăguță, gândindu-mă că se simte singură.

– N-ai decât să-ți găsești propria petrecere, zice, îndreptându-și spatele. E linie galbenă dublă aici, să știi. Nici n-ai voie să parchezi.

Și cu asta, basta. O ia din loc cu cărucioțul ei cu tot și nu întoarce privirea spre mine când, plecând de pe loc, îi strig un „Rămas-bun, Maud!" plin de voioșie. Sunt sigură că nu s-ar bucura să afle că, până la urmă, mi-a înseninat ziua.

ÎN SOMN

14 martie 2019

– La mulți ani, frumoaso!

Suntem la Alfredo. Bineînțeles.

– Știu că anul trecut, de ziua ta, tot aici am fost, dar în seara asta suntem doar noi doi, spune Freddie. Doar dacă nu cumva îți doreai să fie și mama ta, să se plângă din nou că puiul ei e rece.

Începe să râdă.

– Știi că o iubesc de nu mai pot, dar, sincer, am crezut că Alfredo o s-o dea afară în șuturi.

Deci asta s-a întâmplat de ziua mea în viața asta. Am stat la o masă în același restaurant și cea mai vie amintire a zilei a fost cea în care mama s-a plâns de cina ei rece. Înghit în sec și încerc să zâmbesc la această anecdotă pe care nu mi-o amintesc câtuși de puțin, aproape enervată că ceva atât de prostesc e primul lucru care îi vine în minte legat de ziua care mie mi-a schimbat viața pentru totdeauna. Ne întrerupem ca să comandăm; Freddie alege în mod previzibil cotletele, iar eu fac lucrurile puțin mai interesante, comandând specialitatea cu somon. De obicei, îmi iau pui când vin aici, dar nu vreau să risc o nouă comparație sau asemănare cu cele petrecute anul trecut.

– Cum ți s-a părut că se simte Elle în după-amiaza asta? mă întreabă Freddie, în timp ce îmi umple paharul cu vin.

Nu știu, bineînțeles, la ce se referă, așa că mizez pe un răspuns vag.

– OK, cred, spun.

Aș vrea să-l întreb mai multe, dar nu știu cum să formulez fără să pară ciudat.

– Vrei să auzi niște vești mai vesele? mă întreabă, iar apoi rămânem o clipă tăcuți, cât ni se pun farfuriile în față.

– Te rog, spun eu când se îndepărtează chelnerul și mă întind după paharul cu vin, bucuroasă că există un alt loc în care, în burtica lui Elle, crește un copil sănătos și inima ei este intactă.

– Jonah se mută cu Dee, spune Freddie. Îi expiră în curând contractul de închiriere, așa că au hotărât să încerce pe bune treaba cu locuitul împreună. Ea are un apartament cu două camere în cartierul ăla nou de lângă parc, știi la care mă refer?

Da, știu. L-am vizitat și noi când ne căutam casă și l-am eliminat din cauză că Freddie putea să întindă brațele și să atingă ambele garduri ale grădiniței din spatele casei. Sunt suprinsă, ca să zic așa. Lui Jonah îi place la nebunie locuința lui. Stă la parterul unei vechi vile elegante, în stil edwardian, aflate în apropierea școlii. Plătește lunar mai mult decât își permite, pentru fereastra mare, pe care să poată încăpea pianul.

– O să aibă loc pentru pian? întreb, iar Freddie mă privește ciudat.

– Dumnezeu știe! Mă îndoiesc că e pe lista lui de priorități.

Ar trebui să o las mai moale cu vinul, dar se dovedește că asta nu e petrecerea pe care mi-o închipuiam. Chiar mi-aș dori să fiu oriunde altundeva decât la Alfredo – oricum, adevărul fie spus, a fost mai mereu opțiunea lui Freddie, mai mult decât a mea.

– Weekendul următor dau o petrecere. Nu avem alte planuri, nu?

Eu clatin din cap și îmi fac o notiță mintală să nu iau somniferul sâmbăta viitoare.

– Ceva nou pe la muncă? îl întreb, întinzându-mă după vin, ca să mai umplu paharele.

Nu prea mi-am perfecționat arta de a pune întrebări banale, dar mi-ar plăcea să aflu ce a mai făcut în zilele care s-au scurs de când nu am mai venit aici. Par puțin ințepată, dar mi-o trece cu vederea.

– Nimic concret, îmi spune. PodGods îndrugau ceva despre o posibilă extindere în Brazilia, dar e mult prea devreme.

– Uau, astea da, vești importante!

Din câte îmi pot da eu seama, Freddie le alocă o mare parte din timpul său de lucru celor de la PodGods; el s-a ocupat de o campanie publicitară agresivă, care să crească vizibilitatea brandului în toată lumea. Ambiția lui a fost întotdeauna o sabie cu două tăișuri. E grozav pentru superiorii lui, însă uneori munca îi ocupă mai tot timpul și îi compromite viața de acasă. S-a mai întâmplat o dată sau de două ori cu alte conturi, la auzul cărora mă încearcă un soi de ranchiună. Îl ascult vorbind în timp ce-mi pigulesc mâncarea, concentrându-mă mai mult la el decât la ce am în farfurie. Mă uit la cum i se formează cuvintele pe buze, la cum i se mișcă umerii pe sub tricou când taie friptura, la cum i se definesc bicepșii când ridică paharul. E tuns ceva mai scurt decât de obicei; nu îmi dau seama dacă îmi place sau nu. Sau poate că nu-mi place să fie nimic diferit la el aici. Revin la ce spune.

– Măcar mi-a aprobat concediul înainte de infarct. Trei săptămâni legate.

Nu pot decât să presupun că vorbește despre Vince, șeful lui.

– E OK?

– O să fie, atâta vreme cât se lasă de burgeri.

Tot e ceva. Vince nu mi-e prea simpatic, dar nici nu-mi doresc să crape.

– Trei săptămâni, zici?

– Plec de la serviciu pe 12 iulie și mă întorc un om însurat.

Freddie ridică paharul. Eu zâmbesc și dau noroc cu el, dar, în seara asta, sunt cu gândul la sora mea. Viața mea de aici e roz, însă a ei se destramă. Nu pot să alung senzația că fericirea ei e prețul pe care îl plătesc pentru a o obține pe a mea.

TREAZĂ

Vineri, 17 mai

– Dacă nu vine nimeni?

Ryan își verifică freza în ecranul telefonului.

– O să vină. Am vândut treizeci de bilete cu o băutură inclusă în preț. Măcar pentru asta vor veni, dacă nu din alte motive.

Mereu am avut emoții la evenimentele organizate de mine, însă adevărul e că, de astă dată, nu prea am avut multe de făcut. Compania care se ocupă de serile astea de *dating* tăcute vine în ajutorul nostru. Eu doar am vândut biletele, am organizat partea de bar, am aranjat spațiul, genul ăsta de treburi. M-am asigurat că am avut un număr egal de cumpărători femei și bărbați, însă, mai departe, nu prea știu ce se va petrece în seara asta.

– Arăt prezentabil? mă întreabă Ryan, cu mâna pe talia blugilor mulați, privind agale în zare, ca și cum ar poza pentru coperta revistei GQ. E nerăbdător în seara asta, așteptând ca în orice clipă să apară noua iubire a vieții lui. Câteodată mă întreb dacă n-ar fi bine să îl sfătuiesc să nu-și mai pună inima pe tavă, într-un abandon așa de nesăbuit, dar mă gândesc că ăsta e genul de lecție pe care o înveți pe propria piele.

– Toate o să-ți trimită pupici din celălalt capăt al mesei, îi zic.

– Sper să nu fie nicio fată cunoscută, spune, prefăcându-se speriat. O să fie ciudat, să mă holbez la o tipă pe care am lăsat-o cu ochii în soare.

– Ai lăsat-o cu ochii în soare?

Se încruntă, căutându-și cuvintele.

– Știi, ca atunci când nu ai tupeu să-i spui cuiva că s-a terminat între voi, așa că dispari pur și simplu. Nu le mai răspunzi la telefoane, nu mai reiei niciodată legătura. Ieși cu totul din viețile lor.

– Ah!

Știu că e un tip bun la suflet, dar tot îmi pare rău de toți oamenii care au fost lăsați cu ochii în soare de alții pe care îi iubeau. Freddie nu m-a lăsat cu ochii în soare, dar știu cum e când cineva dispare din viața ta pe neașteptate. E o chestie de căcat să i-o faci intenționat cuiva.

– N-a fost nevoie să fac asta decât o dată, dă el înapoi, iar eu îmi dau seama că mi se citește totul pe față. Și asta, doar pentru că era complet obsedată de mine. Câteva luni după aia am dormit cu luminile aprinse.

– În fine! zic abrupt. O să te descurci tu, sunt sigură.

Ryan este singurul angajat care participă la evenimentul din seara asta. Restul sunt toți căsătoriți, și mai sunt eu.

Sala mare e scăldată în cea mai potrivită lumină de îndată ce își fac apariția cei de la firma de *dating*. Cincisprezece mese de două persoane, dispuse într-un circuit care i-ar umple de invidie pe angajații Ikea, cincisprezece fețe de masă purpurii și cincisprezece vaze de bujori artificiali, toate puse la punct până le pregătesc eu cafeaua.

– De cât timp te ocupi cu asta? o întreb pe Kate, patroana, în timp ce-i întind una dintre ceștile noastre „speciale pentru clienți". Albă, simplă, cu buza aurită, spre deosebire de colecția ciobită de căni cu „cea mai bună mătușică din lume" și de căni corporatiste cu care ne mulțumim noi la etaj.

Își sprijină fundul de vechiul calorifer de fontă, fluturându-și pletele negre. Zici că-i Uma Thurman în *Pulp Fiction*, și și-a mai dat și cu tuș negru la ochi. E o apariție frapantă; poate că ăsta e secretul la *speed dating*, să fii greu de uitat. E scundă și cu forme și și-a tras pe ea niște pantaloni de piele care-i vin ca turnați.

– Un an sau așa ceva, spune. Obișnuiam să organizăm evenimente de *dating* obișnuite, dar am trecut la asta ca să ne diferențiem de restul.

Soarbe din cafea.

– Oamenii sunt dispuși să încerce orice măcar o dată, nu-i așa?

Mă gândesc puțin la asta. Așa o fi? Eu nu mă grăbesc deloc să încerc săritul cu parașuta sau luptele cu tauri sau să traversez înot Canalul Mânecii.

– E fierbinte, spune, iar eu nu știu dacă se referă la cafea sau la calorifer sau la Ryan, care tocmai trece prin fața noastră cărând niște scaune.

– Participi și tu? o întreb.

Kate râde delicat.

– În niciun caz.

Nu e o reclamă prea bună.

– Nu?

– Eu nu caut dragostea. Dragostea e supraevaluată, dacă mă întrebi pe mine.

Vorbele cuiva cu inima frântă, îmi spun.

– Probabil că n-ar trebui să le spui asta clienților tăi, spun râzând.

– De obicei nu o fac.

Face o mutră de om surprins în flagrant delict.

– Și, ca să-i recunoaștem meritele, e clar că ceva într-adevăr funcționează la *datingul* în liniște. Se bazează pe date științifice; studiile arată că oamenii chiar se pot îndrăgosti dacă se privesc în ochi preț de câteva minute.

– Dar nu merge cu orice bătrân necunoscut, nu? întreb, pentru că nu îmi vine în minte niciun cunoscut de care m-aș putea îndrăgosti în două minute. Sunt profund sceptică. O, Doamne, oare am devenit cinică? Am pierdut iubirea vieții mele și, odată cu ea, mi-am pierdut și credința în dragoste.

– Ei, păi, presupun că trebuie să se simtă vag atrași unul de celălalt, spune ea, și să fie disponibili, evident, însă, dacă sunt la un eveniment de *dating*, condiția asta e bifată din start.

– Așa cred, și îi iau ceașca goală pe care a lăsat-o pe calorifer.

– Să sperăm că vin toți.

O jumătate de oră mai târziu, încăperea e plină și în aer plutește o agitație tensionată, în vremea ce oamenii mișună, încăpățânându-se să se alăture grupurilor de cunoscuți, ținând strâns câte o băutură din partea casei între degetele ușor transpirate. Eu privesc detașată și fascinată în același timp. Nu mai am niciun rol în derularea evenimentelor, acum, că lucrurile sunt în plină desfășurare, însă rămân din pură curiozitate. Ascult discursul introductiv bine pus la punct al lui Kate, o versiune mai profundă a discuției noastre de mai devreme despre știința din spatele conceptului de *speed dating* în liniște – fără reticența ei personală față de iubire, bineînțeles. E clar că știe cum să cucerească o mulțime; toată lumea e atentă și oamenii încep să arunce priviri pe furiș prin încăpere. Sunt impresionată; înainte să termine ea, toți sunt entuziasmați, gata să dea liniștii o șansă. Tuturor le-a fost alocată poziția de start și, la semnalul lui Kate, se îndreaptă înspre mese, către primele două minute de tăcere capabile să stârnească amorul. Mă uit la Kate; e încruntată și, urmărindu-i privirea, văd o femeie care-și trage haina pe ea și o zbughește spre ușă. După cum se mișcă, înțeleg că nu vrea să stea de vorbă cu asistenta lui Kate, care o pândește aproape de ieșire; își ține umerii foarte sus, strâns lipiți de urechile roșii ca para focului.

– Fir-ar! bombăne Kate, care vine să se așeze lângă mine.

Ochesc scaunul gol și pe tipul care stă singur la masă. E oricum destul de jenant să ți se tragă clapa în public, o lovitură de două ori mai grea când se întâmplă la un evenimnet de *dating* la care ai dat și bani să participi.

– Du-te tu, nu vrei? îmi spune ea categoric.

Râd, însă apoi îmi dau seama că vorbește serios.

– Eu… chiar nu pot, Kate.

– Ar fi de mare ajutor. Nu pot să dau startul cu un număr impar de participanți.

Vorbește pe un ton solemn; nu îmi cere să fiu romantică, ci doar să ajut la bunul mers al evenimentului organizat de mine și implementat de ea. Mă uit la scaunul gol, simțindu-mă puțin disperată. Tot ce trebuie să fac e să mă plimb prin încăpere și să mă așez în tăcere; cred că mă descurc. Petrec destul de mult timp singură, Dumnezeu mi-e martor când spun că am experiență. Mă lovește inspirația: dacă îl retragem pe Ryan, echilibrăm numărul de participanți. Cercetez fiecare masă și-l găsesc în capătul celălalt al sălii. E cu fața la mine, dar nu mă privește, privirea lui e deja fixată asupra fetei din fața lui. Mi se rupe sufletul. Nu pot s-o fac; radiază atât de puternic raze de speranță, că simt până aici căldura lor. Kate își dă probabil seama că ezit, pentru că îmi pune o mână pe scobitura spatelui.

– Nu e decât liniște, îmi șoptește. Deconectează-te și gândește-te la mesajele din *Inbox*.

Nu mă împinge la propriu, dar mâna ei pe spatele meu tot e un brânci considerabil de încurajare. Oftez, iar ea o ia ca pe o acceptare reticentă.

– Ești foarte curajoasă, îmi spune.

Cum dracului s-a întâmplat asta, mă întreb posacă, în timp ce picioarele mă poartă de-a lungul încăperii? Chiar nu vreau s-o fac. Nu pot să-mi imaginez ceva mai nasol decât să mă arunc în felul ăsta pe scena *dating*-ului, fie că e sau nu în liniște. S-au împlinit cincisprezece luni de la accident și nici nu mi-a trecut prin cap să mă gândesc în felul ăla la un bărbat. Nu pot.

Trag scaunul și nu îl privesc pe tipul numărul unu în ochi. Nici când mă așez cu fundul pe scaun nu reușesc să o fac. El a plătit ca să se uite în ochii strălucitori ai speranței și ai romantismului și, în schimb, primește două minute șovăielnice de cinism și de disperare. Din față, Kate ne transmite că așteptarea a luat sfârșit; a sosit vremea să ne uităm în ochii eventualei mari iubiri ale vieții noastre. Dar eu știu că se înșală.

Oricât de lungă sau de scurtă va fi viața mea, nu o să mai iubesc pe nimeni mai mult decât l-am iubit pe Freddie Hunter.

OK, hai că pot să fac asta. Îmi pun mâinile care-mi tremură sub mine și ridic privirea. Am asimilat destul din discursul lui Kate ca să știu că avem voie să facem orice ni se pare adecvat, atâta timp cât nu încălcăm regula tăcerii. Sunt permise gesturile din mâini (să nu fie obscene), zâmbitul e OK; putem chiar să ne luăm de mână dacă așa simțim. Nu se va întâmpla. Tipul din fața mea mă privește cu dezinteres, ceea ce-mi sugerează nu că prea sunt genul lui. E în regulă, nici el nu ar fi genul meu. Dacă ar fi să-i dau o vârstă, aș zice cel mult douăzeci și unu; arată proaspăt ieșit de pe băncile universității și nefamiliarizat cu problemele oamenilor mari. Nu sunt jignită de plictiseala lui nepoliticoasă și nici de faptul că își ronțăie unghiile deja roase până în carne ca să treacă timpul mai repede. OK, sunt puțin jignită de treaba asta. Când se apropie minutul doi, îi arunc un zâmbet scremut, care spune cu părere de rău „ți-aș fi putut fi mamă", iar el îmi răspunde ridicând din umeri, ceva de genul „mi-a mâncat câinele tema". Pare destul de clar că numărul unu nu va bifa căsuța pentru a primi datele mele de contact.

Numărul doi e mai apropiat ca vârstă și, de cum mă așez, îmi dau seama că e un tip căruia-i place competiția. Stă țeapăn și se holbează în ochii mei de parcă am face întrecere; e mai degrabă ostil decât romantic. Mă gândesc că s-ar potrivi într-un concurs din ăla extrem, de supraviețuire, tuns periuță și cu un tricou de camuflaj. Nu întorc privirea. Mă irită incredibil de tare și, dacă am putea vorbi, l-aș sfătui să se relaxeze puțin, dacă vrea să aibă parte de vreo compatibilitate în seara asta, că, așa, aduce puțin cu Norman Bates. Privirea lui fixă nu îmi dă niciun indiciu despre cine e el, dar, ce să zic, nici el nu cred că mă citește pe mine. Trec două minute lungi.

Trei, patru și cinci se încadrează toți în categoria „mă aflu aici pentru o bere". E clar că sunt prieteni; se tot uită să vadă cine cu cine e și sunt aproape sigură că dau note de la unu la cinci pe sub masă. Sunt genul de băieți care se așază pe scaunele din spate în autobuz și își dau replici din serialul *The Inbetweeners*.

Pe numărul șase vreau să-l duc acasă la mama ca să-l hrănească; pare singuratic și nu i-ar strica o masă consistentă. I se văd sfârcurile prin cămașa prea subțire de poliester; nu face o impresie grozavă. Cine își cumpără cămăși vernil? Și, mai rău, cine le poartă cu o cravată inspirată din *Înapoi în viitor*? Tipul ăsta. Bănuiesc că încă mai locuiește cu maică-sa. Cred că ea i-a cumpărat cravata. După vreun minut, scotocește prin buzunare și scoate un pachet de dulciuri, jeleuri, cred. Îl refuz politicos și îl privesc cum se dă încet în spectacol desfăcând unul și mestecându-l la fel de încet, în timp ce mă privește prin ochelarii cu rame aurii. Aproape că aud interpretarea discretă a lui David Attenborough, care ne explică cum e cu bizarul ritual de împerechere al masticației la oameni.

Sincer, treba asta nu e așa de dificilă. Probabil din cauză că nu i-am dat vreo conotație romantică, dar am impresia că nu e decât o farsă, când îi zâmbesc de rămas-bun băiatului cu jeleuri și iau loc la următoarea masă.

Pot să-mi dau seama că numărul șapte e înalt, cu toate că stă jos, iar umerii lui îi conferă un soi de masculinitate. Are părul blond-închis, ca de viking, și ochii lui gri-deschis transmit un amuzament delicat, ca și cum ar fi luat-o pe drumul greșit de la bar încoace și s-ar fi trezit aici din greșeală. Nici eu nu am ce căuta aici, îmi zic, îndreptându-mi postura când se apleacă ușor spre mine. Nu știu de ce numărul șapte pare diferit de ceilalți. Mi-e mai greu să-l trimit la plimbare; ceva din privirea lui rezonează cu mine. Nu e genul de băiat care se așază în spatele autobuzului și pun pariu că, în ultimii zece ani, nu a mâncat jeleuri. E bărbat în toată regula, nu mai are nimic de flăcău în el. Aș zice că e cu câțiva ani mai mare decât mine, poate cu vreo cinci, și privirea îmi fuge fără să vreau la mâna lui, să văd dacă poartă sau a purtat recent verighetă. Îmi surprinde privirea și clatină ușor din cap în chip de răspuns la întrebare, apoi se uită la rândul lui la mâna mea stângă. Nu e acolo. Acum port verigheta de la Freddie la gât, o țin mereu aproape, chiar dacă nu pe deget. După câteva secunde de înfruntat privirea vikingului, clatin din cap pentru a-i spune că nu, nu mă așteaptă nimeni acasă. E destul de perspicace încât să-mi descifreze expresia complicată și se încruntă puțin, apoi încalcă una dintre regulile de căpătâi ale lui Kate și mă întreabă aproape inaudibil dacă sunt OK. Bunătatea lui neașteptată mișcă ceva în firidele cele mai adânci și mai întunecate ale sufletului meu; simt un fel de hârâit înecăcios al unui motor înțepenit, repus în funcțiune. Îmi ia câteva clipe să îmi dau seama ce e: scântei. Scântei înfricoșătoare și complet neașteptate.

– Trișorule, îi șoptesc, iar el râde, întorcând privirea.

O face într-un fel jenat și timid și atunci mă lovește conștiința faptului că e atrăgător. Doamne! Numărul șapte mi se pare atrăgător și nu știu ce dracului înseamnă asta. Nu îmi amintește de Freddie. Nu îmi amintește de nimeni. Dacă am putea sta de vorbă, i-aș spune că mă aflu aici doar ca să fim în număr par, că nu am o fișă de înscriere pe care să bifez ceva și că nu sunt în căutarea iubirii, tăcută sau cum o fi ea. Dar nu pot, așa că încerc să-i transmit toate astea prin priviri. Și apoi gata, expiră cele două minute. Pe chip i se citește o urmă de consternare și, chiar înainte să mă ridic, întinde mâna și îmi acoperă vârfurile degetelor cu ale lui.

– Eu sunt Kris, îmi spune, încălcând regulile din nou.

În toată agitația și hârșâitul de scaune scârțâitoare nu observă nimeni. Înghit în sec și, fără voia mea, spun „Lydia“.

Mă strânge foarte gentil de degete înainte să mă ridic și să plec.

– Mi-a părut bine să te cunosc, Lydia, îmi spune.

Sunt îngrozită și recunoscătoare că a venit momentul să mă mut la masa numărul opt. Slavă Domnului, îmi spun, așezându-mă în fața unui necunoscut al cărui tricou mulat și al cărui corp de halterofil nu au, din fericire, niciun efect asupra motorașului meu dogit și scânteietor. Se pare că nici eu nu am niciun efect asupra motorului lui, date fiind privirea fățișă de „ne-vedem-la-bar“ pe care i-o aruncă fetei care tocmai s-a ridicat de la masa lui. Întoarce privirea spre mine și rânjește, făcându-mă să-mi pară rău de tipul care se află acum în fața acelei fete. S-a scurs deja jumătate din timp și ea nu cred să-l fi privit nici măcar o dată. Mă deconectez mintal, însă, spre deosebire de numărul opt, am bunul-simț să mă prefac interesată. Amândoi suntem ușurați, când se termină.

L-aș putea săruta pe numărul nouă din pură recunoștință, pentru că ne apropiem de final și pentru că nu mai sunt nevoită să văd cum numărul opt se uită la altcineva, însă, mai presus de toate, pentru că e Ryan. Mă prăbușesc pe scaunul de la masa lui, iar el îmi aruncă o privire de „ce mama dracului cauți aici" cu dublu înțeles și se apleacă spre mine, pe jumătate râzând, nevenindu-i să-și creadă ochilor. Ridic neputincioasă din umeri, cu palmele îndreptate în sus. E ciudat pentru o secundă, însă apoi își trece încet mâna peste față și revine cu o expresie senină, bine ancorată. Mă liniștesc și eu după câteva clipe, gata să intru în joc, fac ochii mari și îl privesc fix în ochi, cu cea mai inexpresivă expresie. Face și Ryan la fel, însă pe urmă, expresia lui capătă o dimensiune profundă și îmi dau seama că se gândește la cât de greu trebuie să îmi fie să fac asta. Se încruntă înmărmurit; suferă pentru mine, e compătimitor și tot ce pot să fac e să-l țin strâns de mâini și să-l privesc fix, realizând brusc că sunt la o seară de *dating* și chiar am simțit ceva pentru cineva pe care de-abia l-am cunoscut. Ryan strânge din buze și îi citesc gândurile, ca și cum le-ar fi scris în aer cu artificii. E mândru de mine. Nu credea că mă ține să fac ceva de genul ăsta. Se uită la mine ca la o prințesă războinică și, când al doilea minut se apropie de sfârșit, mă strânge foarte tare de degete pentru a mă trimite pe calea triumfului. În clipa aceea, nu l-aș fi putut iubi mai mult nici dacă mi-ar fi fost frate. Vede că sunt gata să izbucnesc în lacrimi și îmi aruncă un „hai, dispari, plângăcioaso", ca să mă facă să râd. Funcționează; o rămășiță a prințesei războinice din mine mă poartă cu bine prin ultimele trei mese. Îi găsesc pe toți trei la fel de nememorabili. Aș putea să țin minte un singur necunoscut în seara asta. Numărul șapte. Kris. Trișorul. Vikingul.

Kate și echipa ei strâng și duc decorul înapoi în furgonetă la fel de rapid cum l-au și montat, iar Ryan și cu mine rămânem în parcare după ce le facem cu mâna și încuiem.

– Cum ți s-a părut? mă întreabă, desfăcându-și ochelarii atârnați de tricou și scoțând cheile și telefonul din buzunarul de la spate al blugilor.

– Mda, zic, ridicând din umeri. Cred că a mers bine. Foile de evaluare păreau destul de încărcate, oricum.

Kate și echipa ei au luat formularele cu ei ca să îi pună în contact pe cei compatibili. Am reușit să-mi arunc privirea pe câteva dintre ele în timp ce le strângeau. Unul era presărat cu bife făcute cu un marker verde fosforescent. Ce spune acel instrument de scris despre cel care-l întrebuințează, mă întreb...? Extrovertit, îi place să iasă în evidență? Disperat să primească atenție? Dezorganizat la modul nu-am-găsit-nimic-altceva-pe-fundul-genții?

– Organizează și discoteci fără cuvinte, spune Ryan.

– Mi-a povestit Kate.

Deschid portiera și arunc înăuntru un dosar pe care l-am luat cu mine ca să mai lucrez ceva de acasă.

– Nu știu ce să zic de ideea asta, spun, cu o mână sprijinită pe ușa mașinii. Pentru mine, muzica se reduce la a simți aceeași vibrație, a împărtăși același ritm.

Bine, asta a sunat mult mai hippy și mai puternic cu voce tare, decât în capul meu.

– Ai pus vreo bifă? îl întreb, trecând peste ultima replică.

Ryan își dă ochii peste cap, într-o expresie de nu-vine-mereu-ziua-după-noapte".

– Ăăm, da. Pe toate, în afară de numărul patru. Fata aia m-a speriat. Și-a dat jos ochelarii ca să se holbeze la mine și mi-a amintit de expresia mamei chiar înainte să mă bălăcărească.

Se întrerupe.

– Și nici pe tine nu te-am bifat, bineînțeles.

– Evident, zic sec.

Nu că aş fi vrut să o facă, doar că tonul vocii lui pare să spună că sunt de nebifat.

– N-am vrut să... începe, înrăutățind lucrurile.

Râd și îi dau pace.

– Știu ce ai vrut să spui. Eu am participat doar ca să iasă perechile la număr.

Deschide portiera mașinii lui.

– Așa ai făcut?

– Așa am făcut ce?

– Ai participat ca să iasă perechile?

I se aprind obrajii. Nu înțeleg de ce mă întreabă. Pentru o clipă îngrozitoare, am impresia că o să îmi declare șovăitor că e îndrăgostit de mine și intru în panică, deși știu că e ridicol.

– Pentru că, mai devreme, un tip de acolo m-a rugat să-ți dau asta.

În primul moment mă simt ca o fraieră, bucuroasă că nu m-am apucat să spun tâmpenii. Și apoi mă gândesc la ce a zis și la ce înseamnă asta și mă aprind la față uitându-mă la dosarul de carton din mâna lui Ryan. I-l smulg din mână ca și cum m-ar frige și îl îndes în geantă, mai mult ca să închei conversația decât ca să aflu ce e în el.

– Nu l-am citit, spune Ryan neconvingător.

Nici măcar nu e în stare să mă privească în ochi.

– Și nici eu nu o voi face, spun. Hai că am plecat!

Și, pentru că nu putem atinge cote mai înalte ale penibilului, mă urc în mașină și trântesc ușa. Îmi turez din greșeală motorul, furioasă pe mine. Ar fi trebuit să spun pur și simplu nu, atunci când m-a rugat Kate să intervin.

Cum îmi dispare primăria din câmpul vizual, mă abat intenționat din drum, luând-o spre un cartier rezidențial de-abia construit și opresc la marginea drumului. Casele identice din cărămidă roșie nu au fațade și sunt imaculate, urmând a fi personalizate cu câte o pereche de puieți de dafin de către însurăței visători sau cu perdele dantelate de către rezidenți băgăcioși, care-și pregătesc postul de supraveghere. Ochii mi se opresc pe un indicator care mă informează că mă aflu pe Wisteria Close[1] și mijesc ochii la tentativa îndrăzneață de a adăuga puțin luciu acestui sumbru colț uitat de lume. Cu toate astea, afișajul se laudă că mai sunt doar două case neocupate, e clar, deci, că aici lumea nu duce lipsă de speranță. Mă surpind dându-mi ochii peste cap, plină de cinism în fața unei cantități atât de mari de optimism. Dar mă eschivez. Aproape că simt un puls radiind din geanta de pe scaunul de alături, ca și cum bilețelul și-ar ține răsuflarea așteptând să fie deschis, ca să poată pune în mișcare un șir întreg de evenimente. Chiar și atunci când întind mâna și ating cu degetele muchia dosarului, iau în calcul varianta în care îl distrug fără să mă uit înăuntru. Aș putea chiar să deschid geamul și să fiu prima persoană care aruncă gunoi pe strada Wisteria Close, doar că nu sunt genul de om care să facă așa ceva. Mă înfurie oamenii care lasă nepăsători resturi în urma lor, mucuri de țigară îngropate în nisip la mare sau ambalaje de sendvișuri în parc. Așadar, spunându-mi că eu nu sunt genul ăsta de persoană, scot bilețelul din geantă și îl desfac pe volan.

Bună, Lydia,

Am observat că nu aveai formular de înscriere și o să mă hazardez să presupun că nu intenționai să participi la evenimentul din seara asta. Sincer, să știi că nici eu. Nu e genul meu de chestie, dar uite care-i ideea, încerc să fac lucruri ieșite din comun pentru că cele obișnuite nu au funcționat prea bine pentru mine în ultima vreme. În fine. Mă întrebam dacă aș putea să te scot la o cafea cândva sau la un ceai sau la o bălăceală-nud-în-chai-latte-vegan, dacă ăsta e genul de treabă care te coafează. Cred că bat câmpii și irosesc spațiul, așa că îți las numărul meu. M-aș bucura mult să te revăd.

Kris

[1] Denumire populară a unei plante înrudite și asemănătoare cu salcâmul japonez (n. tr.).

Scrisul lui cu cerneală albastră nu e nici neglijent, nici meticulos și nu conține nici zâmbete sau pupici desenați de care să mă sperii sau să-mi bat joc. E scurt, însă, citindu-l a doua oară, mai lent și atentă la nuanțele dintre rânduri, aflu câteva lucruri despre Kris. A trecut printr-o perioadă grea. Mă trezesc îndoindu-mă că i-a fost mai greu decât mi-a fost mie și mă simt prost. Ar trebui să mă învăț minte să nu mai fac astfel de presupuneri.

Așa că presupun că a trecut printr-o chestie dificilă, probabil de natură romantică, însă, mizând pe faptul că a venit singur la un eveniment de *dating*, aș zice că fie a reușit să-și păstreze încrederea de sine, fie e curajos, fie câte puțin din fiecare. Nu aș zice disperat, pentru că, în realitate, niciunul dintre cei care au participat în seara asta nu mi s-a părut deosebit de disperat. Și, ca ultimă precizare, nu pare să se ia prea în serios, dacă e să iau în calcul gluma cu bălăceala-nud-în-chai-latte-vegan. Asta e tot, dar, împreună cu scurta noastră întâlnire, e suficient cât să-i permită să-și strecoare fundul pe un scaun din anticamera vieții mele.

TREAZĂ

Vineri, 14 iunie

– Pe cât sunt de lungă, pe atât sunt de lată, mormăie Elle, trântindu-se la mine pe canapea. Acum va trebui să rămân aici până nasc. Nu pot să mă ridic.

– Arăți nemaipomenit, îi spun. Mama-Pământ, nu alta.

Fac cu arătătoarele și cu degetele mari niște mudra și afișez o atitudine rațională.

– Nemaipomenit de rotundă, pufnește ea. Mai am picioarele pe aici? Nu mi le-am mai văzut de o lună. Și e al dracului de cald!

Mă întorc cu spatele ca să deschid geamul și ca să nu vadă că râd. Elle nu e o gravidă radioasă și mândră. E una bosumflată și pretențioasă. Când ne-am văzut weekendul trecut acasă la mama, David mi-a mărturisit că e tot mai înspăimântat de ea; mi-a descris-o ca fiind ocazional Jekyll, însă de cele mai multe ori Hyde. Cu fiecare centimentru în plus în talie, îi testează limitele răbdării. Mama a încercat să-l consoleze pe David spunându-i că și pentru ea sarcina a avut un efect psihotic similar, însă apoi s-a apucat să-i povestească cum, în timpul unei contracții, i-a rupt tatei două degete. Cred că, dacă ar fi să retrăiască ziua în care m-a născut pe mine, singura diferență ar fi că i-ar rupe trei degete.

Sau patru. Sau ar merge până la capăt, i-ar suci brațul din încheietură cu totul și i-ar distruge șansele de a deveni vreodată un surfist cât de cât competent. În fine, ideea e că acum David trebuie să mai adauge și frica de accidentări în timpul nașterii pe lista lungă de griji legate de Elle și de copil. E genul care planifică lucrurile; chiar nu îi surâd situațiile pe care nu le poate controla cu ajutorul cifrelor și al listelor de limitare a daunelor.

– Ceai? întreb.

Elle își da bretonul negru din ochi cu dosul palmei.

– De parcă nu aș fi deja suficient de înfierbântată...

Îi arunc versul „Don't cha think your girlfriend looks hot like me?"[1], cu toate că știu că asta o va face să se încrunte și mai tare.

– Nu o să mai arăt niciodată trăsnet, se tânguie.

– Revino-ți, îi spun râzând. Apă cu gheață?

Elle ridică din umeri, acceptând fără tragere de inimă.

– Deși o să am nevoie la pișu imediat după aceea și nu o să fiu în stare să mă ridic de pe canapeaua asta nenorocită.

– Te ajut eu, spun și mă îndrept spre bucătărie.

Nu mi-a scăpat faptul că, de când a rămas însărcinată, rolurile noastre s-au inversat treptat-treptat. Anul trecut ea era cea care mă împiedica să-mi pierd mințile, iar anul acesta încerc să-i întorc favoarea. În primele luni de sarcină, i-am făcut constant plinul de biscuiți cu ghimbir, iar în ultima vreme am mereu cuburi de gheață în congelator, pentru că, indiferent de vreme, ei îi e mereu cald. Știu că și David apreciază lucrul ăsta, siguranța cifrelor, după cum mi-a șoptit sumbru cu vreo două săptămâni în urmă; în plus, jobul îi cere câteodată să plece de acasă și câte două zile la rând. În chip egoist, mie îmi umple timpul. Îmi convine că, în loc să iau cine nesfârșite de una singură sau să decid

[1] Vers dintr-o melodie a formației The Pussycat Dolls, care s-ar putea traduce prin: „Nu crezi că și prietena ta arată trăsnet, ca mine?" Mizează pe polisemia cuvântului „hot", care înseamnă atât fierbinte, cât și atrăgător (n. tr.).

cum să-mi petrec weekendurile, pot să-mi concetrez atenția pe altcineva. Nici nu realizasem cât de dependentă de Freddie ajunsesem să fiu. Numai acum, când sunt nevoită să iau singură până și cea mai mică decizie epuizantă, îmi dau seama cât de ușor e să ai pe cineva cu care să împarți responsabilitățile unei zile, chit că nu trebuie decât să te hotărăști asupra mâncării de la cină. Deși, de fapt, ăsta era genul de decizie pe care o luam eu pentru amândoi. Însă, de când nu mai am cu cine să mă consult sau pentru cine să gătesc, alegerea a devenit atât de plictisitoare, încât uneori nici nu mă mai obosesc și mănânc pâine prăjită. Sau beau un pahar de vin. Lucrez la asta.

– Ce-i asta?

Mă întorc când aud în spatele meu vocea lui Elle. Nu am auzit-o când a intrat din living și nici nu m-am gândit să ascund bilețelul de la Kris, care stă în spatele ceștilor de pe bufetul din bucătărie și în legătură cu care nu am făcut nimic de când ne-am cunoscut, la evenimentul de *dating* în liniște. Nu știu ce să fac cu el, sinceră să fiu. Am încercat să-l arunc la gunoi, dar nu m-am îndurat să-i dau drumul printre sticle și cutii goale de conserve și, pentru că nu reușeam să-mi dau seama, l-am îndesat în spatele chestiilor de pe bufet și l-am lăsat să-și facă veacul acolo. Se pare că nu a fost un plan bun, pentru că a hotărât că ar fi bine să alunece și să se întindă cu fața în sus pe blat, în văzul tuturor. Sau, mai precis, în văzul lui Elle.

– Cine-i Kris?

Nu mă clintesc și mă holbez la ea, în aerul înghețat al congelatorului larg deschis. Dar obrajii îmi sunt în continuare fierbinți.

– Nimeni, zic, hotărându-mă să îi spun cât mai puține cu putință.

– Oh, nu! exclamă, citind în continuare bilețelul. E cineva care ar vrea să te invite la o cafea.

Pun paharul pentru Elle pe masă și închid congelatorul, trăgând de timp.

– Nu am făcut nimic greșit, izbucnesc.

Elle ia loc și își trage paharul cu apă mai aproape.

– Așază-te puțin, Lyd, îmi spune.

Nu vreau să mă așez și nici să vorbesc despre bilețel nu vreau, dar fac ce îmi cere, pentru că are o strălucire metalică în ochi și își mângâie protuberanța într-un fel amenințător.

– Povestește-mi, îmi cere ferm.

Mă foiesc, de parcă aș fi fost reținută de profesoară după ore ca să dau socoteală pentru un bilețel trimis în timpul orei. Clipesc prea repede, apoi las să-mi scape un oftat ușor și prelung.

– E doar un tip de la un eveniment de *dating* în liniște.

Luată prin surprindere, Elle face ochii mari.

– Ai fost la un eveniment de *dating*? Când? Unde?

Îmi dau exasperată ochii peste cap.

– Normal că n-am făcut asta. A fost ceva organizat la primărie. Eu doar îmi făceam datoria, Elle, asta e tot. Nu aveam de gând să particip, dar apoi o femeie s-a retras în ultimul minut, la propriu, și cineva a trebuit să-i țină locul. Au avut de ales între mine și... mine. Nu am avut nimic de spus în toată treaba și, în mod cert, nu m-am simțit bine.

Nu intenționasem să ridic tonul, dar se pare că am făcut-o.

– Nu face asta, spune Elle, privindu-mă cu seriozitate.

– Ce să nu fac? Nu am făcut nimic. Nu am făcut decât să mă așez și să mă uit la fiecare timp de două minute stupide, să mă plimb prin încăpere conform instrucțiunilor și cu asta, basta.

– Nu la asta mă refeream, toanto, spune, și pot vedea sclipirea lacrimilor nevărsate atunci când ridică privirea în tavan, clătinând din cap.

– Nu spui la nimeni? o rog, simțindu-mă ca ultima trădătoare. Mai ales mamei să nu-i spui.

Elle își suge obrajii, exasperată.

– Doamne, Dumnezeule, Lydia, nu sunt supărată pe tine, nu te judec și nici nu gândesc lucruri nasoale despre tine, dacă așa aveai impresia.

A pus degetul pe rană, normal. Grozav, cred că o să încep să plâng.

– Știi că nu aș fi participat la evenimentul din seara aia dacă mai era Freddie, nu-i așa?

Se întinde să mă ia de mână, în timp ce lacrimile îi șiroiesc pe obraji.

– Și tu știi că nici nu era nevoie să mă mai întrebi. Dar, în realitate, el nu mai este aici, iar tu ești prea tânără ca să fii mereu de una singură. Ne facem griji pentru tine.

– Nu sunt de una singură, spun, înghițind în sec. Te am pe tine, o am pe mama, în curând o să fie și copilul. Și sunt ocupată cu serviciul, făcând... chestii...

Nu mai termin, pentru că îmi dau seama cât de jalnic sună. Mai am și alți prieteni, bineînțeles, însă Elle a jucat mereu mult prea bine rolul celei mai bune prietene, așa că nu am mai avut nevoie de altcineva; dacă nu eram cu ea, atunci eram cu Freddie. Viața mea era umplută până la refuz de un cerc restrâns de oameni; nu am anticipat niciodată că va veni o vreme când Freddie nu va mai fi, că Elle va fi pe cale să-și întemeieze o familie, iar eu o să mă fâțâi prin casa pustie, bând vin pe post de cină.

– Știi ce vreau să spun, zice Elle. De ceva vreme am vrut să aduc vorba despre asta și nu am știut cum. Știi că toți l-am adorat pe Freddie, însă nici tot dorul din lume nu o să-l aducă înapoi.

Dau aprobator din cap și mă șterg la ochi, dorindu-mi să-i pot spune că, de fapt, există o cale de a-l aduce înapoi și cât de nemaipomenit e să te strecori într-o altă realitate. O văd cum depune eforturi, poate că își pune ordine în gânduri ca să extragă fraza cea mai potrivită.

– Deci, eu și David, de fapt și mama, ne gândeam că poate că ar fi o idee bună să îți lărgești puțin cercul.

Se crispează puțin când termină, își dezvelește ușor dinții, umerii i se ridică, pregătindu-se pentru răspunsul meu.

– Să-mi lărgesc cercul? repet încet propoziția.

Apoi îmi pică fisa, rece ca o perfuzie cu soluție salină, care îmi pătrunde în fluxul sangvin.

– Aha, înțeleg. Credeți cu toții că mă bazez prea mult pe voi.

Elle pare să rămână fără aer.

– Ce? Nu, în niciun caz, Lydia. Doamne, nu!

Nu mai ascult ca lumea, pentru că tot ce reușesc să aud e că le răpesc prea mult timp din viață, că ea și cu David vor să revină la viața lor de dinainte, când erau doar ei doi, sau trei, și că mama a obosit să-și tot facă griji din cauza mea. Au toți nevoie să-și recapete normalitatea, ceea ce se traduce prin faptul că eu trebuie să găsesc alți oameni cu care să-mi petrec timpul și alte locuri în care să merg din când în când. Bine. OK. Mă ridic brusc de la masă și pun ibricul pe foc, jucându-mă cu ceștile ca să-mi fac de lucru.

– Ceai?

– Nu vreau ceai și nu cred că te bazezi prea mult pe noi, spune pe un ton scăzut și ferm. Nu aș spune niciodată așa ceva și o știi foarte bine.

Mă întorc spre ea, sprijinindu-mă de bufet.

– E în ordine, zic arțăgoasă, nereușind să-mi revin din supărare. Oricum ai dreptate. O să fii ocupată după ce se naște copilul și mama e cu Stef ăsta acum, așa că... continui eu, ridicând din umeri.

Stefan sau Stef e un tip cu care lucrează mama. În ultimele luni, l-a pomenit de mai multe ori în discuții. Stef a spus cutare, Stef a făcut cutare. Și apoi, acum două săptămâni, când am trecut neanunțată pe la ea după muncă, Stef mânca macaroane cu brânză în bucătărie, iar pe fața mamei se citea o panică vineție, de parcă i-aș fi surprins în pat, nu luând cina și uitându-se la *The Chase*. Când m-am ridicat să plec, m-a însoțit până la ușă, mormăind că sunt doar prieteni, el a trecut să se uite la laptopul ei, fiindcă se defectase, iar ea pregătise prea multă mâncare, așa că i-a oferit și lui o porție. Măcar atât putea face și ea, dacă ținem cont că a scăpat-o de o cheltuială piperată. Am vrut să-i spun că nu e nevoie să se justifice în fața mea, că nu pot decât să mă bucur la gândul că e posibil să-și fi găsit pe cineva. Elle și cu mine ne-am petrecut bună parte din adolescență și din viața de adult încercând să o împingem către ceva romantic. Însă trebuie să recunosc că mi se pare că nu și-a ales cel mai potrivit moment. E egoist din partea mea, nu-i așa? Și, sincer, nu aș vrea să rateze o șansă care s-ar putea să nu se mai ivească niciodată. Doar că... mă simt mai singură ca niciodată.

– Și cum ți s-a părut? mă întreabă Elle, bătând darabana cu unghia pe bilețel. Kris ăsta.

Mă bucur că a hotărât să îmi ignore ostilitatea.

– Nu prea mi-l mai amintesc, spun degajată.

E și nu e adevărat.

– Părea destul de în regulă.

Ea dă din cap și înghite în sec.

– Atrăgător?

Mă încrunt. Ridic din umeri. Mint.

– Normal.

– Asta nu-mi spune nimic, zice sarcastic. O să-l suni?

Clatin din cap.

– Nu cred.

Din fericire, Elle nu insistă să-i dau mai multe detalii.

– Nimeni nu va mai fi ca Freddie, dar asta nu înseamnă că nu vei mai fi niciodată fericită, surioară.

– Mda.

Nu-i spun că mai tare mă sperie gândul că, la un moment dat, cineva m-ar putea face din nou fericită. Poate că nu-mi mai amintesc în detaliu trăsăturile feței lui Kris, dar îmi amintesc sentimentele pe care le-a stârnit în mine și, în acele momente, nu m-am gândit deloc la Freddie Hunter.

– Părea OK, sinceră să fiu. Nu prea se lua în serios.

Ochii i se aprind de speranță, dar încearcă să nu se dea de gol.

– Cu siguranță că nu poate ieși nimic serios dintr-o cafea.

– Așa crezi tu. Aș putea să o vărs pe mine și să mă aleg cu arsuri de gradul trei.

Zâmbește, recunoscătoare pentru gluma mea prostească.

– Sau v-ați putea simți foarte bine.

– O să mă mai gândesc, spun, nedorind să promit nimic.

– Nu lăsa să treacă prea mult timp. Pare drăguț.

Iau bilețelul și îl îndoi.

– Nu mai insista cu asta. Și, vorbesc serios, pentru numele lui Dumnezeu, să nu-i spui mamei!

– Am promis că nu-i spun, mărturisește, apoi se uită cu dezgust la paharul cu apă. Deja s-a topit nenorocita de gheață.

Ah, iar începe.

Am impresia că telefonul îmi frige palma. Elle a plecat cu o jumătate de oră în urmă, iar eu stau în continuare la masa din bucătărie, cu bilețelul de la Kris în față și cu telefonul în mână, încercând să mă hotărăsc dacă sunt suficient de curajoasă să-i trimit un mesaj. Sau măcar dacă asta e ce îmi doresc. O fac doar ca să-i fiu lui Elle pe plac? Probabil că nu, dat fiind că am păstrat bilețelul. Păi, și ce ar trebui să-i scriu? Îl recitesc, simțind că mă trec toate căldurile. Nu i-am adăugat numărul la contacte, așa că pot să deschid un mesaj nou și să scriu ceva fără să mă tem că aș putea să-l trimit din greșeală.

Bună, Kris, sunt Lydia, mă mai ții minte de la seara de *dating*?

Pufnesc și îl șterg. Câte Lydia ar putea să cunoască? Și dacă deja m-a uitat, poate c-ar trebui să nu mă mai obosesc.

Hei, tu

Doamne, nu, e groaznic.

Hai salut

Drace! Cât de greu poate fi?

Bună, Kris, mă gândeam să dau curs invitației tale la o bălăceală-nud-în-chai-latte-vegan, dacă mai e valabilă oferta. Lydia (de la chestia de *dating*).

Mai mult de atât nu cred că pot. E concis, e haios, îmi poate răspunde cu da sau ba. Scriu numărul lui și i-l trimit înainte să apuc să dau înapoi. Apoi îmi pun capul pe masă și gem. Nu îi ia mult să răspundă, cel mult zece minute. Apreciez viteza, asta îmi spune că nu e genul care se joacă de amorul artei.

Bună, Lydia, mă bucur că mi-ai scris. Eu lucrez de acasă, deci sunt destul de liber. Spune-mi unde și când și voi fi acolo. K

ÎN SOMN

Luni, 17 iunie

– Mai are de stat la muncă, spune Jonah, așezându-mi o ceașcă de cafea în față, pe măsuță.

– Ți-a scris acum? întreb.

El aprobă din cap.

– A zis să începem fără el.

Îmi dau ochii peste cap, atât din cauză că Freddie întârzie, cât și pentru c-a ales varianta mai ușoară, aceea de a-l pune pe Jonah să îmi spună. E trecut de ora opt seara, dă-o-ncolo! Să începem fără el înseamnă că nu mai ajunge. Mă scoate din sărite. Ziua de azi era însemnată în calendarul din bucătărie de săptămâni bune, trebuia să ne vedem acasă la Jonah să stabilim cum facem cu muzica pentru nuntă. Mă bucur că nu s-a mutat încă cu Dee. Ar fi trebuit să facă asta în urmă cu câteva săptămâni, dar proprietara lui mai că nu l-a implorat să mai rămână vreo două luni în plus, până găsește un nou chiriaș. E tipic pentru Jonah să își amâne planurile pentru altcineva; proprietara lui e o femeie în vârstă, care mai răsare uneori din apartamentul ei de la demisol ca să-l asculte pe Jonah cântând.

Eu nu am fost de multe ori pe aici, Jonah s-a simțit întotdeauna ca acasă la noi în living. E un spațiu reprezentativ pentru el; nu foarte aglomerat de obiecte, cu un perete acoperit de cărți și de viniluri și cu un pian sub fereastra mare de la parter. E odihnitor. Sau așa ar trebui să fie, dacă nu aș fi ofticată pe Freddie că mi-a pasat încă un detaliu care ține de organizarea nunții.

– Ce mai face Dee? îl întreb, ca să schimb subiectul.

– Bine. Deja a început să facă planuri pentru petrecerea burlăcițelor.

– Vreau să știu?

Rânjește și clatină din cap.

– Am jurat să păstrez secretul.

Nu știu cum să o iau, așa că nu insist.

– Așa, deci, în materie de muzică, nimic cu tentă religioasă, spun. E o ceremonie laică.

– Bine, spune Jonah, cercetând peretele cu discuri, cu ceașca de cafea în mână.

E desculț și poartă un tricou obosit cu Rolling Stones, ca un rockstar ieșit la pensie.

– Tradițional sau...?

Clatin din cap.

– Nu, ceva mai personal. În niciun caz „ia-ți mireasă ziua bună“ sau ceva de genul ăsta.

Jonah lasă ceașca pe pervazul jos și se așază la pian să dea gata câteva acorduri dintr-un marș nupțial.

Îmi strâng picioarele sub mine pe canapeaua dintr-un material ciocolatiu-deschis cu dungi albe și suspin.

– Nu face asta, mă neliniștește.

Jonah râde și trece lin la „Somewhere Over the Rainbow“, ridicând întrebător din sprâncene. Mă afund în profunzimile ceștii de cafea, surprinsă de emoție pentru că e ceva dureros de nimerit la cântecul ăsta. Prea nimerit, deci clatin din cap.

– The Beach Boys? mă întreabă.

– Nu cred că știu ce cântă.

Când vine vorba de muzică, Jonah chiar ar fi trebuit să trăiască în anii șaizeci. E înnebunit după Elvis și Rolling Stones, însă mereu se întoarce la The Beatles.

– Sigur o știi pe asta! spune, cântând primele acorduri ale unei piese pe care o recunosc imediat.

– Da, chiar o știu, spun, întinzându-mă să-mi iau carnețelul și pixul ca să o notez. Îmi place. Cum îi zice?

– „God Only Knows“, spune Jonah.

Mi se prăbușesc umerii.

– Nu vreau nimic legat de Dumnezeu.

– Păi, nu cred că e, spune Jonah, nu sunt însă sigur.

– Ce zici de ceva de la Beatles? mă întreabă.

Nu cred să existe vreo ocazie pentru care Jonah să nu creadă că The Beatles sunt cea mai bună alegere.

– „Help“? glumesc eu.

Începe melodia cu un singur deget, ținând încă, în cealaltă mână, ceașca de cafea.

Nu există loc în care să se simtă mai în largul lui.

– Poate că nu e tocmai potrivită, zice. „All You Need Is Love“?

Pune cana jos și cântă introul extrem de frumos, dar eu văd numai scena nunții din *Love Actually*.

– Nu vreau nimic care să-i amintească lui Freddie de Keira Knightley în ziua nunții, spun râzând.

Jonah rânjește la rândul lui, cunoscând slăbiciunea lui Freddie.

– Mi se pare corect, ridică el din umeri.

– O, Doamne, dacă nu găsim nimic? spun, prinzându-mi părul într-un coc în vârful capului.

Jonah își mușcă interiorul buzei de jos.

– Pot să încerc ceva?

Aprob din cap, recunoscătoare pentru orice sugestie.

Cântă câteva acorduri din ceva și se oprește, își scutură mâinile și reia. Cred că e tot ceva de Beatles, o melodie pe care am impresia că o știu, însă nu foarte bine, așa că ascult cu atenție versurile. Cântă despre stele strălucitoare pe cerul întunecat și despre o dragoste nemuritoare și mie îmi dau lacrimile, pentru că e perfect.

– E genială, spun la final.

El încuviințează din cap.

– E și una dintre preferatele mele.

Iau carnețelul și trec în capul listei „And I Love Her“.

TREAZĂ

20 iunie

– Ce mă bucur să te văd! spune Dee, ridicându-se și dându-mi un pupic pe obraz. Îți mulțumesc că ai venit, mă gândeam că ar putea să ți se pară un pic ciudat.

Îmi zâmbește, mă privește circumspect și îmi aruncă o privire ezitantă pe sub gene. Suntem într-o cafenea, nu departe de unde lucrez. M-a luat pe nepregătite e-mailul ei de azi-dimineață, în care mă întreba dacă ne putem vedea să luăm prânzul împreună; ne-am mai întâlnit noi de câteva ori, când era cu Jonah, dar n-aș putea spune că am ajuns să legăm deja o prietenie din aia în care să ieșim la taclale. Cu toate astea, iată-ne. Ridic mâna în semn de salut când o zăresc la o masă din colț și îmi comand cafea, ea se ridică și mă pupă repede pe obraz înainte să mă așez pe scaunul din fața ei.

– Cum îți merge? o întreb.

– OK.

Începe să se joace cu mânerul ceștii.

– Am fost ocupată la serviciu.

Zâmbesc atunci când băiatul din spatele tejghelei îmi așază cafeaua în față, căutând subiecte de conversație. Nu mi-e ușor să stau de vorbă cu Dee fără să fie și Jonah de față.

– Bănuiesc că te întrebi de ce ți-am propus să ieșim? spune.

Apreciez sinceritatea.

– Puțin, admit, dar nu mă pot abține să nu adaug politicos, cu toate că mă bucur să mai stăm de vorbă, firește.

Cât de britanic din partea mea; de-abia dacă reușesc să-mi rețin niște remarci despre vremea glorioasă de afară.

Dee e îmbrăcată într-un maiou galben-pai și în colanți negri și are părul bine prins la spate într-o coadă de cal. Are atitudinea cuiva care e mereu în drum spre sală; la un bal mascal cu ținute elegante și cu tematică Spice Girls, ea sigur ar fi Sporty.

– Trebuie să-ți cer un sfat. De fapt, am nevoie de ajutorul tău, reformulează. În legătură cu Jonah.

Mă cuprinde teama.

– E OK?

Încuviințează din cap, apoi ridică neliniștită din umeri.

– Da și nu. Chiar îmi fac griji pentru el, Lydia. Nu vrea să vorbească cu mine despre accident, tace mâlc de câte ori pomenesc numele lui Freddie.

Ridic ochii spre ea, o privesc cum își învârte pe degete elasticul de păr și cum își mușcă buza într-o parte. Probabil că i-a trebuit ceva curaj ca să mă invite astăzi aici.

– Eu nu l-am cunoscut pe Freddie, îmi zice. Adică, știu că erau cei mai buni prieteni, normal, și știu parțial ce s-a întâmplat, dar mai departe sunt complet în ceață. Nici măcar o poză cu el nu am văzut. Îți vine să crezi?

Pentru mine e o noutate faptul că Jonah e așa de secretos cu Dee. Mereu a fost vorbăreț, mult mai vorbăreț decât Freddie, dar acum, că stau să mă gândesc, nici noi nu prea vorbim despre accident. Eu, una, nu-mi doresc în mod deosebit să îmi amintesc, așa că nu am băgat de seamă reținerea lui. Am fost de față la mărturia lui dureroasă din timpul anchetei și apoi nu a mai adus vorba despre asta până când adevărul greu de digerat a ieșit la suprafață în timpul workshop-ului despre suferință. Vorbim des despre Freddie, dar despre accident în sine? Mai puțin.

Scotocesc prin geantă după telefon și caut în el până găsesc o poză cu Freddie și cu Jonah. Nu îmi ia mult, am o grămadă. Dee studiază ecranul telefonului meu.

– Uau! spune după o vreme. Nu e deloc așa cum mi-l imaginam.

– Nu?

Nu îmi dau seama la ce se referă.

– Mă așteptam să arate ca doi frați, cred, spune ea, apoi zâmbește și îmi dă telefonul înapoi.

– Era foarte chipeș. Cred că ți-e îngrozitor de dor de el.

Ce să răspund la asta? Au trecut șaisprezece luni de când a murit și, da, în fiecare zi mi-e dor de el? Normal că mi-e dor de el, dar uneori ne vedem pe ascuns într-un univers paralel, lucru care reduce considerabil durerea pe care o resimt? Da, dar încerc să îmi văd de viața de zi cu zi, de fapt, chiar am stabilit să ies în curând la o întâlnire cu un tip pe care l-am cunoscut la un eveniment de *speed dating* în liniște? Toate cele de mai sus sunt adevărate, însă nu cred că Dee a venit aici ca să vorbim despre mine, așa că dau aprobator din cap și îi arunc un zâmbet timid și încordat.

– Poate că n-ai zice că sunt frați după înfățișare, însă așa se purtau. Jonah și-a petrecut mare parte din anii adolescenței pe la Freddie pe acasă.

Nu-i îi spun și că acasă Jonah nu ducea o viață ideală; probabil că îi cunoaște deja trecutul și, dacă nu, nu e treaba mea să o aduc la zi. Maggie, mama lui Freddie, mi-a spus că, atunci când a împlinit zece ani, i-a dat de ziua lui o bicicletă BMX de la ei din magazie și că ăsta a fost singurul cadou pe care l-a primit în anul acela. Nu și-a dat seama că nu știe să meargă pe bicicletă decât când, în mândria lui de copil inconștient, și-a trecut piciorul peste bară și a avut o tentativă de a pedala. L-a adunat de pe jos, i-a spălat sângele de pe umăr și, în următoarele două săptămâni, l-a ținut de șa până a învățat să pedaleze în intimitatea curții din spatele casei lor. Probabil că nu e genul de poveste de care Jonah își aduce aminte cu plăcere și nu cred că ar aprecia dacă i-aș spune-o lui Dee.

– Cred că s-ar putea să aibă nevoie de o schimbare de peisaj, spune Dee.

Își mușcă din nou buza, nervoasă.

– O vacanță? îi sugerez. Ei, dacă vrei să-i faci o surpriză, să nu alegi un loc prea călduros, pentru că nu prea e genul de băiat de șezlong. Italia, poate? Un loc cu multă istorie, sigur i-ar plăcea.

Nu pare să se simtă în largul ei.

– Mă gândeam ceva pe termen mai lung, spune. Mama s-a mutat în Țara Galilor acum vreo doi ani și e așa de frumos la ea acolo, chiar e o țară de bătut cu piciorul.

– Țara Galilor? zic alarmată.

Știu că Dee are rude acolo, ea și Jonah au fost în vizită de Crăciun, dar ce înțelege prin termen lung? Nu vrea să-i propună să se mute acolo, nu?

Dee cuprinde cana în palme și oftează.

– Ai văzut ce cearcăne are? Nu doarme prea bine, nu vrea să se atingă de pian, a reglat și radioul pe un post din ăla cu discuții de căcat, numai ca să evite să asculte muzică în mașină. Pot să număr pe degete de câte ori l-am auzit râzând cu poftă, zici că se surprinde singur în flagrant delict și se simte vinovat.

Nu aud decât pe jumătate ce-mi spune, pentru că mintea mea se luptă să treacă peste gândul că Jonah s-ar putea muta în Țara Galilor. Poate că orașul ăsta nu înseamnă mare lucru pentru Dee, dar aici e casa lui Jonah. El și cu Freddie s-au împrietenit pe străzile de aici, în barurile de aici. Aici e ADN-ul adolescenței lor, al întregii noastre vieți. Sunt suficient de mare și de matură încât să înțeleg că lucrurile nu pot rămâne mereu la fel, însă deja s-au schimbat atâtea lucruri, iar latura mea egoistă își dorește ca ce mai e să rămână neschimbat.

– Nu știu, Dee. Măcar aici e înconjurat de oameni și de lucruri cunoscute. Poate că de asta are nevoie acum.

– Sau poate că i-ar fi mai ușor să meargă mai departe, într-un alt loc, mă contrazice ea, apoi ridică din umeri. Nu știu, sincer nu știu. Știu doar că e nefericit și nu o să-și revină dacă nu schimbă ceva.

Beau puțină cafea și reflectez asupra spuselor ei.

– Nu poți să repari suferința, e nevoie de timp. Doctorul meu mi-a spus că trebuie traversată în mod conștient ca să ieși la liman.

Ne privim.

– Ei bine, asta sună a vrăjeală ieftină.

Pufnim amândouă în râs și ăsta pare a fi singurul moment în care am reușit să stabilim o conexiune adevărată.

– Vrei să vorbești cu el? mă întreabă în cele din urmă, jucându-și cartea. Despre Țara Galilor?

Mă părăsește orice urmă de umor. Nu mă văd prea des cu Jonah în ultima vreme; dintr-un accesoriu permanent al canapelei mele a devenit un trecător care apare din an în Paște, dar am o anume siguranță știindu-l aproape în caz de ceva. Posibilitatea ca el să dispară cu totul din viața mea mă aduce la disperare, dar dacă Dee are dreptate? Dacă aerul proaspăt din Țara Galilor îi va spulbera petele vinețiii de sub ochi? Dacă umbrele de aici sunt prea lungi și nu îi mai dau voie să vadă niciodată lumina?

– Dă-mi voie să mă gândesc, îi spun.

E tot ce îi pot oferi.

TREAZĂ

Vineri, 28 iunie

Pe o scară a regretului de la unu la zece, ezit între opt și nouăzeci și șase și emoțiile nu mă ajută deloc să iau micul dejun liniștită. Nu am spus nimănui că mă întâlnesc azi cu Kris și am pierdut șirul dăților în care am luat telefonul în mână ca să anulez. Încerc să mă educ să nu privesc ieșirea asta ca pe o întâlnire romantică; poate fi orice îmi doresc eu să fie, așa că o încadrez la categoria ieșire relaxată la un pahar cu un prieten după muncă. Deși Kris nu mi-e propriu-zis prieten, pentru că l-am întâlnit o singură dată, timp de câteva minute intense. Ne-am trimis mesaje destul de des de atunci; mi-a trimis o poză cu coasta, făcută de sus, de pe acoperișul unei clădiri proiectate de el, eu i-am trimis o imagine cu cina făcută scrum atunci când m-a întrebat dacă îmi place să gătesc. Totul a fost foarte lejer și de suprafață din partea amândurora și ăsta este singurul motiv pentru care nu i-am trimis niciunul dintre diferitele mesaje de anulare pe care le-am compus. Ei bine, nu chiar singurul motiv. Presupun că am impresia că dacă reușesc să trec peste un *date* sau o „ieșire relaxată la un pahar cu un prieten" înseamnă că am mai trecut peste un hop. Sau, cel puțin, l-am depășit șontâc-șontâc, făcând bătături adânci. Încerc să nu despic firul în patru, dar sunt suficient de sinceră cu mine încât să știu că nu vreau să-mi petrec restul zilelor uitându-mă la un fotoliu gol. Mă uit acum la el, fotoliul albastru pe care nu prea stăteam, pentru că, de fapt și de drept, era al lui Freddie. Acum, tot foarte rar mă așez pe el, și nu pentru că aș fi extrem de necăjită, dar mă simt cumva aiurea. Poate din cauză că pernele au luat forma fundului lui. La TV, Pierce Morgan tocmai desființează gratuit un grup de vegetarieni, așa că mă ridic să iau telecomanda ca să-i închid gura și, când schimb canalul, dau peste o reclamă de prost gust la cafeaua PodGods. Îmi recapăt suflul, apoi clatin din cap și pufnesc, pentru că sunt convinsă că Freddie ar fi făcut o treabă mult mai ingenioasă. Închid televizorul și rămân în mijlocul încăperii și, din reflex, mă așez pe scaunul lui Freddie să termin de ronțăit pâinea prăjită. Mă cocoț pe el. Și mă fâțâi. Îmi impun să stau un minut, maxim două, înainte să mă ridic și să mă postez în fața șemineului, descumpănită. Acum câteva săptămâni, mi-am făcut capriciul de a cumpăra câteva pernuțe de pus pe canapea, colorate și brodate, așa că iau una și o potrivesc pe fotoliul lui Freddie. Funcționează. Nu am dubii că Freddie ar fi detestat pernuțele și mi-e clar că nu le-ar fi acceptat la el pe fotoliu. Îndesându-mi ultima bucată de pâine prăjită în gură, pun pernuțele la locul lor și mă duc în bucătărie să-mi pregătesc prânzul.

Am parcurs o jumătate din distanța până la stația de autobuz, când îmi dau seama că mi-am lăsat telefonul pe măsuța de cafea. Ezit, nehotărâtă din cauză că nu vreau să întârzii și nu cunosc prea bine orarul autobuzelor, pentru că nu merg cu autobuzul decât ocazional, în zilele în care sunt șanse să ies în oraș după muncă. Dar nici nu aș vrea să nu am telefonul la mine azi, în caz că mă hotărăsc să anulez ieșirea amicală cu Kris. Sau s-ar putea să o anuleze el, ceea ce, sincer, ar fi o ușurare, iar eu nu aș ști că am scăpat pentru că telefonul meu e acasă. Cumpănind lucrurile, ajung la concluzia că singurul lucru mai nasol decât să mă văd cu Kris ar fi ca el să îmi tragă țeapă, așa că dau fuga înapoi să-mi iau telefonul. Ajunsă în living, îl bag în buzunar și apoi, înainte să apuc să mă răzgândesc, mut din nou pernuța colorată pe fotoliul lui Freddie.

Degetele îmi zăbovesc pe spătarul fotoliului, cerându-și parcă scuze, însă tot acolo o las și fug să prind autobuzul.

Știți zilele alea care parcă nu se mai termină? Astăzi, la muncă, nu a fost genul ăla de zi, zici că am trecut printr-o ușă rotativă și dusă a fost, iar acum îmi târăsc sandalele Birkenstock înspre cafeneaua unde am stabilit să mă văd cu Kris. Nu prea știam cum să mă îmbrac; blugii ar fi dat impresia că nu am depus niciun efort, așa că sper ca rochia mea de plajă albastru cu alb să dea un aer degajat ținutei mele de vară. Părul meu și-a început ziua într-o coadă de cal, s-a desprins pe la prânz și acum e un coc ciufulit, pentru că e prea cald ca să mi-l las pe spate. Doamne, o ieșire relaxată nu ar trebui să fie ca un teren minat, nu-i așa? Probabil că nu sunt nici pe departe pregătită să ies la întâlniri; mă enervează din capul locului faptul că am ajuns în ipostaza asta, așa că încep să scormonesc din mers în geantă, în căutarea telefonului. O fi prea târziu să contramandez? Știu răspunsul: da, e prea târziu, ar fi trebuit să fiu acolo acum cinci minute. Aha, uite-l! Verific ecranul; niciun mesaj de anulare. Chiar zăresc cafeneaua în momentul în care degetele mari îmi planează deasupra telefonului, gata să înceapă să scrie, iar apoi îl dibuiesc pe Kris venind spre mine. Fir-ar, acum nu mai am cum să contramandez, ar fi nepoliticos. Și, de fapt, văzându-l, îmi amintesc ce m-a atras la el în primă instanță. E îmbrăcat în niște blugi negri și un tricou și, când intră pe ușa cafenelei, își scoate ochelarii de soare și și-i atârnă la gât. Nu știu cum se face că mișcarea asta degajată mă calmează; cred că în mintea mea îmi închipuiam un necunoscut înfricoșător, când, de fapt, nu e decât un tip obișnuit. Pot să beau o cafea cu un tip obișnuit, nu-i așa? Îmi bag telefonul la loc în geantă și îmi dau după ureche o șuviță rebelă, pornindu-mă să intru în cafenea. Nu pot s-o fac. E doar o ieșire cu un prieten după muncă.

E superb de răcoare înăuntru și, deși mai sunt câțiva oameni care beau un pahar la sfârșit de program, îl zăresc cu ușurință pe Kris la o masă din colț. Ridică o mână când mă zărește și îi citesc ușurarea pe chip în timp ce mă îndrept spre el.

– Bună! îi spun.

Se ridică să mă întâmpine, amintindu-mi cât e de înalt. Trecem printr-un moment penibil în care nu știm dacă să ne îmbrățișăm, apoi, o secundă oribilă, suntem cât pe ce să dăm mâna și apoi râde și îmi dă un pupic pe obraz, lăsându-și mâna pe umărul meu gol.

– Ai venit, spune, apoi se așază. Am comandat o cafea simplă, e OK? Dacă vrei, putem să luăm altceva... Cred că au autorizație să vândă vin, dacă ești amatoare?

Îmi arată cafetiera și cele două cești de pe masă.

– Cafeaua e în regulă, zic, zâmbind în timp ce umple el ceștile.

Probabil că e mai bine să-mi păsuiesc puțin ficatul.

– Ai mai fost aici? mă întreabă.

Dau din cap că da.

– Câteodată, după muncă, la zile de naștere, petreceri de rămas-bun, știi cum e.

E un loc drăguț, un fost hambar de cereale modernizat în mod plăcut, cu lemnăria la vedere și cu dușumelele șlefuite. Deschid destul de târziu și servesc mâncare nepretențioasă, o diferență bine-venită față de celelalte restaurante.

– Se aglomerează destul de tare pe seară.

Uau, ce plicticoasă sunt!

– Așa, spune, lăsând jos ceașca de cafea, ce zici, ne holbăm unul la altul în tăcere câteva minute, ca să nu stricăm tradiția?

– Te deranjează dacă nu o facem? spun râzând și, acum, că gheața a fost spartă, mă întind după ceașca de cafea. Doamne, ce seară bizară a fost și aia, nu crezi?

Pare amuzat.

– O nebunie! Nici nu știu de ce am făcut-o, sincer să fiu.

– Ei bine, eu știu de ce am făcut-o, vorbește gura fără mine. Lucrez la primărie și m-au strâns cu ușa, pentru că nu le ieșeau perechile.

Poate că altcineva s-ar fi simțit ofensat, însă Kris râde.

– M-am gândit eu.

Ridică ceașca și dă noroc cu mine.

– Mă bucur că te-ai sacrificat în numele echipei.

Când zâmbește relaxat i se încrețesc ridurile în colțurile ochilor, și știi ce? E chiar OK. Îmi las umerii să pice, dându-le drumul din încordare, iau o sorbitură de cafea și expir încet.

– Cum decurge construcția? întreb, nesigură că am formulat corect. E arhitect; oare construiește lucruri?

– Da, merge, merge, spune. Suntem aproape. În vreo două săptămâni ar trebui să primim aprobarea.

– Cred că îți aduce mari satifacții, zic. Să vezi cum proiectele tale ajung de pe hârtie în realitate.

Ridică din umeri ca pentru a spune că uneori așa e.

– Se întâmplă. Sau poate fi un chin absolut de la un capăt la celălalt, în funcție de clădire și de client.

– Asta ți-ai dorit mereu să faci?

– Dacă nu pui la socoteală pilot de teste pentru Ferrari, cam da.

De aici trag concluzia că și-a dorit să fie arhitect încă de dinainte de a fi în stare să pronunțe cuvântul și că e genul de tip care duce lucrurile până la capăt.

– Mă aștept să fie o competiție acerbă pentru treaba asta, zic.

– Ajută dacă ești italian, spune.

– Aha. Nu arăți a italian.

– Prea înalt? zice. Sunt pe jumătate suedez, de fapt. Tata e britanic, mama e din Stockholm.

– Însă ai locuit mereu aici?

Aprobă din cap.

– Cu toate că, în copilărie, ne petreceam verile în Suedia. Sora mea cea mai mare s-a mutat acolo și, când pot, mai merg să o vizitez.

– Ai mai mult de o soră?

Rânjește.

– Trei, toate mai mari. Sunt singurul băiat al familiei.

Uau!

– Cel puțin nu a trebuit să le moștenești hainele.

Eu nu cred că am purtat ceva care să nu fi fost mai întâi al lui Elle, până când m-am făcut suficient de mare să-mi cumpăr singură haine.

– N-aș paria pe asta, spune râzând. Mama e destul de progresistă.

Undeva, în colțurile conștiinței, mi se strecoară un gând: îmi face plăcere compania lui. Nu se sfiește să zâmbească și nu pare să urmărească ceva anume. Vorbim despre jobul lui, despre jobul meu, despre pisica chioară pe care a adoptat-o, pentru că a aterizat la el în grădină și nu a mai plecat, despre Turpin, motanul trădător care m-a cam părăsit pentru o altă femeie, despre starea șubredă a națiunii. Umple din nou ambele cești și, doar când ia meniul și îmi sugerează să comandăm ceva de mâncare, îmi dau seama că emoțiile mi-au fost înlocuite de foame. Ne hotărâm asupra unui platou cu mezeluri pentru două persoane și eu mă trezesc întrebându-l ce l-a făcut să participe la un eveniment de *dating* în liniște.

El și-a comandat o bere la mâncare, iar acum se uită în ea.

– Singurătatea, cred. Am fost însurat. Ne-am despărțit în urmă cu vreo doi ani.

– Oh! Îmi pare rău.

În clipa în care îmi iese pe gură, detest că am repetat papagalicește aceleași scuze răsuflate pe care mi le-au prezentat și mie atâția oameni.

– Da, și mie mi-a părut o vreme rău, spune întristat. Mi-a părut rău pentru mine, în orice caz. Nu și pentru Steph, care s-a mutat în Irlanda cu șeful ei, care întâmplător conduce un Ferrari.

– Doamne!

Fugăresc o măslină prin farfurie cu o scobitoare.

– Nenorocitul!

– Mda, spune râzând. În orice caz, m-am cam săturat să stau singur cu pisica aia chioară și nu știu cum se face că m-am trezit că mă înscriu să mă holbez în ochii unor necunoscuți la primărie.

– Ai mai bifat și alte căsuțe la final? întreb.

Bine, știu că mi-o caut.

– Nu, spune cu o privire amuzată. Tu?

– Eu nici n-am avut formular, mai știi?

– Ah, îți făceai doar datoria. Mi-am adus aminte, spune, apoi adaugă pe un ton scăzut: Trebuie să-ți mărturisesc că te pricepi de minune la treaba asta.

Simt cum mă trec toate căldurile când văd că nu râde pentru a minimiza amploarea complimentului.

– Mulțumesc. M-a speriat experiența, dar mă bucur că am făcut-o.

Mă întrerup, la fel cum a făcut-o și el cu o clipă mai înainte, apoi adaug:

– Acum.

– Datorită mie, nu? spune râzând, fără să-și ia ochii de la mine.

– Datorită măslinelor, spun, iar el își duce mâna în dreptul inimii, ca și cum l-aș fi rănit.

Mă privește pe deasupra paharului.

– De ce te-a speriat?

Știam că va veni momentul în care va trebui să vorbim despre viața mea și am cumpănit cât să-i dezvălui. Nu pentru că aș vrea să mint; doar că n-aș vrea să mă privească altfel decât o face acum. E prima persoană din viața mea care mă tratează normal de la accident încoace, fără compasiune și fără priviri furișe ca să se asigure că sunt OK. E o ușurare.

– Nu am mai ieșit de mult cu nimeni.

Kris desface cu vârful furculiței o felie de *jamón serrano*.

– Nu?

E genul de „nu“ care înseamnă „povestește-mi mai multe“, așa că sap printre frazele care mi se învârtesc în cap, căutând una potrivită.

– Am fost cu cineva, spun, apoi mă corectez. Am fost cu Freddie. Am fost împreună mult timp și ăăăm... a murit.

Gata. Am spus-o. Kris pune furculița jos și mă privește neclintit. Te rog, îmi zic. Te rog să nu-mi spui că îți pare rău pentru pierderea suferită.

– Doamne, Lydia, nu e de mirare că erai speriată. Cred că a fost un iad.

E o descriere potrivită. În unele zile m-am apropiat prea tare de flăcări, îmi ardeau fața, dar acum simt că mă îndepărtez treptat de flamă.

– Ceva de felul ăsta. Ești primul. Știi, primul bărbat de când...

Nu mă lasă să bâjbâi mult.

– Vrei să vorbești despre asta? Sau poate nu vrei să vorbești despre asta?

– Te deranjează dacă nu vorbim? spun recunoscătoare că-mi dă de ales și nu insistă să-i dau detalii.

Să fiu aici cu Kris a fost aproape magic; o seară mai lejeră și mai luminoasă decât de obicei. Nu sunt încă pregătită să exprim acele sentimente.

– În acest caz, vrei un cocktail din lista asta sinistră?

Îmi întinde o foaie laminată, de un turcoaz turbat, din suportul pentru meniuri. Și uite așa ne readuce în prezent.

– Nu pot să cred că s-a făcut ora zece, spun, atârnându-mi geaca de geantă, pentru că afară încă e cald. Aveam de gând să stau o oră.

– Și eu, la fel. Am instruit-o pe soră-mea cea mare să inventeze o urgență dacă primește de la mine un mesaj codat.

– Nu te cred, spun râzând.

– Ba cum să nu, ai fi putut fi o persoană hidoasă, zice, reglându-și pasul după al meu. Ne îndreptăm înspre stația de taxiuri, traversând strada principală ale cărei trotuare sunt mai liniștite la ora asta. E una dintre serile acelea nesfârșite și înmiresmate de vară englezească, cu atât mai plăcute cu cât nu știi când ai parte de ele.

– Urma să-și rupă mâna în cirscumstanțe misterioase dacă îi trimiteam cuvântul „mov".

– Mov?

Mi se pare mai amuzant decât este în realitate, probabil datorită vinului din sânge.

– Mov ca ciocolata Milka?

Dă aprobator din cap și mă ocolește, ca să fie el pe partea dinspre stradă.

– Ce pot să zic, îmi place Prince.

– De acum încolo o să mi te imaginez îmbrăcat cu un costum de catifea mov, spun, încetinind în apropierea stației de taxiuri unde staționează două mașini disponibile.

Când ne oprim de tot, îmi zâmbește, apoi își trece ușor mâna prin părul meu.

– Mă bucur că te vei gândi la mine, spune, și pot citi în ochii lui că nu așteaptă nimic mai mult de la mine în momentul ăsta.

– Mulțumesc, spun îngrozită, pentru că am impresia că eu îmi doresc mai mult. M-am simțit foarte bine în seara asta.

– Îți mulțumesc că mi-ai permis să fiu primul, spune, iar eu îi iau mâna într-a mea.

– Mă bucur că tu ai fost acela, spun cu răsuflarea tăiată, iar el înțelege semnalele și se apleacă spre mine.

– Tremuri.

– Sărută-mă, îi spun.

Și o face, iar eu închid ochii și simt un milion de lucruri date uitării. E ciudat și frumos și sexy și melancolic, mâna lui pe scobitura spatelui meu, gura lui delicată și sărutul parcă prea scurt. Simt că se schimbă ceva în mine. E ca atunci când desfaci o sticlă nouă de parfum; nuanțe florale de amor și moscul nopților târzii. E un miros pe care nu-l recunosc. Al meu nu e, dar cred că, cu timpul, aș putea ajunge să-l consider astfel. Cred chiar că ar putea ajunge să-mi placă.

– Noapte bună, Lydia, îmi șoptește.

Încă îl mai țin de mână, iar el mă strânge în treacăt, în timp ce deschide ușa taxiului. Sunt neîndemânatică atunci când încerc să mă strecor înăuntru și îl bușește râsul.

– Poate că ți-ar fi mai ușor dacă mi-ai da drumul la mână.

Mă uit la mâinile noastre și clatin din cap, râzând la rândul meu.

– Noapte bună, spun, privindu-l după ce mă urc în taxi.

– Ai vrea să ne mai vedem? mă întreabă, ținând mâna pe portieră.

Nu se preface că răspunsul meu i-ar fi indiferent.

– Chiar mi-ar plăcea, zic, și nici eu nu mă prefac, în vreme ce taximetristul semnalizează plecarea de pe loc.

Îmi las capul pe spate și închid ochii în timp ce traversăm străzile întunecate care duc acasă. Practic, le văd pe mama și pe Elle stând una lângă alta și făcându-mi semne entuziasmate de aprobare cu degetele mari de la ambele mâini, de parcă tocmai am trecut de prima etapă a unui concurs de talente. Trag adânc aer în piept, încercând să mai surprind o urmă stăruitoare a acelui parfum incitant.

ÎN SOMN

Sâmbătă, 6 iulie

– N-o s-o port.

Elle stă în fața mea și se amuză, cu o bandă pe care scrie „sora miresei“ prinsă la brâu. E bronzată și relaxată, îmbrăcată într-o salopetă roșie fără bretele și pe tocuri și pare mult mai în elementul ei decât data trecută când am văzut-o. Am o tresărire de vinovăție din cauză că nu am trecut mai des pe aici în ultima lună. Îmi întinde un voal plin cu diverse accesorii prostești pentru petrecerea burlăcițelor. O folie de paracetamol. Verighete false și de prost gust. Un dop de șampanie. Nu văd prezervativul, dar sunt dispusă să pariez că e undeva pe-acolo.

– Trebuie, îmi spune. Dee l-a făcut, o să fie jignită.

– Dee l-a făcut?

Elle se joacă cu șuvița de păr de care e agățat voalul și îi pot admira unghiile sângerii imaculate.

– Ar trebui să-mi mulțumești. Inițial voia să comande pentru toată lumea tricouri la fel, cu lozinci scrise cu roz turbat.

– Cred că ar fi fost o idee bună.

Mă întorc când îi aud vocea lui Dee, care intră la mine în bucătărie cu o sticlă de șampanie în mână. E dichisită peste poate, într-o rochie albastră cu paiete care-i vine până sub fund, în locul obișnuitei cozi de cal are niște bucle elastice à la Kate Middleton. Nu mi-aș fi închipuit-o astfel.

– Mă gândeam să ne bucurăm de niște marfă de calitate înainte de plecare.

Îmi flutură sticla pe sub nas, cu ochi scânteietori. Elle bate din palme și se întoarce imediat spre dulăpiorul cu pahare din spatele ei. Uneori se pișă pe mica mea obsesie legată de sticlărie: am pahare potrivite pentru orice eventualitate, colecția mea preaiubită strânsă de prin talciocuri și magazine de caritate. Pahare tip sondă, cu striații, flute fusiforme, pahare pentru vin roșu și pentru vin alb, cupe de șampanie și un set foarte drăgălaș de pahare pentru apă colorate, din anii șaizeci. E o chichiță de-ale mele. Încerc să nu tresar când scoate din spatele dulapului paharele de șampanie, cupele, dacă e să fim pretențioși. Nu cumpăr prea des servicii incomplete, însă, într-o dimineață rece de duminică, aceste trei pahare cu picior rozalii, incredibil de înalte și de subțiri, strigau după ajutor prin talcioc, murdare și aflate într-un echilibru precar printre mormane de cratițe și de farfurii. Freddie a bombănit că trebuie să le care, iar femeia care le vindea a bombănit că am pus-o să mi le ambaleze, însă tot le-am cumpărat și le iubesc de nu mai pot. Prea mult, pentru felul în care Elle le flutură prin aer, ținându-le de picioarele lor fragile.

– Dă-mi voie, spun, luând sticla și preluând controlul.

– Nu-mi vine să cred că în două săptămâni te măriți, suspină Elle sentimentală. Ce-aș vrea să pot să mă mai mărit o dată.

Ridic ochii de la folia în care e învelit dopul sticlei.

– Pe bune?

Când se sprijină de bufet, agrafa împodobită din păr reflectă lumina.

– E atât de romantic! spune, dintr-odată nostalgică. Rochia, slujba, florile...

Îmi place mult că, în ciuda faptului că aproape weekend de weekend organizează nunți la hotel, încă e nostalgică când vine vorba de nunta ei.

– Tot cu David, așa-i? întreabă Dee, luând loc la masă.

Elle își dă ochii peste cap, bine intenționată.

– Firește!

Amândouă aplaudă când dopul face poc.

– Eu nu știu dacă o să mă mărit vreodată, spune Dee.

Elle se uită la mine, apoi la Dee.

– Credeam că lucrurile sunt destul de serioase între tine și Jonah...

– Par să se-ndrepte într-acolo, spune, acceptând paharul pe care i-l întind. Doar că nu sunt sigură că e material de însurătoare.

– Și tu ești? o întreb.

– Toată lumea e material de însurătoare, spune Elle, fără să o lase să răspundă. Crede-mă, am văzut toate genurile, la hotel. Sincer, chiar nu există treaba asta cu material de însurătoare. Ține mai mult de momentul potrivit, de persoana potrivită și... bingo, valsezi în drum spre altar îmbrăcată ca o bezea.

Dee pufnește încet.

– Atunci, poate că nu e mare fan bingo.

Sunt derutată. Aici, în viața aceasta, e clar că Dee face parte din cercul meu de prieteni. Și e o parte destul de importantă, dat fiind că suntem la petrecerea burlăcițelor dată în cinstea mea și că se află la mine în bucătărie alături de Elle. E clar și că aici îi merge mai bine cu Jonah, dacă se gândește la căsătorie. Însă Jonah de aici e diferit, are inima ușoară și e mereu gata să râdă; e Jonah cel de dinainte.

– Acordă-i niște timp, spun. Mereu a fost genul cerebral. Sunt convinsă că se va întâmpla când se va simți pregătit.

Nu pare convinsă.

– Poate.

– Jonah Jones, îi rostește Elle numele cu voluptate, apoi râde. Eram amorezată în secret de el, pe la paisprezece ani.

– Nu cred! râd șocată.

Nu mi-a pomenit niciodată nimic despre asta. Obrajii surorii mele se colorează.

– Nu ți-am spus nciodată. Îmi era rușine!

Golește paharul pe jumătate și apoi începe să-l agite prin aer.

– Ce pot să zic? Are aerul ăla meditativ, cu părul și cu pomeții ăia...

Mă întorc și iau sticla, oferindu-mi un moment ca să procesez gândul: sora mea și Jonah Jones. Nu. N-ai să vezi.

– E chipeș, nu-i așa? spune Dee în gura mare, ca o adolescentă visătoare.

Elle aprobă din cap.

– I s-au accentuat trăsăturile bune.

O săgetez cu privirea.

– I s-au accentuat trăsăturile bune?

Elle râde.

– Știi la ce mă refer. Are toată... face un gest cu mâna în jurul gurii. Chestia aia de Mick Jagger, nu crezi?

Nu pot să spun că mi s-a întâmplat să mă uit la Jonah și să mă gândesc la Mick Jagger, dar încep să râd, pentru că îmi dau seama la ce se referă. Are gura un picuț prea mare în raport cu fața și are un soi de farmec deșucheat, care poate capta audiența. Nu la fel ca Freddie, care, comparativ cu relaxarea distantă a lui Jonah, e numai energie și căldură. Împreună sunt soarele și luna, două fețe ale aceleiași monede. Poate că asta îi lipsește lui Jonah în viața reală; și-a pierdut sursa de căldură.

– Cu toate astea, îl iubesc, spune Dee.

Elle și cu mine ne așezăm de o parte și de alta lui Dee. Eu îmi netezesc poalele rochiei negre. E o rochie scurtă, de vară, numai bună de petrecere și inofensivă, deși nu prea îmi place. Nu m-aș îmbrăca așa în mod obișnuit și mă întreb cum am ajuns să am gusturi vestimentare ceva mai mișto și mai conservatoare, aici. De obicei sunt genul de fată pe stilul blugi și tricou, cel mult *boho*[1]. Îmi dau seama că tot nu am idee cum arată rochia mea de mireasă; ce ciudat și nefiresc să fiu la petrecerea burlăcițelor și să nu știu ceva atât de relevant despre nuntă! Nici măcar nu știu unde e. Probabil e la mama, că pe aici nu am văzut-o.

– Ai vrea să încerce Lydia să stea de vorbă cu el? îmi oferă Elle serviciile fără să se consulte cu mine.

Doamne, sper să spună nu! Dee își scutură buclele strălucitoare.

– Și să pară că sunt disperată?

– Nu neapărat, dacă o face într-un mod subtil, spune Elle. N-ar strica să testezi apele cu un mic brânci.

Dee se înseninează puțin și se întoarce către mine.

– Așa crezi?

Vreau să spun nu, de fapt, nu cred asta, Dee. Nu prea cred, pentru că, dacă vă arunc unul în brațele celuilalt, aveți toate șansele să vă cărați în Țara Galilor în viitorul nu foarte îndepărtat și să duceți o viață galeză cu plimbări prin văi și pe dealuri alături de mama ta. Dar nu spun asta. Zâmbesc, dau ușor din cap și umplu paharele, pe care apoi le ciocnim, un toast pentru acceptul meu ezitant de a intermedia logodna dintre Jonah și Dee. Cum naiba s-a ajuns aici?

– Aș prefera să nu-ți fi comandat rață, Elle, știi ce părere am despre asta.

Mama învârte platoul ca să nu mai aibă sub nas acel fel de mâncare revoltător și se oprește asupra unui crevete maltratat. Cu toate că toată viața ei a fost o carnivoră convinsă, mereu s-a cutremurat la ideea că oamenii mănâncă rață.

– Standarde duble, spune Elle, mânuind bețișoarele ca o adevărată profesionistă.

[1] Prescurtare de la *bohemian homeless*, stil vestimentar cu influențe boeme și hippy (n. tr.).

Suntem la restaurantul chinezesc de la noi din localitate, un loc în care am ajuns prea des de-a lungul anilor. Mama și Elle sunt prezente, bineînțeles că și Dee, plus Julia și Dawn de la muncă și Mătușica June, sora mamei. Vizavi de ea e verișoara mea Lucy, care la școală era în clasa intermediară dintre Elle și mine, în fine, când se sinchisea să dea pe la școală. Habar n-am de ce e aici; întotdeauna m-a privit de sus, peste nasul ei puțin cam lung, într-un fel care îmi spune că are impresia că ne e net superioară. Nu e, ca fapt divers. Așadar, ne-am adunat toate opt, purtând fiecare o bandă care indică rolul nostru la petrecerea de nuntă. Mireasă! Mama miresei! Principala domnișoară de onoare! Îi arunc o privire Mătușii June și aflu că e „mama-cloșcă[1] în misiune". Ce naibii o fi însemnând asta, mă întreb? Ce face o mamă-cloșcă în misiune? Fură ouă? Spionează cotețul de alături? Nu am habar încotro duce acea asociere de idei ridicolă, dar tot încep să mustăcesc, în mare parte datorită șampaniei de la Dee, urmată de vinul care îmi este băgat pe gât de parcă mâine dimineață urmează să mi se extirpe ficatul și nu voi mai avea voie să pun gura niciodată pe așa ceva. Chiar se întâmplă să țin la ficatul meu, așa că încerc să mă temperez, însă mă lupt cu un nou val de sauvignon și mă tem că, la un moment dat, în desfășurarea evenimentelor din seara asta, m-ar putea trage la fund.

– De ce râzi? mă întreabă Elle de alături.

– Bandele astea stupide, spun, trăgând de cea pe care o port fără tragere de inimă.

Faptul că am fost etichetată drept burlăciță mi-a atras deja niște fluierături dintr-o mașină plină cu bărbăței și o dedicație muzicală din partea barmanului din pubul unde am fost înainte de cină. S-ar putea să fi contribuit la asta și prezervativul în ambalaj roșu care atârna între noi, agățat de vălul meu. (Da, am găsit prezervativul. Dee a fost de nădejde și mi l-a fixat chiar între ochi.)

[1] Joc de cuvinte bazat pe polisemia cuvântului „hen", care înseamnă deopotrivă „cloșcă" și „burlăciță" (n. tr.).

Elle apucă un săculeț prins la spatele vălului.

– Scorțișoară?

Dee se întinde și îl atinge.

– Ingredient natural de agățat, se pare.

Se întrerupe pentru a crea efectul dramatic scontat, apoi se face că șoptește, zicând, de fapt, în gura mare: „pentru bărbați". Gestul de ridicare a mâinii prin care își însoțește spusele nu lasă nicio urmă de dubiu.

– În caz că te apucă tracul în noaptea nunții.

– Scorțișoară, ești sigură? întreabă Mătușa June căscând ochii.

E deja la al treilea pahar de vin, destul de nechibzuit din partea ei, care de obicei nu prea bea. Foarte rar pleacă de acasă fără unchiul meu Bob – de obicei îi găsești la ei în sufragerie făcând un puzzle sau cine știe pe unde, deprinzând împreună un nou hobby. Data trecută când am fost pe la ei, am stat pe un fotoliu pe care îl recapitonaseră, mâncând tort făcut de ei la un curs de copt, ținut în după-amiaza respectivă la școala generală din localitate, bând vinul de soc făcut de unchiul Bob la el în baracă. Sunt oameni cărora le place să se implice în comunitate, mereu în cuplu. Bob și June. June și Bob. În clipa asta, Mătușa June are o apariție solo cu totul neobișnuită, iar revelațiile cu privire la scorțișoară i-au schimbat culoarea feței într-o nuanță de mov nelalocul ei.

– Ei, măcar ceva se explică acum.

Elle începe să râdă, prinzând mai repede decât mine poanta.

– Ooo, Mătușă June, Unchiul Bob face năzdrăvănii la scorțișoară?

Mama își privește întrebător sora, în vreme ce Lucy încearcă să nu se înece cu pâinea prăjită cu creveți.

– În ultima vreme tot încercăm să facem melci cu scorțișoară, sunt preferații lui Bob, povestește ea, învârtind lănțișorul de argint cu Sf. Cristofor, pe care-l poartă de când mă știu.

– Ei, știi cum se zice, June, spune plat Dee, în timp ce își pune în farfurie din deosebitul orez prăjit. Scorțișoara de dimineață face din Bob un băiat sexy.

Încep să râd, pentru că Dee nu l-a întâlnit niciodată pe Unchiul Bob, uriașul legumicultor îmbrăcat în cardigan.

– Dee, sincer, nimeni pe lume nu a zis vreodată asta.

– Cred că June tocmai a spus-o, intervine Dawn din partea cealaltă a mesei. S-ar putea să-mi fac și eu provizii de scorțișoară. *Bob al meu*, spune, făcând semnul de ghilimele ca pentru a feri identitatea cuiva, fără rost, pentru că știm cu toții la cine se referă, și cu mine încercăm să rămânem din nou însărcinați și am ajuns în punctul în care ar face practic orice ca să evite trecerea la fapte. E epuizat.

– Bietul Bob!

Julia clatină din cap. De-abia dacă s-a atins de mâncare, în schimb a făcut o treabă excelentă la capitolul vin.

– Eu, una, n-am nevoie de scorțișoară.

Întorc privirea ca să ascund zâmbetul când îmi amintesc de dansul lor de la nunta lui Dawn; e clar că sunt pe aceeași lungime de undă.

– Nici eu, spune Elle, dându-și ochii peste cap. Bob al meu e destul de vioi, de obicei pe la șase dimineața, când eu încerc să mai prind o jumătate de oră de somn înainte să sune alarma.

Îi aruncă mamei o privire tardivă, ca și cum ar fi uitat că e și ea de față.

– Scuze, mama.

– O, Bob! spun eu râzând. Ce indiscret din partea ta să-i dai în vileag apucăturile din așternut când ne ghiftuim cu momițe de porc.

Lucy lasă bețișoarele jos și ia paharul cu vin.

– Vă rog, Unchiul Bob e tatăl meu și aș prefera să vorbim despre cu totul altceva, vă mulțumesc frumos.

Ne prăpădim cu toții de râs la înștiințarea ei abruptă, însă Lucy nu e câtuși de puțin amuzată. Mama, ca să-și cruțe nepoata de alte îmbujorări, scoate din geantă cu mic cadou, frumos ambalat.

– Am așteptat atâta momentul potrivit să-ți dau asta, spune, înmânându-mi-l.

Râsetele se liniștesc pe măsură ce privirile sunt captate de micul cadou. Seamănă cu o cutie de bijuterii.

– Mereu m-a durut faptul că tatăl vostru și cu mine nu v-am oferit un bun exemplu de căsnicie atunci când erați mici, spune mama.

Elle și cu mine sărim amândouă deodată.

– Ai fost genială! spun, în timp ce Elle continuă:

– Ne-ai fost și mamă, și tată!

– Nu i-am dus dorul, adaug, și vorbesc serios.

– Să facă surfing la vârsta lui, bombăne Mătușa June, lovind dezgustată aerul cu palmele.

– În orice caz, insistă mama. În ciuda necazurilor mele amoroase, sper că bunicii voștri, părinții mei, au reușit să vă transmită că, uneori, căsnicia poate fi numai bună.

Elle și cu mine nu am avut cine știe ce relație cu bunicii din partea tatălui, însă familia mamei ne-a asigurat reperele de care aveam atâta nevoie în copilărie. Casa lor perfect aranjată, de zici că tocmai urma să o pună pe piața imobiliară, aflată la o aruncătură de băț de a noastră, era practic o anexă a casei noastre, iar masa lor, scena unde aveau loc majoritatea cinelor noastre în familie. Cu niște efort, încă mai pot să-mi amintesc mirosul casei lor, un amestec primitor de mobilă lăcuită, fripturi și fum de pipă. Până și Lucy pare nostalgică.

– Îmi e foarte dor de ei, spune Elle, smiorcăindu-se.

Aprob printr-un gest. Tuturor ne e dor de ei, mai ales mamei și Mătușii June.

– Păi, atunci, deschide-o!

Mă bucură intervenția lui Dee. Pentru o clipă, era cât pe ce să ne punem pe bocit.

– OK, zic, desfăcând panglicile alb cu argintiu cu degetele tremurânde.

Înăuntru e o cutiuță pătrățoasă de catifea roșie, roasă la colțuri. Deschid capacul și găsesc o broșă mică și familiară, cu un păun de marcasit care mă privește cu niște ochi verzi și scânteietori. Nu costă mai nimic, însă pentru mama și pentru mine valorează foarte mult. Era preferata bunicii, care o purta la fiecare nuntă, botez și înmormântare. Am o amintire stăruitoare cu mine adormind cu capul în poala ei la o reuniune de familie sau ceva de genul ăsta și mângâind penele ridicate ale păunului cu ochii închiși. Acum, când mă gândesc la asta, parcă simt parfumul bunicii, cu toate că nu puteam avea mai mult de cinci ani pe atunci.

– A fost primul dar pe care i l-a făcut bunicul bunicii, când ea avea în jur de șaisprezece ani, spune mama.

Elle mângâie ușor broșa.

– A purtat-o la serbarea mea de absolvire. O și văd agățată de costumul ăla mov care îi plăcea ei.

Elle a purtat ceasul bunicii în ziua nunții, o altă bijuterie neprețuită a familiei mele, altfel, destul de ieftină. Câteodată văd că îl mai poartă la evenimente în familie.

Pentru că am privirea prea încețoșată ca să dau un răspuns adecvat, îi pasez cutiuța lui Dee. Ea se străduiește, însă, în lipsa amintirilor cu broșa prinsă de reverul bunicii în zilele importante și de sărbători, nu cred să aibă cine știe ce impact. Apoi Dawn îi aruncă o privire îndatoritoare și i-o înmânează Juliei, care se uită la ea în treacăt.

– Unii oameni nici nu vor să audă de păuni la ei în casă, spune Julia, brutal de sinceră, ca de obicei, dându-i mai departe broșa lui Lucy. Cred că aduc ghinion. Am adus odată acasă o pană de păun și mama a ieșit să o arunce direct la tomberon.

– Oh, spun, smulsă brusc din aerul înăbușitor al sentimentalismului de groaza că ceva mi-ar putea aduce ghinion.

Mi-e frică să nu fac ceva în lumea asta care să aducă mai aproape lumea cealaltă. Prăpastia dintre cele două locuri se cască tot mai mult.

– Până mă mărit eu, nu o să mai rămână nimic pentru mine, bombăne Lucy. Oricum, nici nu mi-aș fi dorit chestia aia, spune, strâmbând din nas, dar nu asta e ideea.

Ca de obicei, Mătușa June se face că plouă la remarcile lui Lucy; e clar că și-a dat seama repede că, cu cât va opune mai puțină rezistență în fața unicei ei fiice, cu atât îi va fi mai ușor. Nu și în seara aceasta.

– Stai liniștită, scumpa mea, ai putea primi proteza ei, ținea foarte mult la ea.

În liniștea care se lasă o clipă, o privim toate pe Lucy, temându-ne să râdem.

– Nu, nu ar putea, spune mama. Am donat-o magazinului de caritate. Era în poșeta ei bună, cea bleumarin.

Râd atât de tare, că prezervativul cu aromă de căpșune mă lovește peste ochi.

E trecut de ora unsprezece, am depășit cu un pahar-două etapa veseliei, sunt ghiftuită cu rață în sos dulce-acrișor și se pare că dansez pe masă la The Prince of Wales. Cred că era inevitabil să nu ajungem aici, la fel cum era inevitabil ca petrecerea burlacilor în cinstea lui Freddie să nu se mute și ea tot aici. Petrecerea burlăcițelor s-a restrâns într-o formulă de trei după ce am plecat de la restaurant; Dawn și Julia au împărțit un taxi, iar Lucy cea încă ciufută a fost desemnată șoferul mamei și al Mătușii June, lăsându-ne pe mine, pe Elle și pe Dee să ne croim drum prin ușile de la Prince, imediat după ora zece și jumătate, cu o încredere demnă de fetele de la Destiny's Child. Nu știu care dintre noi ar fi Beyoncé. În mod cert, nu eu. Iar când nu ai talent, compensezi cu entuziasm, așa încât tot barul ni se alătură treptat când dăm tonul la „All the Single Ladies". De fapt, dincolo de refren, nu prea știu versurile, dar nici nu contează, pentru că nimeni de aici nu le știe. Elle își flutură mâinile deasupra capului, Dee își mișcă ritmic umerii, trăgându-se de degetul inelar, iar Freddie strigă tare că o să pună un inel pe degetul ăla peste exact două săptămâni. Simt o oarecare aversiune față de apelativul „asta". Când i-o spun lui Freddie, el dă vina pe Beyoncé și mă dă jos de pe masă.

– Ce rochie drăguță! rânjește, punându-mă jos.

– Așa zici? Nu e prea matură?

– Ești o femeie matură de-acum, Lydia Bird.

Își trece degetele peste dantela decolteului.

– Arăți diferit, dar într-un fel bun.

Da, îmi spun, e ceva diferit. Jonah își face apariția și înlocuiește sticla de bere goală din mâna lui Freddie cu una plină, apoi se avântă și se strecoară pe lângă prezervativ ca să mă sărute pe obraz.

– Ai cântat grozav, minte.

– Ai grijă la... spun, gesticulând vag înspre văl și diferitele sale accesorii.

Jonah clatină din cap.

– Nu îmi vine să cred că tu chiar l-ai pus pe tine!

– Știai?

Ridică mâna și atinge ambalajul prezervativului.

– Pe ăsta l-am capsat cu mâna mea ieri, la ora douăsprezece noaptea.

– De la tine din portofel? râde Freddie. Să-l păstrezi, Lyd, s-ar putea să valoreze ceva la anticariat.

Strâmb din nas, deloc impresionată. Apreciez efortul făcut de Dee, firește, cu ajutorul abil al lui Jonah. Sunt recunoscătoare și că Freddie și gașca au încheiat seara aici și nu în oraș, o coborâre de ultim moment a ștachetei, fiindcă mâine Freddie trebuie să meargă la serviciu, ca să pună totul la punct pentru un client nou și important. E totul pe șest, e vorba despre un client pe care îl curtează în speranța de a-l sufla de sub nasul competitorilor. Freddie trăiește pentru genul ăsta de freamăt, într-atât încât e gata să anuleze petrecerea burlacilor ca să fie cel mai bine pregătit din încăpere în ziua de luni. Un alt sfat de viață preluat de la Barack Obama, fără îndoială.

Jumătate de oră mai încolo, Jonah e la pian, Elle s-a retras într-un colț și stă la David în poală, iar Dee se sprijină de mine, spunându-mi parcă „nu cred că sunt în stare să mă țin pe picioare“, ceea ce înseamnă că a băut suficient.

– Să nu-i spui nimic, îmi zice, băgând paiul în sticla de care se agață.

Habar n-am ce-i în sticla aia, e ceva de un albastru sinistru și s-ar putea să nu fi fost cea mai grozavă idee a ei în seara asta.

– Cui?

Dee își lovește inelarul cu capătul paiului de abia scos din sticlă.

– Lui Jonah. Elle are dreptate. E Mick Jagger, iar eu nu sunt Jerry Hall.

Râd, pentru că e ridicol.

– Nu e Mick Jagger, iar Jerry Hall l-ar mânca de viu.

Dee clatină din cap, nepărând convinsă.

– Eu nici măcar nu pot să cânt, Lydia. El are nevoie de Adele, nu de mine. Eu nu o să fiu niciodată Adele.

– Adineaori ai fost o Beyoncé destul de reușită, țin eu să subliniez. Hai, nu-ți mai plânge atâta de milă!

O cuprind pe după umeri în semn de încurajare.

– Ai un păr superb.

– Nu, tu ai un păr superb, oftează dramatic. Ai părul lui Jerry Hall.

– Aș prefera să am banii ei, glumesc eu.

Rămânem tăcute și îl privim pe Jonah. Nici măcar nu se uită la clape când cântă, are mâini foarte independente și e sigur pe el, iar mulțimea îl încurajează, așa cum se întâmplă mereu aici.

– O are în sânge, nu-i așa? zice Dee. La muzică mă refer.

Dau aprobator din cap și mă cuprinde brusc o disperare, din tocurile mele de petrecere a burlăcițelor până în vârful vălului celui ridicol, pentru că are absolută dreptate.

– O are în măduva oaselor, zic, gândindu-mă la cât de pierdut e Jonah în viața reală.

Dacă a renunțat până și la muzică înseamnă că e mult mai rău decât credeam. Poate că, până la urmă, Țara Galilor e cea mai bună variantă pentru el.

Dee se trântește pe masa din spatele nostru, iar eu îi spun că merg până la baie. Încuiată în cabină, mă așez pe vasul de WC cu capacul coborât și scot telefonul din geantă, mai mult din obișnuință decât din nevoia de a verifica ceva. Am nevoie de un moment de respiro.

Se aprinde ecranul, iar pe fundal nu apare poza aia de pe net pentru care am optat în viața reală, ci Parisul înzăpezit. Îmi sprijin capul de peretele cabinei și mă holbez la ea, amintindu-mi foarte precis mâinile amorțite în jurul unei cești cu cafea, țurțurii atârnând de copertina unei cafenele, sărutările cu buze înghețate. Mi se par ciudate aceste amintiri, aduc mai degrabă cu o scenă de film decât cu viața mea.

– Ești OK?

Sar în sus. E clar că am acaparat prea mult timp singura cabină de WC.

– Un minut, spun, băgând telefonul înapoi în geantă și trăgând apa, chair daca nu am folosit veceul. Femeia care își aștepta rândul îmi aruncă o privire plină de curiozitate când ies și, uitându-mă în oglindă, înțeleg de ce: arăt a mireasă scoasă din *Rocky Horror*. Oftând, mă clătesc la ochi cu apă rece, ca să șterg urmele de rimel. Nu așa trebuia să se încheie petrecerea burlăcițelor, cu mine plângând într-o nenorocită de toaletă. Ies afară, pe coridorul pietruit și rece, neștiind dacă să mă întorc în barul gălăgios sau să pun punct și să merg acasă. Se deschide ușa, lăsând să pătrundă înăuntru bubuitul muzicii, zgomote răgușite și pe Jonah Jones.

– Te ascunzi? mă întreabă, în timp ce ușa se închide în urma lui, înăbușind vacarmul.

– Nu, îi spun când ajunge în dreptul meu. Da, puțin.

– Ești destul de greu de ratat, în ținuta asta.

Face un semn din cap înspre vălul meu și apoi se sprijină de perete. Încuviințez și îmi descurc vălul din păr, dorindu-mi să-l fi aruncat în WC.

– Nu e de la mine din portofel, îmi spune. Așa, ca să știi.

Îmi ia o clipă să realizez că se referă la prezervativul în ambalaj roșu.

– Dee le-a cumpărat.

Vreau să mi-o închipui pe Dee cumpărând prezervative cu aromă de căpșune? Nu prea.

– Drăguț din partea ei, zic.

– Da.

– Îmi place mult ea, spun, întrebându-mă dacă ar trebui să-i bat vreun apropo legat de faptul că Dee vrea să-l ia de bărbat.

– Nici nu e greu să-ți placă de ea.

– Dar să o iubești? întreb pe un ton degajat.

Jonah scoate un sunet gutural, un amestec de frustrare și de exasperare.

– Nici nu cred că știu ce înseamnă să iubești, Lydia. Ție ți-e ușor, tu și cu Fred sunteți împreună dintotdeauna. Ați crescut împreună, înțelegi? Vă știți pe de rost. Dar, dacă nu ai istoricul ăsta în spate, dacă nu ai toate straturile vieții ca să clădești o fundație solidă?

E un răspuns mult mai amplu decât m-aș fi așteptat să primesc de la el, așa că nu am nicio replică pregătită.

– Eu și cu Dee nu avem nimic din toate astea. Nu i-am ținut părul prima oară când s-a îmbătat și a vomitat și nu am ajutat-o să-și care ghiozdanul îngrozitor de greu. Nu i-am împins prima mașină atunci când a rămas împotmolită în nămeți și nu i-am dat să copieze tema la chimie în fiecare luni dimineață, înainte de ore.

Rămâne fără muniție, iar eu habar n-am ce să spun, pentru că tocmai a enumerat toate lucrurile care ne-au consolidat prietenia de-a lungul anilor. Mi-a ținut părul chiar în barul ăsta când aveam șaptesprezece ani și mi-a împins mașina atunci când l-am sunat, în culmea panicii.

– Nu ai nevoie de toate lucrurile astea ca să iubești pe cineva, Jonah, spun în cele din urmă, fără să-mi dau seama unde bate exact. Ce s-a întâmplat ieri sau săptămâna trecută sau acum zece ani... lucrurile astea nu sunt importante. Ceea ce contează cu adevărat e ce se întâmplă acum și aici, mâine, la anul. Unii oameni se îndrăgostesc la prima vedere și rămân împreună pentru totdeauna, alții se căsătoresc cu iubitul sau iubita din liceu și ajung să divorțeze prin tribunale. Viața nu e previzibilă, Jonah, tot ce poți face e să profiți din plin de ea, indiferent încotro te abate.

Nu știu de unde mi-au venit toate astea și nu cred cu prea mare convingere în propriul meu discurs. În viața mea reală, neprețuitele zile de ieri sunt tot ce mi-a mai rămas din Freddie. Jonah se uită în podea, apoi la mine, cu o privire greu de descifrat în ochii lui negri.

– Dar dacă cineva se îndrăgostește de o prietenă?

Mă gândesc la Freddie.

– Atunci e un om norocos, zic.

Jonah dă din cap sumbru.

– Să zicem. Atâta vreme cât prietena îl iubește la rândul ei.

Deschid gura să zic ceva, orice, dar nu iese nimic, pentru că încep deodată să mă tem de direcția conversației, de încărcătura din aer.

– Să fiu pețitor pentru Freddie Hunter, povestea vieții mele, spune, și simt că se frânge ceva în mine, pentru că, într-un alt univers, a rostit exact aceleași cuvinte la înmormântarea lui Freddie. Atunci spunea că a fost o onoare și un privilegiu; nu cred că urmează să spună asta și acum. La țanc, intră Freddie, zâmbind până la urechi când dă de noi.

– Hei, cei mai dragi doi oameni în același loc!

– Hei, tu, spun, ridicându-mă pe vârfuri să-l sărut pe obraz.

Îmi dau seama că tremur.

– Mergem să mâncăm niște curry? întreabă, sprijinindu-se de perete alături de Jonah.

Asta îmi aduce aminte de cum stăteau fix la fel la școală, cu spatele lipit de perete, așteptându-mă să ies de la ore.

– Sunt lihnit.

– Tu ești mereu lihnit, zice Jonah, scuturându-se, dând la o parte urmele conversației noastre ajunse puțin prea departe.

– Noaptea ta, alegerea ta, amice.

– Lyd? Vii?

Clatin din cap.

– Nu cred că se cuvine ca mireasa să participe la petrecerea burlacilor. Mă duc să le caut pe Dee și pe Elle.

– Ultimul dă un rând de shoturi de tequila, rânjește Freddie. O s-o facem lată!

Intră în toaleta pentru bărbați fredonând ceva care aduce puțin cu cântecul care se aude de la bar, iar Jonah și cu mine ne uităm unul la altul, rămași din nou singuri pe coridor.

– Uită ce am zis, vorbesc prostii.

Înghite în sec și se scarpină în ceafă.

– Prea multă bere.

Încuviințez din cap, recunoscătoare pentru această minciună.

– Ar fi bine să mă întorc la petrecere, zic.

Face un gest aprobator, se forțează să râdă și se împinge în perete.

– Tequila și tot restul...

Două fete pe care le țin minte vag de la școală deschid ușa, iar eu profit de ocazie și ies. Îmi fac loc prin pubul aglomerat, în căutarea lui Elle, încă răscolită și încercând să îndes conversația cu Jonah undeva într-un cotlon al minții. Nu mi-e ușor să dau de ea și nici de Dee, așa că renunț și mă așez pe un scaun liber, sprijinindu-mi capul de storcătorul automat de fructe. Totul pare ușor nelalocul lui în seara asta: Dee e prea aiurită, Elle e prea nervoasă, Jonah, prea serios, Freddie, prea băiețos. Și apoi eu, în centrul poveștii ăsteia, îmbrăcată în rochia mea neagră de candidat conservator și cu vălul ăsta festonat. Închid ochii, obosită și gata să plec acasă. Nu am chef nici de tequila, nici de Dee, nici măcar de Elle. Seara asta a fost ca mersul pe sârmă. De fapt, e o analogie bună pentru viața mea din acest moment: pășesc mereu pe un fir de ață invizibil, aflat între două lumi, și sper din suflet să nu mă prăbușesc în ghearele morții. Pentru o fată care are probleme cu echilibrul, e treabă grea.

TREAZĂ

Sâmbătă, 7 iulie

Îmi bubuie capul și aseară nici măcar n-am băut înainte să iau pastila. Oare mahmureala se transmite dintr-un univers în altul? Călătoriile astea sunt mereu obositoare, însă azi sunt stoarsă, atât fizic, cât și mintal.

Trei pastile de paracetamol și două cești mari de cafea nu ajută prea mult la îmbunătățirea nivelului de energie sau a stării de spirit. Încerc un prânz de cazarmă, supă cu pâine prăjită, o răzvrătire față de copilăria mea, dar se pare că nefericirea mea nu are încă leac. Mă simt... Nu știu, vătămată, cred? Vătămată pe dinăuntru, ca și cum cineva ar fi șutat pe acolo, folosindu-mi organele interne pe post de porți.

O după-amiază petrecută pe canapea nu îndreaptă mare lucru. Sunt sleită, ca și cum aș fi în convalescență. Încep știrile la TV și aflu că e duminică, 7 iulie. Creierul meu obosit se încurcă în calcule, așa că număr pe degete cât mai e până pe 20 iulie. Treisprezece zile. Într-o săptămână și șase zile, Freddie și cu mine ne vom căsători într-o lume în care eu nici măcar nu mi-am văzut rochia de mireasă. Gândindu-mă la nuntă, îmi vine în minte Jonah, cel mai bun prieten al lui Freddie și cavalerul lui de onoare. Discuția aia purtată aseară pe coridorul pubului, în viața mea din somn... Am încercat să nu mă gândesc la asta până acum. Până la urmă, aici nu e valabilă. Adică nu prea e. Sau o fi? Nu a spus nimic explicit și nu a sărit calul, dar ne-am apropiat destul de mult de limită, suficient de mult încât să-i disting cuvintele nespuse. Oftez și închid ochii, sprijinindu-mi capul pe pernele de pe canapea. De ce trebuie ca totul să fie așa de al dracului de complicat? Poate că am interpreatat eu greșit ce a spus. E posibil. Însă simt că nu mă înșel. Plutea în aer o tensiune între noi, ceva din privirea lui întunecată îmi punea întrebări la care nu-mi era ușor să răspund. Aici, în lumea reală, nu ar fi vorbit niciodată cu atâta îndrăzneală, iar acum treaba asta are să facă lucrurile foarte stânjenitoare în viața mea din somn.

Poate că o să apară ceva neprevăzut și va trebui să plece undeva în ziua cu pricina. După tot ce mi-a spus aseară, ar fi mai simplu dacă nu ar fi de față, cel puțin pentru mine. Nu și pentru Freddie, care merită să-l aibă alături pe cel mai bun prieten al lui, în ziua nunții. Nu prea găsesc altă cale de ieșire în afara celei sugerate de Jonah: să dau totul uitării.

E puțin trecut de cinci și sunt mai mult adormită decât trează, când aud telefonul vibrând. Puțin mai devreme am reușit să fac un duș și m-am întors la pijamale și la zăcutul pe canapea, dar cel puțin sunt curată și mă fac că mă uit la un film atât de groaznic, încât nici nu am reținut numele personajului principal. Sap printre pernele de sub cap după telefon și ecranul mă informează că am un measaj nou – e de la Kris. Ne-am tot scris în ultima vreme, dar nu ne-am mai văzut după acea primă întâlnire. Cu toate că mi-aș fi dorit, nu m-am simțit confortabil să ne vedem.

Îți surâde o cafea? Chiar aș avea nevoie de o prietenă, dacă ești disponibilă. Kx

Degetele mari se mișcă, pregătite pentru o minciună nevinovată, ca să nu se simtă jignit.

Sunt la mama, un soi de petrecere în familie, îți dau un țâr mâi

Mă întrerup din scris și șterg. Kris e singurul om care nu are o distribuție multiplă în viața mea dublă și pare să aibă o zi nasoală. Oare aș putea găsi puterea să-i ofer ceva mai drăguț decât un refuz?

Hei, tu! E totul OK? Sunt acasă, am o supermahmureală. Pari cam abătut, sună-mă dacă vrei. L x

Îmi răspunde imediat.

Ar fi complet deplasat să vin la tine pentru o oră? Chiar mi-ar prinde bine să ies din casă.

Oh! Nu mă așteptam la asta. Mi-am jucat deja mâna când am zis că sunt disponibilă pentru o discuție, așa că ezit și, înainte să apuc să-mi adun gândurile, primesc un nou mesaj.

Scuze. Ignoră ultimul mesaj. O zi de tot căcatul, știi cum e, se mai întâmplă.

Și pentru că știu exact cum e, îi spun nu, nu e deplasat și, da, poți să vii la mine. Apoi intru în panică ca dracu' și îmi arunc pe mine niște haine de zi.

Stăm la masa din bucătărie și bem cafea și el îmi spune că azi-dimineață s-a trezit cu nevastă-sa pe nepusă masă. A intrat cu cheia pe care nu se obosise să i-o înapoieze și a stat doar cât să umple o geantă albastră de Ikea cu lucrurile pe care și le dorea, iar la plecare i-a zis că e însărcinată în luna a treia cu gemeni.

– Doamne, nu știu ce să spun! zic îngrozită.

Arată ca un cățel bătut.

– Vrei să folosesc niște apelative groaznice la adresa ei?

– Am făcut deja asta, imediat după ce a plecat. Nu m-a ajutat prea mult. Și a luat și fierbătorul electric.

Soarbe cafeaua rămasă pe fundul ceștii.

– Cine face așa ceva, Lydia? Să ia fierbătorul?

Clatin din cap.

– Era un fierbător special?

– Era set cu toasterul.

– A luat și toasterul?

Încuviințează cu amărăciune din cap.

– Nu tu ceai, nu tu pâine prăjită.

Îi caut privirea, bucuroasă să văd primele semne de amuzament.

– Probabil că poți să-ți iei un set nou cu douăzeci de lire de la supermarket, zic.

– Nici măcar nu-mi place pâinea prăjită, spune. Și nici ceai nu beau.

Mă străduiesc să nu râd, însă nu mă pot abține – ce tâmpenie, serios, să vii și să iei aparatele din bucătărie!

– Mi s-a oferit un nou job, zice, schimbând subiectul. Un parteneriat, mai degrabă.

– E un lucru bun, zic. Sau nu e? Sună bine.

Încuviințează cu un gest, dar fața lui spune altceva.

– E în Londra.

Ah.

– Și o să-l accepți? întreb, testând terenul.

– Probabil. Aș lucra cu un prieten din facultate, care își extinde sfera de activitate.

– Așa...

Vestea plecării lui schimbă foarte repede dinamica dintre noi; nu cred că o să ne mai vedem vreodată.

– Îți mai pun cafea?

Îmi las mâna pe umărul lui când mă ridic să mai torn cafea.

– Te dai mare cu fiebătorul tău electric.

– Poate, zic, dar gândul nu îmi mai stă nici la cafea, nici la fierbătoare.

Mă gândesc că mă face să mă simt în largul meu, mă gândesc că, priviți cu atenție, ochii lui gri au irizații verzi și, când mă ia de mână și mă trage la el în poală, nu mă opun.

Oftează și își încolăcește brațele în jurul meu, își îngroapă fața în părul meu și nu îmi e clar cine pe cine consolează. Nu a venit aici să vorbească despre fierbător. A venit aici pentru că femeia pe care a iubit-o și pe care a pierdut-o l-a dat peste cap; cunosc sentimentul mai bine decât își poate închipui. Se află aici pentru că am privilegiul de a fi separată de orice alt lucru din viața lui; și asta înțeleg. Nu ne cunoaștem familiile și prietenii, nici măcar noi nu ne cunoaștem așa de bine, însă tocmai de asta aveam nevoie acum. Eu sunt pentru el ceea ce și el e pentru mine: o pagină albă. Îmi place tare mult și, într-o altă etapă a vieții noastre, ar fi putut să devină un capitol sau chiar o carte întreagă, însă se mută în Londra și viața mea e pur și simplu prea complicată ca să găzduiască pe cineva nou. Povestea asta are o singură pagină; un băiat întâlnește o fată, se salvează reciproc și apoi nu se mai văd niciodată.

– Lydia, îmi spune, ținându-mi capul între palme, apoi își trece degetele prin părul meu și mă sărută, într-un fel care face să mi se evapore orice gând.

Starea lui proastă de spirit întâlnește inima mea frântă și ne pierdem amândoi controlul.

– Nu de asta am venit aici, spune în timp ce-i scot tricoul peste cap; și îl cred.

– Știu, și încep să tremur în timp ce degetele lui găsesc închizătoarea sutienului meu.

– Să mă opresc? mă întreabă, cu o mână pe pieptul meu gol și cu cealaltă ștergându-mi o lacrimă de pe obraz.

– Nu, îi șoptesc, sărutându-l. Nu te opri.

Nu mi-am imaginat niciodată că voi face sex cu altcineva în afară de Freddie. În fine, nu pe bune; adică am mai cochetat cu gândul la a o face cu Ryan Reynolds, dar nu la modul serios. Însă Kris e fix ce am nevoie. Și e OK că am plâns, pentru că și el a plâns, sprijinindu-și fruntea de a mea și ținând palma caldă sub ceafa mea. Rămânem tăcuți în liniștea serii, trăgându-ne sufletul, până când, în cele din urmă, el ridică capul și mă privește cu seriozitate.

– Ei, asta m-a ajutat să uit de fierbător.

Îmi îngrop fața în umărul lui, râzând.

M-am întors la masa din bucătărie, de data asta singură, și încalc interdicția la alcool cu o doză de brandy dezgropată din fundul dulapului cu cadouri de Crăciun. Cărțile despre traversarea suferinței mă preveniseră că e normal să faci lucruri care nu te caracterizează, cum ar fi asta, ba chiar conțineau și o listă. Nu mă văd sărind dintr-un avion sau făcând *rafting* prin cascade, deși nu aș putea să exclud o tunsoare radicală la un moment dat.

Mă voi strădui din răsputeri să nu regret ce s-a întâmplat în seara asta cu Kris. Poate că ar trebui să îl iau ca pe o săritură metaforică cu parașuta; nici nu aș fi îndrăznit să cer o aterizare mai lină. El a înțeles sentimentul de absență profundă pe care îl ai când persoana iubită nu mai face parte din viața ta, cum poți avea impresia că la plecare a luat prea mult din tine și tu nu mai poți funcționa. Nu așa cum o făceai înainte, în orice caz. A fost nevoie să cercetez fărâmițele rămase din mine și să construiesc o nouă versiune a mea, Lydia 2.0, adăugându-i cu timpul piese noi. În seara asta am asimilat un fragmențel dornic de viață din Kris și i-am dat o fărâmă din mine, sper să fi fost un schimb echitabil.

Termin brandy-ul și, punând cele două cești de cafea în mașina de spălat vasele, mă întreb cum se face că ne îndrăgostim de anumiți oameni și nu de alții, deși poate că ne-am dori. Miliarde de oameni se perindă pe glob, îndrăgostindu-se unii de alții, ca apoi să le treacă, fără niciun motiv explicabil prin logică, prin calcule sau prin simțul comun. Cât de inexplicabil de ciudați putem fi!

TREAZĂ

Vineri, 12 iulie 2019

Sindrom acut de vineri seară – asta a spus Jonah despre accident; Freddie suferea de sindromul acut de vineri seară. Suntem din nou într-o vineri, dar eu, în mod clar, nu am nici cea mai mică dorință de a petrece până mi se învârt ochii în cap. Jonah m-a sunat ceva mai devreme, când eram la muncă, și m-a întrebat dacă poate să treacă pe la mine în seara asta; mi-a spus foarte relaxat că s-a împotmolit cu ceva, însă eu cred că se gândește la nuntă. Probabil vrea să verifice cum sunt și să se asigure că nu mă destram în intimitate odată cu apropierea datei.

Am trăit vreo două secunde de panică după ce am închis telefonul, dar apoi mi-am amintit că Jonah Jones de aici nu e același Jonah ca cel din universul meu din somn. Aici e de încredere, bun la suflet și nepretențios și sunt peste nouăzeci la sută sigură că nu e îndrăgostit în secret de mine de ani de zile. O să vină să stea o oră, o să vorbească în felul lui circumspect, iar apoi o să-l trimit la The Prince să-i caute pe Decker și restul găștii. Sau poate o să găsesc o cale de a vorbi cu el despre Țara Galilor; o să vedem cum decurg lucrurile. Sinceră să fiu, am cam amânat treaba asta, însă în seara asta o să încerc să trec peste nevoile mele și să mă gândesc la ce e mai bine pentru el. Iar apoi realizez: despre asta e vorba. Vine să îmi spună că se mută.

– OK? întreb, zăbovind în prag.

El ridică strâmb din umeri.

– Nu e chiar așa de rău.

– Vrei să intri? spun în cele din urmă, cu toate că știu prea bine că vrea.

– Da, zice, urmându-mă și închizând ușa în urma lui.

Eu iau fierbătorul electric, el ia ceștile și facem cafeaua, în timp ce TV-ul din camera de zi ne asigură un zgomot de fundal primitor. Nu m-am mai simțit niciodată atât de stingherită în preajma lui; am fost supărată pe el, sigur, dar nu am avut niciodată emoții atât de puternice încât să nu pot să leg două cuvinte.

– Stai jos, spun, așezându-mi fundul într-un colț de canapea, cu ceașca legănându-mi-se între mâini.

El se trântește pe fotoliul lui obișnuit, aflat față în față cu al lui Freddie.

– Drăguță pernă, spune ușor întrebător, pentru că știe foarte bine ce semnificație are.

– Mersi, și mie îmi place.

Mă așez lângă el.

– Cum e pe la muncă? îl întreb, de parcă ar fi o cunoștință cu care m-am întâlnit întâmplător în sala de așteptare, la doctor.

– S-au mai liniștit lucrurile, vine vara, slavă Domnului!

– Normal, spun apatică. Ce noroc!

Pe Freddie, vacanțele lungi ale lui Jonah obișnuiau să-l umple de invidie, cu toate că știa prea bine că mare parte din timp și-l petrece cu hârțogăraia și cu pregătirea lecțiilor.

– Chiar despre asta aș vrea să vorbim, spune. O să plec din oraș o vreme.

Gata, îi dăm drumul, îmi zic. O să-mi spună că el și cu Dee își vor petrece vara în Țara Galilor, ca să vadă dacă e genul de loc în care se vede prinzând rădăcini.

– E OK, că știu deja. Dee mi-a zis de Țara Galilor.

El lasă ceașca din mână și se freacă cu ambele mâini la ochi.

– Nu merg în Țara Galilior.

– A, nu?

Încuviințează încet din cap, privind fix un punct de pe covor.

– S-a terminat ce era între mine și Dee, spune. Am luat decizia ieri-seară. Sau, în fine, eu am luat-o.

– Oh, oftez, rămasă fără cuvinte, pentru că nu prea îmi dau seama încotro se îndreaptă conversația. Dar am crezut... îmi pierd glasul.

– Ea vrea să trăiască în Țara Galilor. Să fie mai aproape de familia ei.

– Mi-a spus, zic. Cred că spera să mergi și tu cu ea.

Jonah strâmbă din nas.

– Nu știu ce vreau, Lyd. Mă încearcă un dor de ducă, însă nu spre Țara Galilor. Eu și Dee... nu eram în punctul ăla, știi ce zic? Cred că nici ea nu-și închipuia, sincer să fiu, însă a primit un post de titular într-o școală de acolo, așa că... Așa că ea oricum pleacă. Cred că s-a gândit că, dacă merg cu ea, am putea avea o șansă.

– Îmi pare rău... spun, și chiar îmi pare. Credeam că voi doi o să faceți pasul ăsta.

– Da, spune el resemnat. Și eu am crezut asta o vreme. Mă simt ca un nemernic, pentru că am continuat lucrurile atâta vreme, ea merita ceva mai bun.

Bea din cafea, căzut pe gânduri, și am senzația că mai urmează ceva, că nu a venit aici ca să-mi spună că s-a terminat între el și Dee.

– O să-mi petrec vara în L.A.

Uau, stai un pic.

– L.A.?

Aud nota neîncrezătoare din vocea mea mai pițigăiată decât de obicei. Dintre toate locurile din lume în care mi l-aș fi imaginat pe Jonah petrecându-și vara, LA...? Peru, poate. Luat la rând insulele și drumurile bătătorite ale Greciei, sigur. Dar LA? Pur și simplu nu mi-l pot închipui printre toți *glitterati* de Hollywood care-și vântură trupurile lucioase pe role. Da, știu, e o generalizare radicală și oribilă, dar e vorba despre Jonah Jones.

– Am început să scriu din nou, spune. De la accident încoace.

Încă o revelație neașteptată. Când eram mai tineri, Jonah nutrea aspirații jurnalistice, însă până la urmă a realizat că stilul ăsta de viață, în care sărea de la un termen de predare la altul, nu era pentru el. A început să scrie alte lucruri: cântece, muzică, a cochetat și cu romane și cu scenarii. Natura l-a înzestrat cu creativitate, probabil unul dintre motivele pentru care e și un profesor excelent.

– Ce bine! zic.

Încă nu îmi dau seama unde urmează să se întâlnească firele acestei conversații. Se duce la un *retreat* de creativitate în LA?

– Ce fel de lucruri scrii?

– Asta-i chestia, Lydia, spune, apoi se întrerupe și mă privește, studiindu-mi cu atenție fața. Am scris scenariul ăsta și l-am trimis către mai mulți agenți și, sincer să fiu, lucrurile s-au mișcat mult mai repede decât mi-aș fi închipuit.

Frânturile de informație pe care mi le furnizează nu prea se leagă. Încă am senzația că mai are noutăți.

– Uau, Jonah! râd, luată prin surprindere. E o treabă extraordinară.

– E o nebunie, spune, râzând la rândul lui stângaci, și, în acel moment, îmi dau seama cât de mult contează treaba asta pentru el.

– Deci te duci în LA să...?

– Trei companii de producție s-au arătat interesate, spune, nereușind să-și stăpânească entuziasmul. Mă întâlnesc cu ei, văd cu ce idei vin, din astea.

– Trei studiouri vor să-ți transforme scenariul într-un film? Se bat pe tine?

Îmi imaginez o bătaie cu chifle de Hollywood, cu un conținut redus de calorii și fără carbohidrați, pe terasa scăldată în soare a unui restaurant dureros de *cool*. Jonah râde din nou.

– Nu, lucrurile nu stau așa. Doar că agentul meu e de părere că ar fi bine să îmi fac o primă impresie despre ei, să văd ce mi se pare potrivit. Sau cine mi se pare potrivit, mai degrabă.

E mult de digerat.

– Hai, dă-i drumul, despre ce e filmul, de s-au înfierbântat toți așa? Ai scris următorul *Star Wars*?

Împing ceașca mai încolo pe masă.

– O, Doamne, chiar ai făcut-o! O să-ți iei o casă pe dealurile Hollywoodului și o să fii vecin cu Bruce Willis.

Nu știu de ce l-am ales pe Bruce Willis. Aș fi putut să dau un exemplu mai tânăr. Ar fi trebuit să zic Ryan Reynlods, fir-ar! E clar că nu funcționez la capacitate maximă.

– Cred că te lași un picuț dusă de val. Un scenariu care a fost selectat e la un milion de kilometri distanță de a fi realizat vreodată. E doar un prim pas.

Apoi face din nou fața aia care înseamnă că se simte inconfortabil cu ce urmează să spună.

– Treaba e, Lyd, că ar cam fi despre Freddie, spune, privindu-mă fix în ochi, așteptând să-mi vadă reacția. Într-un mod foarte ocolit și generalizat, în orice caz. Adică... e mai mult despre prietenie și despre pierderea celui mai bun prieten.

– Ai scris un film despre Freddie?

E o idee atât de greu de procesat și apoi mă trăsnește un gând oribil.

– În film moare? întreb, pe un ton gâtuit și ascuțit.

– Nu tocmai despre el, spune Jonah. E mai mult despre adolescenți și despre prietenia dintre băieți și despre pierderea unui om drag.

Sunt un monstru. Cu siguranță sunt, pentru că nu mă pot gândi decât la faptul că Jonah a reușit să găsească o cale de a-și articula sentimentele într-un mod mai liber și mai precis decât voi putea să o fac eu vreodată și în felul acesta a făcut ca pierderea lui să fie mai mare decât a mea. În loc să mă bucur pentru el, nu pot să alung gândul că nu face decât să profite de pe urma acestui lucru de neconceput care ni s-a întâmplat tuturor. Care i s-a întâmplat lui Freddie și apoi mai ales mie, nu lui Jonah Jones, fir-ar să fie!

– N-ai zis nimic până acum, niciodată, spun, încruntându-mă. N-ai pomenit nici măcar o dată că te-ai reapucat de scris.

– Nu am spus nimănui. Nici măcar lui Dee.

Dar eu nu sunt Dee, îmi spun, eu sunt Lydia, cea mai veche prietenă a ta, și ai scris despre Freddie, așa că ar fi trebuit să-mi spui.

– Am început să scriu pentru că simțeam nevoia să scot la suprafață niște lucruri, știi ce zic?

Caută semne de aprobare pe chipul meu.

– Mă apăsau foarte tare.

Da, asta pot să înțeleg.

– Și apoi s-au umplut paginile și a început să mă prindă tot procesul ăsta al scrierii, am început să-mi amintesc cum e să creez lumi diferite de cea în care trăiesc, să-mi petrec timpul gândindu-mă la o poveste diferită de a mea.

Nici nu are idee ce coardă sensibilă a atins. Doar că eu nu simt nevoia să scriu despre o lume diferită, eu o trăiesc.

– Și cum, tu ești eroul poveștii?

E o lovitură sub centură, nu mă place când sugerez că, în realitate, Jonah nu ar fi fost eroul lui Freddie.

Jonah e aplecat în față, pe marginea scaunului.

– Nu e nimic în genul ăsta. După cum ți-am spus, nu e vorba despre mine și Freddie, nu în particular. Dar el m-a inspirat, așa că am vrut să afli de la mine.

– Mulțumesc, spun, simțindu-mă ca o vacă.

– Te deranjează?

– Crezi că mă deranjează?

Nu îi răspund la întrebare cu o altă întrebare ca să fiu conflictuală. Încerc numai să-mi dau seama dacă sentimentele mele egoiste sunt în vreun fel justificate.

– Sincer, nu știu, spune, și îl cred. Cred că pur și simplu nu am vrut să crezi că am găsit ceva pozitiv în toate astea.

– Nu cred asta, spun și oftez, pentru că tocmai am înțeles de unde îmi vin sentimentele astea și nu sunt mândră de mine. Sunt cel mult geloasă pe tine.

Mă privește neîncrezător.

– Geloasă?

E rândul meu să mă lupt să găsesc cuvintele potrivite.

– Eu doar... E apăsător și pentru mine, înțelegi? Tu o să fii în altă parte, o să cunoști oameni noi, o să fii într-un loc în care nu o să dai de amintiri la tot pasul.

Aprobă din cap, iar privirea lui îmi spune că înțelege mai bine decât oricine.

– Probabil că, după ce o să-ți petreci vara în LA, o să-ți dai seama că îți place atât de tare, încât nu o să te mai întorci niciodată acasă.

Jonah vine să se așeze lângă mine.

– O să mă întorc acasă, Lydia, îți promit.

– N-ai de unde să știi. Ar putea să-ți facă o ofertă de nerefuzat.

Nu pare convins.

– Lucrurile sunt foarte la început. Aș fi putut foarte bine să port discuțiile astea de aici pe Skype sau așa ceva. Mă duc acolo atât ca să scap de aici, cât și de dragul de a mă duce acolo, nu știu dacă are sens.

– Un fel de a fugi de aici, spun serioasă.

– Nu vreau să mă consider genul de persoană care fuge, spune. Dar da, poate fug un pic.

Rămânem un minut tăcuți și cochetez în treacăt cu ideea de a face ceva asemănător, să iau avionul și să merg în celălalt capăt al lumii pentru o vreme, să văd dacă lucrurile sunt mai ușoare acolo.

– Așadar, te gândești că te duci în LA și lucrurile vor merge bine?

– Simt că a venit vremea pentru o schimbare, spune, ridicând din umeri. LA e un loc la fel ca oricare altul.

Înseamnă că Dee a avut oarecum dreptate; Jonah are nevoie să evadeze, dar să sperăm că nu pentru totdeauna.

– Mă bucur pentru tine, Jonah, spun blând, pentru că înțeleg că a venit astăzi aici ca să-mi ceară în mod voalat binecuvântarea. Sper să fie începutul unei etape bune din viața ta.

– Asta înseamnă enorm pentru mine, spune cu toată sinceritatea și mă ia de mână. Tu o să însemni mereu enorm pentru mine, Lyd. Nu vreau să pierd niciodată prietenia ta.

Ecouri îndepărtate de la petrecerea burlăcițelor, cele două lumi trecând foarte aproape una pe lângă cealaltă. Aici, din fericire, suntem ce am fost dintotdeauna. Vechi prieteni.

– Nici eu, spun, strângându-i degetele într-ale mele.

Se uită la fotoliul în care obișnuia să stea Freddie, apoi de jur împrejurul camerei.

– Locul ăsta începe să aducă din ce în ce mai mult cu tine.

– Crezi? zic suprinsă.

Nu am schimbat prea multe; o pernuță nouă ici, o lampă colo, o oglindă boemă pe care am pus ochii într-o zi, în drum spre casă. Totuși, înțeleg ce vrea să spună. Bănuiesc că e inevitabil, o evoluție necesară, pe măsură ce viața mea capătă o altă formă. Rămânem iarăși tăcuți și apoi îi spun lucrul pe care nu plănuisem să i-l spun.

– Am început să mă văd cu cineva.

Jonah mă privește de parcă aș avea două capete.

– Te vezi cu cineva?

– Ne-am văzut de câteva ori.

Clatină din cap, de parcă ar fi cel mai straniu lucru cu putință.

– Nu mi te-am imaginat ieșind cu altcineva.

Mă doare felul în care mă judecă.

– Nu ești singurul care are dreptul să-și continue viața, să știi.

Mă cuprinde cu brațul pe după umeri și mă trage spre el.

– Nu la asta mă refeream. Doar că... tu cu altcineva. E ciudat.

Nu are nici cea mai vagă idee.

– Închipuie-ți ce ciudat e pentru mine.

Rămânem o vreme tăcuți, cu capetele sprijinite de spătarul canapelei, eu simțind greutatea plăcută a brațului lui pe umeri.

– Omul care a dat lovitura în industria filmului.

Râde încetișor când îl înghiontesc cu cotul. Mi-a lipsit această familiaritate mai mult decât credeam.

– Comandăm pizza? mă întreabă.

Mă uit la măsuța de cafea. A găzduit nenumărate cutii de pizza de-a lungul anilor, era cina obișnuită a lui Freddie și a lui Jonah în timpul meciurilor.

Cred că mai poate găzdui una în plus.

Stau pe scări și îi fac cu mâna când se urcă în Saab, puțin după ora nouă. Jonah Jones în LA. Cine ar fi crezut? O să-l mănânce de viu ăia pe acolo. Sau poate că nu. Poate că o să înlocuiască pizza cu omleta din albușuri și cafeaua în cantități industriale cu shoturi de kale. Închizând ușa, mă consolez cu două lucruri. Unu, nu s-a declarat îndrăgostit de mine, și doi, măcar nu e neorocita de Țară a Galilor.

TREAZĂ

Sâmbătă, 20 iulie

Plouă. E ora 6:30 dimineața și ploaia îmi bate în geam, rămășițele unei furtuni tropicale care traversează răsunător Atlanticul dinspre Caraibi. Astăzi ar fi trebuit să fie ziua nunții mele și eu stau în pat. Astăzi încă e ziua nunții mele, într-o lume dincolo de lumea asta. Oare și acolo toarnă cu găleata? Suntem înghesuiți cu toții la mama în bucătărie și ne uităm pe geam îmbrăcați în halate, cu ceștile de cafea în mână, blestemând norii de ploaie? Sau sărbătorim cu un mic dejun în familie, fără să dăm doi bani pe ploaia asta, pentru că e ziua nunții mele și, la o adică, m-aș mărita cu Freddie Hunter în blugi, pe o ploaie cu grindină? Sper că a doua variantă.

Familia mea a optat să nu pomenească nimic despre ziua asta. Elle e la serviciu; e ultima ei nuntă la hotel înainte să intre în concediu de maternitate. E în luna a opta și se străduiește să nu lase umflătura din abdomen să pătrundă în fotografiile de nuntă ale oamenilor. Stef, pe care încă nu l-am cunoscut cum se cuvine, a scos-o pe mama din oraș în weekend. A făcut mare tam-tam din asta când ne-a povestit mie și lui Elle, spunând că se duce la Lacuri și că e o coincidență teribilă că Stef și-a făcut rezervare fix în același loc și în aceeași perioadă, așa că vor merge împreună, ca să facă economie la benzină. Până și David, care nu comentează niciodată, a trebuit să-și ridice ziarul în dreptul ochilor, ca să nu se prindă mama că râde.

Jonah a plecat în LA acum câteva zile, așa că toți pionii majori ai nunții mele inexistente sunt ocupați cu alte lucruri. Nu că-i ciudată viața asta? Astăzi ar fi fost o zi plină de lucruri legate de nuntă pentru toată lumea; mama ar fi pus flori la butoniere cu bigudiurile în cap, Jonah ar fi verificat panicat dacă mai are verighetele în buzunar, vecinii ar fi ieșit în stradă, în papuci, ca să ne facă cu mâna în drum spre biserică. Și, pentru că nimic din toate astea nu se va mai petrece, ziua de astăzi a fost umplută cu diverse alte lucruri: muncă și Lacuri și LA, ca un raft de magazin aprovizionat pentru un nou sezon. Sunt singura persoană care nu și-a umplut ziua cu altceva. Nu am avut de ce, pentru că eu încă urmează să merg la nuntă.

ÎN SOMN

Sâmbătă, 20 iulie

Rochia este incredibil de frumoasă. Stau în fața oglinzii din camera mamei, gata de plecare, singură și țintuită locului de femeia care mă privește lung. Nu știu cât e ceasul, dacă mai am câteva minute la dispoziție sau sunt în întârziere, ca de obicei; în orice caz, mai am nevoie de puțin timp ca să mă adun. Cineva mi-a aranjat părul într-o parte, îmi cade în voie pe un umăr în valuri și în onduleuri, întrețesute migălos cu codițe împletite. Ating cu degetele coronița din fire răsucite, cu steluțe argintii, de pe frunte; arăt de parcă m-aș fi rostogolit de pe cerul nopții. Rochia nu e albă; e dintr-o mătase cu nuanțe delicate de culoarea spumei mării, acoperite de un tul atât de vaporos, că mi-e și frică să mă mișc. Pe vălurile ei strălucesc alte steluțe atunci când mă întorc într-o parte sau în alta. Dumnezeu știe unde am găsit-o; e ceva între sirenă și zeiță a lunii, diafană și hipnotică. Îmi trec degetele peste corset și descopăr păunul de marcasit al bunicii prins în talie.

– Tocmai a sosit mașina, Lydia, draga mea.

Mama apare în spatele meu, în pragul ușii, încercând să-și pună una dintre perechile ei de cercei preferați, cei cu perle. Arată fantastic în rochia puțin mai închisă la culoare decât spuma mării, cu umerii dezveliți à la Jackie O. și cu podoabe marine.

– Carole Middleton nici nu se compară cu tine, îi spun, zâmbind printre lacrimi, pentru că acum știu cum arată mama în ziua nunții mele.

– Iar tu concurezi cu Kate și cu Meghan.

Vine și mă ia de ambele mâini, iar eu observ manichiura ei nude, perfectă, și bine cunoscutele pete maronii de care a încercat să scape cu toate cremele din lume.

– Ești gata?

Dau din cap.

– Așa cred.

– Păi, haide.

Mă mai strânge o dată de mâini.

– Cum te măritām, cum fac rost de un gin tonic.

Aici nu plouă. Sub cerul de un liliachiu specific obloanelor franțuzești, Elle mă ajută să mă dau jos din mașină. Are părul prins într-un coc răsucit la baza gâtului și e adorabilă în acea rochie azurie, fără bretele. Victoria, organizatorul nunții noastre, e pe poziții, dornică să ajute și, o clipă, am senzația că ea și Elle se opintesc la capete opuse ale unei sfori și eu sunt sfoara. Privirea lui Elle o întâlnește pe a mea, moment în care îi fac cu ochiul, amintindu-i subtil că astăzi e mai curând invitată decât maestru de ceremonii. Îi citesc reticența din priviri atunci când îi cedează rolul Victoriei. Nu se poate abține; e un organizator înnăscut și acum i s-a activat latura competitivă.

– A venit? întreb.

Victoria râde.

– Normal. Toată lumea te așteaptă înăuntru.

Șopronul este scăldat în lumina de culoarea mierii a soarelui auriu de după-amiază, iar prin ușile sale enorme, larg deschise, putem zări frânturi ale decorului din interior. Arată de un milion de ori mai bine decât toate nunțile alea puse în scenă cu fast în reviste lucioase; e rustic, e romantic și ne reprezintă, e plin de flori și de lumânări bej, aprinse în nișele adânci și umbrite ale ferestrelor. Simt miros de caprifoi și de brad, aud o muzică pe care nu reușesc să o recunosc, iar inima îmi sare din piept de nerăbdarea de a-l vedea pe Freddie în fața altarului.

Când ajungem la intrare, mama și Elle mă flanchează și ne luăm de mână. Nu cred că aveam în plan să mergem spre altar în această formație, însă nu pot să-i dau drumul la mână lui Elle, așa că înaintăm așa. Mama, eu, Elle. Ani de-a rândul am fost doar noi trei, în jurul mesei la micul dejun, în după-amiezile de sâmbătă, înghesuite pe canapea și luptându-ne pentru telecomandă, grămadă în patul mamei atunci când una dintre noi nu putea să doarmă. E absolut firesc să pășim astăzi în trei, spre altar.

Începe să se audă o muzică; de la primele acorduri ale cântecului celor de la Beatles, îl recunosc pe Jonah la pian. Firește că e Jonah, pe cine altcineva am fi putut ruga să cânte la nunta noastră?

Privirile se întorc spre noi, atmosfera se transformă dintr-una relaxată în una plină de suspans, un murmur de voci nerăbdătoare, entuziasmul este palpabil. Scăldată în razele calde ale soarelui, îl văd în capăt de tot pe Freddie, întors cu spatele la mine. Zăresc peste tot figuri familiare; colegii de la muncă, Phil și Susan strălucesc de parcă aș fi copilul lor, Dawn e în lacrimi și nici Ryan nu pare a fi departe. Julia mi-a răspuns de îndată ce am trimis invitațiile că nu poate să ajungă, pentru că merge să-și viziteze rudele din Ghana cu ocazia sărbătoririi a șaizeci de ani ai surorii ei.

Jonah cântă despre dragoste și despre trandafiri superbi, iar Mătușa June o ia pe mama de mână în treacăt și îmi face un semn cu degetul mare ridicat atunci când trecem prin dreptul ei. Până și Lucy reușește să schițeze un zâmbet de sub enorma ei pălărie corai. Nu îndrăznesc să mă uit cine stă în spatele ei, însă, oricine ar fi, nu o să vadă nimic. Familia lui Freddie s-a așezat în partea cealaltă, niște rude îndepărtate pe care nu le cunosc prea bine, care își fac întotdeauna apariția când vine vorba de mâncare din partea casei. Băieții de la pub s-au aranjat la patru ace, și-au pus pe ei costumele pe care le poartă probabil la nunți, la înmormântări și la interviuri. Mama lui Freddie e în față, într-o rochie cărămiziu-aprins, mai potrivită pentru o nuntă pe plajă decât pentru una într-un șopron, dar asta nu mai contează, pentru că aproape am ajuns lângă el și el se întoarce să mă privească. O, inimă! Pășesc singură spre el, în timp ce privirea lui mă măsoară din cap până în picioare, apoi o întâlnește pe a mea și sunt atât de copleșită de emoție, că e de mirare că mă mai țin pe picioare.

– Ai venit, șoptește, de parcă ar ști de cât de departe vin și, cu toate că, în mod cert, asta nu era în plan, se apleacă și mă sărută, lipindu-și buzele calde de ale mele.

– Și tu ai venit, murmur cu și mai multă uimire.

Mă ține de mână și nu i-aș mai da drumul. Râde blând și șoptește doar cât să aud eu:

– De parcă aș fi putut fi în altă parte.

Îndrumătorul nostru spiritual își drege vocea, gata să înceapă, și auzim cum le urează bun venit tuturor și le spune cât de încântați suntem că se află alături de noi în această zi foarte specială. Le spune că am ales să ne scriem singuri jurămintele, la care eu încuviințez din cap, ca apoi să pricep sensul spuselor ei și să-mi dau seama că nu am nici cea mai vagă idee în legătură cu ce urmează să spun. Panica începe să freamăte înăuntrul meu, ca o molie care mi se zbate în gât. O înghit atunci când îndrumătorul spiritual se întoarce zâmbind către Freddie; măcar începe el primul.

Freddie își drege vocea și apoi și-o mai drege o dată, că nu se știe niciodată. E o liniște de se aude musca. Acum, pentru întâia oară, i se citesc toate emoțiile pe chip.

– Sincer să fiu, zice, m-am străduit să îmi dau seama ce să spun astăzi. Jonah a fost mereu un adevărat maestru al cuvintelor – se întoarce să-l privească pe Jonah peste umăr. I-am cerut ajutorul până și acum, însă mi-a spus că asta e singura temă pe care trebuie să mi-o fac singur.

Lumea râde înăbușit, râde și Jonah, recunoscând fapta. Ochii ni se întâlnesc pentru o fracțiune de secundă și zăresc o umbră de regret pentru lucrurile spuse la petrecere burlăcițelor. Am o tresărire, pentru că, în viața reală, deja mi-e dor de el și mă întreb dacă LA are să devină reședința lui permanentă.

Freddie așteaptă să se facă liniște înainte să-și îndrepte din nou atenția asupra mea.

– Lyd, aveai paisprezece ani când te-am zărit întâia oară, un păr lung și blond și picioare interminabile, iar eu aveam cincisprezece ani, o bicicletă BMX și o serie de trăsături îndoielnice, moștenite de la mama, spune, întorcând privirea în spate, în timp ce lumea începe iar să râdă.

Pentru un om emotiv, chiar a reușit să facă publicul să-i mănânce din palmă.

– Dumnezeu știe de ce...

Se pierde și îi cere grăbit scuze îndrumătorului spiritual, care înclină din cap cu grație, cu toate că nu este o slujbă religioasă.

– Adică, numai Dumnezeu știe de ce...

Se întrerupe din nou și îndrumătorul spiritual își dă foarte subtil ochii peste cap atunci când oamenii încep să mustăcească. Freddie așteaptă ca lumea să se liniștească înainte de a continua.

– Ceea ce încerc să spun, în felul meu și fără să folosesc cuvinte licențioase, de astă dată, este că nu am idee de ce mi-ai spus da sau cum am reușit să rămân în viața ta în toți acești ani. Ești mai deșteaptă decât mine și ești mai bună decât mine. Nu ești de nasul meu, ba ești atât de departe, încât nici nu mai e amuzant. Și totuși ai spus da, iar asta mă face să fiu cel mai norocos om în viață.

Cuvintele lui sunt perfecte pentru că sunt ale lui.

– Știu că te scot din minți uneori, însă atât pot să-ți promit: noi doi vom fi întotdeauna împreună. Voi avea mereu grijă de tine. O să mă asigur că te dai cu loțiune de protecție solară, iar în diminețile reci de iarnă, o să îți închei toți nasturii paltonului. Tu îmi înseninezi lumea, Lydia Bird, și nu vreau o viață fără tine.

Oh, Freddie, îmi spun, dacă ai știi tu... Ăsta e angajamentul pe care ni-l luăm atunci când iubim pe cineva, nu-i așa? Undeva, pe parcurs, cineva va trebui să găsească o cale de a merge mai deaprte în lipsa celuilalt. Privindu-l acum pe Freddie, mă consolez puțin la gândul că el nu a fost nevoit să cunoască durerea sfâșietoare prin care trec eu în viața reală.

Mă străduiesc să îmi țin cumpătul. O zăresc cu colțul ochiului pe Elle; lacrimile i-au stricat machiajul. Nu o să îmi dau voie să plâng. Nu pot. Trebuie să vorbesc clar, să spun lucrurile pe care nu am apucat să le spun niciodată.

– Freddie, spun, verificând dacă îmi tremură vocea.

Nu e perfect. Înghit în sec, îmi dreg glasul și cred că Freddie își dă seama că mai am puțin și clachez, pentru că mă ia de mână. Urmează câteva clipe de tăcere, între noi și în toată încăperea, pretutindeni împrejurul nostru. Toată lumea așteaptă, iar eu inspir adânc de câteva ori, căutând să mă calmez, pentru că aceste cuvinte contează mai mult decât orice am rostit vreodată în viață.

– Te privesc stând aici, Freddie, și inima asta a mea... adică, mă întreb cum e posibil să țină atâtea lucruri în ea fără să dea pe afară.

Îi ridic mâna și i-o duc în dreptul inimii.

– E plină de dorințe și de „într-o bună zi“ și de „măcar dacă“. E plină de zile de ieri, adunate toate laolaltă și puse la păstrare. E plină și de zile de mâine. Fețele copiilor noștri, toate locurile în care vom merge, reușitele și greutățile pe care le vom travesa.

Duc și eu mâna pe pieptul lui, îi simt bătăile inimii sub palmă și bătăile inimii mele sub palma lui.

– Viața mea a fost împletită cu a ta de când aveam paisprezece ani.

Mă privește în ochi și simt conexiunea dintre noi. Îl simt în profunzime, în fiecare atom al corpului meu, în fiecare versiune a lumii noastre care se învârte în jurul fiecărei versiuni a soarelui.

– Timpul schimbă totul în cele din urmă, Freddie, și acum realizez că e OK să fie așa, pentru că ce avem noi e mai mult decât un aici și un acum. Tu și cu mine, noi suntem tot timpul și pentru totdeauna și pretutindeni. Dacă aș trăi un milion de vieți, te-aș găsi în fiecare dintre ele, Freddie Hunter.

Îl privesc, mă privește și el și începem să plângem. Nu bocete și suspine care să-i facă pe toți să se simtă inconfortabil, ci niște firicele tăcute, care se transformă în fluvii și apoi în mări. Vreau să-mi aduc mereu aminte de noi în felul ăsta.

Îndrumătorul spiritual e gata să ne declare soț și soție și eu de-abia aștept să o aud spunând cuvintele astea cu voce tare, să ne declare căsătoriți și clopotele să înceapă să bată, să bată și iar să bată, tot mai tare și mai insistent. Tremur din tot corpul, în efortul herculean de a sta în picioare. Tremur ca varga din toate încheieturile. Clopotul nu mai sună ca un clopot de nuntă și, oricât m-aș zbate și oricât de mult m-aș împotrivi, mă desprind de ei, prăbușindu-mă în întuneric, iar pijamaua mea e lac de sudoare de la efort. Cum e posibil să fiu în pijama? Încă mai aud clopotele de nuntă. Apoi însă, îmi dau seama că nu sunt clopote. E telefonul mobil de pe noptieră, asurzitor și iritant, care mă cheamă dintr-o lume în alta. Nu pot îndura nici zgomotul, nici sentimentul de suferință absolută și sălbatică ce mă curpinde când bâjbâi după telefon, pe jumătate adormită. Poate că pot să mă întorc. Poate, dacă mă țin bine de hățurile somnului, mă pot precipita din nou pe ușile șopronului înainte să se închidă. În timp ce mă agăț de aceste gânduri, văd printre gene numele luminos de pe ecran. Elle. Mă trezesc brusc, îngrozită.

– Lyd, sunt singură.

Vocea surorii mele e distorsionată de durere, de abia o recunosc.

– Copilul... Ajutor!

TREAZĂ

Sâmbătă, 20 iunie

Ajung înaintea ambulanței, îmbrăcată încă în pijama. Am sunat la Salvare de pe fix, vorbind în continuare cu Elle pe mobil.

– Stai puțin, i-am spus, panicată pentru că nu găseam cheile de la mașină, ridicându-mă în capul oaselor și trăgându-mi ghetele în picioare. Vin acum, ajung și eu într-o clipă!

Din ce a reușit să-mi spună ea pe scurt, printre suspine sacadate, știu că vrea copilul să iasă, David e plecat cu serviciul, iar ea nu știe de ce e dintr-odată atât de nasol. Nici eu nu știu; singura mea experiență legată de nașteri de până acum a fost cea cu peștișorul auriu câștigat la bâlci în ziua în care sora mea împlinea opt ani. I-am spus Ariel, nesuspectând nimic, și am privit cu oroare și cu fascinație cum, câteva zile mai târziu, a lansat un val de ouă, suflându-le dezinteresată ca o mașină de zăpadă artificială rămasă fără baterii. Am asta și câteva episoade din *Sună moașa* la activ; însă niciuna dintre aceste experiențe nu mă califică câtuși de puțin să fiu singura persoană de față atunci când sora mea intră în travaliu.

Toate astea îmi trec prin minte când frânez scrâșnind pe strada ei, aflată la cinci minute de mine, de-abia ținându-mă pe picioare în timp ce-mi croiesc drum prin curtea ei. Am cheia de la ea și de la casa mamei; încă un lucru asupra căruia au insistat după accident.

– Sunt aici, Elle, sunt aici! strig aplecându-mă spre cutia de scrisori, încercând să găsesc cheia potrivită și învârtind-o în sfârșit în broască. Las ușa deschisă pentru cei din ambulanță și mă reped la etaj; se pare că ceva din *Sună moașa* tot s-a lipit de mine.

O găsesc așezată pe marginea patului, într-un capăt, cu mâinile încolăcite pe un picior al patului, de parcă ar fi pe o navă care se scufundă. Are părul negru lipit de fruntea asudată, iar fața ei e deopotrivă un studiu despre panică și ușurare atunci când îngenunchez în fața ei și îi pun mâinile pe genunchi.

– E prea devreme, Lyd, îmi șoptește, privindu-mă cu niște ochi mari.

Tremură foarte tare și îi clănțăne dinții în gură.

– Patru săptămâni.

– E OK, îi spun, pentru că așa m-a asigurat dispecerul de la Urgențe când l-am întrebat, acum zece minute. Sunt atâția copii care se nasc în siguranță la opt luni.

Elle nu răspunde; nu poate, pentru că e cuprinsă de o nouă convulsie, care o face să se chircească de durere și să se tânguiască ca un animal rănit. Se stinge treptat și mă așez lângă ea, îmi petrec brațul pe după umerii ei, moment în care se prăbușește la mine în brațe.

– Cât de apropiate sunt contracțiile? întreb, cu toate că nu prea știu care e răspunsul potrivit. Aproximativ?

– Nu destul, spune cu răsuflarea întretăiată. Nici pe departe destul.

– OK, zic, mângâind-o pe spate. Are sânge pe picioare, dar nu îi spun nimic.

– Să facem niște exerciții de respirație?

Doamne, sper că știe ce are de făcut, pentru că eu bag mâna în foc că nu știu. Îmi doresc să fi fost mai atentă când mi-a povestit de cursurile prenatale pe care le-a făcut. Să nu fi fost atât de al naibii de egocentrică. Din fericire, Elle trage aer în piept mai adânc decât până acum și expiră cu un șuierat prelung.

– Parcă ai fi un balon care se dezumflă, spun, iar ea mai că râde, mai că plânge.

– Mă simt ca un nenorocit de balon, spune înghițind cu noduri și pufnim amândouă într-un râs tremurător și puțin isteric. Dacă iese copilul înainte să ajungă ambulanța? spune, mai mult plângând decât râzând.

– Ne vom descurca, zic, pe un ton care reflectă mult mai multă convingere decât simt.

Dacă nu vine ambulanța înainte să iasă copilul, o să cedez nervos. Eu nu sunt în stare nici măcar să mă uit la serialul *Casualty*.

– Ba nu, spune temătoare. Dacă se întâmplă ceva cu copilul și nu o să fie nimeni care să ne ajute?

Observ că respirația îi devine mai superficială și peste câteva secunde fața i se contorsionează de durere. După calculele mele, sunt două minute. Cu siguranță nu sunt trei. Două minute e un interval îngrozitor de mic.

– Eu sunt aici. Te ajut eu. Vor ajunge, Elle, dar, dacă nu ajung, putem să facem asta împreună, OK?

Mă privește în ochi și o privesc și eu ferm, fără să clintesc un mușchi.

– OK?

Elle înghite în sec.

– E prea târziu să mai mergem la spital.

– Păi, atunci, nu mergem, zic.

– David nu e aici, spune, și fața i se contorsionează iar de durere.

– Nu, nu este. Dar eu sunt și nu plec de lângă tine până nu ajunge. L-am sunat, e pe drum.

Mă strânge de mână și mă uit la mâna ei palidă și încleștată. Când eram mici, Elle și cu mine obișnuiam să ne ținem de mână când ne era frică; când, la cinci ani, am pus cortul în curtea din spatele casei, când, la nouă ani, tata a apărut din senin de ziua mea, la înmormântarea bunicului, când tocmai împlinisem douăzeci și unu de ani. Nu e doar reconfortant, e de-a dreptul instinctiv. Sper că și pe ea o ajută să-și recapete forțele, nu doar pe mine.

– Mulțumesc, îmi spune.

Îi tremură buzele și vocea ei sună ca a unui copil de zece ani, iar eu îmi dau seama că acum e momentul să iau atitudine și să fiu eu sora mai mare.

– Cred că poate ar trebui să te întinzi, îi spun.

– Nu știu dacă pot.

– Ba da, poți, îi spun pe un ton ferm. Hai să facem asta acum, înainte de următoarea contracție.

Împreună, reușim la țanc să-i facem loc între perne. Își trage genunchii spre ea și începe să sufle zgomotos. Doamne, unde e ambulanța? A lăsat o dâră de sânge proaspăt pe cearșaf când s-a mișcat. Încerc să nu mă gândesc la asta; nu știu dacă e ceva normal.

– Îmi pare rău că îți fac asta tocmai azi, se smiorcăie, cu răsuflarea întretăiată de durere.

Prin fața ochilor mi se desfășoară o imagine pasageră a nunții mele, rochia mea de culoare spumei mării, zâmbetul larg al lui Freddie, mama și Elle conducându-mă la altar.

– Nu fi ridicolă, îi spun. Era oricum o cauză pierdută.

Elle și cu mine schimbăm o privire veche de când lumea, care nu are nevoie de cuvinte, apoi strânge ochii și pumnii, zguduită de o nouă contracție. În viața mea nu m-am mai simțit atât de neajutorată. Când deschide ochii din nou, îi caut mâna.

– Eu n-aș face asta, mă avertizează. Nu pot să garantez că n-o să-ți rup degetele.

Râd pentru că amândouă am auzit de atâtea ori povestea de travaliu a mamei.

– N-aș vrea să-mi răpești șansa de a deveni campioană la surfing, spun, fără să-i dau drumul la mână.

– Doamne, Lydia, se întâmplă acum, cred că simt cum iese copilul! suspină ea. Trebuie să împing, spune imperios, cu o mână protectoare pe pântece și cu cealaltă în spatele capului, încleștată pe tăblia patului. Pielea de pe osatura pumnului i se albește în mod vădit.

– Poți să mai reziști? o întreb, dezvelindu-mi dantura, pregătită pentru răspunsul inevitabil.

– Nu! aproape că zbiară, cu fața congestionată, de culoarea sfeclei.

Fără să mă gândesc, sunt deja în partea cealaltă a patului.

– Va trebui să îmi dau seama dacă pot să văd ceva, Elle, zic, cu un curaj pe care nu îl resimt.

– OK, spune plângând. Te rog, nu-mi lăsa copilul să moară, Lyd. Să nu o lași să se sufoce cu cordonul ombilical sau mai știu eu...

De-abia reușesc să văd prin perdeaua de lacrimi, dar, slavă Cerului, văd suficient încât să-mi dau seama că salvarea nu o să ajungă la timp.

– Cred că îi văd creștetul, îi spun, apropiindu-mă și încercând să-mi amintesc orice naștere pe care am văzut-o sau despre care am citit. Ariel nu se pune.

– Ascultă-mă, Elle, îi spun, privind-o printre genunchii depărtați. Când ești gata, trebuie să împingi până îți zic stop, iar apoi, pentru numele lui Dumnezeu, să te oprești ca să verific dacă are cordonul ombilical încolăcit în jurul gâtului, OK?

E îngrozită, dar aprobă din cap și în secunda următoare e curpinsă din nou de durere.

– Bine, îi spun. Ce fată bună! Acum, împinge!

Privesc cu răsuflarea tăiată cum apare încet și, în mod miraculos, o fetișoară de bebeluș, boțită și vineție.

– Acum, stop! spun pe un ton ridicat.

Cu genunchiul lui Elle pe umărul meu, pipăi delicat gâtul copilului și mulțumesc tuturor dumnezeilor că nu dau peste cordonul ombilical acolo!

– E OK, e OK, spun, dând viguros din cap. Când ești gata, poți să împingi din nou.

Dă și ea viguros din cap și apoi urlă, iar în depărtare se aud sirenele.

– Hai, Elle, că ne descurcăm, ridic tonul, ținând mâinile pe capul copilului și văzând cum încep să apară umerii.

O ajut cum pot, susținând și manevrând corpul mic al bebelușului, încurajând-o pe Elle să împingă pentru ultima oară, pentru a aduce din corpul ei la mine în brațe copilul alunecos, lipicios și minunat.

– Să n-o scapi, bine? geme.

– Nu îi dau drumul, Elle, îți promit.

Nu îmi scapă faptul că e pentru a doua oară când fac promisiuni solemne în ultimele câteva ore. Nu îmi revin, e prea mult. Însă apoi, gândurile mele toate sunt alungate de ce se întâmplă aici și acum: o viață complet nouă care ia prima gură de aer la mine în brațe.

– E aici, e aici! La naiba, am reușit, ți-am zis eu că putem!

Râd și plâng de ușurare, amândouă o facem și iau de pe pat un cearșaf cu care înfășor copilul smiorcăit, care începe să se foiască. I-l dau apoi lui Elle, care își leagănă pruncul neprețuit.

– Vine ambulanța, o aud, șoptesc eu.

– Mulțumesc, îmi spune cu vocea tremurându-i.

Mă aplec și o îmbrățișez cu grijă, ca să nu-mi strivesc nepoțica. Sirenele se aud tot mai tare și apoi se opresc, ajunse în sfârșit aici.

– Ai fost nemaipomenită, îi spun.

– Și tu, îmi șoptește printre lacrimi, lăsându-se pe spate ușurată.

– Nu am mai adus niciodată un copil pe lume, zic, de parcă asta ar fi o noutate pentru vreuna din noi.

– Uiți de Ariel, îmi aduce ea aminte, de parcă asta s-ar pune ca experiență de moașă.

– Așa e. Dar ea n-a făcut nici pe departe atâta tam-tam.

– E cineva? auzim o voce de bărbat, urmată de pași pe scări.

– Aici! strig.

Doi medici în halate verde-închis intră unul după altul, un bărbat cu început de chelie și o femeie înaltă, cu părul blond și prins în coadă, măsurând amândoi situația stând în picioare, lângă pat, și prezentându-se drept Andy și Louise.

– Se pare că ai avut o dimineață plină, draga mea, i se adresează Andy lui Elle, zâmbind.

– E fetiță, spune Elle surâzând.

– E OK dacă mă uit puțin la ea?

Louise se așază lângă Elle și examinează grijulie copilul. Eu mă dau la o parte ca să-i las să-și facă treaba, privind cum prind și apoi taie cordonul ombilical.

– Pot să te rog să ții copilul cât o examinăm pe Elle? mă întreabă Louise.

Când îmi pune copilul în brațe, mă simt ușurată că altcineva a preluat conducerea. O duc la geam în vreme ce medicii o îngrijesc pe Elle, iar cuvintele lor curg pe lângă mine, zgomot de fundal în timp ce studiez noul omuleț. Îmi trec ușor vârful degetelor peste spațiul dintre sprâncene, până la năsuc, mâna mea ca o pană peste obrăjorii ei. Nepoata mea. Nu mai e vineție, e ca o piersicuță, cu pufușor și încă puțin mânjită de sânge. Gura i se strâmbă instinctiv când îi ating buza de jos, plescăind ca Maggie Simpson. Ești deja atât de isteață, îi spun în sinea mea, cum știi tu să supraviețuiești. Sper să ai mereu capacitatea asta. Când se sucește și scoate o mânuță, îi pun un deget în palmă. Niște degete micuțe și translucide se încolăcesc în jurul lui, e cel mai fragil lucru pe care l-am văzut în viața mea. Mă uit la prospețimea ei fragedă și tresar când realizez că în lumea cealaltă nici măcar nu există.

– Oh! șoptesc.

Face parte din lumea mea de câteva minute doar și deja a lărgit distanța dintre lumea de aici și cea de acolo. Acolo, Elle nu e mamă. Acolo, copilul ăsta nu a supraviețuit. Nu știu ce înseamnă toate astea, dar realizez dintr-odată că sunt extrem de obosită. Ultimele douăzeci și patru de ore au fost intense, fără doar și poate. Aproape mă simt ușurată atunci când e momentul să-i dau copilul înapoi lui Elle, care acum stă pe pat și arată mult mai normal decât mi-aș fi închipuit că ar putea arăta cineva care tocmai a adus o ființă nouă pe lume. Am auzit-o pe Louise printre picături, liniștind-o pe Elle în legătură cu viteza cu care a venit pe lume bebelușul; se pare că durează cât durează. Nu o dată i s-a întâmplat să moșească în ambulanță, ba o dată a făcut asta în capul scării rulante dintr-un centru comercial. E mai bine decât să trudești din greu două zile întregi, i-a spus, și cred că așa este.

Îi dau copilul lui Elle și alerg în hol ca să-l sun pe David și să-i spun că atât mama, cât și copilul sunt bine și că ar trebui să vină de urgență acasă. Se pierde complet cu firea și sunt nevoită să fiu fermă, să-i spun să nu intre în panică și să se adune.

– Trebuie să mergeți la spital? întreb, așezându-mă cu grijă pe marginea patului, în timp ce Louise și Andy coboară scările.

Elle clatină din cap.

– Nu, Louise încearcă să dea de moașa mea și să o cheme să mă consulte. Și pe asta mică, spune, uitându-se la copil.

Pentru o clipă, ne uităm amândouă lung la bebelușul adormit. Nu e de mirare că e răpusă de oboseală; oricât de dificile ar fi fost pentru Elle și pentru mine ultimele câteva ore, pentru ea au fost și mai pline de noutate.

– Te-ai gândit la nume? întreb.

Au vehiculat atâtea variante în ultimele luni și săptămâni, încât le-am pierdut șirul. Elle își studiază fetița.

– Cred că rămăsese să-i spunem Charlotte, însă acum, că e aici, nu sunt convinsă că are față de Charlotte.

– Hm, zic, luând în calcul opțiunea. Ce părere ai de... Lydia Ariel Piersicuță?

Pe buze îi răsare un zâmbet, chit că ostenit.

– În viața mea nu încap mai multe Lydii.

Și totuși, în viața mea există câte doua variante ale fiecăruia, îmi spun. Toți au câte o dublură, mai puțin Freddie și micuța.

– În curând, ar trebui să ajungă și David.

– De-abia aștept să vină, spune Elle.

Mă uit la cearșafurile pătate de sânge.

– Ce-ar fi să-ți fac un sendviș și, cât îl mănânci tu pe scaun, să schimb așternuturile? Ca să nu mai pară, ăăm... de pe altă lume?

Gura i se strâmbă. Știe cum reacționez la sânge.

– A fost groaznic la final?

– În mod ciudat, nu. Sinceră să fiu, faptul că am fost prima persoană care a văzut-o pe domnișorica asta mică a făcut ca totul să fie special.

E o subestimare crasă. Oamenii înfloresc în fel și chip nașterile; le numesc miracole, spun că li s-a schimbat viața sau că sunt momente neprețuite. Pentru mine, a însemnat toate astea la un loc și mult mai mult – a fost magie umană pură. Elle a făcut scamatoria scamatoriilor astăzi, sub ochii mei. Sora mea e o vrăjitoare, iar fiica ei este o capodoperă.

Când, ceva mai târziu, se precipită pe ușă și urcă câte două trepte odată, David le găsește pe amândouă dormind. Eu moțăi pe fotoliu și tresar când intră în cameră, răsuflând greu.

– Sunt bine, îi spun încet, când se apropie de pat.

Elle deschide ochii și-l vede. Expresia de pe chipul ei... spune tot. Spune te iubesc, uite ce am făcut, ce mă bucur că ești aici!

Expresia de pe chipul lui... spune, de asemnea, tot. Spune te iubesc și mai mult, sunt așa de mândru de tine, supereroina mea.

Se așază lângă ea, iar Elle alunecă la el în brațe, plângând din nou, însă de astă dată de bucurie, pentru că noua lor familie s-a reunit în sfârșit pentru întâia oară. Mă topesc de fericire pentru ei și apoi ies tiptil din cameră, fiindcă nu vreau să le stric primele momente în care sunt doar ei trei. Nu bagă de seamă, ceea ce e OK. Așa și trebuie.

Rămân suficient încât să aflu că, în cele din urmă, s-au hotărât să-i spună Charlotte. David a dus-o jos cu grijă, pentru ca Elle să poată face un duș. Am stat pe canapea și i-am examinat mânuțele și picioruşele, niște membre miniaturale și firave, pregătite să pună cărniță pe ele, și părul șocant de negru. David zice că seamănă cu Elle și probabil are dreptate. A venit și moașa, alertată și eficientă când vine vorba de măsurători. Charlotte a avut 2 kg și 300 g, ceea ce, aparent, e grozav pentru un copil născut cu o lună mai devreme.

Sunt din nou acasă, mi-am făcut un ceai. Stând așa, aici, nu îmi amintesc ca această casă să mi se mai fi părut vreodată atât de pustie și nici să mă fi simțit vreodată atât de singură. Liniștea e intensă; aș putea să pornesc radioul, dar nu cred că aș suporta vorbăria insipidă sau râsetele frivole. Și ieri-dimineață tot pe scaunul ăsta stăteam, având emoții teribile în legătură cu nunta. Acum sunt epuizată până în măduva oaselor. Mă simt ciudat… neancorată, ceea ce e chiar bizar, când tocmai am asistat la ceva atât de fundamental de pământesc, cum e nașterea. Poate am ajuns la surmenaj emoțional; se poate întâmpla, când te măriți și moșești un copil în decurs de douăsprezece ore. Nu mi-e ușor să explic asta. E o senzație de deconectare, ca niște pârâituri pe care le auzi în receptor când telefonezi peste mări și țări. Elle s-a mutat în străinătate, într-un loc unde pot să merg în vizită, nu și să rămân peste noapte. În jurul meu, toată lumea merge înainte, se îndepărtează de mine; mama cu Stef, Elle cu copilul, Jonah în LA.

Biata mea inimă epuizată; e deznădăjduitor să mă gândesc că, în orice versiune a vieții mele, sunt un dezastru. Știți cutiuțele alea muzicale de modă veche, căptușite cu oglinzi care să reflecte din toate unghiurile balerina care se învârtește cu încetinitorul? Am pe undeva una care are pictate pe capac niște păsări colorate; mi-a făcut-o cadou de ziua mea Jonah, pe vremea când eram la școală. Îmi închipui că sunt balerina aceea, miriade de versiuni rotitoare ale mele.

Sunt al naibii de obosită și mi-e mult prea greu să urc până în dormitor, așa că mă târăsc până pe canapea și mă prăbușesc, ghemuită pe o parte și cu fața în palme, ca să nu îmi intre lumina în ochi. Aș plânge dacă aș mai avea energie; nici nu cred că mi-au mai rămas lacrimi. Mă simt uscată ca iasca, un morman de frunze ofilite, care s-ar aprinde la cea mai mică urmă de scânteie. Închid ochii și văd frunzele împrăștiate de vânt, purtate care încotro, bucățele din mine plutind în derivă.

Când mă trezesc, e din nou întuneric. Am picat lată într-un somn fără vise și acum sunt trează la ora zece noaptea și mă simt cuprinsă de dorința de a face ceva, de a merge undeva, de a mă extrage de aici. Nu merg la serviciu nici săptămâna asta, nici săptămâna viitoare, mi-am luat liber fără să le spun că, dacă lucrurile nu ar fi stat așa cum stau,

Freddie și cu mine am fi în New York, în luna de miere. I-am spus lui Dawn că am de gând să reamenajez bucătăria, iar lui Phil și lui Susan le-am zis că mă duc la un spa cu mama și cu Elle, înainte de nașterea copilului. Nu fac niciunul dintre aceste lucruri. Mi-am luat liber săptămâna asta ca să stau acasă, într-o înșiruire continuă de vizite în cealaltă lume a mea. Oricât de nebunește ar suna, eu merg în luna de miere.

Îmi dau seama însă că nu e nevoie să stau acasă, să iau pastile ca să călătoresc. De fapt, cu cât mă gândesc mai mult la asta, cu atât mai mult mi se pare că trebuie să plec de aici. Dacă rămân aici, timpul îmi va fi răpit de fel și fel de solicitări. Elle, copilul, mama. Dacă plec, mă voi gândi numai la mine și voi face planuri doar pentru mine. Gândul de a fi în altă parte pune stăpânire pe mine. Mintea mea jonglează cu diverse opțiuni: plaje, creste, oceane. Unde aș putea să merg? Adică, aș putea până și să iau un avion spre New York. Iau în calcul varianta pentru câteva minute, dar ajung la concluzia că ar fi prea ciudat, chiar și după standardele mele de ciudățenie, să fiu acolo în ambele mele vieți în același timp. Sunt sus și aproape fug să fac un duș, mă schimb, arunc în valiza scoasă din camera pe care nu o folosesc haine, lenjerie, ochelari de soare, sandale. Mă cunosc suficient de bine încât să știu că nu vreau să mă trezec undeva unde e frig. *Soare*. Am nevoie să-mi întorc fața spre soare și să simt cum îmi învăluie pielea într-o căldură fierbinte și lipicioasă. Târăsc jos bagajul făcut la repezeală și dibuiesc pașaportul în sertarul din bucătărie. E în același plic cu pașaportul lui Freddie și, pentru câteva clipe, le țin la piept pe amândouă, imaginându-mi că stăm la coadă la aeroport, nerăbdători, ținând pașapoartele strâns. Nu am puterea să îl privesc pe al lui, trebuie să-mi mențin această dispoziție care mă va duce într-un loc nou. Nu mai pot aștepta până dimineață, nu mai pot să aștept nici măcar o oră, așa că îmi chem un taxi, târăsc valiza pe aleea din fața casei și aștept în stradă. Strecor niște bani și un bilețel pe care mâzgălesc niște scuze în cutia de scrisori a lui Agnes; mă simt datoare să o rog să aibă grijă de Turpin, cu toate că practic aproape locuiește la ea și nici că o să-i pese că lipsesc de acasă. Nu am cui să mai scriu, nu mai am cui să dau de știre că m-a apucat nebunia. Mamei o să-i scriu un mesaj atunci când mă hotărăsc unde merg, deocamdată încui ușa și mă arunc exaltată în taxi. Nu reușesc să scap de senzația că cineva sau ceva are să mă împiedice, o să mă apuce de braț și o să-mi spună că nu pot să plec – însă nu se întâmplă asta. Sunt de capul meu. Căpitanul propriei nave, chiar dacă nu am habar încotro navighez.

Mă uit dezorientată la panoul de Plecări. De-abia acum, stând aici, simt o primă bătaie de îndoială pe umăr. Adevărul e că mă simt puțin dezaxată, stând aici, de una singură, în mijlocul aeroportului, cu un bagaj făcut în grabă, cu un recipient cu pastile roz pe jumătate gol și cu pașaportul. Nimeni nu știe că sunt aici. Aș putea să fac stânga-mprejur și să merg acasă și nimeni n-ar afla niciodată nimic despre asta. E tentant; cochetez cu ideea. Oriunde mă uit, văd cupluri și familii, copii obosiți cu iPaduri și petreceri de burlăcițe aliniate în fața barului. Mi-e clar că nu vreau să merg într-un loc unde se țin petreceri de burlăcițe. Nu știu ce să fac, așa că rămân locului și îi las pe toți să se învârtă pe lângă mine, frânturi de conversație, urme de parfumuri din Duty Free.

– Ești bine, drăguță? spune cineva și, când mă întorc, dau cu ochii de un paznic. Stai aici de ceva timp. Ai nevoie de ajutor?

Are fața unui om trecut prin viață, pare să tragă de ultimii ani de muncă înainte de pensionare. Presupun că mă întreabă dacă am nevoie de indicații pentru a găsi ghișeul de *check-in*, însă discuția noastră ar putea foarte bine să servească unui scop mai nobil. El nu știe că tocmai a devenit căpitanul secund al acestei nave.

– Chiar am, spun. Unde ați merge dacă în acest moment ați putea merge oriunde?

Ted, căruia îi știu numele de pe ecuson, se uită ciudat la mine, năucit de întrebare.

– Acasă? îmi zice.

Râd disperată, pentru că este în mod cert răspunsul greșit.

– Nu, voiam să spun undeva în străinătate. Dacă ați putea zbura oriunde, unde v-ați duce?

Măsoară din priviri valiza, apoi pe mine, evaluând situația. Oare la ce se gândește? Fug de poliție? Am părăsit pe cineva la altar? Sper tardiv să nu fi cerut ajutorul persoanei celei mai puțin potrivite din toată clădirea; tipul ăsta ar putea să mă rețină aici. Mâna cu verigheta adâncită într-un șănțuleț săpat de vreme i se odihnește pe micul aparat de radio de la centură.

– Ei bine, spune încet, probabil că m-aș duce într-un loc în care să am o conexiune bună la internet, ca, odată ajuns acolo, să pot da de știre cuiva unde mă aflu.

E patern, teribil de înduioșător pentru o fată fără tată.

– Așa voi face, spun, și indic printr-o mișcare a capului tabelul de afișaj. Așadar, încotro?

Ted oftează, parcă spunând că ar prefera să fac stânga-mprejur și să merg acasă.

– Cel mai bine ar fi să verifici ce mai e disponibil. Mai bine te duci la ghișeele care vând bilete decât la birourile de *check-in*.

Mă îndrumă în direcția standurilor aliniate de-a lungul peretelui din capăt, iluminate în roșu și galben.

– Ah, înțeleg, zic.

Sunt destul de multe, mai bine de zece-doisprezece, așa că îi mai pun o întrebare lui Ted.

– Un număr de la unu la doisprezece?

El își dă ochii peste cap.

– Șase.

Șase. E la fel de bun ca oricare altul.

– Mulțumesc, Ted, spun, simțindu-mă puțin stingherită, de parcă ar trebui să-l îmbrățișez sau așa ceva. Ar trebui să, äämm… știi, să plec.

Se dă la o parte și îmi face cu mâna.

– La drum, atunci! îmi spune. Și nu uita să telefonezi acasă.

Dau aprobator din cap. Are dreptate, ar trebui să o sun măcar pe mama, dar încă nu îndrăznesc, de teamă să nu mă facă să mă răzgândesc chiar înainte de decolare. Mâine nu e deloc prea târziu, mama e mult prea ocupată să se întoarcă de la Lacuri ca să-și vadă noua nepoată.

În regulă. Șase. Mă apropii de șirul de standuri și le iau la rând, bifându-le pe măsură ce trec prin dreptul lor. Standul numărul unu: United Airlines. Nu cred că pot merge în State fără viză și fără toate drăcoveniile lor, așa că era oricum o cauză pierdută. Doi: Air France. Puțin cam aproape; nu pot să garantez că mama n-o să vină să mă culeagă de acolo. În plus, Parisul. Trei: Quantas. Prea departe. Vreau să plec, dar nu chiar la celălalt capăt al lumii. Patru: Emirates. Hmm. Nu cred că strălucirea și fastul Dubaiului sunt ce-și dorește sufletelul meu acum. Air Lingus e la numărul cinci; încă o cauză pierdută pe principiul proximității. OK. Standul numărul șase e luminat în portocaliu și galben, invitându-mă. Ademenindu-mă, chiar. Air India. Simt emoțiile în stomac. În mintea mea, mă cam vedeam în Baleare sau în Portugalia, însă, dintr-odată, gândul la India devine foarte tentant. E destul de departe ca mama să nu vină după mine și e destul de diferit ca să fie exact ce aveam nevoie – nu că aș fi realizat până în clipa asta. Nu mi-am imaginat niciodată că o să ajung să călătoresc singură, darămite într-un loc care mi-e atât de străin. Unele ghișee au fost închise pe timp de noapte, însă întâmplarea face să dau peste un tip cocoțat pe scaunul din spatele tejghelei, care ridică privirea spre mine.

– Aveți nevoie de ajutor? mă întreabă zâmbind.

E o întâmpinare plăcută, mă apropii.

– Cred că vreau să merg în India, spun, chiar ceva mai încet decât de obicei, ca și cum aș fi curioasă cum sună vorbele astea din gura mea.

– Excelent, îmi spune. Unde anume în India aveți de gând să călătoriți?

– Oh, zic, simțindu-mă prostește. Așa e. Păi, încotro e primul zbor?

E suficient de profesionist ca să nu se arate surprins de răspunsul meu. Butonează la tastatură, iar eu aștept, încrucișându-mi degetele pe sub tejghea, ca să nu-mi spună că nu are niciun zbor în viitorul foarte apropiat.

– E un zbor către Delhi în două ore și douăzeci și șapte de minute, zice.

– Acolo vreau să merg, spun cucerită.

– Dar mi-e teamă că nu mai avem locuri, continuă, schițând un zâmbet compătimitor.

Sunt distrusă. Am aflat de zborul ăsta cu treizeci de secunde în urmă și deja mi se pare o ocazie ratată.

Vânzătorul se uită la ceas.

– Următorul zbor e la două și nouăsprezece, dar e spre Goa.

Mă privește ca și cum treaba asta ar fi un capăt de țară, însă mie nu îmi pasă dacă e Delhi sau Goa.

– Mai aveți un loc?

Mai tastează ceva, mustăcește preocupat, apoi ia o decizie.

– Mai avem.

Scot cardul din geantă și îl pun pe tejghea înainte să apuc să deschid iar gura.

– Îl vreau.

Preț de o mili-milisecundă, îi piere de pe față expresia ultraprofesionistă.

– Sunteți sigură?

– Arăt eu a persoană care nu e sigură? îl întreb. Am valiza și pașaportul chiar aici.

– Și viză la zi?

Asta mă lovește în plex.

– Am nevoie de viză pentru India?

Compasiunea de pe chipul lui se amestecă cu iritarea.

– Normal, dar o puteți obține cu ușurință on-line.

Am telefonul în mână, din nou plină de speranță.

– Acum? Pot face asta acum?

– Desigur, doamnă, însă procedurile durează două zile.

Simt că mai am un pic și încep să plâng. De fapt, cred că sunt pe punctul să o fac în timp ce strecor cardul înapoi în geantă.

– Mersi oricum, zic, clătinând din cap. Dar eu trebuie să plec în noaptea asta.

Mă privește cu mult regret cum îmi târăsc valiza pe roți, gândindu-se probabil la comisionul ratat.

La următorul ghișeu e o agenție de turism de proporții, cu propria linie aeriană, așa că îmi târăsc valiza înspre fata plictisită din spatele ghișeului și, în lumina dezamăgirii cu India, încerc o nouă abordare, mai țintită.

– Aș dori un loc la primul zbor către o țară caldă, pentru care să nu fie nevoie de viză, vă rog.

Face ochii mari în spatele ochelarilor ei de pisică.

– Aham, spune, apăsând pe mouse ca să-și readucă la viață calculatorul și băgând într-un sertar sendvișul pe care începuse să-l mănânce. Se uită la ceasul de pe perete și scoate un pleoscăit în timp ce cântărește lucrurile.

– Ați avea șanse să prindeți zborul spre Mallorca, la *check-in* se închide în zece minute.

Știu că am spus că vreau un loc la primul zbor, dar am mai fost în Mallorca și îmi trezește amintiri cu Freddie, lucru de care nu am nevoie acum.

– Și următorul care ar fi? o întreb.

Înainte să verifice, îmi aruncă o privire oarecum cinică peste ochelari, ca și cum pe de o parte îmi admiră îndrăzneala inițială, însă am dezamăgit-o făcând mofturi.

– Ibiza, la unu și douăzeci.

– Mă gândeam la ceva mai puțin turistic, zic.

– Ați mai fost?

Clatin din cap.

– S-ar putea să fiți surprinsă. Insula e diferită dintr-o parte în alta, doar San Antonio e celebru pentru viața de noapte. Sau puteți să dați oricând o fugă la Formentera, dacă sunteți în căutare de ceva mai hippy.

Nu reușesc să mă hotărăsc, în vreme ce ea tastează ceva cu unghiile ei lungi și albastre și apoi mijește ochii.

– Altfel, se pare că mai avem un loc la zborul de Split de la trei și patruzeci și cinci.

– Split?

– E în Croația.

Îi întind cardul de credit.

TREAZĂ

Sâmbătă, 21 iulie

Când stai să te gândești la asta, e destul de ciudat să mergi cu avionul, nu-i așa? Nu ești nici la sol, nici în spațiu, să gonești prin dedesubturile cerești într-o cutie de tinichea. Familia de lângă mine încearcă să-și momească țâncul dezinteresat să mănânce micul dejun deosebit de neinteresant servit în avion, așa că mă sprijin cu capul de geam și încerc să fac abstracție de ei. Privesc lung covorul de nori pufoși de dedesubt. Cred că Nigella nu ar fi prea mulțumită să vadă ceva așa de rarefiat și nespectaculos în locul unor culmi abrupte și prezentabile. Cerul dimineții e străbătut de dungi lustruite, roz și galbene, iar printre nori se zăresc câteva stele împrăștiate în depărtare. Oare cealaltă lume a mea se află acolo, undeva, printre ele? Oare acum sunt mai aproape de ea decât de obicei? Oare de acolo se văd dârele lăsate de avionul meu? E o idee teribil de fermecătoare. Poate că pilotul o să rătăcească drumul prin ceruri și o să aterizăm din greșeală acolo. Când închid ochii și mă las furată de somn, în minte îmi răsare amintirea unui citat pe care Elle și cu mine îl aveam pe peretele dormitorului, cred că era un poster cu Peter Pan: „A doua stea pe dreapta și drept înainte până-n zori."

Nu prea am conștientizat până acum ce înseamnă să fii pe meleaguri străine. Călătoria asta a fost mai mult legată de evadare decât de destinație. Dar acum, văzând țărmul înconjurat de sute de insulițe și de bărci care lasă dâre dantelate și șerpuitoare, mă simt cuprinsă de primele semne de îndoială. Pe măsură ce coborâm, disting sute de case de cărămidă roșie răspândite pe continentul înverzit ca într-un joc de Monopoly și, din când în când, câte un strop de albastru de piscină, care îmi aduce aminte că mă aflu într-un loc mai călduros decât cel de acasă. În afara denumirii, nu știu nimic despre locul acesta și nu am nici cea mai vagă idee legat de ce voi face când ies din aeroport. E un fel de aventură, însă, în condiții normale, eu nu mă consider genul de persoană aventurieră. În condiții normale; poate în asta constă diferența. Viața mea nu s-a desfășurat în condiții normale de când a murit Freddie.

Trec de controlul pașapoartelor și de zona de ridicare a bagajelor urmând gloata și apoi sunt măturată afară împreună cu zarva și cu hurducăiala geamantanelor. Sunt învăluită pe loc de căldura dogoritoare. Mă dau la o parte din drum pentru câteva momente, trăgându-mă sub copertinele uriașe și antice. La naiba! Sunt în Croația. Habar n-am cum sună limba lor sau cu ce seamănă, iar banii pe care i-am schimbat în aeroport nu îmi spun nimic. Mă îndoiesc că aș fi în stare să indic locul ăsta cu degetul pe hartă. În treacăt, mă gândesc cu jind la casa mea, la mama, la Elle și la copil și îmi propun să le sun de îndată ce mă cazez undeva. Îmi duc mâna la ochi, aproape ca un marinar care scrutează orizontul, analizându-mi opțiunile. Circulă niște autobuze, nu știu însă de unde se cumpără bilete. Există și autocare, dar bănuiesc că sunt pentru excursii organizate. Apoi ochesc o stație de taxiuri și îmi mușc buza, ezitând, când mă abordează un tip.

– Ai nevoie de un taxi?

Faptul că vorbește engleza mă încurajează suficient încât să-i răspund.

– Nu sunt sigură unde vreau să merg, îi spun.

– Vrei să mergi la petreceri?

Mă încrunt. Nu-mi dau seama dacă e o întrebare generică sau o propunere. Arată destul de decent, dar nu știi niciodată, nu-i așa?

– Sau ai nevoie de un loc liniștit în care să citești?

Ah, era o întrebare generică.

– Fix asta vreau, îi răspund repezit. Liniște. E bună și partea cu cititul.

Tipul se uită la ceas.

– Nevastă-mea are o cameră de închiriat.

– Da?

Dă din cap că da.

– În Makarska.

Nu am idee unde vine asta.

– Are un restaurant și camera e deasupra. Aproape de mare.

– E departe?

– Un pic, spune, ridicând din umeri.

Din nou, nu am idee cum se măsoară asta.

– Ăăăăm.... zic, încercând să mă hotărăsc dacă am avut noroc sau dacă sunt pe cale să fiu asasinată și aruncată din vârful unui munte.

Apoi ceva îmi spune să accept propunerea.

– OK.

Fața i se luminează într-un zâmbet cald.

– Te duc acum. Vita o să-ți dea să mănânci pui din partea casei.

Presupun că Vita trebuie să fie soția lui, dacă nu cumva vorbește despre el la persoana a treia, ceea ce ar fi ciudat. În timp ce îmi ia valiza cu o mână, pe cealaltă și-o șterge de cămașa cu mânecă scurtă în carouri înainte de a mi-o întinde. Sper din suflet să nu se fi referit la un pui viu.

– Petar, zice.

– Lydia, îi răspund și îi strâng mâna, schițând un surâs.

Îmi scutură mâna scurt și fără intenții criminale, zic.

– Pe aici, îmi spune.

Mă simt ușurată când văd că mă conduce la o mașină albă, parcată printre alte taxiuri asemănătoare, oprindu-se să-l bată pe umăr pe un șofer care stătea cu geamul deschis. Mă simt în afara pericolului. Oamenii de aici îl cunosc și par să îl simpatizeze. Încep să cred că am avut noroc să-l întâlnesc pe Petar; Dumnezeu știe, poate mi se întoarce roata.

Vita devine persoana mea preferată. M-a studiat în tăcere câteva secunde în clipa în care Petar a apărut cu mine, un păstor cu oița lui rătăcită, a dat aprobator din cap și m-a îmbrățișat. M-a luat ca din oală și am rămas rigidă ca o placă de surf în mijlocul restaurantului lor umbrit, ținând încă strâns în mână mânerul valizei mele pe roți. Nu a fost genul de îmbrățișare exaltată, cu o bătaie ușoară pe umăr; a fost mai degrabă o strângere în brațe terapeutică, după care s-a dat un pas înapoi și m-a privit în ochi și în adâncul ființei.

– Poți să stai la mine.

Mută geanta grea de cală de pe umărul meu pe al ei, în timp ce îmi spune:

– Aici nu se amestecă nimeni în treaba ta.

E ceva atât de simplu și de profund. Oare povestea vieții mele mi-e întipărită pe chip, putând fi citită de oricine privește cu atenție? Sau Vita e un fel de mistic și poate să-mi citească gândurile în lipsa cuvintelor? Nu sunt destul de fantezistă să cred în treburi din astea, dar e ceva la Vita, la calmul ei tăcut, care mă atrage. E puțin mai înaltă decât mine și, probabil, cu vreo zece ani mai mare, subțire și discretă într-o pereche de blugi și un șorț de un roșu spălăcit, cu părul negru, dat pe spate, și nemachiată.

– Urmează-mă. Să-ți arăt camera.

Își pune pe liber soțul printr-o fluturare a mâinii și îmi indică printr-un semn din cap ușile deschise care dau în curtea interioară. Fac ce-mi spune și mă trezesc pășind pe terasa restaurantului, aflată pe malul mării. Pentru o clipă, sunt prea năucită ca să deschid gura. Năucită de lumina soarelui de dimineață, de căldură, de strălucirea oceanului. Aflată printre mesele și scaunele de lemn, îmi întorc fața spre razele soarelui și simt cum mă cuprinde un fior de libertate. Nu mă cunoaște nimeni aici. Nimeni nu îmi știe povestea. Pot să fiu eu și atât.

– Aici vei sta, spune, strigându-mă. Aici, sus!

Îmi las valiza la baza scărilor, alergând în urma ei într-un capăt al restaurantului și așteptând să găsească cheia în buzunarul șorțului. Camera e modestă și impecabilă: cu pereți albi, un pat dublu cu cadru de lemn și cu cearșafuri curate, așezate pe o saltea roșie. Are o simplitate monahală care îmi surâde. Vita deschide obloanele și dezvăluie un mic balcon cu vedere la mare. Un șezlong de lemn lăsat pe spate, cu o pernă roșie pe el. Nici nu e nevoie de decorațiuni artistice pe pereți, când ai o asemenea priveliște.

– Acolo e toaleta, spune, arătându-mi cu degetul o ușă închisă.

– Este exact ceea ce îmi doream, spun, cu toate că până acum nu prea aveam idee ce îmi doresc. Mulțumesc.

Dă din cap ca pentru a spune că e de la sine înțeles și îmi explică cum e cu tariful săptămânal.

– Sau poți să ne ajuți cu restaurantul, dacă preferi? Diminețile și serile e cel mai aglomerat.

Așadar m-am făcut cu o cameră și cu un job, în cazul în care îmi doresc unul. Cât de simplu e să mă reinventez, îmi spun, să fiu altcineva.

– OK, spun, zâmbind, apoi chiar râd puțin. Poate că o să fac asta. Pot să mă mai gândesc o zi sau două?

– Desigur, îmi spune. Oferă-ți câteva zile, mai întâi. Obișnuiește-te cu locul.

Îmi dă cheia.

– E a ta atât cât ai nevoie.

Când pleacă, îmi înfășor degetele în jurul cheii. Atât cât ai nevoie, așa mi-a spus. E altceva decât a spune atât cât vrei și am senzația că Vita sesizează foarte bine subtila diferență.

Ies pe balcon și oftez. Doamne, ce loc! Parcă e scos dintr-o vedere, culori care îți iau ochii, clădiri simple, împrăștiate, un sentiment lejer de calm nezorit. Sunt în Croația, într-un oraș al cărui nume nici măcar nu mi-l mai amintesc. Ieri pe vremea asta, eram acasă, înconjurată de oameni care mă cunosc. Astăzi sunt o necunoscută pe meleaguri străine. Mi s-a luat o povară de pe umeri.

– Ce naiba vrei să spui, cum adică ești în Croația? țipă mama, cu o întârziere care reliefează distanța dintre noi. Ieri erai aici.

– Știu.

Vorbim de aproximativ treizeci de secunde și conversația a escaladat de la „bună, scumpa mea" la asta destul de rapid.

– A fost, äämm... o chestie spontană, mami, mă poticnesc, încercând să conștientizez faptul că am fugit de acasă.

– Dar sora ta tocmai a născut, spune mama, nevenindu-i să creadă, de la două mii de mile depărtare.

– Știu, spun încet. Eram acolo.

– Dar, Lydia... își pierde șirul vorbelor. De ce?

De ce. Iarăși începi, mami, direct în miezul problemei.

– Nu știu. Pur și simplu... aveam nevoie să evadez pentru o vreme.

Nu zice nimic. Aud supărarea din tăcerea ei.

– Pentru cât timp?

Nu știu, așa că îi spun ce vrea să audă.

– Cam o săptămână. Poate două. Sunt în concediu.

– Și apoi te întorci acasă?

– Ce altceva aș putea să fac?

– Sincer, nici nu știu, Lydia.

Tonul ei sugerează că e exasperată de imprevizibilitatea mea, ceea ce mă irită, pentru că nu sunt genul de persoană nesocotită, fir-ar!

– Asta ce vrea să însemne?

O aud oftând.

– Nimic, draga mea, spune. Îmi fac griji pentru tine, asta-i tot.

– Sunt doar în vacanță, zic, înlăturând toate grijile ei, de parcă ar fi nejustificate și de prisos.

O văd cu ochii minții, cum stă în hol și se încruntă, răsucindu-și pe deget lănțișorul de la gât.

– O să-ți trimit o poză cu peisajul. O să stau să citesc pe plajă. O să mă întind la soare. O să mănânc prea mult. O să mă relaxez o săptămână sau două, atâta tot.

Nu-i pomenesc de propunerea de angajare.

Nu mă simt în stare să-i țin piept lui Elle, după conversația cu mama, așa că îi scriu un SMS, o lovitură preventivă, în caz că o sună mama și face caz din asta. Asta se întâmpla ieri-seară și încă nu mi-a răspuns, dar mă aștept să aibă pe cap lucruri mai presante decât verificarea telefonului. Să numere degețele, să încheie salopete de dormit, să sărute niște obrăjori bucălați. Genul ăsta de lucruri. Îndes toate gândurile despre acasă și despre copil într-un cotlon al minții și mă readuc aici, în prezent.

Nici ei nu îi spun despre propunerea de angajare.

E puțin trecut de nouă, iar eu stau pe balcon și privesc cum seara își urmează cursul. Vita și Petar tocmai m-au chemat jos, la masă, și mi-au dat o mâncare delicioasă cu pui și cu orez la cuptor, umplându-mi constant paharul cu vin local și prezentându-mă angajaților. Sub balconul meu, terasa restaurantului zumzăie de forfotă, fiecare masă cu o lumânare aprinsă fiind animată de vreo familie sau de un cuplu, umeri bronzați și chiote de râs, copii așezați pe marginea terasei cu degetele de la picioare în nisipul care nu mai frige, clinchetul tacâmurilor pe farfuriile de porțelan, bebeluși adormiți în cărucioare. E scena perfectă dintr-un film despre care sunt convinsă că rulează pe tot țărmul Mediteranei, în seara asta; lumini albe care atârnă în pini, mirosul stăruitor de sare și de loțiune de soare venind dinspre plajă, oameni care se adună când stelele încep să se vadă pe cerul tot mai închis la culoare. O fi de la soare sau de la atmosfera de vacanță, cert este că aici am o altă dispoziție și inima mi-e mai ușoară.

Mă scufund la loc în șezlong, cu telefonul în poală și cu paharul de vin în mână. Petar a insistat să iau cu mine restul de vin rămas în sticlă. E bogat în arome de coacăze-negre și de condimente și mă domolește într-un fel plăcut. Tot n-am primit niciun răspuns de la Elle. În graba plecării, nu am ținut cont de sentimentele ei, dar, sincer, nu cred că o să-mi poarte pică pentru asta. Probabil că fiecare clipă de trezie îi e ocupată de gânduri cu privire la bebe; învață să fie mamă, iar eu nu am sfaturi înțelepte să-i ofer. Din contră, absența mea ar putea fi mai curând o ușurare, cu toate că nu ar spune niciodată una ca asta.

Mai sorb o gură de vin. Telefonul vibrează: în sfârșit, Elle.

Croația? Ce puii mei, Lydia, fiindcă mi-ai văzut zona intimă ai luat-o la sănătoasa spre aeroport? Sunt deja dărâmată. Întoarce-te curând, mi-e dor de tine. x

Zâmbesc și apoi îmi stăpânesc nodul care mi se formează în gât când îmi apare pe ecran poza angelică cu Charlotte adormită.

E mult mai curată decât ultima oară când ne-am văzut, slavă Domnului! Mai presus de cuvinte, surioară, ai făcut o treabă bună. Îți trimit sărutări cu briza. Xx.

Apăs butonul de trimitere, zâmbind în vreme ce cuvintele mele își găsesc drumul spre casă. Doamne, bebelușul e superb! Nu o să reușesc să mă apropii de copilul ăla. E mai bine că m-am dat la o parte pentru o vreme și le-am lăsat tuturor șansa să se adune în jurul ei și să le ocupe lui Elle și lui David mâinile cu pijămăluțe și cadouri, cerând să o ia în brațe pe cea mică. David are ditamai familionul, iar mama nu o să reziste tentației de a campa în fața casei lui Elle.

Ceva se așază în mine, fiindcă Elle mi-a acceptat plecarea.

Ignor telefonul atunci când bâzâie a doua oară, însă îl ridic după câteva momente, simțindu-mă vinovată. Prima senzație e de ușurare; nu e încă o poză insuportabil de drăgălașă cu copilul. Următoarea senzație e mai greu de definit, așa că nici nu mă străduiesc: mă sună Jonah din LA.

Mă reped să-i răspund înainte să închidă.

– Hei, spun, dându-mi părul pe după urechi și îndreptându-mi postura. Mă auzi?

– Hei și ție, îmi spune el.

Zâmbetul pe care i-l ghicesc în voce mă face și pe mine să zâmbesc.

– Cum e LA-ul? Ai făcut avere și te-ai însurat cu Jennifer Lawrence?

– Da, fix asta am făcut, spune râzând. Tu ce-ai mai făcut?

Ezit.

– Nimic nou, ca de obicei.

Nu știu de ce nu i-am zis că sunt în Croația. Poate pentru că nu mă simțeam în stare să port încă o conversație despre ce naiba caut acolo.

– Ce oră e în LA?

– E prânzul. Mănânc cel mai mare castron cu paste din lume și mă gândeam la tine.

– Palidă și plicticoasă? întreb.

Pielea mea e aproape străvezie, în mijlocul mulțimii de trupuri bronzate.

Jonah râde.

– Pe chelneriță o cheamă Lydia.

– Oh!

Cunoștințele mele limitate despre LA scornesc o păpușă pe role, în stilul lui Cameron Diaz, care învârte tava cu pastele lui Jonah în timp ce face piruete printre mese.

– Serios acuma, îți merge bine?

Tace o clipă.

– Știi ce, chiar da, spune, nevenindu-i să creadă, râzând cu jumătate de gură. Ceva de speriat.

– Dar e de bine, nu?

– Nu, adică, da, așa e, spune pe un ton șovăitor. Lucurile s-au mișcat mult mai rapid decât mi-am permis eu să sper.

– Te-ai hotărât ce casă de producție preferi?

– Da, spune. O prefer pe cea care mi-a propus să mai rămân o vreme aici și să lucrez la scenariu. Poate chiar până la Crăciun.

Spune asta foarte degajat, ca și cum ar fi perfect normal să îți petreci încă o jumătate de an în celălalt capăt al lumii.

– Și cu munca și tot restul cum rămâne?

– Cred că o să fie OK, spune. Am vorbit cu directorul și o să încerce să-mi dea un an sabatic.

– Este, este foarte tare, spun, sperând să nu sesizeze urma de descurajare din tonul meu.

– Așa că mă gândeam că, dacă ai cum să-ți iei liber de la serviciu, poate ți-ar surâde să vii aici o săptămână sau două? Să vezi locurile turistice? Am putea să batem Aleea Stelelor de Hollywood și poți să-l spionezi pe Ryan Reynolds sau pe cine vrei tu.

M-a luat pe nepregătite, sunt foarte surprinsă și ușurată că prietenia noastră a ajuns din nou în punctul în care asta i se pare o idee bună.

– Sunt în Croația, îi spun.

Păstrează tăcerea câteva momente.

– Croația?

– A fost o chestie de ultim moment.

– De una singură? Sau...?

Aud întrebarea pe care nu mi-o adresează.

– De una singură, da.

– Uau!

Nu știu dacă mă simt sau nu jignită.

– E șocant?

– Nu, nu, nu de asta, spune. Doar că m-ai luat prin surprindere.

– Elle a născut.

– Da? Când?

– Ieri-dimineață.

– Oh, Lyd, ai ratat evenimentul! Te întorci acasă curând?

Închid ochii.

– Nu l-am ratat. Am fost acolo, am moșit copilul.

Râde și îmi dau seama că nu mă crede.

– Vorbesc serios, Jonah, mi-am moșit nepoțica. E bine, mulțumesc de întrebare.

– Doamne, OK! Da, așa, îmi cer scuze, credeam că faci mișto, spune, străduindu-se să rostească cuvintele potrivite.

– Deci ai moșit ieri copilul lui Elle, iar azi ești în Croația, într-o vacanță improvizată?

Derulează totul, verificând faptele, ca și cum aș putea să îmi dau seama că m-am încurcat în relatări.

– Dap.

Așteaptă să dezvolt, dar eu nu o fac.

– Ce tare! Felicită-i din partea mea.

– O să le transmit, spun, și el rămâne din nou tăcut.

– E aproape zece noaptea aici, spun, lăsându-mă iar pe spate în șezlong. Sunt atâtea stele, Jonah, o strălucire și o frumusețe de nedescris.

– Aș vrea să o pot vedea, spune șoptit în urechea mea.

– Și eu aș vrea, murmur, simțindu-mă brusc la mare depărtare de casă.

– Întoarce-te repede acasă, îmi spune Jonah. Nu petrece prea mult timp singură pe acolo.

– Așa voi face. Tu ar trebui să te întorci la munții tăi de paste.

– Așa-i.

– Să-l saluți pe Ryan Reynolds din partea mea dacă îl întâlnești din întâmplare.

– Așa voi face.

Aud pe fundal cum i se adresează cineva și el cere distras nota.

– Hai că te las să-ți vezi de treburi, zic.

– Da, ar cam trebui să plec, spune. Apoi, peste o clipă adaugă: Sună-mă dacă te simți singură, bine?

– Mersi, o să-mi amintesc să fac asta.

– Culcă-te, astronoamă mică.

Vocea lui sună atât de limpede, ca și cum s-ar afla alături de mine pe acest balcon scăldat în lumina lunii.

– Noapte bună, Jonah Jones, îi urez și apăs butonul de încheiere a apelului înainte ca vreunul din noi să mai apuce să spună ceva.

Nu i-am spus despre propunerea de angajare.

TREAZĂ

Luni, 21 iulie

New York, New York, vorba cântecului. Tocmai am făcut un duș după o zi liniștită de privit oameni pe plajă și simt cum îmi clocotește nerăbdarea în stomac la gândul de a-l vedea pe Freddie, de a fi în New York în luna de miere. Nu am idee ce urmează să facem sau unde suntem cazați, totul a fost un secret păstrat cu sfințenie. Probabil că m-aș putea hazarda să-mi dau cu presupusul în legătură cu câteva obiective din itinerariul lui Freddie; New York a ajuns pe locul întâi pe lista destinațiilor mele de vis după perioada ușor obsesivă de dependență de *Totul despre sex* și, de-a lungul anilor, am bătut un milion de apropouri legate de lucrurile pe care mi-ar plăcea să le facem acolo. Mic dejun la Tiffany. Trăsuri trase de cai în Central Park. Să luăm feribotul spre Staten Island. Știu, știu, sunt un clișeu ambulant și sunt un milion de alte lucruri grozave de făcut, dar nu mă pot abține. O, Doamne, New York, mânca-l-ar mama pe el! Astăzi voi fi acolo alături de Freddie. Mă gândesc în treacăt la casă, la Elle și la bebe și la mama. Sper să înțeleagă că aveam mare nevoie de această distanțare și să nu mă considere prea egoistă. Îmi scutur de pe umeri povara asta sâcâitoare, asigurându-mă că mă iubesc și mă cunosc suficient de bine, încât să fie OK. Stau în mijlocul patului meu dublu, cu cadru de lemn de brad, cu pastila într-o mână și apa, în cealaltă, ușor speriată pentru că vreau cu disperare ca totul să fie perfect. Mereu mi-am imaginat că New Yorkul are un miros unic de cafea prăjită, de aromă de gogoși cu zahăr pudră, de ziare proaspăt ieșite din tipar, de noxe scoase de taxiuri pe țeava de eșapament, de covrigi și de beri din baruri în care toată lumea te știe pe nume. Să fie clar, știu că barul Cheers nu era în New York, dar fără îndoială că se găsesc astfel de localuri la fiecare colț de stradă. Sau poate cafenele ca Central Perk, pline cu canapele în care te afunzi, de reviste și de femei cu părul superb.

Oh, New York, New York, așteaptă-mă! Vin în sfârșit.

ÎN SOMN

Luni, 21 iulie

– Cred c-am murit și am ajuns în rai.

Cuvintele deconcertante ale lui Freddie sunt primul lucru pe care-l aud când încerc să mă orientez. Suntem într-un separeu și totul în jur e prea zgomotos și prea strălucitor. Freddie stă de partea cealaltă a mesei și dă gata un burger cât capul lui de mare, iar în fața mea e o porție de somon la grătar pe jumătate mâncată. Amândoi ne-am luat câte un milkshake spumos, iar logoul de pe meniu îmi vine în ajutor: suntem la Ellen's Stardust Diner. Mă uit repede la ceas, pare cam devreme pentru așa o masă. Să-i spunem *brunch*.

– Nu o să mai vrem să mâncăm altceva azi, zic, mascându-mi surpriza provocată de alegerea restaurantului.

Locul ăsta nu ar fi ajuns pe lista destinațiilor mele preferate, dar e drept că e și luna de miere a lui Freddie, așa că-i OK.

– Mai păstrează niște loc, rânjește Freddie.

– Pentru...?

Se lovește ritmic cu degetul la baza nasului.

– O să vezi mai încolo. E surpriză.

Zâmbesc, bucuroasă să constat că ziua ne rezervă amândurora câte ceva. Și sunt cârtitoare; poate că locul ăsta nu e pe lista mea, dar asta nu înseamnă că nu pot să-l apreciez. Apăs butonul de recunoștință în minte; Freddie a luat bilete pentru New York ca să-mi împlinească mie un vis, nu pot să am pretenția să nimerească fiecare detaliu. În plus, îmi dau seama în ce fel ar putea fi distractivă treaba asta. Lumini de neon, globuri disco și actori care aspiră să joace pe Broadway, servindu-ne mâncarea în timp ce fredonează melodii din musicaluri. E America stereotipică cu surle și cu trâmbițe. Doar că m-a luat prin surprindere, atâta tot. Îl privesc pe Freddie (soțul meu!) câteva clipe printre gene, încercând să nu pară că mă holbez. Se simte în elementul lui în astfel de localuri, unde nivelul ridicat și rapid de energie se armonizează cu ritmul lui interior. Mi se taie răsuflarea când văd verigheta lui de platină, încă strălucitoare, care urmează să formeze o adâncitură familiară în carnea lui. Mă uit la mâna mea și găsesc inelul la locul lui, o fâșiuță de aur alb dedesubtul inelului de logodnă.

Oh! Îmi mușc buza pe interior, pentru că arată absolut perfect, exact așa cum mi-am imaginat în ziua în care am fost să alegem inelul cu trei diamante, la câteva ore după ce Freddie mi-a cerut mâna, pentru că eram prea entuziasmată ca să mai aștept.

– Deci, doamnă Hunter, îmi spune. Gata de acțiune?

Doamnă Hunter. Întâi verighetele, apoi, numele. Adevărul fie spus, nu prea știam ce să fac în legătură cu numele de familie, atunci când Freddie m-a cerut de soție. Eu sunt Lydia Bird. Mama, Elle și cu mine, noi suntem familia Bird, mereu am fost noi trei. Nu mă simt în stare să mă văd Lydia Hunter, deși e un nume foarte potrivit. Pe Elle a măcinat-o același gând atunci când s-a măritat cu David și până la urmă s-a hotărât să lege numele lui de familie în coada numelui ei. Eu n-am prea avut această opțiune – Lydia Bird-Hunter[1] sună ca ceva din *Jocurile Foamei*. Nici măcar n-am ajuns să discutăm vreodată despre

[1] *Bird-Hunter* se traduce în limba română prin „Vânătorul-de-Păsări“ (n. tr.).

treaba asta, însă, în lumea de aici, se pare că decizia a fost luată – nu mai sunt o fată din familia Bird.

– Doamna Hunter, spun încet, de probă.

Nu îmi pot reține un zâmbet; am tânjit să devin soția lui Freddie și acum sunt.

– Sună bine, nu? spune, luându-mi mâna într-a lui.

Îi strâng ușor degetele.

– Așa e. O să-mi ia ceva să mă obișnuiesc.

– Tu, pentru mine, o să fii mereu Lydia Bird, îmi spune.

Este fix ce aveam nevoie să aud. Sunt în continuare aceeași persoană, noul meu nume nu schimbă nimic. Îl iubesc pentru că înțelege de ce mi se poate părea ciudat.

Afară, în stradă, Time Square îmi ia cu asalt toate simțurile în același timp. Totul e mai mare, mai zgomotos și mai luminos decât mă așteptam și mă agăț râzând de brațul lui Freddie, absolut copleșită.

– Uau, zic, cu ochii la enormele panouri publicitare animate și la reclamele la spectacole de pe Broadway, dându-mă înapoi ca să evit valul de oameni.

Rămân locului, ridic privirea și mă zgâiesc. Freddie se uită la mine.

– OK?

Dau din cap că da, amintindu-mi că aici, în lumea asta, nu e prima oară când văd toate astea.

– E uimitor de fiecare dată, nu-i așa? Atât de intens.

– Orașul care nu doarme niciodată, spune râzând. Hai, e rândul tău să oprești un taxi.

– Nu zău?

Bănuiesc că l-am bătut la cap că vreau să fac cu mâna unuia dintre celebrele taxiuri galbene, dar, aflându-mă aici, mă simt ca picată din lună. Mă îmbărbătez singură; cât de greu poate fi? Am o scuză, nu e ca și cum acasă mi-aș petrece prea mult timp făcând cu mâna taxiurilor negre. Dacă în viața noastră de zi cu zi cineva are nevoie de un taxi, sunăm la singura firmă de taximetrie din oraș și mama lui Andrew Fletcher ne trimite o mașină, de cele mai multe ori condusă chiar de Andrew.

Freddie mă târăște de mână până ajungem la marginea bordurii. Prin dreptul nostru trec valuri de mașini și de taxiuri și ezit înainte de a-mi flutura brațul în direcția traficului. Pe Freddie îl bușește râsul.

– Frățică, Lydia, implică-te puțin!

Mai am o tentativă, dar zici c-aș fi invizibilă.

– Poate c-ar fi mai bine dacă ai face semn unui taxi care e disponibil, îmi spune Freddie. Doar cele cu numărul luminos, mai știi?

Studiez câteva clipe taxiurile galbene și realizez că pe unele scrie cu litere luminoase „în afara serviciului" și pe unele nu scrie nimic. Altele au un număr aprins; probabil că pe astea trebuie să le vânez. Bun, îmi zic. Mă descurc. Localizez următorul taxi gol și disponibil care se îndreaptă agale în direcția noastră și îmi arunc brațul în sus cu cea mai mare hotărâre. Sunt năucită de succes atunci când mașina încetinește și oprește. De-abia când șoferul îmi aruncă o privire îmi dau seama că nu știu încotro ne îndreptăm.

– Unde mergem? spun, întorcându-mă spre Freddie, cu degetele încleștate pe geamul deschis al mașinii, de teamă să nu plece. Freddie se apleacă spre șofer.

– Four Seasons?

Șoferul dă aprobator din cap, iar Freddie îmi deschide ușa zâmbind.

Nu știu cum Dumnezeu ne permitem să stăm aici. În toate fantezii mele cu New Yorkul, și au fost multe, niciodată nu am stat într-un loc atât de fabulos cum e Four Seasons. Marmura, florile, poleiala aurită, absoluta splendoare – totul este peste așteptări. Vreau să-mi întipăresc în minte pentru totdeauna fiecare mic detaliu. Vreau să-mi amintesc mereu sentimentul precis pe care l-am avut când am intrat în holul parfumat alături de Freddie. Toată această grandoare de modă veche e atât de îndepărtată de viața noastră de zi cu zi, încât până și Freddie ar trebui să aibă impresia că visează. Reușesc să nu mă minunez în gura mare atunci când luăm liftul până la etajul opt și Freddie deschide ușa camerei noastre. Sau a apartamentului nostru, mai degrabă.

– Fac pe mine, zice, repezindu-se la baie.

Îi sunt recunoscătoare pentru absență, pentru că am nevoie de un minut de intimitate să mă adun. Avem lucrurile aici (pe unele le recunosc, altele sunt o noutate), deci asta trebuie să fie camera noastră. Bănuiesc că am ajuns ieri. Mă întreb ce om fi făcut, unde om fi mâncat, cum ne-om fi minunat că avem norocul să stăm într-un hotel atât de luxos. Dau cu ochii de niște monede împrăștiate pe noptieră, alături de un bon cu cocktailuri de la Bar Sixty Five. Oftez, bucuroasă că măcar în viața asta am ajuns pe culme, cu toate că nu am avut ocazia să trăiesc experiența. Când aterizez printre picături în viața asta, cel mai greu mi-e să încerc să aflu ce am ratat și să deslușesc ce mă așteaptă.

Camera asta... mă uit în jur uluită. E atât de luxoasă, nu prea e de noi. Stau lângă ferestrele cu vedere panoramică asupra peisajului urban al New Yorkului, imagini pe care le-am văzut de nenumărate ori la televizor și în poze, care însă nu m-au pregătit nici pe departe pentru realitatea propriu-zisă. Acolo jos, totul mustește de viață, e o împrăștiere de sticlă și de metal care pulsează, iar Central Park e o oază de verde.

– Avem vreo două ore libere, spune Freddie, alăturându-mi-se.

Aburul vocii lui îmi dă de înțeles cum și-ar dori să petreacă acest timp, nemaivorbind de mângâierea fierbinte a buzelor lui pe urechea mea. Mă sprijin de el, dorindu-mi același lucru. Să cunosc atingerea soțului meu, să fac dragoste cu el în calitate de soție a lui. Ce dar neprețuit!

– Haide, spune-mi! mă miorlăi. Acum suntem aici, o să aștept cu și mai multă nerăbdare dacă știu despre ce e vorba.

Stau rezemată în adâncitura umărului lui, caldă și extaziată, cu cearșafurile încâlcite printre trupurile noastre. E clar că efortul depus la sală a dat rezultate; am brațele mai tonifiate aici, și coapsele, la fel. E puțin bizar să mă privesc și să constat că sunt schimbată; lucrul ăsta adâncește distanța dintre aici și acolo, diferențele mai mult sau mai puțin subtile dintre cele două lumi.

– Chiar vrei să știi?

Încerc să-l conving pe Freddie să-mi divulge planurile pentru zilele următoare, ca să îmi dau seama când să mă întorc și cum să storc cât mai multă plăcere din timpul pe care îl avem de petrecut împreună. O să-mi spună, văd că moare de nerăbdare.

– MoMA? îmi dau cu presupusul.

Puțin probabil; mie mi-ar plăcea la nebunie, însă pe Freddie nu îl pasionează muzeele. Clatină din cap.

– E închis pentru câteva luni. Pentru renovări, cred.

Nu mă cuprinde dezamăgirea, căci, dacă stau să mă gândesc, îmi amintesc că am citit pe undeva că e închis. Cel mai important e că s-a obosit să verifice.

– Mic dejun la Tiffany? încerc iar să ghicesc, cu sufletul la gură, pentru că rezervările la Blue Box Café sunt mai rare decât dinții babei.

Mă ține în suspans câteva secunde și apoi râde, ridicând din umeri.

– Mâine la ora zece.

– Nu se poate! spun încântată, ridicându-mă într-un cot să-l privesc. Am căutat cafeneaua asta pe TripAdvisor în disperare și am tânjit după vesela ei albastru cu alb, după canapele din piele albastră de la Tiffany.

– Iar apoi, pe seară, mergem la *Wicked*, detaliază el, dornic să fie lăudat. Pe ăsta voiai să-l vezi, nu?

Dau din cap, bucuroasă că m-a ascultat și nu a luat bilete la ceva mai nou. Se pare că niciodată nu reușim să ne facem timp să mergem un weekend la Londra și să vedem un spectacol, iar să cumperi bilete la marile reprezentații atunci când sunt în turneu e aproape imposibil. Am încercat în urmă cu câțiva ani să iau bilete la *Wicked*, dar n-am reușit. Acum îmi pare bine, pentru că am ocazia să îl văd pe Broadway! Râd poznaș și mă scufund din nou în brațele lui Freddie.

– Ești persoana mea preferată din toată lumea, îi spun.

Nu se dă în vânt după musicaluri, știu că facut-o doar ca să mă facă pe mine fericită.

– Soțul tău preferat, mă corectează.

– Și asta, spun, îngropându-mi fața în gâtul lui și trăgând aer în piept cu nesaț.

Miroase a produse cosmetice scumpe de hotel, a bucurie și a New York, New York!

Nici baia nu e de lepădat. Din podea până în tavan, oriunde te uiți, numai marmură. Mă spăl cu Bvulgari și mă înfășor într-un halat alb și greu, îmi pun papuci și am senzația că am pășit într-un film. În curând ar trebui să coborâm pentru ceaiul și șampania de după-amiază. Cât de splendid de fabulos, nu? Luna noastră de miere are absolut tot ce-mi puteam dori, Freddie s-a întrecut pe sine ca primele mele zile în calitate de soție a lui să fie cât mai memorabile cu putință.

Mă aștept să-l găsesc tot în pat când ies din baie, însă nu e acolo. Îl zăresc pe terasă, îmbrăcat în halat și, când mă apropii de ușă, îmi dau seama că vorbește la telefon. Nu disting nimic din ce spune, însă, din limbajul vioi al trupului și din felul cum patrulează, deduc că e vorba de muncă. Mă irită, dar nu mă surprinde faptul că lui Vince nu i-ar păsa că suntem în luna de miere. Știu că Freddie ar fi putut să nu răspundă, însă nu a făcut-o și sunt convinsă că Vince fix pe asta miza.

În timp ce îmi descurc părul umed, Freddie intră. Îi întâlnesc privirea în oglindă și sper ca acel telefon să nu-l fi indispus.

– E totul OK?

Se trântește în fotoliu și își trece degetele prin păr.

– Nu.

Las pieptănul pe noptieră și mă învârt cu scaunul ca să-l privesc.

– Ce s-a întâmplat?

Nu prea vreau să vorbesc despre muncă, însă e clar că are nevoie să se descarce, să-și ia de pe suflet o povară ca să revină la dispoziția de lună de miere.

– Iubi...

Ceva din tonul vocii lui mă avertizează că am dat de necaz. În general nu îmi spune iubi, știe că nu prea îmi place, însă nu comentez, pentru că își freacă mâinile de obraji într-un mod agitat, care spune că ceva nu e în regulă. Mintea mea începe să fabuleze; oare firma lui trece printr-o criză? Și-a pierdut jobul?

– Ce s-a întâmplat, Freddie?

Clatină din cap, apoi vine și îngenunchiază în fața mea. Neașteptat. Slugarnic.

– Trebuie să merg în LA, Lyd. Doar pentru o zi-două.

Mă holbez la el, fără să înțeleg pe deplin problema.

– OK, zic încet, apoi realizez. Deci o să zbori direct de pe JKF vineri? Trebuie să zbor singură acasă?

Înghite în sec și își întoarce privirea.

– În seara asta.

Rămân perplexă.

– În seara asta?

– E doar ziua de mâine, se grăbește să mă implore. Nici n-o să-ți dai seama că am fost plecat.

Simt că începe să-mi fiarbă sângele în vine.

– Glumești, așa-i? Ești în luna de miere, Freddie. Luna *noastră* de miere.

Aprobă rapid din cap, evident cuprins de îndoială.

– Crezi că eu nu știu? Am zis nu, Lyd, dar e un moment crucial pentru acești clienți. Sunt pe punctul de a semna cu altă firmă mâine, unii apăruți de nicăieri care le-au promis marea cu sarea. Eu îi vrăjesc deja de săptămâni bune, mi-am scurtat și petrecerea burlacilor pentru ei, ții minte?

Îmi cere să înțeleg, însă eu nu reușesc.

– Dar nu cred că există termen de comparație, nu-i așa? spun, privindu-l fix.

Nu are cum să creadă sincer că așa ceva e OK, să invoce petrecerea burlacilor și să o pună pe același plan cu fuga din propria lună de miere.

– Spune-le nu.

Își ridică ochii în tavan.

– E vorba despre Vince, Lyd. Știi că nu-i pot spune nu.

– Și ce-o să facă, Freddie? O să te dea afară?

Pufnește enervat.

– Am muncit zi și noapte pentru contractul ăsta. E al meu. Nu o să permit ca altcineva să mi-l fure de sub nas chiar în ultimul moment, futu-i!

Și apoi realizez. N-a fost nevoie ca Vince să-l oblige pe Freddie să meargă.

– Și cu noi cum rămâne? spun cu jumătate de gură.

Se uită în pământ și apoi ridică din nou privirea la mine.

– O să mă revanșez, îți promit.

Fac un calcul. Ar trebui să stăm aici cinci zile, iar el va lipsi cel puțin una, probabil două, dacă ții cont de drumul până acolo. Vince apasă pe un buton și s-a zis cu aproape o jumătate din luna noastră de miere. Nu se poate întâmpla așa ceva, nu voi permite. Îi pun mâna pe obraz și îl privesc fix în ochi.

– Spune-i nu, Freddie. Spune-i că luna noastră de miere e sfântă.

Se uită la mine și purtăm o conversație din priviri. El îmi cere să văd lucrurile din perspectiva lui, eu îi cer să le vadă dintr-a mea. Nu există compromis, nu există cale de mijloc. Cineva trebuie să piardă.

– Nu pot.

Se ridică în picioare și se îndepărtează, iar eu îmi simt vintrele aprinse de o furie bruscă și fierbinte.

– Adică nu vrei, spun, iar el se întoarce iar spre mine, gesticulând larg cu brațele.

– Uită-te în jurul tău, Lydia! Uită-te la camera asta! Cine crezi că a plătit pentru un loc cum e ăsta? Moș Crăciun, ce dracului?

– Oh! zic, simțindu-mă prostește că nu mi-a picat fisa mai devreme. Oh, acum înțeleg. Firma a plătit pentru asta și acum le suntem datori, nu? Ăsta a fost planul de la bun început?

E nervos, e exasperat deja.

– Normal că nu a fost, fir-ar! Am făcut rezervarea cu luni în urmă, știi doar. Dar uneori apar chestii, într-un moment nepotrivit, asta-i tot.

– Moment nepotrivit? mai că nu strig. Moment nepotrivit? Ăsta nu e un moment nepotrivit, Freddie.

Tremur de nervi. Am mutat munții ca să fiu aici alături de el, pentru aceaste momente neprețuite.

– E mult mai mult decât un moment nepotrivit. E vorba despre mine, tu și cu mine, despre luna noastră de miere pe care o trăim o dată în viață. Asta nu contează mai mult decât nenorocita ta de muncă?

Se holbează la mine.

– De ce te porți așa? Sunt sigur că îți dai seama ce greu îmi este și mie, spune, aproape ca și cum eu aș fi cea nerezonabilă. Crezi că eu îmi doresc să fac asta?

– Cred că ai putea să spui nu dacă ai vrea.

Arată de parcă l-aș fi plesnit.

– Nu știu ce se întâmplă cu tine în ultima vreme, îmi spune.

– Asta ce vrea să însemne?

Ridică din umeri.

– Ești doar... Nu știu, altfel. Mereu pusă pe ceartă.

Râd, pentru că sunt convinsă că, în aceste cirmcumstanțe, oricine ar fi certăreț.

– Ei, scuză-mă că spun ce gândesc, mormăi. Și eu ce ar trebui să fac cât ești plecat în LA? Să merg să iau micul dejun la Tiffany singură, să mă uit la *Wicked* cu scaunul de alături liber?

Își trece palma peste față.

– O să reprogramez. Mergem joi. Aranjez eu cumva.

Amândoi știm că nu poate și nici măcar nu e vorba despre asta.

– Dacă faci asta... zic, fără să știu precis ce urmează să spun mai departe.

Mă privește fix câteva clipe încărcate, apoi se întoarce și scoate valiza din dulap. Mă prăbușesc în fotoliu și îl privesc cum aruncă lucruri în geamantan. E dezolant, pur și simplu îngrozitor să văd luna noastră de miere pe butuci.

– Te rog, nu pleca, mă ridic, încercând pentru ultima oară. Este prea important.

Mă privește și citesc pe chipul lui că nu are de gând să se răzgândească.

– Ai putea să faci lucrurile mai ușoare pentru mine. Ai putea să mergi la spa, ai putea să te scalzi în cadă cât poftești, să te bucuri de oraș în astea două zile, până mă întorc. Dar nu vei face asta, nu-i așa?

Ne privim fix. Vorbește serios și mi-e limpede că Lydia de dinainte ar fi fost probabil capabilă să găsească resursele să facă lucrurile pe care mi le-a sugerat. Să-i permită să plece fără să se simtă vinovat, să facă din rahat bici, să accepte fără tragere de inimă schimbarea de planuri. Doar că eu nu mai sunt femeia asta. Am trecut prin cea mai grea încercare posibilă, a trebuit să găsesc în mine o putere pe care nu știam că o am și asta m-a schimbat. Nu mai sunt aceeași persoană. Lydia cea de aici nu a trăit acest calvar. Nu e vorba doar despre brațele tonifiate sau de coapsele lucrate. E vorba despre cum funcționează creierul meu, despre cum iubește inima mea. Freddie are dreptate. Sunt altfel și mi se rupe sufletul când realizez că nu prea mai aparțin acestei lumi. E deja îmbrăcat, cu geanta pregătită.

– Ne vedem când mă întorc, îmi spune sec. Încearcă să nu mă urăști.

Mă uit la el, peste poate de rănită. Nu spun nimic, pentru că nu sunt capabilă să-i ofer cuvintele liniștitoare pe care vrea să le audă.

Dă din cap, ezită ca și cum ar mai vrea să spună ceva, dar nu o face. Ridică pur și simplu valiza și pleacă.

TREAZĂ

Joi, 22 iulie

Totul e anapoda. Am venit în Croația ca să fiu cu Freddie într-un mod binecuvântat și neîntrerupt. Să mergem la picnic în Central Park, să ne delectăm cu un spectacol pe Broadway, să probăm diamante pe care nu ni le-am putea niciodată permite, la Tiffany. Am fi aruncat cât colo ghidurile turistice și am fi bătut străzi lăturalnice în căutarea propriei noastre aventuri, am fi admirat clădirile din cărămidă roșie, am fi mâncat chestii prin cafenele care nu au multe stele pe TripAdvisor. Am fi făcut toate aceste lucruri minunate, însă acum îmi dau seama că, creându-mi amintiri noi cu Freddie înseamnă să calc în picioare vechile amintiri neprețuite cu el. Am întors pe toate părțile dureroasa noastră ceartă, am examinat-o din toate unghiurile posibile, încercând să găsesc ceva ce nu există de fapt, pentru că inima mea încăpățânată e disperată să nu recunoască adevărul. Că fata de dinainte ar fi găsit cel mai probabil resursele să-l lase pe Freddie să plece, ar fi înțeles că avea nevoie să plece. „Încearcă să nu mă urăști", mi-a spus, mi se face rău când îmi amintesc expresia de pe chipul lui. Dar nu pot să trec peste faptul că fata de acum știe că ar fi fost greșit să-i accept plecarea. La naiba,

Freddie ar fi trebuit să-i spună nu lui Vince, ar fi trebuit să ne pună pe noi pe primul loc. Dar nu a făcut-o și nu reușesc să mă împac cu asta.

Chestia e că, atunci când pierzi iubirea vieții tale, poți să născocești tu ce ar fi urmat să se întâmple. Ai dreptul să visezi la toate zilele de mâine, care ar fi fost perfecte pentru că îl iubeai atât de mult, ai voie să răsucești pe toate părțile, în mintea ta, orice situație, astfel încât el să facă și să spună numai ce trebuie. Povestea voastră de dragoste nu se termină propriu-zis niciodată, pentru că mintea ta și-l reprezintă în fiecare fotografie și el va fi acolo, alături de tine, în toate momentele speciale. Nu se ceartă cu tine și nu îți încalcă așteptările, nu ia decizii îndoielnice și absolut, în mod categoric, nu dă bir cu fugiții în mijlocul lunii de miere. Sunt într-o stare groaznică. Am vărsat lacrimi speriate și cutremurătoare, ca la pierderea unui copil. Tânjesc după îmbrățișarea mamei sau a lui Elle, care să-mi spună că totul va fi bine, însă ele sunt peste mări și țări. Am venit tocmai până aici ca să fiu cu Freddie, dar niciodată în viața mea nu m-am simțit mai singură.

TREAZĂ

Sâmbătă, 3 august

– Ia mai multă apă la tine.

Vita se întoarce spre frigiderul cu ușă de sticlă din spatele tejghelei și scoate două sticle, pe care le împinge spre mine.

– Uite!

E sâmbătă de dimineață, destul de devreme, puțin trecut de ora șapte, iar Vita a insistat să-mi iau liber astăzi. Sunt aici de aproape două săptămâni și n-am mai luat nicio pastilă după acea excursie teribilă de la începutul șederii.

Am lucrat în majoritatea zilelor, mai mult din proprie inițiativă decât de nevoie. La început am făcut-o ca să îmi iau gândul de la alte lucruri, însă am realizat curând că, într-un fel, mă simt eliberată atunci când îmi leg șorțul roșu, specific restaurantului, la brâu și iau carnețelul de notițe și pixul, e mai tare decât orice fel de terapie plătită. Mi-am rumenit la soare paloarea pielii vreme de vreo două ore în aproape fiecare dimineață și, cum se făcea ora prânzului, îmi trăgeam pe mine pantalonii scurți și îmi întindeam niște *gloss* pe buze pentru a deveni mâna dreaptă a Vitei. Cel mai adesea, serile mele s-au încheiat pălăvrăgind cu Jonah pe Skype, cu picioarele sus, pe balustrada balconului, și cu ochii la stele. E o rutină simplă, care îmi hrănește sufletul. Curată și cathartică, ca și cum aș fi ajuns printr-un miracol exact acolo unde trebuia să fiu, la loc ferit, unde să mă ascund de ambele mele vieți.

În momentele mai liniștite, Vita și cu mine ne adăposteam de căldură înăuntru, spunând povești și împărtășind fotografii. Am văzut-o în poze făcute în urmă cu opt ani, în ziua în care s-a căsătorit cu Petar, un om scump la vorbă și cu suflet bun. Știu că vine dintr-o familie de șase frați, că e mătușă pentru mai mult de zece nepoți și că ea și Petar își doresc enorm să aibă un copil. La rândul ei, a primit vești despre Elle și despre bebeluș, a văzut fotografii cu ai mei și are o oarecare idee despre faptul că mă ocup cu chestii organizatorice pentru primăria din orașul meu. Sunt sigură că mai știe și că sunt părți babane din viața mea pe care nu am fost încă în stare să i le împărtășesc și apreciez enorm că nu m-a întrebat nimic despre ele. Adevărul fie spus, am dezvoltat față de ea un fel de pasiune, de cult al eroului. Ce n-aș da să am măcar jumătate din seninătatea ei! Femeia asta radiază o forță tăcută și bună dispoziție într-un fel care mă face dependentă de prezența ei. Pare să țină restaurantul doar printr-o pocnitură din degete, când și când, și printr-un zâmbet; bănuiesc că ar putea conduce la fel și o țară, dacă și-ar pune mintea. Ce noroc pe Petar și, pentru scurtă vreme, ce noroc pe mine!

– Mai știi drumul?

– Cred că da, spun, aprobând din cap.

Mă duc să vizitez o parte din atracțiile locale, luând scuterul Vitei, ca să scutesc un drum pe jos. Nu cred că m-aș fi urcat în așa ceva dacă veneam aici cu Freddie, el ar fi ales cea mai mare chestie pe roți și ar fi cerut încă o cască pentru mine. E destul de eliberator să călătoresc de capul meu, de parcă aș fi de-a locului. Oamenii de aici s-au și obișnuit cu mine și îmi spun pe nume, mulțumită statutului meu de prietenă a Vitei.

– E drum drept, îmi spune. Nu te grăbi să te întorci.

Îmi dau ochii peste cap. E sâmbătă, așa că restaurantul va fi negreșit foarte aglomerat, iar eu nu simt cine știe ce nevoie să-mi iau liber.

– Și nu mai bombăni, îmi spune zâmbind. Îți strică fața fermecătoare. Trebuie să vizitezi măcar zonele turistice, cât stai aici.

– Parcă ai fi mama.

– În acest caz, mama ta e o femeie foarte înțeleaptă.

Caută cheia scuterului în sertarul biroului.

– Are destulă benzină, în caz că vrei să explorezi.

– Mă întorc repede. Înainte de prânz.

– Să nu faci asta.

Schimbăm o privire, apoi râdem, în vreme ce eu îmi arunc rucsacul pe umeri. Mă conduce până la scuter și pune o pungă de hârtie în coșul din față. Zăresc capătul unei baghete ieșind afară.

– Prânzul, spune, deloc subtilă.

Mă urc pe scuter și îmi prind casca sub bărbie.

– Ne vedem mai încolo, zic.

Vita aprobă printr-o mișcare a capului, cu brațele încrucișate.

– Mă găsești aici.

Nu sunt o persoană religioasă, însă, la sugestia Vitei, mă trezesc parcând în fața templului din Vepric, aflat la periferia orașului. E destul de devreme ca să fie încă liniște aici, ceea ce sporește sunetul greierilor și sentimentul pătrunzător de pace. Sanctuarul e adăpostit la poalele unui deal împădurit. Croația pare să fi fost creată din acuarele turcoaz-aprins și verde-crud, lucru nicăieri mai vizibil decât aici, în timp ce urc treptele late, de piatră, care conduc la altar. Mai mișună câțiva oameni în jur, scrutând în tăcere locul, la fel ca mine.

Câteva bănci de lemn ocupă spațiul din fața altarului. În acest moment sunt goale, așa că mă așez pe prima care-mi iese în cale, ca să-mi trag sufletul câteva minute.

În interiorul sanctuarului creat de natură în stâncă, se află un altar de piatră și o statuetă înfățișând-o pe Fecioara Maria, pictată cu finețe și tronând într-o firidă aflată în partea de sus a peretelui. Este, într-adevăr, extraordinar de liniștitor. Sorb tăcerea și îmi las ochii să rătăcească și, nu după mult timp, o femeie vine și se așază pe banca alăturată. Își pleacă capul, răsucind pe degete mătănii negre, și se roagă. De la accident încoace, am avut momente în care mi-am dorit cu fervoare să fi crezut în Dumnezeu sau într-un țel măreț; cu siguranță, sentimentul că piesele de aici sunt mutate în vederea unei rațiuni superioare aduce alinare. Nu am asemenea credințe, însă asta nu înseamnă că nu pot găsi consolare într-un astfel de loc. Oamenii cred că sanctuarele vindecă. Oare sunt și leac pentru o inimă frântă?

Stau și mă gândesc la ultimii doi ani. Îmi dau seama ce progrese am făcut de la moartea lui Freddie și cât de mult mi-a mai rămas de parcurs. Decenii întregi, dacă am noroc.

Mă gândesc în treacăt la New York – dezastruos, fix pe dos față de cum ar fi trebuit să fie. Nu știu când mă voi simți suficient de puternică să mă întorc acolo și, la periferia conștiinței mele, planează întrebări mai însemnate, care așteaptă un răspuns.

Și, cum închid ochii și mă întorc cu fața la soare, îmi readuc aminte că mă aflu aici, ancorată în prezent. În adidași, picioarele mele sunt înfipte în acest pământ uscat și prăfos, carnea și oasele mi se odihnesc pe această bancă simplă, de lemn. Poate că inima mea își face de cap în piept, nesigură dacă aparține cuiva, dar eu sunt încă aici. Trag încet și calculat aer în piept, concentrându-mă pe mirosul de ace de pin și pe ciripitul păsărelelor, până ce, ca un scut invizibil, mă învăluie un sentiment ferm și atotcuprinzător, specific lăcașurilor de cult. E sentimentul de siguranță de la masa bunicilor și puterea îmbrățișării mamei. E ca atunci când mă ține Elle de mână, ca atunci când Freddie îmi pregătește sendvișul perfect cu bacon și cu sfeclă, ca atunci când Jonah cântă la pian la The Prince în ajunul Anului Nou. Toate aceste locuri și toți acești oameni, ca și cum ar fi aliniați pe băncile din jurul meu. E seninătatea Vitei, e bunătatea lui Petar și e ca atunci când Dawn și Ryan îmi preiau atribuțiile la serviciu. E Kris, care nu așteaptă nimic de la mine, sunt florile reciclate ale Juliei. Însă, mai presus de orice și în primul rând, sunt eu. Chiar aici, chiar acum, pe această bancă, se află fiecare versiune a mea. Umerii mei arși de soare, părul meu prea lung, răsucit în coc în vârful creștetului, fața mea nemachiată, brățările împletite din bumbac de la vânzătorul ambulant de pe plajă, oja verde sărită, sunt eu, sunt eu, sunt eu.

Simt cum crește un val înăuntrul meu, acest sentiment că sunt o persoană completă și iubită, stăpâna inimii mele, o șoaptă și apoi un răcnet.

Eu. Eu. Eu.

Dacă aș fi în altă parte și nu în fața unui sanctuar, aș zbiera din toți rărunchii. Sunt Lydia Bird și sunt încă aici.

Dau peste Petar, care spală pavajul din fața restaurantului când parchez scuterul pe locul Vitei.

– L-ai găsit? mă întreabă, sprijinindu-se în mop.

Mă dau jos de pe motoretă și îmi desfac casca.

– Da. E un loc destul de uimitor, nu-i așa?

– Îl ador, îmi spune. Te-ai rugat?

Strâmb din nas spășită.

– Nu prea e stilul meu.

El clatină din cap, ca un filosof.

– Suntem cu toții diferiți.

– Da. Cu toate că am simțit ceva... Nu știu cum să explic...

– Că nu ești singură? îmi sugerează el.

Mă gândesc la asta.

– Într-un fel, dar nu întocmai. Mai degrabă, spun, atingându-mă cu vârfurile degetelor în piept, mai degrabă am simțit împăcare. M-am regăsit pe mine cea de altădată, încă aici, iar pe mine cea de acum, alături. Ne-am împrietenit.

– Vechiul sine și noul sine, spune încet.

Nu mă aștept să înțeleagă, pentru că nu sunt convinsă că eu însămi înțeleg.

– Cred... Cred că m-am străduit prea tare să fiu de toate pentru toți, spun, croindu-mi drum printre propriile gânduri încâlcite, nu doar pentru Petar, dar și pentru mine. E greu să accepți că viața merge întotdeauna înainte, nu-i așa? Mereu înainte, niciodată înapoi. Am fost nevoită să mă schimb atunci când viața din jurul meu s-a schimbat brusc; însă, chiar dacă nu ar fi fost așa, tot m-aş fi schimbat cumva, mai devreme sau mai târziu, nu? Pentru că oamenii se schimbă, nu-i așa, nimeni nu rămâne neschimbat la nesfârșit. Totul e așa de fragil, n-am dreptate? Luăm decizii în funcție de zi, de vreme, de dispoziție, de fazele lunii, de ce am mâncat la micul dejun... Nu pot să continui să-mi pun la îndoială alegerile pe care le-am făcut sau nu le-am făcut, să mă învinovățesc că am fost prea dură colo și prea slabă dincolo. Acum îmi dau seama că m-am învârtit în cerc, creând matrice nebunești.

Mă întrerup ca să iau o gură de aer.

– Trebuie să merg în linie dreaptă, Petar.

Petar se holbează la mine, luat prin surprindere de perorația mea. Nu prea știu cât a înțeles sau cât am înțeles eu.

– Nu e întotdeauna simplu să accepți lucrurile pe care nu le poți schimba.

Îmi ia din mână cheia de la scuter și casca.

– Du-te și odihnește-te puțin!

Vita a trecut pe la mine prin camera, cât am fost plecată, lăsând în urmă un borcan cu flori de câmp și un bilețel în care mă anunța că mi-a schimbat așternuturile și mi-a refăcut proviziile de apă. Mă întind pe cearșafurile proaspete, gândindu-mă la spusele lui Petar. E un șablon care se regăsește în o mie de postere și pe magneții de frigider, însă conceptul de acceptare mi se așază în măduva oaselor.

Stând astăzi în fața sanctuarului, aproape m-am simțit dedublată. Vechiul eu, fata de dinainte să moară Freddie, și noul eu, femeia în care m-am transformat după accident. Poate că sună absurd, însă, stând acolo, în tăcerea dimineții, am simțit cum cele două versiuni ale mele se apropie încet-încet una de alta, tot mai aproape pe acea bancă, până ce, în cele din urmă, devin una și aceeași persoană.

TREAZĂ

Miercuri, 7 august

Se împlinesc șaptesprezece zile de când mă aflu aici. Simt că mi-a prins bine, pentru că e ceva mai mult decât un pachet turistic. Mai mult decât concediul la care aveam dreptul de la serviciu. I-am scris un mail lui Phil în urmă cu două zile, încercând să-i explic sau mai degrabă implorându-l să-mi dea concediu fără plată, pentru că nu mă simt încă pregătită să mă întorc acasă. Știu că îmi permit cam multe; deja a fost foarte generos și înțelegător și nu am niciun drept să-i cer să înțeleagă. Mi-a răspuns că va încerca să aranjeze lucrurile pentru o vreme, mi s-a luat o povară de pe umerii cojiți. Cu mama a fost ceva mai dificil. Nu am avut o ceartă propriu-zisă, însă nu și-a putut înfrâna nemulțumirea mocnită. Mesajele și pozele de la Elle s-au mai rărit, o dată la două zile, cam așa. Mă doare faptul că absența mea nu e ușoară pentru ele; sincer, nu aș sta departe de casă dacă șederea mea aici nu ar fi vitală pentru sănătatea mea mintală. Am nevoie să mai rămân aici pentru o vreme, să fiu Lydia, chelnerița de pe plajă, doar în trecere.

TREAZĂ

Miercuri, 14 august

Stau pe balcon și mă uit la stele înainte să merg la culcare singură, o stea de mare într-un pat prea mare. Mă gândesc să schimb niște lucruri când mă întorc acasă. Să îmi tai părul, poate să schimb mobila din bucătărie, dacă o să am bani. Mă bate gândul să schimb și patul nostru Savoy. Oricât de mult l-aș iubi, nu cred că voi reuși vreodată să dorm în el fără să mi-l imaginez pe Freddie alături de mine înainte să închid ochii, un mod deznădăjduit de a adormi pentru cine știe câtă vreme de acum înainte. Nu sunt convinsă, e o treabă la care m-am tot gândit.

Privesc cerul nopții, încercând să descâlcesc căile înnodate și multicolore ale vieții mele. Am avut mai devreme o discuție destul de tensionată cu mama. Ea e de părere că sunt iresponsabilă stând aici, că risc să-mi pierd slujba, dacă nu cumva o să decid să rămân aici pentru totdeauna. Am cochetat o vreme cu ideea; aș putea să o fac. Aș putea să vând casa mea preaiubită, să mă mut aici și să-mi trăiesc viața desculță pe plajă. Vita m-ar ajuta, sunt convinsă.

Cum rămâne însă cu Elle, cu prietenii mei, cu mama? Nu pot suporta gândul de a fi mereu atât de departe de ei, cu toate că acum, astăzi, îmi prinde bine. Ei sunt punctul fix din viața mea, sunt amprenta mea.

Și mai e și copilul. Charlotte. Mă doare puțin sufletul de fiecare dată când mă gândesc la ea, pentru că, în câteva zile, împlinește o lună și eu nu am mai ținut-o în brațe din ziua în care s-a născut. Munca e un alt punct fix; știu că nu sunt la cârma țării, însă locul meu e la primărie și nu vreau să-l pierd.

Și apoi, firește, e Freddie. Nu m-am mai strecurat pe ușa din dos înspre acel univers, din ziua aceea groaznică din New York, de teamă să nu înrăutățesc lucrurile și mai tare. Mă simt ca și cum aș naviga pe harta mea sufletească, folosindu-mă de o busolă defectă, încercând să îmi dau seama unde locuiesc în clipa de față.

Și, în fine, e Jonah Jones. Când Freddie era aici, Jonah avea un rol bine definit în viața mea, era cel mai bun prieten al lui, ceea ce, nu știu cum se face, a ajuns să însemne că nu poate fi și cel mai bun prieten al meu. Ne-am așezat în această dinamică, am lăsat la o parte prietenia noastră pentru că a trebuit să concurăm pentru atenția lui Freddie. Iar acum, că Freddie nu mai e aici între noi, parcă ne-am aduce aminte ce ne-a legat de la bun început, ce însemnătate avem unul pentru celălalt. E cel mai vechi prieten al meu. Îmi tresare inima când îi văd numele apărând pe ecranul telefonului.

TREAZĂ

Sâmbătă, 22 septembrie

– Cred ar trebui să mergi acasă.

Vita și cu mine bem cafea pe terasa restaurantului. Acum, pielea mea e cu doar câteva nuanțe mai deschisă decât a ei, are culoarea de sezon a cuiva care-și petrece zilele la soare, mai degrabă decât a cuiva care duce o viață de birou înghesuită în pantofi și în lumină de neon. Valul de turiști s-a terminat și viața de aici a încetinit, având un pas mai domol.

– Știu, spun.

Și eu mă gândeam la același lucru. În ultimele săptămâni, mama și cu mine am recurs la comunicarea prin SMS-uri, pentru că vorbitul la telefon devenise prea tensionat; și cu Elle comunic mai ușor așa. În ultimele două dăți când am sunat-o, a trebuit să fugă pentru că Charlotte fie țipa, fie tocmai vomitase pe cămașa curată pe care David se pregătea să o poarte la birou.

– Poți oricând să revii. Noi nu plecăm nicăieri, îmi spune Vita, sorbindu-și cafeaua.

– Ești norocoasă că poți să fii așa de sigură, spun, invidioasă pe viața ei aparent simplă.

Vita își înfășoară pe degete șnurul de la șorț.

– Norocul și-l face omul cu mâna lui, Lydia.

– Tu chiar crezi asta? întreb confuză. Pentru că uneori am impresia că viața pur și simplu mă mătură din calea ei și tot ce pot face e să nu mă lovesc de stânci.

Pufnește pe nas.

– Stâncile nu te omoară.

– Ar putea, mormăi.

– Așa că te ascunzi aici pentru tot restul vieții, ca să eviți stâncile?

Ridică din umeri, cu niște ochi negri și foarte provocatori.

Mă uit înspre mare.

– Oare asta fac?

Vita ridică din umeri.

– Păi, nu?

Știu că a pus punctul pe i. Mă aflu aici de șaizeci și cinci de zile. Șaizeci și cinci de zile fără să-mi văd familia și aproape tot atâtea zile fără să-l văd pe Freddie.

– Ce ai face dacă nu te-ai teme, Lydia?

Întrebarea ei mă lovește în plex, ca de obicei. O rumeg în gând.

– Mi-aș tăia părul, spun.

Dau așa o importanță tunsului, pentru că lui Freddie îi plăcea să am părul lung, să-l tai e ca și cum nu aș ține cont de sentimentele lui. Ceea ce e o nebunie, știu.

– Vrei să te tund eu acum? îmi propune. Obișnuiam mereu să le tund pe surorile mele.

Nu știu dacă glumește, însă clatin din cap.

– Nu sunt pregătită încă.

Vita își trage scaunul înapoi și se ridică în picioare, punându-mi o mână pe umăr.

– Nu lăsa să treacă prea mult timp.

TREAZĂ

Marți, 24 septembrie

– Momentan e capricioasă, nu stă la nimeni în brațe, spune Elle. Nici măcar la David.

Azi-dimineață am venit direct aici, după un zbor de noapte. Sunt de zece minute aici și am senzația că Elle și-ar dori să plec. Probabil că ar fi trebuit să sun înainte. Casa e cam vraiște și ea arată de parcă ar fi purtat același tricou pătat în ultimele câteva zile. E foarte ciudat pentru Elle; știu cât de tare îi displace să arate atât de dezlânată.

– Pot să vă ajut?

Mă simt foarte de prisos. Charlotte e roșie ca racul de la atâta plâns și pare să aibă capacitatea pulmonară a unui căluț.

– Aș putea, știu și eu, să spăl ceva?

Lui Elle i se umplu ochii de lacrimi.

– Nu mă descurc cu dezordinea, Lydia. Încearcă tu să ai grijă de o altă ființă umană după două ore de somn întrerupt pe noapte și apoi vezi dacă te mai simți în stare să speli ceva.

– Să fac un ceai? spun, ca și cum aș călca pe coji de ouă, încercând să-mi dau seama dacă să rămân să o ajut sau să plec.

– Nu mai am lapte, aștept să se întoarcă David de la serviciu, spune, apoi râde, cu ochii mari și goi. Astea nu se pun.

Face un gest înspre țâțele ei, în vreme ce copilul i se foiește pe un umăr.

– Lăptăria asta nu are voie să rămână fără provizii, zi și noapte, la datorie, la naiba!

– Dau fuga să iau lapte, spun, bucuroasă să primesc o sarcină. Mai ai nevoie de ceva?

Pufnește.

– Un somn bun? Mai mult de cinci minute pentru mine? Ca sora mea să nu se care atunci când am cea mai mare nevoie de ea?

– Elle... Îmi pare rău... Nu mi-am dat seama că lucrurile erau așa de... zic, trezită la realitate. Spune-mi ce să fac, cum pot să ajut...

Mi-o retează fluturând nerăbdătoare din mână.

– Tu crezi că eu am știut ce să fac când a murit Freddie? Cum să te ajut să treci prin cel mai cumplit lucru care ți s-a întâmplat? Îți spun care-i răspunsul: nu. Nu, nu am avut nici cea mai vagă idee. Dar știi ce nu am făcut? Nu am luat avionul spre nenorocita de Croație!

Sunt rănită. Vreau să o contrazic, să-i spun că nu prea ai cum să compari pierderea unei persoane dragi cu venirea cuiva pe lume, dar nu o fac, pentru că sora mea nu e în cea mai bună stare.

– E ora pentru baie, spune răspicat, mutând copilul de pe un umăr pe altul. Ar fi bine să termin cu asta până nu i se face iar foame, că, altfel, face o criză nervoasă.

Înțeleg, îmi spune să plec. Înghit în sec.

– Să te ajut să-i faci baie?

Elle oftează, ca și cum i-ar fi trecut cheful de ceartă.

– Nu astăzi, Lyd, OK? Termin mai repede de una singură.

Pentru nu mai am alternative, îmi iau cheile.

– Te sun mai târziu?

Îmi arată copilul printr-o mișcare a capului.

– Mai bine scrie-mi, în caz că doarme.

Am impresia că vrea să spună că e mai bine și pentru că, în felul ăsta, nu va trebui să vorbească cu mine.

Zece minute mai târziu, găsesc în parcarea mamei o mașină pe care nu o recunosc. Însă, în nerăbdarea mea de a o surprinde, nu îi dau mare importanță.

Intru folosindu-mi cheia, îmi scot adidașii lângă ușă și mă îndrept spre bucătărie. Și intru peste mama și Stef, reparatorul de calculatoare; ea, în blugi și în sutien și el, la bustul gol, aflați în mijlocul unei mozoleli de modă veche. Când dau cu ochii de ei, palmele îmi încremenesc în aer, iar ei sar în sus ca trăsniți.

– Fir-ar să fie, Lydia! spune mama ridicând tonul, roșie la față și acoperindu-se fără nicio noimă cu un prosop de bucătărie.

Stef se târăște sub masă la propriu și iese pe partea cealaltă cu puloverul pus pe dos și cu bluza mamei în mână. Ea i-o smulge din mână și și-o trage pe ea fără niciun cuvânt.

– Mă bucur să te revăd, Lydia, dragă, bolborosește Stef, apoi trece pe lângă mine în cea mai mare viteză și o șterge de-acolo. Nu îl învinuiesc; mama încă pare pe punctul de a face o scenă.

– Nouă săptămâni! strigă, încă frustrată. Nouă săptămâni ai fost plecată și acum dai buzna aici fără să-mi dai măcar un telefon să-mi spui că te-ai întors?

Mă holbez la ea. Știam că atât ea, cât și Elle sunt ofticate, dar nu mă așteptam să reacționeze atât de nasol la întoarcerea mea acasă.

– Am vrut să-ți fac o surpriză, zic.

– Ei bine, cu siguranță ai reușit, îmi spune.

– Scuze, îngaim.

Oftează, aranjându-și părul.

– Când te-ai întors?

– Azi-noapte.

Nu îi spun că, atunci când, în cele din urmă, am ajuns acasă, la ora șase după-amiaza, am găsit casa mai rece decât îmi amintesc să fi fost vreodată sau că acolo mă aștepta o scrisoare protocolară de la Phil, în care îmi spunea că au fost nevoiți să angajeze pe cineva în locul meu și că așteaptă să-l sun, că, poate, perioada petrecută în străinătate a schimbat ceva în mine.

– Îmi pare rău că am fost plecată atâta timp.

Dau din cap lamentabil.

– Te-ai văzut cu sora ta?

– Acum vin de la ea.

– Cum se simțea astăzi?

Întrebarea lasă de înțeles că sănătatea lui Elle se schimbă de la o zi la alta. Elle cea organizată și de încredere.

– Părea stresată. Copilul plângea. Nu am stat mult.

Mama pufăie. Nu știu dacă e din cauză că nu am stat mult sau pentru că Elle e stresată sau din pricina copilului care plângea.

– Nu e doar stresată. Se chinuie, Lydia. Ai fi știut cum e dacă treceai prin asta.

Ah. Evident, mie îmi era adresat pufăitul.

– Nu mi-am dat seama.

– Nu, spune mama. E clar.

E ca și cum absența mea îndelungată ar fi absorbit orice rămășiță de simpatie pe care o mai aveau față de mine și ar fi aruncat-o pe scurgerea de la chiuvetă.

– Îmi pare rău că v-am întrerupt...

Se chiorăște la bluză, știind că și-a încheiat greșit nasturii.

– Bietul Stef, spune, clătinând din cap.

– Scuze!

– Vrei să încetezi cu scuzele tale nenorocite? Nu ajută.

Tac mâlc, neștiind ce ar trebui să spun sau să fac.

– Ai mâncat? mă întreabă, până la urmă.

Clatin din cap. Următorul lucru pe lista de azi ar fi mersul la cumpărături, am rafturile goale. Deschide frigiderul și scoate un vas de sticlă pe jumătate plin cu lazane, pe care mi-l pune în brațe.

– Uite! Ia-o cu tine.

Mă chiorăsc la lazane, cu plânsul în gât, pentru că cei mai dragi oameni din viața mea m-au dat astăzi afară de la ei din casă.

– Mersi, îi zic.

Dă aprobator din cap și apoi își întoarce privirea spre fereastră.

– Păi, atunci mă duc. Te sun mâine?

Dă iar din cap, fără o vorbă.

– Mă bucur mult să te văd, mami, spun aproape în șoaptă. Mi-a fost dor de tine.

Mă întorc și plec, iar ea nu mă oprește.

Mă sui în mașină, respinsă și cu ochii în lacrimi și, conducând pe străzile familiare din drumul spre casă, știu că venit în sfârșit vremea să mă întorc.

ÎN SOMN

Marți, 24 septembrie

Nu e aici. În cele din urmă mi-am făcut curaj să mă întorc, dar casa e goală. La o examinare mai atentă, îmi dau seama că în frigider nu se găsește berea preferată a lui Freddie, iar în coșul de rufe sunt numai hainele mele. Unde o fi? Ne-am căsătorit de-abia cu câteva luni în urmă. Încep să intru în panică; să fi fost cearta noastră din New York catalizatorul acestei schimbări? Oare am abătut din drum fericirea noastră până în punctul în care căsnicia noastră încă în fașă s-a dus de râpă? Îmi torn niște suc și ridic telefonul cu o mână tremurătoare, căutând răspunsuri.

Îmi apar două mesaje pe ecran. De la Elle, dacă am chef să trec pe la ei mai încolo, să mâncăm *fish and chips*. De la mama, care îmi oferă un bilet la un spectacol de teatru pe care se duce să-l vadă în weekend în Bath. În lumea asta, gravitează în jurul meu. Îmi trec degetul peste verighetă, e încă la locul ei, pe degetul din mijloc. Unde ești, Freddie Hunter?

Apăs pe numele lui și aștept să sune, sperând să nu-mi răspundă robotul. E ora șapte dimineața, așa că sper că, oriunde ar fi, măcar nu muncește.

Durează ceva mai mult până se face legătura, iar când sună, nu e sunetul obișnuit. Asta mă nedumerește și apoi inima îmi tresare când răspunde.

– Freddie? zic șovăitoare.

E gălăgie acolo unde e.

– Lyd? aproape că strigă. Stai o clipă, să ies afară.

Aud murmurul conversațiilor și muzică pe fundal, râsete și voci ridicate. Cred că e într-un bar.

– Doamne, cât de cald e azi aici, spune ceva mai clar. Mi s-a lipit cămașa de spate.

– Unde ești? întreb derutată.

– În clipa asta? Am ieșit în fața unui bar de pe plajă. Vince e înăuntru, flutură cardul companiei în speranța că va bate palma.

– Muncă și iar muncă, niciun pic de distracție, așa-i? spun într-un fel vag, încercând să-mi impun o lejeritate care nu mi se simte în voce.

Freddie râde.

– Când ești în Roma... Sau în Rio, în cazul de față.

Rio? Freddie e în Brazilia? Sună vag cunoscut, e posibil să fi amintit ceva despre asta, dar sunt sigură că nu am știut că avea să petreacă o perioadă îndelungată acolo.

– Mi-e dor de tine, spun, pentru că așa e, mai ales acum, auzindu-i din nou vocea.

– Și mie de tine, spune. Nu mai e mult și mă întorc. Două, cel mult trei săptămâni.

– Alte trei săptămâni? zic bosumflată.

E clar că lucrurile pe care i le-am spus în New York nu și-au atins ținta, dacă a permis să se întâmple una ca asta. Sau eu am permis. Dacă e să mă iau după conținutul frigiderului și după mesajele de la mama și de la Elle, e deja plecat de vreo două săptămâni.

– Nu începe iar, oftează iritat. Știi că nu ține de mine.

E clar că am atins un punct de cotitură.

– Ziceai că ești pe plajă?

– Nu, îmi spune rar și apăsat, ușor pasiv-agresiv. Am spus că sunt cu Vince și că încercăm să semnăm un contract pentru PodGods. Oriunde te miști aici, ești pe plajă, Lydia; nu e vina mea, bine?

– Nu am spus că ar fi, spun mohorâtă.

Nu am mai vorbit cu Freddie de săptămâni întregi și acum vorbim și e la fel ca data trecută. Dacă am fi împreună, am putea să discutăm și să rezolvăm neînțelegerile astea, însă la telefon nu e ușor. Îmi dau brusc seama cât de mult depindea relația noastră de apropierea fizică; de atingeri și de capacitatea de a ne descifra unul altuia privirile. Acum nu ne permitem să facem niciunul dintre aceste lucruri, iar resursele rămase sunt dezamăgitoare și pline de posibile angoase. Aud cum cineva îl strigă pe nume, Vince, probabil, chemându-l la o Caipirinha. Pronunță greșit. Nu mă surprinde, e un om de tot căcatul, nu e cineva care s-ar obosi să învețe o chestie de genul ăsta. Pun pariu că s-a urcat în avion fără să știe să spună „te rog“ și „mulțumesc“ în portugheză.

– Trebuie să mă întorc înăuntru, îmi spune Freddie.

– Așa se pare, spun demoralizată, dorindu-mi să-mi găsesc cuvintele potrivite pentru a repara lucrurile.

– Te sun curând, spune și dispare înapoi la cocktail, la barul de pe plajă, la viața lui fără mine.

TREAZĂ

Marți, 24 septembrie

Stau singură în sufragerie, la lumina becului, ținând în mână o cană cu ciocolată caldă, în speranța că mă va ajuta să adorm. Ce întoarcere acasă hidoasă și de căcat! Mama și Elle își doresc probabil să fi rămas în Croația, iar Freddie e în Rio și dă pe gât cocktailuri pe plajă.

Acum văd cât de tare m-am bazat pe cealaltă lume a mea ca să evadez din lumea asta; o mină de durere dură și necruțătoare. Cu toate că, în după-amiaza asta... nu mi-a oferit ce căutam. M-a făcut iarăși să mă simt istovită și descurajată, mai abătută ca niciodată de la vizita în New York și, în seara asta, trecând lucrurile prin filtrul gândirii, m-am apropiat de un adevăr de netăgăduit.

Am ales să trăiesc acolo în loc să mă vindec aici. Am folosit vizitele în acel loc ca pe o cale de a încerca să depășesc durerea, deși toate cărțile despre durere pe care le-am citit vreodată spun că acest lucru pur și simplu nu e posibil. Poate că doctorul ăla al meu știa el ceva – nu am traversat procesul durerii în mod conștient. Am făcut zigzaguri între lumi, luând-o pe calea ocolită, abătându-mă din drum fără să-mi dau seama.

În Croația, după noaptea cu New Yorkul, nu am mai luat pastile și, ca urmare, am dormit nopțile. Cearcănele de sub ochi s-au estompat, iar inima îmi bate cu mai multă ușurință, pentru că nu am mai făcut ture duble. Zilele mele au devenit mai simple pentru că e mult mai puțin stresant să trăiești o viață, nu două.

Nu mai pot ignora faptul că mă schimb, că acea Lydia care îl vizitează pe Freddie în lumea cealaltă seamănă din ce în ce mai puțin cu Lydia pe care o cunoaște el. Și, adevărul fie spus, îmi place mai mult noua versiune a mea. E încă destul de răvășită, dar e îndrăzneață. Aventuroasă și puternică. A tot încercat să meargă încet mai departe, împotriva curentului și, în tot acest timp, eu am tot încercat să o trag înapoi.

TREAZĂ

Sâmbătă, 28 septembrie

– Ești absolut sigură?

Întâlnesc privirea coafezei mele în oglindă.

– Da.

Stă în spatele meu, ținând foarfeca în mână și, pentru o femeie plătită să taie părul oamenilor, pare deosebit de reticentă.

– În ultimii zece ani, nu am tăiat niciodată mai mult de doi centimetri din părul tău, spune, mușcându-și apoi buza.

E adevărat. Am cochetat cu tunsoarea în scări, din când în când mi-am mai lăsat breton, însă nimic mai palpitant de atât. Țin în mână pentru ultima oară greutatea cozii mele împletite.

– Dă-i înainte, Laura.

Trage adânc aer în piept și nu mă mai întreabă a doua oară.

Apoi stau în mașină, cu coada împletită în poală, răsucită într-o pungă resigilabilă; mult mai mult decât o greutate fizică care mi s-a luat de pe umeri. Cu câteva veri în urmă, Dawn și-a donat părul, așa că noaptea trecută am căutat și am găsit o organizație caritabilă care face peruci pentru adolescente. La cincisprezece ani, mă mândream și mă bucuram de părul meu; la vârsta aia fragedă ai nevoie de niște plete pe care să le fluturi și în spatele cărora să te ascunzi. Mă încălzește gândul că părul meu ar putea să însenineze într-o oarecare măsură viața unei fete căreia nu-i e deloc ușor. Eu nu mai am nevoie de el.

Când intru în hol, las punga din mână și mă studiez în oglindă din toate unghiurile, trecându-mi degetele peste ceafa dezgolită, jucându-mă cu șuvițele scurte care îmi încadrează fața. Acum pot să bifez căsuța cu clasicul „taie-ți tot părul" de pe lista reacțiilor în fața durerii. Laura era să facă infarct când i-am zis să mă tundă în stilul Pixie. A luat un teanc de reviste ca să-mi arate poze cu tunsori scurte, închipuindu-și că nu știu despre ce vorbesc. Nu era cazul; știam ce vreau și, privindu-mă în acest moment, mă bucur că am fost îndeajuns de curajoasă să merg până la capăt.

Curajoasă. Întorc pe toate fețele cuvântul în gând, apoi îl rostesc cu glas tare. Reflexia îmi întoarce privirea fixă, spunându-mi că am procedat corect. Adaug „curajoasă" colecției de cuvinte care îmi descriu viața în clipa de față.

Aici e ora patru după-amiaza, ceea ce înseamnă că în LA e nouă dimineața. I-am trimis lui Jonah o poză cu noua mea tunsoare în urmă cu câteva minute și, tocmai când îmi ziceam că își petrece dimineața de sâmbătă lungit în pat, mi se aprinde ecranul telefonului.

„Te sun acum."

Rânjesc și mă las pe un colț de canapea, cu picioarele ghemuite sub mine și telefonul îmi bâzâie, apoi pe ecran apare Jonah, zâmbind, încă în pat.

– Lasă-mă să te văd mai bine, îmi spune și, din senin, mă intimidez și încrețesc nasul, întorcându-mi jenată capul dintr-o parte în alta în așteptarea verdictului.

– Cum ți se pare? îl întreb.

În afara coafezei, e prima persoană care își exprimă părerea.

– Arăți... arăți ca o australiancă, îmi spune și râde iar, ridicând din umeri, pentru că știe că e o afirmație ridicolă.

– Australiancă?

– Nu știu, zice, cred că e combinația de bronz cu tunsoarea asta. Arăți de parcă ar trebui să fii salvamar pe plaja Bonid sau așa ceva.

– E o descriere bizar de specifică, zic, dându-mi ochii peste cap. Te-am smuls dintr-un vis cu *Baywatch*?

Își trece mâna prin barba țepoasă și face o mutră care sugerează că e foarte posibil, însă e prea politicos să recunoască.

– Când te-ai întors acasă? mă întreabă.

Jonah și cu mine vorbim destul de des în ultima vreme, de obicei chiar înainte să mă culc. Când eram în Croația, el a fost principala legătură pe care am avut-o cu casa, singura persoană care nu m-a judecat aspru pentru că am plecat – probabil pentru că, după spusele proprii, și el a făcut cam același lucru.

– Acum vreo două zile, îi zic. Nu am avut parte de cea mai călduroasă primire, ca să-ți spun drept. Am fost plecată prea mult timp.

– O să se dea ei pe brazdă. Doar te iubesc.

– Da, știu, spun, pentru că are, evident, dreptate. Schimb subiectul, pentru că gândul la mama și la Elle îmi scade moralul. Ce mai e nou în viața ta?

Se întinde după un pahar cu apă și apoi se lasă pe spate, cu bronzul lui de LA contrastând puternic cu cearșafurile albe. Arată mai bine decât l-am văzut vreodată să arate de o bună perioadă de timp; mai sănătos, plin de viață, ca și cum și-ar fi găsit cumva strălucirea undeva, pe fundul unui pahar de *smoothie* cu germeni de grâu. Mă așez comod și îl ascult în timp ce-mi povestește cum decurg zilele lui, despre evoluția scenariului, despre oamenii cu care își petrece timpul. Entuziasmul îi licărește în ochii negri. Nu îmi închipui c-o să se mai întoarcă vreodată acasă, acum se învârte în alte cercuri.

– Cum e să fii din nou acasă? mă întreabă.

Oftez.

– Vechea poveste, spun, apoi mă adun. De fapt, nu-i așa. Mă simt ciudat. De parcă nu mă mai regăsesc aici.

Aprobă încetișor din cap.

– Ai fost plecată ceva vreme, o să te reobișnuiești.

– Știu.

– Te întorci la serviciu în curând?

Dau aprobator din cap, cu inima grea.

– Mâine. Cu toate că au angajat pe cineva nou. Phil mi-a spus să vin, însă nu știu dacă mai e loc pentru mine acolo.

Îi citesc în ochi o scânteie de îngrijorare.

– Ești sigură că îți e bine?

– O să-mi fie. Probabil îmi lipsește soarele.

– E o lume mare, Lydia. Mereu e soare undeva.

– Nu aici, spun, nesigură dacă vorbim sau nu despre vreme. Ți-ai făcut vreun plan de a veni încoace?

Clatină din cap.

– Eu mai stau pe aici o vreme. Anul meu sabatic se sfârșește de Crăciun, deci mă gândesc că ne vedem de-abia atunci…

Înghit în sec și nu-i spun cât de mult îmi doresc să se întoarcă mai repede.

– OK.

– Dacă Phil te trimite la plimbare, vino și stai la mine o perioadă, glumește, zâmbind.

Nu îi spun cât de tentant sună.

– Da, pentru că asta m-ar ajuta să-mi îmbunătățesc relația cu mama, îi zic.

– Atunci, mai bine nu. În fine, Phil n-o să te trimită la plimbare. Sunteți ca o familie.

Schițez un zâmbet.

– Da, o să fie bine.

Ochii îi scânteiează în partea de sus a ecranului.

– Ar trebui să te las, îmi spune. Am niște treabă.

– Niște *windsurfing*? O premieră de film?

– Ambele, îmi spune. Apoi iau prânzul cu Kate Winslet.

– Tare!

– Păi, să știi. Ne auzim mai încolo, astronomă mică.

Apasă pe ecran să-mi închidă și imaginea lui rămâne încremenită, cu mână ridicată în semn de rămas-bun. Astronomă; porecla nu prea mi se mai aplică. Nu prea cred că ar vrea să vadă cerul cenușiu de acasă și felinarele aprinse.

Îmi trec mâna prin păr, o să-mi ia ceva să mă obișnuiesc. E aproape o tunsoare băiețească, un mic pas înainte.

– Nu cred că ți-ar plăcea, Freddie, zic. De fapt, sunt absolut convinsă că ți-ar displăcea al dracului de mult.

Totuși, mie nu-mi displace. O să-mi ia ceva să mă obișnuiesc, însă cred că, cu timpul, o să ajungă să-mi placă la nebunie.

TREAZĂ

Luni, 30 septembrie

– Doamne, Dumnezeule!

Biroul lui Ryan se află cel mai aproape de intrare și, când pășesc în birou, sare în sus ca ars.

– Te-ai întors și arăți superb!

Ocolește biroul și îmi pune ambele mâini în părul tăiat, holbându-se la mine.

– Ce ai făcut? Adică, îmi place de mor, dar e puțin radical, venind de la tine, știi ce zic?

Deja am captat atenția tuturor și toți mă privesc de parcă mi-aș fi retezat un braț, și nu părul.

– Arăți ștrengărește, își dă cu părerea Julia.

– Îți scoate în evidență ochii, spune Dawn. Doamne, ce culoare ai prins!

Își pune antebrațul palid lângă al meu. Ochii îmi cad pe burtica ei rotunjită și ea râde.

– Da. Nu e numai de la tort.

– Ce mă bucur!

Phil apare lângă mine și mă strânge de umăr.

– Mă bucur să te văd, Lydia! Îți pui o ceașcă de ceai și vii să vorbim un pic la mine în birou?

Toți se răspândesc înapoi la propriul birou, cu un aer ușor stingher și de-abia atunci o remarc pe fata nouă care stă la locul meu. Aflasem de existența ei, bineînțeles și, totuși, văzând-o pe Louise, ăsta cred că îi e numele, mă trec toate transpirațiile. Pare eficientă. Se joacă cu cheile în timp ce ridică privirea și îmi zâmbește. Sunt convinsă că e foarte de treabă și mi-e clar că poate să tasteze cu viteza la care-ți sângerează degetele, însă tot mi-ar plăcea foarte tare să dispară într-un norișor de fum. O privesc pentru o clipă, poate-poate, dar se încăpățânează să rămână prezentă, așa că îi urmez propunerea lui Phil și mă îndrept spre bucătărie.

Așa, deci vestea bună e că încă mai am serviciu. Vestea mai puțin bună e că nu mai e același serviciu pe care îl aveam înainte să plec. Phil a încercat să formuleze lucrurile cât a putut de blând și e clar că nu i-a făcut nicio plăcere să fie cel care îmi livrează veștile proaste, însă Super-Lou va rămâne în echipă (nu i-a spus așa) și face fără doar și poate o treabă grozavă. A fost constrâns de împrejurări atunci când pe Dawn au apucat-o grețurile matinale, mi-a spus. Firește că nu am motive să mă supăr, pentru că e vina mea că am stat atât de mult timp plecată. A fost de treabă și m-a repartizat jos, la bibliotecă. Delia a decis în cele din urmă că a sosit timpul să-și pună în cui tușiera și ștampila și cineva trebuie să-i ia locul.

Mi-a vândut-o ca pe o provocare, șansa mea să-mi arăt colții și să restructurez locul ăla, un proiect. Și sunt recunoscătoare, chiar sunt. O să lucrez tot la primărie și voi putea mereu să-mi văd colegii de la etaj, chiar dacă numai în trecere, fără să mai împărțim biroul zi de zi. Nu o să mint, mă simt ca oaia neagră care a fost alungată la etajul inferior pentru abaterile ei, știu însă că realitatea e că sunt norocoasă că încă mai am un job, oricare ar fi el.

Și, de fapt, dacă stau bine să mă gândesc, s-ar putea să-mi prindă bine să modernizez biblioteca. Am în subordine vreo doi oameni cu jumătate de normă, iar sistemul trebuie digitalizat. Aş putea începe să organizez nişte evenimente de lectură. Întâlniri, vizite ale autorilor. Chiar şi un club de carte. Phil chiar îşi doreşte să văd treaba asta ca pe propriul proiect, de care eu aleg cum să mă ocup. Mi-a dat până şi douăzeci de lire în monede şi mi-a zis să mă duc să-mi cumpăr o agendă şi pixuri de la papetăria oraşului. Apreciez gestul lui. Voi încerca să fac aşa cum mi-a sugerat; să-mi fac nişte planuri de viitor.

– Ține-i capul, îmi spune Elle, punându-mi în brațele întinse o fetiță dezbrăcată şi cam supărată. Stăm în genunchi pe podeaua din baie; mi-a permis să vin să o ajut să o spele şi mi-a întins un fel de ramură de măslin. Baia are loc în cada lor şi, când scufund în apă copilul care se zvârcoleşte, se calmează ca prin minune.

– Îi place la nebunie, îmi spune Elle, sprijinindu-şi capul pe mâini şi privindu-şi lung fiica.

– Ieri i-am făcut patru băi, doar ca să nu mai plângă.

– O să se transforme într-o sirenă, zic.

– Mai curând într-o prună uscată, spune Elle.

Zâmbesc, turnându-i cu căuşul palmei apă pe burtică. Chiar e copilul apelor, e magic.

– Poate că se simte ca în pântece, zic.

Elle întinde mâna şi o gâdilă în talpă.

– Poate. Îți mulțumesc că mi-ai fost alături când am născut-o. Pentru că suntem aici, acum, aşa.

Simt lupta care se duce în ea înainte de a rosti aceste cuvinte şi mă simt gâtuită de emoție la amintirea zilei în care s-a născut Charlotte. Ziua nunții mele.

– Nu aş fi ratat momentul pentru nimic în lume.

Şi în clipa aia realizez. Dacă ar fi trebuit să aleg între nuntă şi să o moşesc pe Charlotte, oricât de greu mi-ar fi să admit, aş fi rămas aici, în lumea asta. Degețelele ei mici se încolăcesc pe un deget de-al meu, o confirmare a faptului că de locul ăsta mă leagă mai multe decât mă așteaptă dincolo. A venit timpul să înfrunt inevitabilul.

Am trecut prin acest eveniment catastrofic și epuizant. Mi s-a întâmplat cel mai cumplit lucru. L-am pierdut pe bărbatul vieții mele și, apoi, ca prin minune, am regăsit drumul către el, însă cu ce preț?

La început era uluitor, mi se împlineau toate visurile și a durat până acum să înțeleg faptul că, oricât de frumos ar fi fost, nu era viabil, nici pentru femeia de aici, nici pentru cea de acolo. Femeia de aici ar trebui să se bucure de viața lungă și frumoasă pe care a trăit-o alături de Freddie. Dumnezeu mi-e martor când spun că trebuie să cred că există undeva o lume în care mie și lui Freddie ne iese, unde suntem fericiți și avem timp să întemeiem o familie, unde suntem suficient de norocoși încât să îmbătrânim împreună.

Să călătoresc de colo până colo, să vizitez un loc unde durerea mea nu există, unde suferința nu m-a schimbat ireversibil, asta a fost fabulos. Sincer, chiar a fost. E cineva în lumea asta care nu ar profita de șansa de a-și revedea iubirea pierdută? Și nu numai o dată, ci în mod regulat?

Creierul uman e setat să facă față durerii sufletești. Știe că, chiar și atunci când ne prăbușim în adâncimi întunecoase și insondabile, va ieși din nou soarele și nu trebuie decât să continuăm să avem curajul să mergem înainte în linie dreaptă, oricât de încet, pentru a găsi drumul înapoi. Eu însă n-am făcut asta. M-am poticnit în toate direcțiile, am înaintat legată la ochi, un pas înainte, doi înapoi. Pastilele au fost consolarea mea, cârja și evadarea mea, au fost însă și panglica de peste ochi care m-a trimis în direcția greșită. Pentru toate variantele eului meu, trebuie să îmi scot legătura de pe ochi. Trebuie să îmi iau adio de la ea.

ÎN SOMN

Luni, 30 septembrie

Știam că Freddie nu va fi aici, bineînțeles. Aș fi putut să mai aștept vreo două săptămâni, în speranța că se va întoarce de la Rio, însă nu există garanții în privința datei de întoarcere și deja am luat decizia. Trebuie să o duc până la capăt.

iPadul meu era acolo unde speram să fie, pe perna lui Freddie. Sunt genul care citește în timpul nopții, când nu mă ia somnul mă prinde miezul nopții citind, mi se întâmplă adesea atunci când sunt singură. Iau iPadul și verfic nivelul bateriei. Optzeci și șapte la sută. E OK. Așadar, sunt aici, în frumosul nostru pat Savoy și iPadul mi-e pregătit. FaceTime nu este calea prin care mi-aș fi imaginat sau dorit să ne luăm rămas-bun, dar e tot ce am. După această noapte, întoarcerea aici nu e o opțiune pe care să mi-o mai îngădui.

Las iPadul din mână și mă sprijin de perne. Pot să-mi permit câteva minute cu mine înainte să dau acest telefon. Camera e scăldată de lumina blândă a dimineții; se pare că în sfârșit s-au risipit norii cenușii. E cald și plăcut și câteva minute mă cufund în nemișcare, încercând să-mi încetinesc ritmul respirației și să fiu calmă în aceste ultime momente, pentru că sunt foarte importante.

Iar apoi, când mă asigur că sunt pregătită, mă ridic în capul oaselor și mă întind după iPad.

Nu o să-mi răspundă. Simt cum calmul mă părăsește atunci când tonul de apel răsună undeva în întuneric, în cealaltă parte a lumii. Nu o să-mi răspundă. Începuturile panicii mă gâtuie; îmi simt inima bătând prea tare în timp ce îmi privesc reflexia palidă din ecran. Mă pregătesc pentru mesajul care mă va anunța că Freddie Hunter nu este disponibil. Normal că nu e disponibil, la Rio e miezul nopții.

Hai, Freddie, șoptesc. Te rog, ascultă-mă pentru ultima oară. Niciodată nu am mai avut atâta nevoie de tine cum am acum.

Apoi, în mod miraculos, ca și cum mi-ar fi auzit ruga, îmi răspunde. Ecranul se aprinde atunci când se realizează conexiunea, pe urmă îl văd și simt că sunt în stare să plâng de ușurare.

– Lyd? Stai puțin.

Se întinde să aprindă veioza. Lumina îl cuprinde într-o strălucire intimă, un soi de întâmpinare pe care o poți ghici prin geamul unui pub într-o noapte de iarnă.

– S-a întâmplat ceva?

Are privirea încețoșată și îngrijorată.

Clatin din cap, deja înghițindu-mi lacrimile.

– Voiam să te revăd.

Mi-am petrecut cea mai mare parte a zilei de ieri încercând să găsesc cele mai potrivite cuvinte, însă acum, când se uită la mine, nu mă mai satur privindu-l. Optzeci și șapte la sută nu o să fie niciodată îndeajuns.

Se trântește la loc, pe perne.

– Aici e cinci dimineața, iubire, îmi spune.

– Știu, știu. Îmi pare rău, șoptesc. Doar că mi-e foarte dor de tine, Freddie. Urăsc să ne certăm.

– Și eu, îmi spune. Mai ales când nu putem face sex de împăcare.

Clatin din cap și râd ușor.

– Pormite-mi că n-o să te schimbi niciodată, Freddie Hunter.

– Hei! îmi spune pe un ton jos și familiar de astă dată. Să știi că și mie mi s-a părut că a trecut o veșnicie.

– Da? zic, cu plânsul fierbinte în gât, pentru că nu am realizat cu adevărat cât de lungă e veșnicia până în ziua în care i-am văzut numele gravat cu litere aurii pe piatra funerară.

– Normal că da, îmi spune, ca și cum ar fi ceva evident. Nu o să mai stau departe de casă atâta vreme niciodată, Lyd, promit. Simt că îmi ies din minți.

Mie mi-a fost de un milion de ori mai greu, îmi spun în gând.

– N-am dormit prea bine, îi spun, în schimb. Patul e prea mare fără tine.

– Nu te lua de patul nostru. Chestia asta e tare ca scândura.

Brațul îi atârnă în spatele capului și bate cu degetele în tăblia ieftină, din lemn de pin.

– Profită din plin de el cât mai poți, Lyd. Lăfăie-te cât poftești.

Profită din plin de el cât mai poți; îi rețin sfatul ca să îl urmez mai încolo.

– O să încerc, îi spun. În fiecare zi. Îți promit.

– Numai să nu te obișnuiești prea tare fără mine, OK? adaugă după o clipă.

Încerc să articulez ceva, orice, însă nu pot, pentru că obișnuirea cu o viață fără Freddie Hunter a devenit povestea vieții mele.

– Te iubesc foarte mult, îi spun.

El zâmbește.

– Te iubesc mai mult decât pe Keira.

– Ai trecut direct la categoria grea, hm?

– Sunt obosit, șoptește.

– Să te las?

Cât oi trăi, nu cred că voi mai găsi cuvinte mai greu de rostit. Aprobă printr-o mișcare a capului și îi întâlnesc privirea, conștientă că se pregătește să-mi închidă.

– Noapte bună, dragostea mea, îi spun, urmărindu-i cu degetul linia maxilarului, apoi curba bine cunoscută a buzei de jos.

– Ne vedem de dimineață, murmură.

Sunt vorbe pe care obișnuiam să ni le spunem mereu înainte de culcare, o promisiune, un gest de afecțiune, un „când deschizi ochii, o să mă găsești aici, așteptându-te." Mama ne spunea mereu asta mie și lui Elle când eram mici, o îmbărbătare, pentru că ea era stânca noastră.

Cuvintele mă ard atunci când i le adresez pentru ultima oară:

– Ne vedem de dimineață, Freddie. Acum trebuie să te las, îi spun. Somn ușor, iubirea mea.

Îmi zâmbește cu jumătate de gură, fiind prea adormit ca să observe că plâng.

– Ies de pe recepție, spune în șoaptă și apoi mai oftează o dată.

Oh, Freddie Hunter. Încerc să zâmbesc printre lacrimi și îl mai privesc câteva momente de-păstrat-pentru-o-viață înainte să îmi impun să apăs butonul de încheiere a apelului. Rămâne încremenit pe ecran o secundă, deja adormit, și apoi dispare – de data asta pentru totdeauna.

TREAZĂ

Marți, 1 octombrie

Mă îngrozea atât de tare ideea de a-mi lua rămas-bun, încât nu m-am gândit prea mult la cum mă voi simți după aceea. Dacă ar fi trebuit să-mi dau cu presupusul, aș fi prezis că voi fi o epavă înlăcrimată, epuizată și distrusă, mai singură decât o pot exprima cuvintele. Și aș fi avut dreptate, cel puțin până la un punct. Însă ce nu mi-am imaginat a fost faptul că îmi voi simți forța interioară, că voi fi capabilă să mă privesc în oglinda din baie scăldată în lumină, așa că mă simt destul de mândră de mine în clipa asta. Că voi ști până în măduva oaselor că a fost decizia corectă. Corectă față de mine cea de aici, corectă față de mine cea de acolo și corectă pentru oamenii care mă iubesc. *Ce călătorie ai întreprins!* îi șoptesc reflexiei din oglindă, deșurubând capacul flaconului cu pastile roz.

Îmi întâlnesc privirea în oglindă și râd, pentru că e genul de comentariu pentru care Ryan m-ar fi luat peste picior. Poate că o să-i spun într-o bună zi, dacă reușesc să formulez asta într-un fel care să nu mă facă să par țicnită.

Bun, îmi spun hotărâtă, ținând strâns în pumn flaconul desfăcut. Trebuie să fac asta. Fata din oglindă are nevoie să știe că o susțin. E ora unu noaptea. Trebuie să fac asta chiar acum și apoi să mă bag din nou în pat și să mă odihnesc.

Vita m-a întrebat cu ceva timp în urmă ce aș face dacă nu m-aș teme. E o întrebare pe care mi-am pus-o de multe ori de când m-am întors și pe care mi-o pun din nou acum, în timp ce mă holbez la pastile. Au mai rămas unsprezece pastile în flacon. Încă unsprezece vizite. Le-aș putea păstra. Aș putea face asta. Aș putea să trag de ele, să-mi permit până la o vizită pe an. Categoric aș putea face asta. Să petrec o zi splendidă alături de Freddie în fiecare an. De ziua mea sau de ziua lui. Ba chiar una la doi ani. Sau aș putea să le răresc și mai mult, o dată la câțiva ani, o dată la cinci ani, să mă strecor acolo și să văd ce s-a ales de noi. O să am ocazia să îi întâlnesc pe copiii noștri. Dumnezeule, închipuiește-ți! Le-aș putea pregăti micul dejun, aș putea să-i ajut la teme. Mi se prelinge o lacrimă pe obraz, pentru că e o imagine prea duioasă: să-mi legăn copilul în brațe înainte de culcare, chiar și o singură dată.

Însă, dacă fac asta, dacă pun bine pastilele, ce se va întâmpla cu viața mea de aici? Înghit în sec, pentru că știu răspunsul. Ar însemna că viața mea de aici va fi mereu în plan secund, mereu o anticameră, și asta nu e corect nici față de mine, nici față de restul oamenilor din viața mea. Viața mea de aici trebuie să fie singura mea opțiune, ba chiar mai mult, cea mai bună opțiune. Trebuie să fac ceea ce aș face dacă nu m-aș teme. E timpul să o las pe cealaltă Lydia să se descurce singură, să o las să cunoască bucuria de a le pregăti copiilor micul dejun și de a petrece zile de naștere alături de Freddie degrevată de vizitele ocazionale ale unei versiuni mai tăioase și mai tracasate ale sale.

Îmi tremură mâna atunci când întind flaconul deasupra chiuvetei și e în regulă să fie așa, pentru că e ceva dificil. Deschid robinetul la maximum și îmi țin respirația, cu inima bubuindu-mi, apoi o fac, rapid, dintr-o singură mișcare, ca să nu apuc să mă răzgândesc și să mă opresc la jumătate. Pastilele se așază pe jetul de apă și se rotesc câteva secunde, dându-i o culoare rozalie înainte de a se înghesui înspre scurgere. Le privesc și simt de toate: mă simt mândră de mine, sfâșiată, ușurată, zguduită. Apoi se fac nevăzute, dispar cu totul și opresc robinetul, privindu-mă țintă în oglindă.

„Acum am rămas între noi“, spun.

Îmi leg mai bine halatul și mă cuprinde un sentiment tăcut de pace.

Sâmbătă, 12 octombrie

– La mulți ani, June!

Ridicăm cu toții paharele și ciocnim în sănătatea Mătușii June.

– Șaizeci de anișori! spune Unchiul Bob, dând pe afară de mândrie și suficient de tare încât să se aleagă cu un zâmbet crispat, un fel de „stai-jos-până-nu-te-sugrum“ din partea soției lui.

Ne-am strâns cu toții în restaurantul arhiplin din centru, unde, pe spătarul scaunului sărbătoritei, sunt legate baloane strălucitoare. Mama stă alături de mine, iar Elle stă de cealaltă parte a mesei, cu copilul pe umăr; e prima întrunire oficială de familie pentru Charlotte. Sunt extrem de ușurată că, de la întoarcerea mea, tensiunile dintre noi se topesc pe zi ce trece. Elle și cu mine nu am ajuns încă să fim ca înainte, însă cel puțin a revenit la obiceiul de a-mi trimite zilnic filmulețe cu Charlotte, iar mama a izbucnit în lacrimi și m-a îmbrățișat când mi-a văzut noua tunsoare.

– Pari așa de vulnerabilă, Lydia, mi-a spus. Nu știu ce să mă fac cu tine.

Adevărul este că nu am nevoie ca oamenii să facă ceva. Timpul petrecut departe de cele două vieți ale mele a fost transformator, necesar în ciuda presiunii puse pe relația mea cu familia. Nu sunt atât de vulnerabilă pe cât mă face tunsoarea să par.

Vară-mea Lucy îmi aruncă o privire piezișă din capul mesei.

– Cum a fost să umbli prin lume cu rucsacul în spate, Lydia?

Să umblu prin lume cu rucsacul în spate. Bleah, mereu știe să-și aleagă cuvintele nepotrivite.

– Croația e superbă, spun. Ar trebui să mergi și tu.

Lucy ridică paharul cu vin.

– Am cam trecut de vârsta aia.

– Ești mai degrabă genul care preferă un pachet de vacanță.

Elle și cu mine schimbăm o privire pe deasupra capului lui Charlotte.

Lucy o săgetează cu privirea.

– Ba chiar în Maldive, de Crăciun.

– Păi, atunci vă invit pe amândoi la noi de Crăciun, anul acesta, June, spune mama zâmbind.

David își ia fetița în brațe pentru ca Elle să poată să mănânce – fac o echipă unită și grozavă. Nu îmi scapă privirea pe care o schimbă la lipsa de tact a mamei. Nu i-ar fi invitat niciodată dacă nu ar fi avut garanția că Lucy e plecată din țară.

Unchiul Bob cumpănește oferta.

– Numai dacă tai eu curcanul, spune. Așa e tradiția, n-ai ce să-i faci.

Pentru o clipă, suntem toți patru cuprinși de un sentiment de solidaritate, în amintirea felului în care a ciopârțit David curcanul anul trecut.

– Cred că se poate aranja, spune mama.

Mătușa June se apleacă și mă privește intens.

– Ce mai face prietenul tău din America, Lydia?

Las tacâmurile din mână, terminând de mâncat.

– Îi merge foarte bine.

Într-un orășel ca al nostru, te julești în genunchi și ajunge la urechile tuturor, așadar aventura de scenarist a lui Jonah în LA a devenit o bogată sursă pentru bârfele locale. Coafeza m-a întrebat de el, toată lumea de la muncă m-a întrebat de el.

– În orice caz, mai stă o vreme acolo, e un se...

– Doamne, în locul lui, nu m-aș mai întoarce aici, zic. ... Între Hollywood și aici. Aici sau Hollywood. ...e Lucy.

Gesticulează în timp ce vorbește, mimând o balanță și ... ochii peste cap.

– E în LA, spun, încercând să nu îi permit să mă necăjească.

– Tot aia. Soare, nisip, americani.

Mă gândesc la Vita, cum își bea ea liniștită și senină cafeaua de dimineață pe terasă. Ea nu s-ar lăsa provocată de cineva ca Lucy. De când a murit Freddie, atât eu, cât și Jonah ne-am lărgit orizonturile, o reacție instinctivă la faptul că el nu mai e aici. Am căutat locuri și experiențe pe care nu le găsești niciodată într-o broșură de vacanță. Lucy nu a trecut printr-o astfel de tranziție; îi trec cu vederea această inadvertență crasă.

– Dacă spui tu...

Conversația curge pe lângă mine. Elle și David încă mai vorbesc despre Charlotte în termeni de săptămâni; a împlinit douăsprezece săptămâni și a trecut cu brio de toate pragurile.

– Seamănă cu mămica ei, spune Unchiul Bob. Tu ai fost mereu sora organizată, Elle.

Nu cred că intenționa să insinueze că eu nu aș fi fost, însă asta e mesajul care ajunge la mine. Și e probabil corect. Mă întreb ce vor moșteni copiii mei de la mine. Curaj, îmi șoptește Vita. Sper doar să aibă dreptate.

Ceva mai târziu, când deschid ușa de la intrare, ceva mi se strecoară printre picioare: Turpin s-a întors acasă. Se suie pe blatul din bucătărie și mă privește cum scotocesc după mâncarea pentru pisici.

– Ai nevoie de un pat în seara asta, moșulică?

În schimbul cinei, îmi permite să-l scarpin pe după urechi și, cu toate că deschid ușa din spate și îi dau de ales, preferă să nu riște să-l prindă ploaia. Îmi iau cu mine ceașca de ceai când mă duc să citesc în dormitor, lăsându-l pe Turpin dormind pe fotoliul lui Freddie.

Joi, 31 octombrie

– Uite, e gata, spun, așezându-mă pe vine să-mi admir opera.

Am decorat mormântul lui Freddie cu flori în culori țipătoare, portocalii și mov și, pentru orice eventualitate, am pus și un dovlecel gata sculptat. Îmi dau seama că nu e de mare bun-gust să faci ceva de Halloween într-un cimitir, dar Freddie adora sărbătoarea asta, monstrul lui Frankenstein fiind implicit alter egoul său în noaptea de Halloween. Știu că l-ar buși râsul dacă m-ar vedea acum. De fapt, m-ar pune să adaug pânze de păianjen false și fantome decupate din hârtie, tot arsenalul. În continuare trec des pe la mormântul lui, în funcție de cum îmi permite și vremea. Aici mă simt cel mai aproape de el sau aici îl simt cel mai aproape de mine, mai ales zilele astea.

– Îmi merge bine la bibliotecă, spun, în timp ce curăț butașii și șterg piatra funerară. Mary și Flo sunt mortale, nici împreună nu sunt în stare să pornească calculatorul, așa că Dumnezeu știe cum o să se descurce cu noul sistem.

Zilele la muncă se desfășoară diferit acum, însă nu într-un sens rău. Am schimbat colegii de la etaj cu două doamne de la Centrul de Locuințe Asistate; Mary nu vede prea bine și Flo e surdă de o ureche, însă, lăsând asta la o parte, m-au primit în cercul lor. Încă nu am ajuns la serile lor de bingo, dar cred că se apropie momentul. Sunt așa cum mi-aș dori să ajungem Elle și cu mine la nouăzeci de ani, pline de povești și de năzbâtii, cu vieți sociale mai bogate decât majoritatea tinerilor de douăzeci de ani.

– S-o fi văzut pe Charlotte, zic. Crește văzând cu ochii. Își ține singură capul și are ochii lui Elle, spun râzând. E o domniță în toată legea. Azi-dimineață făcuse căcuță și David era să se sufoce când a schimbat-o.

Îmi trag mânecile hainei peste degetele reci.

– Jonah e tot în LA. Cred că sunt pe ultima sută cu scenariul.

Vorbim aproape în fiecare weekend și conversațiile noastre au devenit rapid cel mai așteptat moment al săptămânii. E fluent în terminologia specifică lumii în care se învârte la ora actuală, discursurile lui sunt presărate cu referințe la încăperi de creație și la întâlniri ale părților contractuale.

– Cred că au avut niște divergențe creative, zic, de parcă aș avea habar ce înseamnă treaba asta.

Citind printre rânduri, cred că studioul insistă să facă niște modificări pentru a-l face mai atrăgător pentru mase, iar Jonah s-a tot luptat cu dorința lor de a-i încadra povestea în anumite tipare. Nu am pretenția că am urmărit tot ce mi-a spus, dar cam asta-i ideea.

Aseară, când m-a sunat, era vizibil șucărit în legătură cu asta. Însă viața în LA i-a redat pasul sprinten și culoarea din obraji, așa că sper să găsească o cale de a depăși acest obstacol.

– M-am oferit chiar să-i citesc scenariul, spun. Nu că aș ști ceva despre asta.

Dar îl știu pe Freddie și, dacă povestea e despre prietenia lor, poate că voi vedea ceva ce lui Jonah îi scapă sau măcar aș putea găsi o cale de compromis.

Ceva se mișcă în depărtare și îmi fură privirea. Un cortegiu funerar intră pe poartă, două limuzine negre, care înaintează pe aleea principală. Îmi plec capul, copleșită de vederea cortegiului; mă doare sufletul pentru cei care se află astăzi în acele mașini. Știu prea bine că-i așteaptă un drum lung și tot ce pot face este să-i veghez și să le trimit gânduri tăcute de solidaritate și tărie sufletească.

E apăsător prânzul aici, vântul aduce cu el pișcătura distinctă a iernii. Îmi închei nasturii paltonului, apoi îmi sărut buricele degetelor și ating piatra funerară a lui Freddie înainte de a mă întoarce la serviciu.

Nu a fost vorba niciodată despre a trece peste pierderea lui Freddie Hunter. Nu așa funcționează lucrurile, indiferent ce spune fișa mea medicală. Nu există niciun manual al durerii aflat la îndemână. Nu treci peste pierderea unei persoane iubite în șase luni, nici în doi ani, nici în douăzeci, trebuie însă să găsești o cale de a-ți continua viața fără a simți că tot ce urmează după vine mereu pe locul al doilea. Unii oameni urcă în vârf de munte, alții se aruncă din avioane. Toată lumea trebuie să-și găsească drumul de întors și cei norocoși vor avea alături oameni care iubesc să-i țină de mână.

Luni, 4 noiembrie

– Vreo carte pentru bebeluși țâfnoși?

Ridic privirea de la cutia cu cărți pe care tocmai o despachetez și o găsesc pe Elle stând în picioare în fața mea. Arată mult mai bine decât în urmă cu câteva săptămâni, e roșie în obraji de la frig și mai puțin trasă la față, datorită faptului că Charlotte a început să doarmă intervale mai lungi. Arunc o privire în landou, la copilul înfășat și cu o expresie de-a dreptul angelică în somn.

– Să nu aud critici la adresa ei, spun.

În ultima vreme, am petrecut cât de mult timp am putut alături de ele, nerăbdătoare să mă revanșez pentru timpul pierdut. Elle și cu mine am trecut în mare peste poticneala apărută în relația noastră, avem prea mare nevoie una de cealaltă ca să rezistăm. Weekendul trecut, am băut câteva pahare cu vin și ne-am smiorcăit împreună la un film, iar eu mi-am găsit cuvintele prin care să-i spun cât de rău îmi pare că nu i-am fost alături când avea nevoie de mine.

– Mama credea că sufăr de depresie postnatală, mi-a spus. Dar știam că nu e așa. Eram doar extrem de furioasă că ai plecat și m-ai lăsat și mult prea epuizată ca să pot ieși din starea aia.

De-abia acum înțeleg cât de mult le-a rănit absența mea, pe ea și pe mama.

– Ai putea să stai cu ea vreo jumătate de oră? îmi spune Elle. Săptămâna viitoare e ziua lui David și sunt în stare să fac orice ca să pot să bat magazinele fără căruciorul ăsta.

– Chiar acum? zâmbesc eu, pentru că tocmai a transformat o zi banală într-una dintre cele mai reușite.

E prima oară că mă roagă să stau cu Charlotte.

– Dacă nu cumva ești foarte ocupată?

Clatin din cap.

– Nu. E momentul ideal. Sunt în pauza de masă.

Mă zăpăcește cu o serie de instrucțiuni despre crema de bebeluși și biberoane, în cazul în care Charlotte nu se mai oprește din plâns și încerc să ascult, însă nu mă pot gândi decât la cât sunt de bucuroasă că Elle are din nou încredere în mine și mă întreb dacă e posibil să iei în brațe un copil adormit fără să-l trezești din somn, pentru că mor de nerăbdare să alint copilul ăsta.

Și apoi rămânem doar noi: Charlotte și cu mine. Împing încet căruciorul de-a lungul coridoarelor bibliotecii, plimbând-o absent pe Charlotte prin dreptul rafturilor de non-ficțiune și îndreptându-mă agale spre colțul cu cărți pentru copii. Când ridic păturica și mă uit în landou, Charlotte îmi întoarce privirea, cu ochișorii ei mari, cu gene negre.

– Hei, tu!

Zâmbesc și o ridic din cărucior. E în continuare mică cât o păpușă, delicată până și în salopeta de iarnă și mă fixează cu o privire solemnă, à la Elle, în timp ce ne așezăm pe unul dintre fotoliile noi.

– Îți aduci aminte de mine? Sunt prima ființă umană pe care ai văzut-o.

Vreau să cred că-și amintește, că e fericită la mine în brațe pentru că mă recunoaște și se simte în siguranță.

– Ce știm noi? șoptesc, cu toate că nu am pe cine să întrerup din citit în zona asta a bibliotecii. Să-ți citesc?

Pare un lucru foarte potrivit în acest mediu, așa că iau o carte pe care o știu foarte bine de când eram mică.

– E o poveste despre o omidă, îi spun, legănând cartea deschisă pe genunchi. E cu un individ foarte lacom, din câte țin eu minte.

O așez mai bine în pliul cotului și ea mă urmărește cu atenție în timp ce-i povestec despre omida care duminică a ieșit din crisalidă, luni a mâncat un măr, două pere marți și trei prune miercuri. Pot să jur că înțelege. Îi povestesc cum mănâncă brânză și tort de ciocolată și salam până i se apleacă și apoi vine ziua de duminică și o ia de la capăt până când nu mai e nici înfometată, nici mică.

Închid cartea și o pun înapoi pe raft, cu toate că povestea nu s-a încheiat încă. Toată lumea știe cum se termină.

– Și apoi, Charlotte, omida se face cocon și se duce la culcare, îi spun. Și în somn are un vis despre toate lucrurile minunate pe care urmează să le vadă, despre viața magică pe care urmeză să o trăiască și despre toate locurile îndepărtate unde o să meargă.

O mângâi în palmă și mânuța ei o cuprinde pe a mea, ca o floare care își strânge petalele, așa cum a făcut și în dimineața în care s-a născut. Deja degetele ei sunt mai lungi, mai puțin translucide și strânsoarea ei mai fermă.

– Și după o vreme se satură de somn, îi spun. Așa că se trezește și își întinde aripile noi-nouțe ca să le testeze, apoi își ia zborul în căutarea unor noi aventuri.

Și atunci, copilul ăsta mic și adorabil îmi zâmbește. Mamei și lui Elle le zâmbește deja de câteva săptămâni, dar pe mine m-a pus să muncesc din greu pentru asta – e prețul pe care îl am de plătit pentru că am lăsat-o baltă, cred. Îi întorc zâmbetul și apoi râd, iar ea continuă să radieze într-un zâmbet neverosimil, care i se întinde pe toată fața, de zici că-i un brotăcel.

– Ești o figură, să știi, îi spun cu glasul gâtuit. Îți mulțumesc că ești aici.

Și îi sunt recunoscătoare. Poate că nu ar fi avut un impact atât de puternic asupra mea dacă nu aș fi fost acolo să o ajut să vină pe lume, dacă nu ar fi luat prima gură de aer în mâinile mele. Dar așa s-a întâmplat și, făcând asta, și-a pus palmele mici la marginea lumii mele din somn și a împins-o suficient de departe, încât călătoria mea acolo să devină riscantă.

Când o să crească, voi fi în preajmă să o învăț culorile, să o duc la film și să o atenționez în legătură cu băieții nepotriviți, însă niciodată nu cred că voi reuși să o învăț pe fetița asta mai multe decât m-a învățat ea pe mine prin simpla ei prezență.

– Micuțul meu fluturaș.

Sâmbătă, 9 noiembrie

– Mamă, cât urăsc artificiile!

Jonah râde în spatele ecranului.

– Ba nu-i adevărat! Tu erai mereu cea care voia să meargă să le vadă.

Mi-am sprijinit telefonul de o vază cu flori din bucătărie ca să am mâinile libere în timp ce vorbesc cu el și să pot lucra. La mine e duminică noaptea, la el e sâmbătă la prânz, iar eu sunt deosebit de plicticoasă și mă lupt cu hârțogăraia restantă de la bibliotecă, cu un pahar de vin în față. Cu toate că nu îmi plâng prea tare de milă. Ba chiar mă bucur că am atâtea pe cap la muncă, asta mă ajută să umplu golurile din viața mea. Au trecut aproape șase săptămâni de când am aruncat pastilele pe scurgerea chiuvetei și, sincer, chiar mă simt bine, cel puțin în timpul zilei.

– Mda, ei bine, mi-am schimbat părerea, bombăn.

În seara asta are loc prezentarea parcului din localitate și zici că a izbucnit războiul. Jonah se întoarce cu spatele la bufet și vine să se așeze la masă.

– Arată bine, zic, făcând un gest cu capul spre sendvișul cu bacon pe care tocmai și l-a preparat.

– A trebuit să merg la trei magazine ca să găsesc pâine albă, pufoasă, feliată, îmi spune. E practic ilegală aici.

– Ești prea britanic pentru binele tău, Jonah Jones, spun râzând și dându-mi ochii peste cap.

Îmi arată ketchupul Heinz și rânjește. Eu las pixul din mână și iau paharul de vin.

– Și, ceva noutăți? Dă-mi o veste bună.

Își dă la o parte părul din ochi și privirea îmi scânteiază când văd cicatricea de deasupra sprâncenei, albită de soarele din LA. Într-una din ultimele noastre conversații mi-a spus că și-a deșurubat oglinda din baie de pe perete la scurt timp după accident, pentru că nu suporta să dea cu ochii în fiecare dimineață de acest memento; e o ușurare să văd că acum se simte mai bine. Îl ascult în vreme ce-mi povestește frânturi din viața lui în LA din săptămâna care se încheie, în timp ce ia prânzul.

– Ah, ghici ce?! îmi spune brusc. Am renunțat la mașină și am închiriat o motocicletă, atras de senzațiile tari la drum întins.

Zâmbesc și îmi înăbuș dorința de a-i spune să aibă grijă, pentru că știu că e mereu atent. Mă întreb dacă o fi ajuns să-și cumpere motorul ăla clasic de la Gripper Grimes, cel despre care vorbea cu Freddie în cealaltă viață.

– Vintage? întreb așa, într-o doară.

Se încruntă și clatină din cap.

– Nouă-nouță, de ce?

– Fără niciun motiv, spun, ridicând din umeri. Încercam doar să mi-o imaginez.

Facem asta aproape zilnic: folosim tehnologia ca să creăm senzația că am fi în aceeași încăpere și nu în colțuri opuse ale lumii. Mintea mea face un salt, arde niște etape și mă întreb dacă s-ar putea să vină o vreme când va exista o tehnologie asemănătoare, care să-ți permită în mod curent să dai un telefon dintr-un univers într-altul și nu doar de pe un continent pe altul. Chiar mi-ar plăcea să am posibilitatea să-mi dau mie însemi niște sfaturi, cred că am trecut prin destule momente grele încât să fi adunat câteva grăunțe de înțelepciune.

– Pari dărâmată de oboseală, îmi spune Jonah.

Oftez și iau o gură de vin.

– Mda, sunt puțin.

– Tot nu dormi?

Îmi trec mâna peste frunte.

– Nu grozav, nu.

Cu toată sinceritatea, somnul a devenit o problemă pentru mine. Am aruncat pe țeava de scurgere pastilele alea și, odată cu ele, și abilitatea de a dormi nopțile. Nu știu de ce, știu însă că nu mă voi duce prea curând să consult doctorul pe tema asta.

– Vrei să-ți cânt? mă întrebă Jonah râzând. Mă pricep la cântece de leagăn. Sau la *death metal*. Alege tu ce ți se pare mai liniștitor.

Ridic telefonul și mă mut pe canapea.

– Păi, atunci, dă-i drumul, zic, în timp ce mă fac comodă.

Mă învelesc și-mi trag o pernă sub cap, apoi mă uit la Jonah.

– Sunt gata.

– Tu chiar vrei să-ți cânt?

– Să nu-mi spui că glumeai, zic, cu toate că știu că așa este. De mult nu te-am mai auzit cântând.

Mă fixează cu privirea, văzându-mă mai clar decât majoritatea oamenilor, cu toate că e la capătul celălalt al lumii. Și eu îl văd clar; în ochii lui citesc că nu prea a mai cântat în ultima perioadă și încearcă să se hotărască dacă e în stare să facă asta în fața mea.

– Închide ochii, îmi spune.

Îmi reazem telefonul într-un unghi din care mă poate vedea și mă îngrop în pernă, cu pătura trasă până în gât. De mult nu am mai stat atât de comod.

– Preferințe?

– Suprinde-mă, șoptesc.

Rămâne tăcut și o vreme îi aud doar respirația, care e în sine destul de liniștitoare. Apoi începe, încet și plin de patos, și oasele mele se scufundă în plușul canapelei pline de recunoștință. L-am ascultat pe Jonah trecând prin discografia celor de la Beatles de nenumărate ori în pub, după ora închiderii. La The Prince alege piese pe placul publicului, însă în seara asta renunță la ele și cântă „The Long and Winding Road" numai și numai pentru mine.

Miercuri, 18 decembrie

– Nu aş fi purtat barba asta pentru nimeni în afară de tine, spune Phil, trăgându-şi blăniţa albă şi pufoasă în dreptul gurii. Cred că deja am înghiţit jumătate din chestia asta.

– Să nu verşi vreun ghem de păr, îi spune Ryan, ajutor al Moşului până în măduva oaselor, în costumul lui de elf. Amicii mei de la etaj s-au dat peste cap ca să-şi îndeplinească rolurile pentru petrecerea de Crăciun, care se ţine în dimineaţa asta în bibliotecă. Nu e nimic măreţ sau fastuos, dacă e să judeci după dimensiuni, doar că porţile bibliotecii sunt deschise şi organizăm activităţi şi jocuri; e o bună ocazie să le arătăm părinţilor îmbunătăţirile pe care le-am adus colţişorului pentru preşcolari. L-am folosit pe Moşu' pe post de momeală ca să atrag gaşca de preşcolari şi treaba asta a funcţionat mai bine decât anticipasem. Biblioteca clocoteşte de părinţi cu figuri agasate, încinşi cu gecile pe ei şi ţinând în mâini şerveţele, genţi cu schimburi şi gustări mâncate doar pe jumătate.

Dawn se ocupă de masa de colorat, iar pe sub puloverul cu motive de Crăciun i se profilează o umflătură cât o minge de plajă, iar Julia împarte punci mămicilor şi tăticilor recunoscători. Nu bag mâna în foc că nu l-a dres cu votcă. Nici vorbă să-și pună pe ea un costum de Crăciun, însă rujul ei roșu-aprins se asortează cu costumul de Moș Crăciun al lui Phil. Și mai sunt și Flo și Mary, doamnele mele de la bibliotecă. Și-au făcut apariția îmbrăcate în costume de globuri de Crăciun și nu ar fi nicio problemă, însă de-abia dacă încap pe culoarele bibliotecii. Ryan a râs cu lacrimi ceva mai devreme, când Flo a rămas blocată la raftul de istorie și a fost nevoit să o împingă zdravăn din spate.

– Cineva voia să-l vadă pe Moșul.

Mă întorc și în spatele meu dau peste Elle, cu Charlotte în brațe și cu mama alături. Copilul ăsta are ceva magic; atunci când o văd, înăuntrul meu se face lumină. Din fericire, admirația e reciprocă; Charlotte râde ca apucata la glumele mele foarte proaste și faptul că sunt preferata ei e de netăgăduit. Cel puțin pentru mine.

– Ați venit, zic, sărutându-le pe obrajii reci.

– De parcă am fi putut lipsi, spune mama, uitându-se curioasă în jur. Ia te uită ce de lume, Lydia!

– Sper ca Moșul să aibă suficiente cadouri, zice Elle.

Eu știu cu certitudine că Moșul are suficiente cadouri. Am făcut presiuni asupra întreprinderilor locale pentru a primi donații și, cu banii obținuți, am cumpărat teancuri întregi din *Omida mâncăcioasă*.

– Sper ca Moșu' să nu se înece cu barba, zic.

– Asta să fie cea mai mare problemă a lui, spune mama râzând.

Într-un colț, Phil tronează pe un jilț și e practic asaltat de copii de doi ani, disperați să-și înainteze pretențiile de Crăciun. Ryan se dovedește a fi groaznic la managementul statului la coadă, incapabil să organizeze niște oameni care nici nu ajung bine la banda de jos a unei genunchiere. De fapt, se cocoață pe el, folosindu-l pe post de panou de cățărare pentru a se lansa asupra lui Phil. Ryan îmi caută privirea, cu ochii mari și cu gesturi prin care îmi cere ajutorul și eu mă mulțumesc să râd și să ridic degetele mari de la ambele mâini în semn de încurajare.

– Cred că ar trebui să sunăm la poliție, zice Julia. Oamenii mici au luat-o razna. E jeleu pe covorul cel nou.

Dar eu nu asta văd. Eu îmi văd biblioteca plină de oameni, iar prietenii și familia s-au strâns aici să mă susțină. Văd părinți epuizați aplecându-se peste rafturi și făcând conversație la un pahar cu punci și văd copii fremătând de bucuria și nerăbdarea sărbătorilor de iarnă. Ceea ce văd eu se numește viață. Zgomotoasă, haotică și complicată – și îmi place la nebunie.

Marți, 31 decembrie

– Ne vedem mâine, zic, trimițându-le un pupic lui Elle și lui Charlotte prin ecranul telefonului, în momentul în care apelul se sfârșește și ele rămân încremenite pe ecran.

A crescut incredibil de repede – la Charlotte mă refer –, umplând toate cutele cu colăcei cărnoși și minunați de bebeluș. O să petrecem prima zi din an împreună, luăm prânzul la mama. Vine și Stef. L-am întâlnit deja de câteva ori; din fericire, avea cămășa pe el și chiar îmi place tipul. Nu e prea limbut, însă, când deschide gura, spune lucruri cu miez; îmi place umorul lui negru.

Însă în seara asta sunt singură, cu un pahar de șampanie. Jonah e încă în LA; am vorbit acum vreo două zile și am reușit să clarificăm faptul că nu va putea să vină să-mi bată la ușă la miezul nopții, anul acesta. Doamne, am impresia că a trecut mult mai mult de un an de atunci. Mă simt ca un șarpe, de parcă aș fi lepădat un strat și aș fi ieșit aceeași persoană, totuși diferită, lăsând în urmă ceva din mine.

Au trecut trei luni de când n-am mai pășit pe ușa din dos a unui alt univers. M-am gândit la o mulțime de lucruri în timpul ăsta, ba chiar m-am dus la câteva ședințe de terapie. I-am povestit totul: despre pastile, despre sarcină și, spre meritul ei, nu a pipăit pe sub birou în căutarea butonului de panică.

M-am împăcat cu faptul că nu voi afla niciodată cu certitudine dacă pastilele roz îmi permiteau într-adevăr să mă mișc între lumi, dacă luminau cumva pista către o lume dincolo de a noastră.

M-am împăcat și cu posibilitatea că ar fi putut fi doar o tehnică sofisticată de autoconservare; vise lucide foarte vii, în vreme ce subconștientul meu îmi descâlcea gândurile, suprapunându-mi viața peste o versiune alternativă. Se poate să fi fost așa, noua mea terapeută este convinsă că așa s-a întâmplat. Dar știi ce? N-aș băga mâna în foc.

Ies pe ușa din spatele casei înainte să dau stingerea și scrutez cerul senin al nopții. Dacă ar fi aici, Jonah ar putea să-mi indice planete și constelații îndepărtate, însă mi-e suficient să mă uit în sus și să-mi las ochii să călătorească lent prin întuneric. Nu e puțin lucru. Când și când, dacă mijesc ochii și mă străduiesc, am impresia că surprind o licărire, conturul palid al unei uși întredeschise. Mă imaginez acolo, atât de aproape de ușă, încât pot să disting voci îndepărtate; hohotele unui râs familiar, țipătul entuziasmat al unui copil. Zâmbesc în timp ce închid cu blândețe ușa, apoi învârt cheia în broască și o las să plutească printre stele îndepărtate.

2020

Joi, 2 ianuarie

Sunt într-o inerție care mi se trage de la curcan și de la gin. Prânzul de ieri s-a transformat într-o petrecere de zi; jumătate din vecini au fost prezenți și e posibil să se fi dansat o conga nebunească pe trotuarul înghețat, toată lumea scălâmbăindu-se sub conducerea nimănui altcuiva decât a lui Stef, care se pare că devine sufletul petrecerii după câteva pahare.

Iar acum sunt acasă și am capul cât o baniță, un munte de curcan în frigider și pe vechiul meu tovarăș Turpin pe post de companie.

– *Închisoarea îngerilor* sau *James Bond*? îl întreb.

Mă fixează din locul lui preferat, scaunul lui Freddie.

– Clipește o dată pentru *Bond*, de două ori, pentru *Închisoarea*, îi propun, amuzându-mă în ciuda faptului că mă ignoră.

– Ești un spectator dificil, îi zic. Ești sigur că nu vrei să te întorci să vezi ce mai face Agnes?

Cred că îmi distinge sarcasmul din voce și îmi întoarce spatele.

– Bine, mormăi. O să iau singură decizia.

Încerc să-mi adun puterile să ies la o plimbare. Sufăr de letargie postpetrecere și, pentru că e început de an, mă simt datoare să încerc să alung starea asta și să fac ceva pe ziua de azi. Hotărârea mă poartă doar până în dreptul scărilor de la intrare, echipată cu noua mea căciulă de lână în dungi și cu mănușile mițoase, primite de la mama. I-a dat și lui Elle un set asemănător și am făcut schimb între noi când mama nu era atentă. Stânga sau dreapta? Magazine sau parc? Nu am nicio intenție sau destinație, așa că o iau spre colțul clădirii și constat că mai e cineva care dă colțul și se îndreaptă spre mine.

E înalt, cu umerii adunați sub haină și fular, însă îl recunosc în ciuda distanței. Jonah Jones își îndreaptă privirea spre mine și observ precis momentul în care mă recunoaște sub toate dungile astea; încetinește o clipă și apoi grăbește pasul, până ne întâlnim la mijlocul distanței.

– Ce cauți aici?

Îl apuc strâns de brațe, nevenindu-mi să cred, surprinsă să-l văd în carne și oase după ce atâta vreme l-am văzut pe un ecran mic.

– Erai în LA!

Râde și își scoate căciula bleumarin de lână. I-ar prinde bine o tunsoare, dar, Dumnezeule, zâmbetul lui e o încântare. Cred că, de pe ecranul iPadului, nu am apreciat bine cât de mult l-a prins soarele ori în ce măsură LA-ul i-a redat scânteia de altădată. Nu mai e același om care se urca în avion cu niște luni bune în urmă. Nu mai e nici acel Jonah din umbra lui Freddie. Pare mai mare, mai matur, ca și cum și-ar fi asumat un rol mai greu și mai potrivit.

– În mod clar, nu mai sunt, îmi spune rânjind. Tot soarele ăla, Lydia, te scoate din minți.

– Păi, atunci, ai venit în locul potrivit.

Nu mă mai satur să-l privesc.

– Ce mă bucur să te văd! Jonah.

Clatin din cap, încă în stare de șoc.

– Și eu, îmi spune. Vino încoace.

Mă cuprinde în brațe și e ca o explozie. Nu e o îmbrățișare de formă. E o îmbrățișare care spune „însemni foarte mult pentru mine, nu-mi vine să cred că ești aici, dă-mi voie să mă uit la tine, mi-ai înseninat viața". Ne balansăm și râdem și, în cele din urmă, mă dau un pas în spate, încântată până în măduva oaselor.

Întinde mâna și-mi scoate căciula de lână din cap.

– Uau! Zici că-s franjuri. Îmi place la nebunie.

Mi-a văzut frizura de nenumărate ori pe ecran, însă e pentru prima oară față în față.

Îmi trec mâna prin păr, stingherită.

– Îmi lipsește părul lung, pe vremea asta, zic.

Îmi îndeasă la loc căciula pe urechi.

– E mai bine?

Dau din cap.

– E mai bine.

– Te duceai undeva? mă întreabă.

Clipesc, încercând să-mi aduc aminte.

– Nu chiar. Mă dezmorțeam doar, mă asiguram că încă îmi mai funcționează picioarele, ceva de genul ăsta.

– Genul ăsta de An Nou?

– Prânzul de ieri de la mama a scăpat puțin de sub control, spun râzând. Astăzi, durere de cap.

Își freacă palmele reci.

– Eu veneam să te văd. Pot să revin mai încolo, dacă vrei...? Sau mâine?

– Nu, sar eu imediat. Doamne, nu, hai să intrăm, oricum e prea frig afară. Nu știu ce-a fost în capul meu.

Îmi strecor brațul pe sub al lui și ne îndreptăm spre casă.

– *Închisoarea îngerilor* sau *Bond*? zic. Ai de ales.

Își încrețește nasul.

– Care Bond?

– Nu știu. James?

Jonah clatină din cap, râzând, în vreme ce eu strecor cheia în broască.

– La mulți ani, Lyd!

Mă întorc spre el și-i zâmbesc.

– Și ție, Jonah!

Pe fundal, Roger Moore se maimuțărește împreună cu un tip cu dinți de metal, iar Jonah și cu mine stăm așezați la câte un capăt de canapea și schimbăm vești în timp ce ne luptăm cu un morman de sendvișuri cu curcan.

Eu îi spun povești amuzante cu Flo și cu Mary de la muncă și îi arăt poze cu Charlotte, iar el îmi spune că a petrecut noaptea la The Prince, stând la povești cu Deckers și gașca, care nu s-au schimbat deloc. Ceea ce e chiar ciudat, pentru că Jonah și cu mine suntem aproape de nerecunoscut față de cum eram acum doi ani de zile. Ascult și încuviințez din cap atunci când trebuie, creând contextul de a-i pune întrebările la care chiar vreau să aflu răspunsul.

– *Regele Leu*? zice, uitându-se pe programul TV. Sau un rahat despre moașe?

– Ăăm, poftim? Care dintre noi a moșit un copil cu mâinle goale vara trecută?

Jonah lasă ghidul jos din mână.

– Doamne, uitasem că ai făcut asta. Și cu mâinile goale, pe deasupra. Ești o aducătoare de minuni, Lyd, zi de zi faci asta.

Râde și înclină gâtul sticlei de bere înspre mine, în semn de noroc.

– O să accept complimentul, spun amabilă.

– Bun. E adevărat.

– Deci... zic și îmi îndrept postura, stând picior peste picior și întorcându-mă spre el. Ce anume te-a adus cu adevărat acasă, Jonah?

Începe să răzuie colțul etichetei de pe sticla de bere.

– Aveam nevoie să-mi limpezesc gândurile.

Îmi dau cu presupusul:

– Necazuri cu scenariul?

– Mda, oftează Jonah.

Știu că i s-a părut uneori dificil să găsească calea de mijloc între a rămâne fidel versiunii lui și a accepta viziunea studioului în legătură cu scenariul, dar se părea că lucrurile se liniștiseră în ultima vreme.

– Am crezut că ați depășit momentul...?

Își răsucește capul până îi trosnește gâtul, ceea ce pentru mine, cunoscându-l atât de bine, e o dovadă de anxietate.

– Păi, da, spune. L-am depășit. Sau cel puțin credeam că l-am depășit.

Îmi iau paharul cu vin, fără să-l întrerup.

– Însă apoi am luat o pauză de Crăciun și probabil că s-au uitat prea mult la Hallmark sau așa ceva, pentru că au decis că finalul trebuie schimbat. Din nou.

Ah.

– Și tu nu ești de acord?

Ridică ochii în tavan, de parcă răspunsul la toate problemele lui ar putea fi ascuns acolo, pe undeva.

– Nu.

– Și ai venit acasă să...?

Las propoziția neterminată ca să o continue el, însă Jonah nu face decât să mă privească în tăcere.

– Să te ascunzi? îi sugerez.

Pufăie încet.

– Ceva de genul ăsta.

– Dar o să te întorci, așa-i? spun, pentru că nu aș suporta să nu-i iasă, acum, că a ajuns atât de departe.

Își golește berea.

– Mda, o să mă întorc. Normal că o să mă întorc, dar nu am idee despre ce o să le spun, pentru că finalul contează, Lyd. E de o importanță crucială.

– Știu, spun, cu toate că nu prea știu mare lucru despre ce scrie. Există vreo șansă să aibă și ei dreptate, în felul lor?

– Ceva mai plin de speranță. Asta mi-au zis. Trebuie să fie mai plin de speranță.

Îmi învârt vinul în pahar.

– Oamenii au nevoie de speranță, Jonah, îi spun cu blândețe. Cu siguranță că noi doi știm asta mai bine decât oricine.

Întoarce privirea.

– Mai știm și că nu toate poveștile au un final fericit, îmi spune.

– Poate că nu, zic. Nu în viața reală, în orice caz, însă eu nu merg la film ca să mă deprim, Jonah. Mă duc ca să mă simt inspirată și să simt că totul va fi bine chiar și când lucrurile nu merg bine, să îmi spun că până la urmă băieții buni câștigă. Adică cine s-ar mai uita la James Bond dacă tipul cu dinți de metal ar ieși învingător?

– Jaws, mormăie Jonah.

– Exact, îmi întăresc spusele. Nenorocitul a primit ce merita.

– Nu, Jaws ca... nu contează.

– Ar ajuta dacă aș citi scenariul?

Mă privește în tăcere.

– Nu știu.

Nu mi-a povestit ce se întâmplă în scenariul lui. Bineînțeles că știu că e inspirat și influențat de prietenia lui cu Freddie, însă a fost reticent să-mi împărtășească prea multe detalii și nici eu n-am insistat, pentru că și eu am emoții. Știu că va răscoli un milion de amintiri și nu vreau să afecteze prietenia pe care am muncit atâta să o reclădim în ultimii doi ani. Însă mă uit la el acum, aflat în dificultate, și știu că sunt singura persoană din lume care ar putea să-l ajute. Directorii studioului și-or cunoaște meseria, însă nu l-au cunoscut pe Freddie Hunter.

– Lasă-mă să-l citesc, îi spun pe un ton ferm. Chiar mi-ar face plăcere.

În ochi i se aprinde o scânteie de speranță.

– Ai face asta?

Pare atât de posomorât, nu vreau decât să-l văd zâmbind din nou.

– Îți propun un pact, îi spun. Îl citesc dacă te uiți cu mine la rahatul ăla cu moașe.

Jonah privește sticla de bere goală.

– Cred că o să mai am nevoie de o bere, pentru asta.

– Știi unde o găsești.

Se întoarce din bucătărie cu o bere și cu sticla de vin, umplându-mi paharul înainte să se așeze. E un gest atât de simplu și de firesc, însă pe mine mă lovește în plex, pentru că m-am obișnuit să fac totul de una singură. Îmi umplu singură paharul, mănânc singură, mă uit la televizor singură.

– Cât mă bucur că ești acasă, îi spun.

Jonah ridică ochii la mine, surprins.

– Nu eram convins dacă o să mă mai simt ca acasă. Dar mă simt.

Știu exact ce vrea să spună.

Vineri, 3 ianuarie

E ora trei dimineața. Am încercat toate trucurile obișnuite ca să reușesc să adorm, dar nu mă ia somnul, cu toate că sunt frântă. Cititul îmi obosește ochii, fundalul sonor pentru dormit mă face să vreau să merg la baie și e de necontestat faptul că număratul oilor e un mare căcat.

Jonah a rămas la mine, e jos, pe canapea, ca pe vremuri. Mă întreb dacă și el o fi treaz sau dacă pe el îl ia mai repede somnul. Simt podeaua rece sub tălpi atunci când mă dau jos din pat tiptil ca să nu-l deranjez. Uneori, când nu pot să dorm, îmi fac un ceai, e posibil însă să-l trezească fierbătorul, așa că în seara asta nu mă mai ostenesc. Stau în schimb în fața chiuvetei, cu un pahar de apă în mână, căscând, și apoi bag capul în living să-i arunc o privire în treacăt lui Jonah, înainte să încerc din nou să adorm. E răpus, cu un braț atârnându-i până aproape de podea și părul lui închis pare negru în încăperea obscură. A avut mereu o seninătate înnăscută, chiar și pe vremea când eram copii și viața lui de acasă numai senină nu era. Somnul nu face decât să amplifice treaba asta; gurul lui interior e relaxat în acest moment și tricoul îi zace abandonat pe podea. Ceva mă atrage mai aproape, până ajung să mă așez pe jos, lângă el, rezemându-mi capul de pătura făcută ghem. Doamne, cât sunt de obosită. Închid ochii, alinată de sunetul respirației lui.

– Nu poți să dormi?

Jonah mă mângâie pe păr într-un fel liniștitor. Probabil m-a luat somnul. Mi-e frig și mi-a înțepenit brațul pe care stăteam sprijinită.

– Mi-e greu, recunosc.

Nu e ceva surprinzător pentru el, știe că de la o vreme mă lupt cu insomnia. Se dă mai în spate și ridică pătura.

– Vino sus, avem loc.

Nu ezit, nu chiar. Mă strecor în spațiul pe care mi l-a făcut, cu spatele lipit de pieptul lui. Își petrece un braț pe după mine și îmi trage pătura până la umeri și îi simt genunchii în spatele meu.

– Hai, culcă-te, îmi spune, cu gura foarte aproape de urechea mea. Sunt aici.

Jonah Jones mă ține în brațe și împarte cu mine seninătatea lui. Bătăile regulate ale inimii lui pe omoplatul meu, căldura corpului lui radiind până în măduva oaselor mele. Dorm.

Luni, 6 ianuarie

– Ești cam trasă la față.

Flo scotocește în buzunarul cardiganului și scoate o cutie cu bomboane mentolate.

– Niște zahăr, de asta ai tu nevoie.

Clatin din cap.

– Mersi, Flo. Sunt bine, doar obosită.

Jonah s-a întors în LA sâmbătă. A făcut cale întoarsă din drumul spre aeroport și mi-a lăsat un sărut pe frunte, o îmbrățișare care trebuie să mă țină până când îl voi revedea și o copie a manuscrisului.

– Fii dură, mi-a spus. În judecata ta am cea mai mare încredere.

Ieri toată ziua am citit manuscrisul, iar noaptea l-am recitit și în momentul ăsta e în sertarul biroului meu. Tot revin la el, încercând să citesc printre rânduri. E o poveste atât de duioasă, angoasa adolescentului la apogeul emoțional și furia lui în culmea hormonilor, oroarea și durerea sfâșietoare de a-l pierde pe prietenul cel mai bun, confuzia și durerea sufletească de a fi îndrăgostit în tăcere de iubita lui. E acolo tot, întreaga noastră poveste; inima de adolescent vulnerabil a lui Jonah, bravada lui Freddie și eu, firul care îi unește și îi desparte. Așa cum se întâmplă de multe ori în viață, la final, nimeni nu iese învingător. Se maturizează și se îndepărtează pentru că e prea dureros pentru ei să se mai vadă. E crud și melancolic de frumos, dar nu e genul de final pe care îl merită povestea asta.

– Ești sigură că nu ne putem întoarce la țaca-paca, Lydia? bombăne Flo. Nu-i dau nicicum de cap computerului ăstuia.

Ridic privirea dintr-un teanc de cărți returnate recent.

– Țaca-paca?

– Știi tu, spune Flo, mimând ștampilarea și datarea de dinainte. Țaca-paca.

– Voi sunteți țaca-paca, spun zâmbind, pentru că Flo și-a căutat-o. Tu și cu Mary, amândouă sunteți țaca-paca.

– Dacă mă întrebi pe mine, așa e cel mai bine. Viața devine mai interesantă, în orice caz.

Mă uit la Flo.

– Flo e prescurtare de la Florence?

– Florence Gardenia, îmi spune și râde. E ceva să pronunți asta. Obișnuiam să-i spun lui Norm că m-am măritat cu el doar pentru că-l chema Smith.

Nu știu mare lucru despre trecutul lui Flo. Îl mai menționează din când în când pe Norm, soțul ei militar, și știu că au sărbătorit nunta de aur chiar înainte ca el să moară. Are copii, însă am senzația că nu-i vede pe cât de des și-ar dori.

– Unde v-ați cunoscut?

Trăsăturile i se îmblânzesc.

– A apărut într-o duminică după-amiază la sala de dans, țanțoș nevoie mare, în uniforma lui la patru ace. Mi-a dat țigările lui, eu i-am dat inima mea.

– Simplu ca bună ziua, zic.

– Nu întotdeauna.

Își sprijină fața în palme, gânditoare.

– În primii ani, era mai mereu plecat.

Se întrerupe.

– Îmi trimitea niște scrisori nerușinate, să știi că încă le mai păstrez în dulap, într-o cutie de pantofi. S-ar putea să fiu nevoită să le ard înainte să mor, ca nu cumva să le citească băieții mei.

Ăsta e unul dintre lucrurile pe care le apreciez cel mai mult când sunt în preajma lui Flo; întotdeauna caută să te facă să râzi.

– Și tu i-ai scris înapoi?

Ridică din sprâncene.

– Par eu genul de fată care ar trimite scrisori deșucheate, Lydia?

– Deci, da, spun, iar ea râde și se bate cu degetul pe nas.

Ridicăm privirea atunci când se deschid ușile și înăuntru năvălește o clasă de elevi de la școala primară, umplând biblioteca de zgomot și de cizme de cauciuc ude.

Turpin se arcuiește țanțoș când mă vede că vărs conținutul vechiului meu ghiozdan pe covor. M-am suit până în pod și sunt convinsă că ce caut se află pe aici, pe undeva. Un strugurel uscat, o revistă care are pe copertă poza unei trupe al cărui nume nu mi-l amintesc, un plic cu poze de dinainte de era smartphone-urilor. Sap mai adânc ca să ajung la lucrurile de pe fundul ghiozdanului și, printre ele, se întâmplă să găsesc un păianjen de dimensiunile planetei Jupiter. Deja stresată de excursia în pod, las să-mi scape un strigăt de toată frumusețea în timp ce îl scutur de pe mine, alarmând pisica, care țâșnește din fotoliul lui Freddie și aterizează cu o precizie înspăimântătoare fix pe păianjen. Nu știu sigur dacă l-a strivit sau l-a mâncat, însă nu cred că o să mă mai deranjeze în viitorul apropiat.

Iau câteva guri de aer și mă așez în fund pe covor, cu viața din adolescență răspândită în jurul meu. Caiete de exerciții pline de mâzgăleli și de graffiti, trec prin ele, nostalgică după zile mai lipsite de griji. Scrisul meu de mână îngrijit, cu cerculețe deasupra „i“-urilor, linii trase cu rigla roșie, note puse cu verde. Pentru o fată căreia nu i-a plăcut chimia, am luat o notă bunicică pentru tema copiată de la Jonah Jones.

Dau la o parte cărțile și ridic lucrul pe care m-am dus să-l caut în pod; o cutiuță muzicală din lemn, decorată cu păsări pictate în culori vii.

Sunt ani buni de când Jonah mi-a dăruit-o de ziua mea. La vremea respectivă mi-a spus că a văzut-o în vitrina unui magazin caritabil și s-a gândit că mi-ar plăcea, pentru că are păsări și așa mai departe; nonșalant, fără mare tam-tam. Am primit-o cu aceeași degajare cu care mi-a fost oferită și am folosit-o ca să depozitez brățara primită de la Freddie în dimineața aceleiași zile. Brățara nu mai e înăuntru, am pierdut-o cândva, în anii care au trecut de atunci. Zâmbesc când dau peste inelul galben de plastic de la Freddie și peste câteva coliere împletite și o pereche de cercei, care cred mai curând să fi fost ale lui Elle. Altceva, nimic de valoare sau de interes. Și, sub toate astea, o pietricită netedă. O culeg și mi-o așez în palmă. E gri-deschis, cu vinișoare albe, cel mult cât o nucă braziliană. Nu e deosebită în niciun fel, însă, când o strâng între degete, îmi amintesc de ziua în care Jonah mi-a strecurat-o în palmă în timp ce ne încolonam pe coridorul școlii, înainte de primul nostru examen. „Ca să-ți poarte noroc", mi-a șoptit, împăturindu-mi degetele tremurătoare în jurul pietricelei.

Mă uit la telefon, aflat pe măsuța de cafea. N-am mai primit niciun semn de la Jonah din sâmbăta în care a plecat spre aeroport. Și nici nu cred că voi primi. Mi-a lăsat manuscrisul lui, urma unui sărut pe frunte și mingea la mine-n teren. Revin la conversația purtată mai devreme cu Flo, la scrisorile pe care le mai păstrează încă, într-o cutie de pantofi din dulap.

Ceva profund și de netăgăduit s-a schimbat înlăuntrul meu în ultima vreme, în privința lui Jonah Jones. Mi-am dat seama că poți iubi oamenii în feluri diferite și în perioade diferite ale vieții. El e cel mai vechi prieten al meu, însă, în acea noapte, l-am privit ca pe un bărbat. M-am dus la el târziu în noapte ca la o persoană iubită, iar el mi-a oferit adăpost și protecție fără nicio ezitare.

Răsucesc pe toate părțile pietricica gri, gândindu-mă la finalul poveștii scrise de el, apoi mă ridic și găsesc o foaie și un pix. Cuvintele au fost întotdeauna apanajul lui Jonah, nu al meu, însă poate că în seara asta voi găsi cuvintele potrivite pentru amândoi.

Dragă Jonah,

Așa, deci am citit manuscrisul și îmi place la nebunie, bineînțeles. Am plâns la prima pagină și, sinceră să fiu, am plâns tot timpul, pentru că Freddie e prezent în fiecare pagină. L-ai readus la viață, ne-ai readus la viață cu magia cuvintelor tale.

Nu mă surprinde faptul că oamenii s-au îndrăgostit de povestea ta. Și eu am pățit la fel; sunt atât de teribil de mândră de tine. Însă, Jonah, uite care-i chestia. Cred că au dreptate: *ar trebui* să schimbi finalul.

Orice poveste are un început, un miez și, dacă ai noroc, un final fericit, personajele tale merită atâta lucru după toate prin câte au trecut. Și publicul, la fel. Dă-le oamenilor ocazia să iasă de la cinema cu pungile de floricele goale și cu inimile pline de speranță, pentru că, neîndoielnic, există pentru fiecare mai multe posibile finaluri fericite.

Mi-aș dori să-ți pot spune toate astea față în față, însă știm amândoi că Phil m-ar concedia dacă i-aș mai cere vreo zi de concediu acum! În plus... unele lucruri sunt mai greu de spus cu voace tare, așa că poate tot răul e spre bine.

Tu și cu mine... e complicat, nu-i așa? Însă, dacă stai să te gândești, de fapt, nu e chiar așa. Amândoi l-am iubit pe Freddie – dacă ar mai fi aici, eu aș fi fost soția lui și tu i-ai fi fost cel mai bun prieten și nicio clipă nu mi-ar trece prin cap că asta s-ar putea schimba. Am fi îmbătrânit cu toții, cu toate că nu cred că el s-ar fi maturizat vreodată.

Dar el nu e aici. Suntem doar eu și cu tine. Suntem schimbați pentru totdeauna pentru că l-am iubit și lucrurile s-au

schimbat pentru totdeauna pentru că l-am pierdut. Nu suntem însă norocoși să fi putut împărtăși atâtea lucruri? Avem ceva care ne leagă pe veci. Nu mă văd alături de cineva care nu l-a cunoscut pe Freddie.

Schimbă finalul, Jonah.

Cu dragoste, Lydia x

Miercuri, 29 ianuarie 2020

Era cât pe ce să nu-i trimit scrisoarea, pentru că nu sunt convinsă că prietenia noastră îi poate supraviețui. Stăteam la rând la poștă, agitată, când un copilaș s-a întins să o ia de mână pe mama lui. Mi-a amintit de pietricica gri care mi-a fost strecurată în palmă ca să-mi poarte noroc și mi-a dat curajul de care aveam nevoie ca să trimit scrisoarea.

Asta se întâmpla cu mai bine de trei săptămâni în urmă, iar el nu mi-a răspuns. Mi-am imaginat o sumedenie de motive pentru care nu a făcut-o. Poate că scrisoarea s-a rătăcit pe drum, iar el stă acum în LA și își spune că nu m-am obosit să-i citesc scenariul sau, mai rău, că l-am citit și l-am detestat. Sau poate că a citit scrisoarea și e îngrozit pentru că am înțeles greșit semnalele și nu știe cum să mă respingă într-un mod delicat. Sau poate că s-a mutat în Vegas și s-a însurat cu o dansatoare de cabaret și scrisoarea mea zace nedesfăcută la el pe preș. Dacă așa stau lucrurile, sper ca cineva să fie bun să mâzgălească pe plic „a se înapoia expeditorului".

– Îmi doresc ca mama ta să nu-mi fi scos niciodată ăștia în cale, spune Ryan, despachetându-și biscuitul cu mentă.

Ia prânzul pe ascuns, sub tejgheaua bibliotecii, încălcându-mi regula „fără mâncare sau băuturi". Nu mă deranjează; mai vine din când în când să-și petreacă pauza de masă cu noi, atras de Flo și de Mary la fel de mult ca mine, bănuiesc. În după-amiaza asta sunt amândouă și stau așezate de o parte și de alta a lui Ryan, în spatele tejghelei.

– Cum mai merge cu Kate? îl întreb.

Se vede deja de câteva luni cu Kate, tipa care aduce cu Uma Thurman, cea care organiza serile de *speed dating*. S-au întâlnit întâmplător la supermarket, la câteva luni după evenimentul de la noi; el povestește că privirile li s-au intersectat printre castraveți, însă eu cred că înflorește adevărul de dragul comicului.

– Bine, spune și se înroșește până în vârful urechilor. E... lasă biscuitul din mână cât timp se gândește. Știi locul ăla din centru, de lângă spălătorie?

Mă încrunt și mă străduiesc să vizualizez strada principală.

– Măcelăria?

– Cea mai bună plăcintă de porc pe o rază de kilometri buni, spune Mary.

Ryan își dă ochii peste cap.

– Pe partea cealaltă.

– Magazinul cu costume deocheate? zic.

Ryan aprobă din cap.

– Îi plac chestiile de genul ăla.

Flo își freacă palmele.

– Vrea să te îmbraci în Batman?

Ryan pălește și noi râdem de teribila lui indiscreție.

– Mă duc să duc astea la raftul pentru copii.

Ridic un braț de cărți.

– Să nu vă apucați să ștampilați vreo carte cât lipsesc.

Am ajuns să îndrăgesc biblioteca. Zona pentru copii e raiul pe pământ, e dispusă într-o încăpere mai lăturalnică, pentru a aplana zgomotul, și are ferestre elegante, mari și joase, care dau în stradă. După ce așez cărțile la raft și curăț mesele, îmi acord o clipă de răgaz într-unul din scaunele de la geam și privesc strada stropită de ploaie. Oameni care vin, oameni care se duc. Nu-mi dau seama că mai e cineva în încăpere decât când mă întorc și dau peste Jonah Jones, privindu-mă sprijinit de tocul ușii, în haina lui de iarnă. Rămân pe loc, surprinsă să-l văd aici; ne fixăm câteva clipe în tăcere, de la capete opuse ale încăperii. În ochii lui negri, citesc că a traversat oceanul ca să mă vadă pe mine și acum, că a ajuns, nu știe cum să abordeze situația, iar eu nu pot să-l ajut, pentru că nici eu nu știu.

El cedează primul.

– Am schimbat finalul.

– Da?

Vine înspre mine, ajunge aproape la distanță de un braț.

– Ai avut dreptate. Există pentru fiecare mai multe variante de final fericit.

Înghit în sec.

– Celor de la studio le-a plăcut mai mult?

– Le-a plăcut la nebunie, spune încet și îi zăresc picurii de ploaie din gene atunci când lasă privirea în pământ.

– Și ție?

Îmi pun mâinile sub mine, pentru că sunt disperate să-l atingă. Ție ți-a plăcut la nebunie?

Ridică din nou ochii și mă privește.

– Mă temeam să nu aducă a basm, îmi spune. Prea clișeu. Dar nu e. El îi spune că o iubește de când se știe. Că își dorește să-și petreacă serile de vineri și diminețile de Crăciun cu ea și că toate cântecele de dragoste pe care le-a scris vreodată au fost despre ea. Îi spune că vrea să fie cel în brațele căruia să adoarmă în fiecare noapte. Că vrea să-și trăiască finalul fericit alături de ea.

Alunec din scaunul de la fereastră și pășesc spre el.

– Și apoi, pentru că ea i-a spus că pentru fiecare există mai multe variante de final fericit, o sărută.

– Uau, șoptesc. Pare un mare succes. Ador finalul ăsta.

Ajung la el și el mă cuprinde în haina lui, suficient de aproape încât simt cum ni se zbat inimile în piept. Studioul va filma probabil sărutul din final afară, sub o ploaie torențială, și îl va acompania cu o linie melodică romantică; însă nu vor reuși nici pe departe să surprindă venerația din ochii lui Jonah atunci când s-a aplecat sau tremurul buzelor lui atunci când le-au atins pe ale mele sau intensitatea primului nostru sărut prelung. Nu e sărutul acela dulce-amărui care nu s-a concretizat în adolescență. E adult și electric, moale și totodată insuficient. Îi țin fața în palme și mă lipesc apăsat de el, iar el îmi șoptește numele și ridică puțin capul, numai cât să mă poată privi. Ne uităm unul la celălalt cu răsuflarea tăiată, uluiți, și îmi dau seama că în gene nu are picuri de ploaie. Plânge.

JOSIE SILVER

O ZI DE DECEMBRIE

Traducere din limba engleză de Lidia Dumitru

Un bărbat și o femeie. Zece ani. O iubire de neuitat.

„Cea mai înduioșătoare poveste de dragoste. E minunată!"

MARIAN KEYES

„Un *Love Actually* în proză."

Bookseller

Laurie e convinsă că dragostea la prima vedere e un mit. Dar, într-o zi de decembrie, printr-o ninsoare puternică, zărește din autobuz un bărbat și știe imediat că l-a găsit pe EL.

Convinsă că îi e sortit să-l revadă, își petrece un an de zile căutându-l prin toate cafenelele din Londra. Nu îl găsește, în schimb, îl reîntâlnește la o petrecere de Crăciun, când cea mai bună prietenă i-l prezintă ca pe noul ei iubit, Jack, bărbatul din stația de autobuz.

„Josie Silver scrie cu o căldură atât de palpabilă, încât personajele ei îți intră în suflet și rămân acolo mult timp după ce ai închis cartea."

JILL SANTOPOLO